中国现代文学批评史

ZHONGGUO XIANDAI
WENXUE PIPINGSHI

温儒敏 著

北京大学出版社
PEKING UNIVERSITY PRESS

图书在版编目(CIP)数据

中国现代文学批评史/温儒敏著. —北京:北京大学出版社,1993.10
ISBN 978-7-301-02223-8

Ⅰ. 中… Ⅱ. 温… Ⅲ. 文学批评史-中国-现代 Ⅳ. I206.09

书　　　名:中国现代文学批评史
著作责任者:温儒敏　著
责 任 编 辑:张凤珠
标 准 书 号:ISBN 978-7-301-02223-8/I·297
出 版 发 行:北京大学出版社
地　　　址:北京市海淀区成府路205号　100871
网　　　址:http://www.pup.cn　电子信箱:pkuwsz@126.com
电　　　话:邮购部62752015　发行部62750672　编辑部62752022
印　刷　者:三河市北燕印装有限公司
经　销　者:新华书店
650mm×980mm　16开本　15.25印张　257千字
1993年10月第1版　2022年8月第15次印刷
定　　　价:45.00元

目录

自 序

本书的目标不是全景式地扫描中国现代文学批评史的详细地貌，而是集中展示批评史上一些最为重要的“景点”，有选择地论评14位最有代表性的批评家及相关的批评流派，以此概览现代批评史的轮廓。

这14家批评的选择是颇费一番斟酌的。现代涉足批评的人很多，可是绝大部分都并非纯粹意义上的批评家，他们或者写过许多书评去解释作品，或者发表各种意见参与论争，却大都视批评为创作的附庸或论争的工具，真正把批评当作一项严肃的事业、一种相对独立的理论创造的，是极少数。在选论这14家批评时，我最注重他们的理论个性与批评特色，还有他们对文学运动与创作所产生的实际影响，同时也考虑其对某种批评倾向的代表性。有些批评流派可能有众多批评家，如果彼此的理论观点和批评角度比较一致，就只选其中最有代表性的一家以斑见豹。例如，创造社中的郭沫若、郁达夫、田汉等都曾以浪漫主义的“表现论”为批评的标帜，观点比较一致，而且批评成就的“等级”也差不多，书中就独选更有特色的成仿吾作为这一派的代表。如果同一个大的批评流派中有不同的理论发挥与批评的方法，甚至有不同的批评体系，则可能同时并选几家。例如，在作为主流派的马克思主义批评流派中，就选论了冯雪峰、周扬和胡风等数家。另有些独立的批评家是难以划入某个批评流派的，或者是跨流派的，他们的理论批评个性往往更其突出，书中也以专章选论，如王国维、周作人、朱光潜，等等。考虑批评的实际影响并不同于只注重“轰动效应”，有些曾红极一时的知名度很高的批评家，书中却并未专题选论；而有些确有学理建树，但在当时可能比较孤寂、其后又长期不被文学史编写者所重视的批评家，也有专章论评，发掘其对文学批评新方法、新境界的创见。批评史不等同于文学史，也不等同于思想史，虽然彼此有关联，批评史应有自己的研究视角，它所关注的是对文学的认知活动与历程,是对文学本质、文学发展、文学创作的不断阐解与探讨。所以选论现代14家批评时,也格外注意各家对文学的认知活动与历程。

选论14家,可能同时考虑全局,考虑这14家的周围的几十家、上百家,这就有一个定“点”的问题。书中每分论一家都兼顾其在整个批评格局中的“方位”,他到底处于批评史的哪个环节,与其他批评倾向和流派有什么关系,等等。读者可能会注意到,本书所论列的各家批评并不是按照严格的历史进程排列,但大体还是看得清整个批评史的流脉,特别是各派批评的得失及彼此间的对立、互补、循环等结构关系。例如,五四时期的批评承受多元的外来影响,形成了众多不同倾向和流派,如作比较简单的分类,则有“为人生”的现实主义批评、“表现论”的浪漫主义批评、印象式的批评、心理分析批评以及古典主义的批评,等等。一般文学史容易将这多元竞争、互补并存的状况简化为二元对立,只注意文学研究会的“为人生”与创造社的“为艺术”两大批评派系的区别与争论。事实上不是二元对立,而是多元竞存互补。因此在论评周作人时,笔者就特别注意到这位原属“为人生”派的批评家在短短几年间批评观的变迁,注意到他后来对“为人生”与“为艺术”两派的综合与超越。同样,在持“表现论”的浪漫派批评家成仿吾身上,也看到其对文学社会性、功利性标准的吸纳。这种互补的情况有时又体现在不同批评倾向的冲突中。例如梁实秋几乎全盘否定了五四新文学,他的新人文主义观点可以说与浪漫派针锋相对,他那保守而带清教色彩的批评又始终是“反主潮”的。他的许多批评结论并不一定正确,但也又时常歪打正着地指出了主潮派文学的某些偏弊。书中注意到这种现象,从整个批评史格局去考察,特别指出不同派系的批评之间的冲突又有某种制衡和互补的作用。明显的情形还可以在三四十年代发现,当众口一词赞赏社会—历史的批评,大多数批评家都极为看重文学的时代性、现实性,而忽视审美批评的时候,像李健吾(刘西渭)、沈从文、朱光潜等重直觉、重审美的批评也就起到一种制衡、互补的作用。

通常人们在评价文学历史现象时容易性急地突出主流,贬抑支流,批判所谓逆流,然后评定主流、支流、逆流对文学发展的促进或反动作用。但如果承认文学的历史发展是由各种不同导向的力所构成的合力所支配,那么就没有理由否认某些通常被看作“支流”或“逆流”的批评,也可能在针对“主流”的纠偏中客观上起到某种制衡作用,批评史发展的“合力”中不应当简单否定或贬斥这一部分制衡的“力”。从本书各专题的选定也可以看出本书是很注意从多元竞存互补的批评格局中，去分析批评史的“合力”的。

也许更为重要的是历史的启迪。笔者在选“点”论评时，时时都联想到当代批评的许多类似的现象，并力求以当代的眼光去重估现代批评。所选的14位批评家的业绩已经凝定为历史传统，他们所创设或依傍的批评规范可能已部分失去往日屡试不爽的那种效用，但置身于当代批评的氛围，仍然能强烈感受到以往这些批评家根须的伸展。我们要是认识到当今所讨论的许多文学的命题由来已久，在进行思考时我们无须从头开始，那是因为我们有某种批评传统的连续感。笔者有理由相信，对14位现代批评家的专题探讨，会强化这种“传统的连续感”，拓宽批评视野并增加理论的自觉。

本书所选论的14位批评家以往大都还少有专门研究，即使是已经得到学术界一些专论的批评家，笔者仍力图深究并提出某些新的看法。例如，书中提出鉴于王国维文学批评的现代性，应将批评史的上限从1917年左右“文学革命”时提前到本世纪初《〈红楼梦〉评论》的发表；提出周作人的散文理论和批评是不应忽视的重大收获；提出李健吾的随笔性批评文体与茅盾的作家论批评文体甚至比他们的理论有更大更久远的影响；提出胡风的批评理论核心可以用“体验的现实主义”来概括；提出梁实秋的新古典主义批评对二三十年代流行的庸俗社会学批评与“泛性心理分析”批评有针砭作用；提出应从中西文论寻求契合的角度重新评价朱光潜诗学批评的理论意义；提出冯雪峰关于“人民力”与“主观力”统一的命题是对马克思主义批评的贡献，高度评价周扬对人道主义与异化问题所作的新思考，……等等。这些观点带有探索性，不一定圆熟，但却是对某些现代批评现象的认真探索，笔者期待能得到学术界指正，并能引起深入的讨论。相信经过许多学界同仁的共同努力，在对诸多批评家与批评现象都有了比较深入研究之后，就有可能出现高质量的现代批评史。

本书是根据笔者几年前在北京大学中文系讲授批评史专题课的讲稿改写的。原讲稿因用于授课，需兼顾批评史的系统性与知识性，面铺得比较宽，论析的批评家也比较多，除了本书的14家之外，还有胡适、鲁迅、郭沫若、朱自清、瞿秋白、李广田、钱杏邨、钱钟书，等等。如果要全面考察现代批评史，这些批评家同样是应当详加了解的。限于本书的题旨与篇幅，也考虑到批评“景点”的相对集中，书中对这些卓有建树的批评家就没有再分章论列。本书并不企求对现代批评史完备的叙述，而重在对主要批评派系做系统的彼此有联系的专论，其中力图贯穿对现代批评传统的了解与重估，其研究探索的意义大于历史记录的意义。

本书在酝酿和写作过程中得到我的一些同事和研究生的支持和协助；部分章节在《中国社会科学》、《文学评论》、《北京大学学报》等刊物发表时，又接受过有关编辑和读者的具体指教。对他们我深表谢忱。还当感谢国家社会科学基金为本书写作提供研究经费，北大教材建设委员会资助本书出版。

温儒敏

1992年12月5日

第一章 王国维文学批评的现代性

中国现代文学批评真正形成一股有足够声势的潮流，是在本世纪 20 年代初，即“文学革命”已经创获一批实绩并站稳脚跟之后。因此许多批评史研究者就将现代批评的起跑线划在“文学革命”发难的 1917 年，这倒符合一般文学通史对“现代”始点的界定。然而本书认为现代批评史的上限还可以提前十多年，即从本世纪初开始，理由就是当时已经出现了大批评家王国维，他在从事现代批评的垦拓与奠基工作，并取得了不可忽视的成果。

王国维 1904 年发表了《〈红楼梦〉评论》，破天荒借用西方批评理论和方法来评价一部中国古典文学杰作，这其实就是现代批评的开篇。没有谁否认它所体现的批评眼光与方法已经开始突破传统批评的框架，但又都不轻易把它作为现代批评史的发端。为什么呢？大概由于在人们的印象中，王国维是比较稳健的，尽管评论《红楼梦》时显得一度“西化”，但其后又似乎回归传统，潜心于传统诗学研究和文史考证，他的重要论著《人间词话》就采用了比较接近传统批评的形式。王国维的批评的确存在新旧混杂的斑驳色彩，使得习惯于鲜明划分历史阶段的文学史家举棋不定，或者干脆就把王国维打发到古典批评的疆域中去，顶多在正式评述现代批评的发生之前，将他作为预言者挂上一笔。

可是这样的“处理”并不能准确估定王国维在批评史上的地位，也不能清楚地勾勒现代批评发生期的历史状态。应当透过王国维批评新旧色彩的斑驳，看到文学批评由古典形态向现代形态过渡的趋势。作为杰出批评家的王国维的特色在于，表现其身上的历史性的过渡并不简单是新旧替换，而是中西批评的汇通交融，传统批评的某些特点在他引来的西方理论的渗透刺激下发生化合反应，逐渐酝酿成一种新型的批评。王国维宣告了古典批评时代的终结，同时也就把现代批评时代的序幕徐徐拉开了。在这一章，我们将从批评思维方法、观念与批评标准诸方面重新考察王国维对现代批评的探索,衡定其作为现代批评垦拓者的地位。

一 误读中的批评新视景

王国维垦拓现代批评的第一个步骤,就是引进西方的批评思维方法,以突破传统批评的局限。

这种希望借用外力刺激以推进和改造本土文化的自觉,与晚清西学输入的大趋势是合拍的,王国维适应这一时潮趋向,尝试为传统久远而日益显出沉滞的中国文学批评拓展新途。在《论近年之学术界》(1905 年)中,王国维就认为借用外力刺激是有利于中国学术思想的发展的,六朝佛学的输入就曾极大地改变了自汉以后儒家抱残守缺、“思想凋敝”的状况;而“自宋以后以至本朝,思想之停滞略同于两汉,至今日而第二之佛教又见告矣,西洋之思想是也”。[1] 王国维意识到晚清时势大变,西学输入,这是中国学术思想第二度受外力影响的时期,可以预料整个学术思想包括文学批评理论方法都将发生巨大的变动。他在这种清醒的审时度势中,着手引进西方批评理论方法,以突破传统。

王国维幼承家学,受海宁学术界重诗文重考据的学风熏染,旧学根底很厚实,对传统批评的得失是极为了解的。这种了解也使他看到传统批评非变不可,只有借助现代思维方法的促助、调整,才能引发活力,适应时势,求得发展。

我国传统批评思维方法不无精微之处,在世界各种不同文化背景的批评理论共存的“语境”中,中国古典形态的批评确能独具异彩。一般而言,我国传统批评多采用的诗话、词话、小说评点等松散自由的形式,偏重直觉与经验,习惯于作印象式或妙悟式的鉴赏,以诗意简洁的文字,点悟与传达作品的精神或阅读体验;另有一种传统批评的路数则截然不同,那就是作纯粹实证式的考据、注疏和索隐。不管哪一种路数,都不太注重语言抽象分析和逻辑思辨,缺少理论系统性。中国传统的文学批评所依赖的不是固定的理论和标准,而是文人大致相同的阅读背景下所形成的彼此接近的思维习惯

---

① 王国维:《论近年之学术界》,《王国维文学美学论著集》,第 106 页,北岳文艺出版社 1987 年版。

和审美趣味以及由这些因素所影响形成的共同的欣赏力和判断力，这些都是沟通批评家与作者、读者感受体验的桥梁。传统文学批评基本上只是在相对封闭的“阅读圈子”中进行，所以就如有的研究者所说，“中国人的批评文章是写给利根人读的，一点即悟，毋庸辞费”。[①]

然而中国社会进入近代之后，日益开放通达的时势使人们越来越不可能再像古代文人那样具有共同诵读熏习的条件，传统的阅读批评“圈子”被打破，文学批评越来越要兼具文化信息传播的功能，光靠悟性的点拨不行了，理论化、明晰化、系统化就势必成为批评所要追求的目标。王国维对传统批评的长短得失醒觉儆悟，他知道传统批评惟有革新拓展，才能适应时代的变化，而当务之急，是依助西方批评理论方法来刺激调整固有的日趋沉滞的批评思维方式。1904年王国维写的《〈红楼梦〉评论》，就是第一篇具有批评思维方法启蒙意图的论作。

这篇论文第一次站到哲学与美学的高度，对《红楼梦》的艺术价值作总体考察，肯定《红楼梦》是完全可以进入世界文学名著等级的“绝大著作”。[②]在王国维之前的中国文学批评史上，从未有过以如此系统的哲学与美学理论对作品进行批评的论作，其对《红楼梦》艺术价值的总体评价中采用的是富于逻辑思辨的分析推理，这种批评眼光与方法，连同它的文章体式，都使当时学术界与批评界感到惊奇不已。虽然人们不一定能很快就真正理解与接受这篇“奇文”，但它所产生的冲击波促使人们开始思索：文学批评看来确实有各不相同的路数，传统批评是否也应当拓展自己的视野？

《〈红楼梦〉评论》对旧红学研究拘泥“考证之眼”明确表示不满，提出要“破其惑”。这里所说的“惑”，指的是传统批评的某些不足。特别是清代乾嘉学风炽盛之后，文学批评领域几乎也成了考据派的一统天下，造成“读小说者，亦以考证之眼读之”的风气。考据作为批评的准备条件和一种研究手段，是有实用性的，但如果以“考证之眼”代替审美批评的目光，就会陷于褊狭僵化，死板板地将文学当成历史或档案材料，不可能体验把握作品的艺术世界与审美价值。《红楼梦》自诞生到王国维写评论，其间一百多年，一直得

① 夏济安：《两首坏诗》，台湾《西洋文学批评》，第3册。有关传统批评共同背景的观点，参考叶嘉莹的《王国维及其文学批评》一书序论，广东人民出版社1982年版。

② 《〈红楼梦〉评论》。以下凡出自这篇论作的引文，均见《王国维文学美学论著集》，北岳文艺出版社1987年版。

不到应有的评价，障碍有多方面，但拘于“考证之眼”不能不说是一大原因。旧红学的考据派、索隐派，其兴味全在小说的作者、版本、写作背景等外缘实事，很少顾及作品本文的美学评价，而“国人之所聚讼”的焦点，则是小说主人公到底是曹雪芹抑或纳兰性德之类问题，于是一部伟大的文学作品无意中就被贬低为一般的自传、野史或谤书。不是说考据派、索隐派在《红楼梦》研究方面毫无必要和成绩，但对于文学批评来说，是远远不够的；如果以考据索隐代替审美批评，根本上就是忽视文学的特性，不懂得“诗比历史更富于哲学意味”[①] 的道理。王国维是中国第一个对亚里士多德这一文学观深有领会的批评家。他注意到“美术之所写者，非个人之性质，而人类全体之性质也”；他由此认为文学往往是一种象征系统，表达出作家的经验，具有审美的伦理的追求，因此文学批评必须有审美的眼光，从总体上把握作品的精神与价值，大可不必规规然考索求证作品所写的人、事实指现实中何人何物。王国维写《〈红楼梦〉评论》，正是要从批评的眼光和方法上向传统批评挑战，借用外来理论方法以求打破传统批评思维模式。

《〈红楼梦〉评论》大气包举，纵横捭阖，条理密贯，很有理论气势，既不是传统批评那种印象式妙悟式的评点，也全然没有拘泥考索的小家子气。其批评思维特点是智性的、思辨的、逻辑的，着眼点始终在作品审美和伦理精神的总体评价。该文分五章，第一章开头高屋建瓴，先从“人生与美术”的关系引出对文学本质的思考，借用德国哲学家叔本华有关哲学的观点，说明文艺的特性与价值在于能使人“忘物我之关系”，从日常“生活之欲”所导致的苦痛中得到解脱。王国维由此标示他评论《红楼梦》的出发点就是对作品美学与伦理精神的总体把握。接着在第二章将小说视为一象征系统，提纲挈领地论断贾宝玉的故事即象征“生活之欲”的历练及其最终获得解脱的全过程。第三章进而以西方文论中有关悲剧能“洗涤”人精神的观点，论证《红楼梦》的悲剧类型特征，并指出这部伟大作品一反传统文学中“大团圆”的公式，大悖于国民性中盲目乐天的精神。第四章带形而上思索意味，论证了“解脱”作为伦理学的意义代表人生的理想，不宜用一般知识论的立场来加以评判，同样，认为文学艺术所具有的“解脱”的追求，也出自“渴慕救济”以超越忧患的理想，其审美价值因此等同于伦理价值。最后一章(第五章)针对旧红学的局限，提出文学批评须着重于“美术之特质”，善于从作品个别的

---

① 亚里士多德:《诗学》,《西方文艺理论名著选编》上卷，第 60 页，北京大学出版社 1985 年版。

具体的描写中，体验与发现“人类全体之性质”，即带普遍性的意蕴与价值。

《〈红楼梦〉评论》带有明显的试验性，它的基本立论不一定很稳妥，论述中也存在牵强附会的错误。例如，为了证说贾宝玉最后出家是对“人生之欲”的彻底醒悟，即叔本华所说的“解脱”，王国维似乎更加看重并且显然拔高评价小说后四十回在全书中的地位与艺术价值，这就有点先入为主，以既定的理论推绎代替对作品实际描写的分析。[①] 又如，将贾宝玉“衔玉而生”的“玉”比附解释为“人生之欲”的“欲”，认定《红楼梦》开头所述有关石头误落尘俗的神话，暗合西方的宗教“原罪”说，并论指小说的基本结构也是写“原罪”的惩罚及其解脱，这也有点削足适履，生拉硬套。如果说《红楼梦》中的“玉”确有象征意义，所喻指的也绝非叔本华意志哲学中所说的“生活之欲”，而是指人的灵明本性，是一种东方式的哲学观念。《红楼梦》第二十五回有所谓“通灵玉蒙蔽遇双真”的描写，其中以“玉”喻指人的圆明本性的象征含义就很明显。

王国维对《红楼梦》整体象征意义的评说并不符合作品实际，其实是一种“误读”。他的目标是引进西方理论，评论中先树起一套从叔本华等西方哲人那里借来的论点，然后去阐解《红楼梦》，最终是为了证说西方理论方法，为了突破“考证之眼”的局限。这种误读也可能由于王国维忧生伤世的性情在叔本华与《红楼梦》中同时找到共鸣点，评论中就难免不受偏爱情绪的支配，而硬是将叔本华哲学与《红楼梦》联系起来。

王国维以严谨治学著称，这种“误读”真让人出乎意料。以往有的研究者指出《〈红楼梦〉评论》并不是成功的批评论作，认为其立论牵强附会，不切作品实际，其实也就是指出了“误读”，不过并没有注意这是有意的“误读”。对于本文的论题来说，更有价值的，并不是辨析这些“误读”本身的内容和错误程度，而是把“误读”作为一种理论现象，发现其成因后果。

王国维对《红楼梦》的“误读”是带目的性的，“误读”后面有着对现代批评新思维的渴求。这种“误读”有意与传统批评的妙悟式或考证式的路数拉开距离，把作品纯粹看作代表作家人生体验的一种符号和象征系统，运用推理分析，从中读解普遍的人生价值与审美价值。

王国维的“误读”虽然有牵强附会，但却尝试了一种现代性的批评视野和方法，以前所未有的理论思辨力给当时学术批评界以强刺激，一下子打开

---

① 不过，在王国维写《〈红楼梦〉评论》时，学术界尚未考证出《红楼梦》后四十回为高鹗所续。

了人们的眼界。“误读”可以说是矫枉过正，也许正是有些偏激的“误读”，才使王国维断然摆脱了传统批评的局限束缚。

这样看来，王国维对《红楼梦》的“误读”不光出于一种历史的冲动，也有理论上的自觉。他既有旧学根底，又受过较完整的“西学”训练，和前人乃至同时代人比较起来，其知识结构更坚实而开放。他是从哲学入手治文学批评的，因此一开始就注重对传统批评思维方法的改进，以西方批评思维的长处来补足我国传统批评思维的短处。1905 年在《论新学语之输入》中王国维就清醒地比较了中西思维的不同特点，他说：

> 抑我国人之特质，实际的也，通俗的也；西洋人之特质，思辨的也，科学的也，长于抽象而精于分类，对世界一切有形无形之事物，无往而不用综括(Cenerafization)及分析(Specification)之二法，故言语之多，自然之理也。吾国人之所长，宁在实践之方面，而于理论之方面则以具体知识为满足，至分类之事，则除迫于实际之需要外，殆不欲穷究之也。……故我中国有辩论而无名学，有文学而无文法，足以见抽象之分类二者，皆我国人之所不长，而我国学术尚未达自觉(Selfconsciousness)之地位也。

王国维并不盲目认为西方的思维方法就是绝对地好，他知道“抽象之过往往泥于名而远于实”，从理论到理论往往成为欧洲学术之一“大弊”。但他更急于要改变的，还是中国学术思维包括文学批评思维缺乏抽象概括能力的状况。他所指出的“概用其实而不知其名，其实亦遂漠然无所依”，正是我国传统批评中普遍存在的不足。因此，王国维认为要将我国文学批评从创作的附庸提高到自觉的独立的学科地位，就不能满足于传统批评思维方法，而要适当吸收西方近代批评的推理思辨的方法。王国维在评《红楼梦》时的有意“误读”，是与这一改革的动机相联系的。我们不必过多去指责《〈红楼梦〉评论》照搬叔本华，这种“照搬”虽然生硬，但代表对改革批评思维方式的企望。

当许多同时代学者在求新求变的潮流中满足于挦扯西洋新名词新技法时，王国维却大刀阔斧引进西方批评理论，从根本上调整批评的思维方式，这就更彻底，也更有冲击力。王国维之所以能有超前的理论建树，在“文学革命”发动的十多年前就着手为现代批评奠基，完全出于理论上的自觉。

二　以外化内与中西汇通

继《〈红楼梦〉评论》之后，王国维又陆续写作了《屈子文学之精神》(1906年)与《人间词话》(1908年)。前一篇的影响不很大，未能引起批评史家的重视；后一篇倒是王国维论作中最引人注目的，但批评史家又往往只看重其传统诗学的内容，忽略其批评思维方法的现代性。这里要特别提出来两篇论作对于现代批评方法的贡献，从中也可见王国维的批评从古典形态向现代形态转化的一些轨迹。

《屈子文学之精神》力求对屈原《离骚》的美学特征作总体把握。与《红楼梦》一样，《离骚》是足以代表中国文学最高水平的杰作，而且早已被传统批评家反复研讨过，形成一些权威的定论。王国维刚评完《红楼梦》，又来论《离骚》，专门选择传统批评下功夫最多的领域来进行现代批评试验，这本身就带有挑战的意味。

《屈子文学之精神》写得比较练达笃实，不再像前两年评《红楼梦》时那样挥斥方遒，以先锋性的"误读"毫无顾忌地引进西方理论。这时王国维已注意采用审慎的态度，择取西方批评概念，巧妙地利用、组织与阐释传统批评在同一论题上的思想资料，开拓屈原研究的新视景。

《屈子文学之精神》使传统批评家也能接受，它继承了传统批评中常用的诸如"循其上下而省之"、"旁行而观之"以及"论世逆志"等手段，对屈原创作与所处的历史文化环境(特别是地域文化)的关系作全面考察，注意到特定的社会制度与政治、哲学、伦理等方面对于诗人创作的影响。但王国维并不停留于对这些外缘现象的考证和罗列。在他看来，诗人并不是被动接受外在影响的，尤其是像屈原这样千古传唱的杰出诗人，他的独具的人格与审美情性在创作中起决定性作用。因此批评家应当将目光集中到这三者的关系中来，这三者即：历史文化环境——诗人的人格与创作心态——作品的审美特质。

王国维对这三者关系的考察利用了传统"辨骚"论作中所积累的一些思想资料，但基本思路借鉴了西方批评的概念推绎方法。其中核心的批评概念即是"欧穆亚"(Humour)。[①] 这是从叔本华那里借用的概念，指的是一种

① 通译作"幽默"。

人生姿态,也可以推衍为一种创作心态,并不等于当今一般所说修辞意义或写作技巧上的"幽默"。叔本华在《意志与表象的世界》中说:"幽默依赖了一种主观的、然而严肃和崇高的心境,这种心境是在不情愿地跟一个与之极其牴牾的普通外在世界相冲突,既不能逃离这个世界,又不会让自己屈服于这个世界。"于是,"幽默"便作为一种跟外在世界起调节作用的特殊心境。当试图通过某一概念调节心境,将"自己的观点"与"外在世界"包摄起来,这一概念与所要思索表述的原本内容之间便产生"双重的乖讹";或者将深邃的严肃隐藏在诙谐有趣的外表之下,使严肃更显得"照耀全局"。这些都是叔本华所说的"欧穆亚"。王国维借此解释屈原创作心态的形成及其所产生的美学精神,是比较恰当的,因此能将"辨骚"的水平大大提高一步,将事实证说提高为审美批评。

文中认为春秋以前的道德政治思想分南北二派,以老庄为主的南方派富想象,于理想中求安慰,往往"遁世无闷,嚣然自得";以孔、墨为主的北方派则重感情,持坚忍强毅的精神以"改作社会",所以对待社会既不满又不能超脱,"一时以为寇,一时以为亲,如此循环遂生欧穆亚之人生观"。王国维认为屈原综合了南北文化的特点,兼有"北方人之感情"与"南方人之想象",这就使他始终处在一种无法消解的矛盾与困扰之中。一方面,屈原怀抱高尚圣洁的人生和政治理想,不为现实所接受,反遭摈弃与排挤,屈原与现实格格不入,视现实为"寇";另方面,屈原又矢志"改作社会",对国家和人生现实充满热情,视之为"亲"。"亲"与"寇"的心态此起彼伏,对立统一,造成一种人生姿态的尴尬与困扰,既无可逃脱,又深感无聊,只好以诙谐游戏的形式抒愤泄郁,表达无可奈何的情绪与坚毅执著的人格精神。王国维由此解释《离骚》:"《天问》、《远游》凿空之谈,求女谬悠之语,庄语之不足,而继之以谐。"《离骚》东一句,西一句,天上一句,地下一句,一会儿"庄",一会儿"谐",都由于诗人"自己的观点"与"外在世界"分裂所导致的情感矛盾与困扰。屈原不断在想象驾凤鸟,挟飘风,御云霓,要超离现实作逍遥游,以出世的幻景来决绝现实的"寇"的世界;但这种超离与决绝又是那样痛苦和犹疑,诗人对"旧乡"毕竟又那样亲近,那样依恋不舍。王国维指出《离骚》中蕴涵"亲"与"寇"两种情思的象征描写交替出现,其实就是诗人矛盾心境的折射,是他深悲极憾的一种调节和自慰。王国维把这种创作心态及"游戏"中蕴涵严肃的审美表现称为"欧穆亚"(幽默)。这种幽默不只是喜剧性的,而主要是悲剧性的美学范畴;或者说,是悲剧性的崇高与喜剧性的诙谐的结合。王国维以此勾勒把握“屈子文学之精神”，第一次真正从美学理论高度准确地阐说了屈原创作的基本特征，在大量“辨骚”论作中可谓独具卓识。

《屈子文学之精神》比《〈红楼梦〉评论》晚写两年，但显得比《〈红楼梦〉评论》圆熟得多。与其说是理论方法的使用进步练达了，不如说是革新传统的“战略”调整了。《〈红楼梦〉评论》是破天荒运用西方的批评理论，渴求以一种全新的姿态一下子拉开与传统批评的距离，难免出现“误读”的硬套，当时确实也需要靠那种我行我素、挥斥方遒的劲头，给沉滞的传统批评思维带来大刺激。但王国维毕竟是一个扎实从容的学问家，他大刀阔斧引出现代批评的开篇之后，很快就意识到光靠揭竿造反式的行动是不可能真正革新传统、创建现代批评的，搬用的外来理论也许一时可以产生冲击力，却未必能真正站稳脚跟，因此关键的功夫还在于如何谨慎地选择和借鉴西方批评理论方法去调整、补充传统批评的不足。

《屈子文学之精神》并没有显出颠覆传统的企图，表面上甚至还退回传统，而且也确实结合运用了传统批评的某些手段与材料，但作为基本的批评思路又是现代的，其中的概念推理与审美分析的结合，是传统批评所缺失的。这篇文章体现了王国维革新传统批评的路子：不是以西替中，不是以外来批评理论颠覆和取替传统批评，而是“以外化内”，即以外来理论去观照、调整和补充传统的批评，寻求中外批评的契合点，最终达到“中外汇通”。

到1906—1908年写《人间词话》，这种批评理论方法上的“中外汇通”就更自觉，也更完整，这在下文还将加以评述。

三　“第二形式之美”说的原创性

王国维在革新批评思维方法的同时，对审美批评理论做了相当深入系统的探索。这种探索借用西方美学理论来观照、阐释传统文论中某些美学命题，引发出一些创造性的理论建树，对现代文学理论批评产生深远的影响。

王国维的审美批评理论具有一定的体系性与自足性，这是令人惊羡的。如果我们勾勒一下王国维审美批评理论的轮廓，发现它的体系就如同一座金字塔。作为塔底的基础部分涉及面很宽，核心是文学的审美本质论，即认为文学是“可爱玩而不可利用”的。围绕这一核心，王国维研究了文学的外缘关系，区分文学与政治、宗教、道德、科学等方面的界限；同时又进行文学的内部关系研究，提出并着重探讨文学的“第二形式之美”这一创论（即“古雅”说）。在作为基础部分的文学审美本质论之上，王国维树立了他的批评论，包括前文所述的他对批评思维方法的探索，还包括有关批评审美范畴的讨论。其中“意境”说是整个批评理论金字塔的顶端，也是最富光彩的部分。在这一节，我们先来考察王国维审美批评理论的基础部分，特别是“第二形式之美”这一创论，再后再顺着“金字塔”往上讨论他的理论体系的其他部分，其中“意境”说将作为另一重点放到下一节评述。

文学的本质是什么？古往今来，众说纷纭，解释的角度和层面各有不同。王国维则是侧重从审美功能的角度去解说的。他对美的性质进行界定，从而完成对文学性质的界定。他认为：

> 美之性质，一言以蔽之，曰：可爱玩而不可利用者是已。虽物之美者，有时亦足供吾人之利用，但人之视为美时，决不计及其可利用之点。其性质如是，故其价值亦存于美之自身，而不存乎其外。①

这段论说集中表达了王国维基本的美学观点，包括三层意思：一、美的性质，二、审美态度，三、美的价值。所谓“可爱玩而不可利用”，是指审美对象的超物质性。美纯粹是精神产品，只供游戏玩赏，满足精神的宣泄、寄托和安慰等种种需要，没有工具性物质性的利用价值。虽然有些美的物品也是可供日常生活“利用”的，但当人们把它作为美的对象欣赏之时，就会忘却或不顾及其实用性。这就说明不光审美对象是超物质性的，审美主体在进行审美活动时也是超利害的，审美态度是非功利的。因此衡定美的价值，应当注意到美的独立性，美的价值只在其自身，而并不依赖任何外在的利害关系。这也是美区别于道德、伦理、科学等其他人类精神产品的界限。

为什么说文学审美本质是超利害的，而且美的价值在“美之自身”呢？王国维试从“美在形式”的角度进行探讨。他说：

> 一切之美，皆形式之美也。就美之自身言之，则一切优美皆存于形式之对称变化及调和。至宏壮之对象，汗德（按即康德）虽谓之无形式，然以此种无形式之形式能唤起宏壮之情，故谓之形式之一种，无不可也。②

---

① 《古雅之在美学上之位置》，《王国维文学美学论著集》，第37页。

② 《古雅之在美学上之位置》，《王国维文学美学论著集》，第38页。

这里王国维主要接受了康德关于“美在形式”的观点。在《判断力批判》一书中，康德就提出过“美”是不涉及概念，因而也不涉及利害欲念的“感情直观的纯形式”。作为对象的美与对象的实体存在无关，而仅仅依赖其“形式”。若“形式”恰好能适应人的想像力与理解力，达到一种自由谐和的状态，就会引起超越利害欲念的快感，即美感。王国维正是从康德这种“美在形式”论出发，提出文学审美“可爱玩而不可利用”的超利害观点的。

这种观点的提出虽然有“形式主义”之嫌，但目的却在于强调文学的独立价值。这在当时很有现实的针对性。王国维主张文学“可爱玩而不可利用”，就是反对传统的“文以载道”观以及将文学单纯作为实利工具的做法。这实在也是很有进步意义的。王国维在《文学小言》(1906 年)中就将那种为“利禄”所支配，或者“以政治及社会之兴味为兴味”的文学，斥为“铺馁的文学”，将那种一味投合流风，缺少真情而又媚俗求名的作态的文学，斥为“文绣的文学”。他主张文学“可爱玩”，并非玩文学，而是把文学作为极为严肃的事业。用他的说法，真正的文学家不应该抱文学以外的功利目的去从事文学，不应“以文学为生活”，而应当“为文学而生活”，把文学本身作为目的。在王国维看来，中国历史上不大重视与承认文学的独立价值，文艺家“皆以侏儒倡优自处，世亦以侏儒倡优畜之，所谓‘诗外尚有事在’，‘一命为文人便无足观’，我国人之金科玉律也”，“此亦我国哲学美术不发达之一原因”。[①] 所以王国维由文学审美超功利的“可爱玩而不可利用”说，引出对文学独立的审美价值的强调与尊重，对传统文论来说是突破性的。

中国古代文论中占支配地位的始终是儒家的文学功利主义，即“美善相乐”[②] 的思想，文学与政治、伦理、道德等社会目的联系紧密，美与实用就容易混同，文学审美的独立价值很难得到承认。另一派在批评史上有影响的道家倒是讲超脱，比较重视文学超功利性的，但也未曾有过像王国维这样对文学审美价值的明确系统的理论上的肯定。这样看来，王国维提出文学“可爱玩而不可利用”确是批评史上值得注意的事。他第一次把审美无利害关系作为批评鉴赏的关节，并由此为出发点，探索审美批评的特殊规律。这种理论探求对于现代批评作为一门独立学科的形成，无疑是一种有力的推助。

但是我们这里特别要加以讨论的，是王国维在论述文学审美本质过程

① 《论哲学家与美术家之天职》，《王国维文学美学论著集》，第 35 页。
② 荀子《乐论》。

中所提出的“第二形式之美”[①] 的命题，即所谓“古雅”说。这是王国维对于美的范畴分类的一种创论。

西方美学对美的分类，大致分为优美与崇高两大类，即审美的两大基本范畴。康德对此也有他自己的解释。他认为优美是一种有限的形式，感官可以直接把握，而崇高是一种无限的形式，必须借助想象，才能把握其整体。无论优美还是崇高，都是“美在形式”，所不同的是审美过程主体的感应效果不同。优美能直接使“精神之全力沉浸于对象之中”，主体与对象可达自由谐和的结合，于宁静的状态中产生“可爱玩”的美感愉悦；崇高则由于“对象之形式越乎吾人之力所能驭之范围，或其形式大不利于吾人”，使主体产生恐惧或威胁感，于是就会本能地“越乎利害之观念外，而达其对象之形式”，从而在超越的审美自由中获得另一种愉悦美感。王国维吸收了康德对优美与崇高（王译称为“宏壮”或“壮美”）两个审美范畴的阐说，以论证文学审美的超利害本质。但王国维又有自己的理论发现，他试图把“古雅”即“第二形式之美”，作为优美与崇高之外的又一个审美范畴，去补充康德与西方美学理论的不足。

康德的超利害审美观建立在天才论基础上，把一切真正的艺术品都归之于天才的创造，而一切艺术品都不脱优美与崇高两大审美特征。王国维则认为康德的理论不完全。事实上，有些并非出自天才创作的事物，也具有“可爱玩而不可利用”的审美效果，但却不一定能达到优美或崇高的程度。王国维举例说，古代存留下来的由一般工匠制作的文物，如钟鼎、摹印、碑帖、古籍等等，当时并非作为艺术来创造，主要是为了实用，但现在实用性消失了，这些文物也变成“可爱玩”的东西，人们乐于欣赏其“形式”了。又如，文学作品中称得上天才的作品并不多，占绝大多数的并非神来兴到的天才之作，功力型创作也有一定的审美价值，可是其“形式之美”又尚未达到康德所说的由天才创造的优美或崇高。如何解释和概括这些非天才所作，或者由天才所作而未达到优美、崇高等级的“形式之美”呢？王国维提出“古雅”或“第二形式之美”的范畴。

王国维说，“一切之美，皆形式之美也。”这“一切之美”，包括自然形态的美与经人工艺术创造的美。后者王国维称为“古雅”，即所谓“形式美之形式

---

① 《古雅之在美学上之位置》，《王国维文学美学论著集》，第 37—41 页。本节以下所引王国维文字均出自该文。

美也”。前一种“形式美”实际上指内容材质，他把内容也形式化了。后一种“形式美”指人为创造的艺术形式。所以王国维称优美、宏壮为“第一形式”，古雅为“第二形式”；“第一形式”须通过“第二形式”表现，才形成艺术美，“故古雅之致存于艺术而不存于自然”。古雅与优美、宏壮的关系，是表现与被表现的关系。不过，“优美及宏壮之原质愈显，则古雅之原质愈蔽”，天才的作品往往不显技巧做作痕迹，而是天然浑成的境界，就是这个道理。由此王国维认为天才的达到优美宏壮的创作离不开“古雅”即“第二形式”的表现，而那些非天才的不够优美、宏壮的创作，也完全可以靠“第二形式”的工致取得“古雅”之美，具有独立的“可爱玩”的鉴赏的价值。

王国维认可康德的观点，指出优美和宏壮(崇高)的发现和表现，都必须依赖天才先天的慧眼与魄力，凡夫俗子“欲者不观”，不可能靠后天的经验与技巧达到这种高级境界，所达到的，只能是古雅。所以绝大多数属于二三流的作家，很可能就都不是靠才气，而是靠后天的艺术修养和技巧，他们“大抵能雅而不能美且壮”的创作，也有一定的鉴赏价值。即使是第一流的天才艺术家，其最优美最宏壮的作品中，也很难说就没有“神兴枯涸”之笔和“陪衬”的章句，而这些地方就可能只是有古雅之美了。因此王国维又把古雅称为“低度”的优美或宏壮，认为三种不同的审美范畴，都共有“可爱玩而不可利用”的本质特征。

“第二形式之美”说是王国维批评理论中富于创造性的部分，所涉及的美学问题比较复杂，值得深入研究。这里要指出的是，这一概念的提出不但强化了王国维超利害的审美批评意识，而且也扩展了批评的视野，把形式技巧性的批评提升到美学批评的高度。如果照搬康德那种天才论的美学理论，很难与实际批评对上号，大量并非由天才创作的所谓“二三流”的作品，包括相当一部分比较大众化的古代小说戏剧作品就可能被排除在批评的视野之外。而“第二形式之美”即“古雅”审美范畴的运用，就弥补了这种遗漏和不足。王国维关注宋元戏曲与明清小说这些俗文学领域的研究，并取得巨大成绩，就跟重视“第二形式之美”的独立价值有关。

此外，“第二形式之美”的审美概念提出，还涉及到艺术修养构成创作的必要条件、审美意识积淀在创作与批评鉴赏中的作用、天才型创作与工力型创作的不同审美特点等一些深层次的理论课题，王国维虽然没有深入探讨，但在他的实际批评中包含有这些思索。在《文学小言》中，王国维讲“古今之成大事业大学问者”包括杰出文学家的成功不可不经过三个阶段，实际上就是强调学问修养的积累由量变到质变。[①] 前文提到王国维主张整体性审美批评，还提到他反对模仿的“文绣的”文学，但不等于说他就不重视作为“第二形式”的艺术技巧与表现手段。在《人间词话》和别的一些批评论作中，我们可以看到王国维对于诸如用字、音律、修辞、文体等属于所谓“古雅”美范围的对象，也是非常关注并认真评论的。《人间词话》提出另一重要的批评概念——境界说，其中也贯穿着对“第二形式之美”的思索。

这里我用较多篇幅评述“第二形式之美”说，是考虑到这一理论在王国维整个审美批评理论体系中属于关键部分，而且又是他最有独创性的理论，这种创见所表现的现代性理论思辨特征也很突出。

四 “境界”说及相关的审美批评概念

从《〈红楼梦〉评论》到《屈子文学之精神》，再到《人间词话》，给人的印象是王国维一步步回归传统。《人间词话》不但用了诸如“意境”、“境界”之类传统的批评概念，而且体式也是残丛小语的词话。这部著作因此而甚得旧式读者的爱好，一些学者也认为它基本上属于古典形态的批评。[②] 但是如果细加辨察，会发现《人间词话》表面上是传统的，内里却又是现代的，其传统的形式和审美意趣中已经注入了现代批评的精神。如果说《〈红楼梦〉评论》主要表现为直接借用西方批评的刺激以改变传统批评的思维、《屈子文学之精神》表现为“以外化内”开始寻求中西批评的契合点，那么《人间词话》就在相当程度上达到了中西批评思维方法的汇通。看起来这三篇(部)论作代表三个阶段，似乎逐步向传统回归，其实是一步步走向理论的成熟。《人间词话》利用并翻新了国人比较能接受的传统批评概念与文体，所试图建构的是一套能同时超越传统与西方批评的新的批评理论。王国维获得了很大的成功。

---

① 《文学小言》第5节中说：古今之成大事业大学问者，不可不历三种之阶级：“昨夜西风凋碧树，独上高楼，望尽天涯路”(晏同叔《蝶恋花》)，此第一阶级也。“衣带渐宽终不悔，为伊消得人憔悴”(欧阳永叔《蝶恋花》)，此第二阶级也。“众里寻他千百度，回头蓦见，那人正在灯火阑珊处”(辛幼安《青玉案》)，此第三阶级也。未有不阅第一第二阶级，而能遽跻第三阶级者。文学亦然。此有文学上之天才者，所以又需莫大之修养也。

② 例如敏泽所著《中国文学理论批评史》，就认为王国维只是把传统文论中关于“境界”的论述继承并做了发展，“给予比较详细的论述”，基本上将王国维的“意境”说归作传统批评形态。

《人间词话》因为采用了散漫随意的残丛小语方式,确实见不到《〈红楼梦〉评论》那种条理密贯的理论思辨性,加上词话中品评诗作或发挥诗思又采用点悟式,缺少明显的逻辑联系,一般人们都不把它视为一部系统的理论专著。其实,《人间词话》具有不易发现的潜隐的逻辑性与系统性,王国维写这部著作时是有统一的理论构思的,绝非随意的点评记录。根据《国粹学报》1908—1909 年最早刊行的《人间词话》64 则,其编排是由王国维自己确定的,总体考察便可看出隐含其中的一个系统的理论框架。

64 节词话可大致分为三大部分,即理论之部(第 1—9 节)、实际批评之部(第 10—52 节)与结论引申之部(第 53—64 节)。在"理论之部",王国维试图重建中国诗词批评的标准,其中涉及到审美批评的一系列理论问题。在第 1 节,提出了"境界"这一批评概念,作为全部《人间词话》理论的始发点;接着在第 2 和第 3 节,分别引出"造境"与"写境"、"有我之境"与"无我之境"两种对立的概念,从不同层次解说"境界"的不同类型;第 4 和第 5 节,进一步从审美效应有"优美"与"宏壮(指崇高)"之分来区别"有我"与"无我"不同的境界,并以文学审美直观超越性考识创作中"理想"与"写实"的关联;第 6 节论创作中情感的融入对境界形成的决定作用;第 7 节论境界的创造离不开诗的语言提炼;第 8 节说明境界不以大小分优劣;第 9 节是对境界理论的一个小结,指出"境界"说何以比前人相类似的一些批评概念更能"探其本"。这 9 节词话虽然用词寥寥,点到即止,但可以理出一个头绪,可以看作是整个《人间词话》的理论核心,其余部分都是由这核心所引发辐射的,或者是这一核心的证说与补充。

第二部分偏重实际批评。从第 10 节到第 52 节,依时序论评历代著名的诗人词作,包括太白、飞卿、后主、正中、圣俞、永叔、少游、东坡、白石、幼安、放翁、稼轩、梦窗、纳兰容若,等等。每一品评都从不同角度具体运用"境界"的批评基准,或对前人评论提出异议,或引发理论的探讨,而不同于旧式诗话词话那种单纯的阅读印象点悟。这一部分的具体批评与前一部分所提出的理论相互印证,相互补充。

第三部分包括第 53—64 节,内容比较杂,但主要是对诗词风格体式流变线索的寻理,也论及文学发展的规律以及诗词创作的某些具体问题,是对以上两部分的总结与补充。最后两节品论元曲两大家,其意是"境界"说对元曲的批评也同样适用。从三部分的内容安排与明显的理论脉络看,《人间词话》并非一般记录阅读感悟的残丛小语,虽然不精密,但确有一个隐含的理论系统。认清这一点很要紧,我们会由此把《人间词话》作为一种批评理论体系的雏形来讨论,这个体系雏形的核心便是“境界”说。

《人间词话》第9则可以看作是这部理论专著的纲,即指明这部词话突出“意境”说,是为了从审美关系这一基本点出发,探求文学的本质规律。第9则说:

> 严沧浪诗话谓,“盛唐诸公唯在兴趣,羚羊挂角,无迹可求。故其妙处,透澈玲珑,不可凑拍,如空中之音,相中之色,水中之影,镜中之象,言有尽而意无穷。”余谓北宋以前之词亦复如是。然沧浪所谓兴趣,阮亭所谓神韵,犹不过道其面目,不若鄙人拈出“境界”二字为探其本也。

王国维所说的“探其本”,是相对传统诗学所达至的层次而言。像严羽提出的“兴趣”说、王士祯的“神韵”说,都是传统文论中有代表性的批评概念,依王国维看,虽然有利于引导读者体味鉴赏作品,但基本上仍停留于对诸如风格、情趣、体式等某一侧面或表层的品评,只能“道其面目”,而未能“探其本”,进一步说到底审美的效果是如何产生的。王国维特别将“意境(境界)”这一概念标示出来,以其为主轴建构一种比较系统的批评理论,是为了从审美关系上探讨文学的本质,这是一种理论的自觉,是对传统文论的一种现代性的突破。

“意境”或“境界”的概念都并非王国维的首创。自宋以后,特别是清代诗家,对这两个词的使用颇多,甚至也已经注意到“意”与“境”的对立统一关系。[①] 以往许多论者已经论述过王国维“意境”说与传统文论的渊源关系,并把王国维称为传统“意境”理论的集大成者。[②] 这都是不无根据的。不过,对于本论题更重要的,是王国维在对传统“意境”理论的继承中所作的现代式的发挥与创造,是他完全用新的眼光所建构的理论体系。

王国维构筑《人间词话》理论体系的第一道工序,是把“意境”(境界)升格为审美批评的高级的核心概念,传统批评的其他审美范畴,诸如风骨、气

---

① 传统文论中使用“意境”或“境界”二词的很多。如唐代《文镜秘府论》就提出过“意与境相兼始好”;托名王昌龄的《诗格》提出写诗三境,即“物境”、“情境”和“意境”。金圣叹评《西厢记》中多处用“境界”一词。朱承爵《存余堂诗话》说“作诗之妙,全在意境融澈”。况周颐《蕙风诗话》中也多处用“意境”一词,并主张写“情景真”的“境界”。梁启超的《饮冰室诗话》也曾用“独辟意境”称公度诗。

② 可参考佛雏《王国维诗学研究》第三章第一节,北京大学出版社1987年版。

象、格调、神韵、趣味、巧妙、韵律，等等，就成了次一等级的批评概念，并且都可以为意境所涵括统摄。意境又是带普遍性根本性的审美批评标准，王国维因此认为“词以境界为上。有境界，则自成高格，自有名句”。《人间词话》评骘了五六十位词家词作，都是以有无意境以及意境的深浅高下作为批评的基点，对其他方面诸如技巧、风格、体式的评论，都与意境的体味评判相联系，服从于意境的批评。传统批评（特别是诗话词话的印象式批评）一般都比较散漫，批评的标准也缺少明确性，王国维把“意境”升格为核心的批评概念，并努力从理论上界说其内涵，这就使批评的目光集中，产生类似聚焦的作用，明晰地切入并把握文学创作与鉴赏的审美本质。

那么王国维是如何界定意境（境界）的含义的呢？他在《人间词话》乙稿序中说：

> 文学之事，其内足以摅己，而外足以感人者，意与境二者而已。上焉者意与境浑，其次或以境深，或以意浑，苟缺其一，不足以言文学。原夫文学之所以有意境者，以其能观也。出于观我者，意余于境；而出于观物者，境多于意。然非物无以见我，而观我之时，又自有我在。故二者常互相错综，能有所偏重，而不能有所偏废也。

这里，王国维把意与境看作是构成文学本质关系，并从根本上决定了文学的审美性质与效果的两方面基本因素。所谓“意”，指主观方面的各种因素，包括情感、想象、理解、兴趣，等等，其中情感是最主要的，对其余诸种因素起渗透、贯穿和主导的作用；“境”则指艺术创造的形象、画面、景象，等等，是“意”的依托与具体表现。二者互相融会，浑然一体，才能形成审美的世界，即意境或境界。如果二者不那么和谐一致，无论意胜于境或境胜于意，都不能达到最高的审美效果。传统文论中有“情景交融”、“形神兼备”一类的说法，与王国维的“意境”说比较接近。但有情景交融的艺术形象不一定都有意境。王国维举例说：

> “红杏枝头春意闹”，著一“闹”字而境界全出。“云破月来花弄影”，著一“弄”字而境界全出矣。

按王国维之意，如果不用“闹”字“弄”字，虽然也可以说是有情有景、情景交融的，但境界就出不来了。可见王国维所说的境界或意境并不等于情景交融，而是一种比艺术形象本身更加广阔深邃的艺术世界。《人间词话》显然也继承了传统文论的某些思想资料，但又前进了一大步，即从哲学与美学的高度阐释意与境或情与景的对立统一关系，将本来比较含混只可意会的传统批评范畴提升为有一定本质规定性、多少可以从理论上把握的批评概念。①

在对意境作大致的理论界定的基础上，王国维又进一步从创作的主客体关系的处理方面探讨了两对不同类型的意境，即“有我之境”与“无我之境”、“造境”与“写境”。

王国维说，“有我之境，以我观物，故物皆著我之色彩。无我之境，以物观我，故不知何者为我，何者为物。”其实“有我”“无我”只是相对而言。只要是具有审美特性的意境（境界），都无不渗透着作者的主观（情感）因素，都是“有我”的。王国维讲“有我”“无我”，不过是指主观（情感）因素在创作中的显隐之别，强弱之别。王国维还试图运用西方美学中优美与宏壮（崇高）两个范畴来区别“有我之境”与“无我之境”的不同性质，认为“无我之境，人惟于静中得之；有我之境，于由动之静时得之。故一优美，一宏壮也”。这种说明虽然失之牵强片面，但也可见王国维注意到“有我”与“无我”之境中均有作者主观（情感）的灌注，只不过主观（情感）的表现有强弱显隐之分罢了。王国维在区分不同的审美特质时，认为“无我之境”比之“有我之境”更属上乘，因为“有我之境”是人工巧合，可以明显感触到作者的情绪或匠意，比不上“无我之境”那样浑然天成，主客观因素的互相交融渗透，很难剥离分辨。虽然“有我”“无我”之境都可以达至艺术审美效果，但后者比前者更难，更需要依赖艺术的天才创造力。他说：“古人为词，写有我之境者多，然未始不能写无我之境，此在豪杰之士能自树立耳。”王国维是着眼于主客观因素结合的完美程度去评析意境的高下的。他既追求完美的高水平高目标，又宽容兼顾不同的审美层次。“意境”概念的理论升格，使王国维获取了比传统文论家更阔大的批评视野与胸襟。

与“有我”“无我”之境相关的，还有“造境”与“写境”的境界之分。王国维说，“有造境，有写境，此理想与写实二派之所由分。然二者颇难分别。因大诗人所造之境必合乎自然，所写之境亦必邻于理想故。”这里所说的偏重

---

① 依现代批评理论的眼光看来，王国维对“意境（境界）”含义的界定还是很不明确的。王国维深知传统诗学概念的特长，他要充实并尽可能界定这些含糊的概念，使之多少能从理论上把握，但又不轻易用西方的批评理论来阐释中国传统的批评概念。其实，“意境”或“境界”作为一种批评术语，在西文中找不到一个词可以概括其所有内涵。看来王国维对此也是很清楚的。

理想的“造境”与偏重写实的“写境”，后人往往理解为指浪漫主义与现实主义。其实王国维并非讲两种不同的创作方法，或两种境界的品第高下，他是在探求那种称得上“大诗人”手笔的完美的意境到底是如何产生的。他显然认为成就完美意境的条件是既“合乎自然”，又“邻于理想”，这是通向纯粹审美世界的双轨。所谓“合乎自然”，是指诗人创作时摆脱任何势利荣辱和“生命意志”的束缚，以一种全然忘我的姿态进入审美静观之中，由此观物观我，诗人本身也就自然化了。就能以自然之眼观物，以自然之舌言情，所表现的审美效果也就是合乎自然的，不做作不装束的。[①] 所谓“邻于理想”，在王国维看来是“合乎自然”这枚铜币的另一面，诗人只要进入上述这种自由无羁的创作状态中，就完全可以按自身“美之理想”去发挥创造力，赋予客观描写的事物以理想的灵光，从而使作品具有超越性、普遍性，产生不可穷尽的审美效应，即所谓“言外之味，弦外之响”。对于完美的创作状态来说，“合乎自然”与“邻于理想”是同样重要，缺一不可的。所以王国维眼中大凡成功杰出的诗人必定兼具“理想家”与“写实家”双重身份。他的这段话可作上述观点的补充与证实。他说，“自然中之物，互相关系，互相限制。然其写之于文学及美术中也，必遗其关系限制之处，故虽写实家亦理想家也。又虽如何虚构之境，其材料必求之于自然，而其构造亦必从自然之法律，故虽理想家亦写实家也。”所谓纯粹的审美就是这样一种精神状态，诗人已经“遗其关系限制之处”，即超越现实利害和因果关系的束缚，能够非常自由放松，充分按美的理想来构造艺术世界，这种艺术世界的构造由于出之自然(诗人本身也是自然)，必然又符合“自然之法律”，有一定的现实依托，这样的创作就是自然浑成，并不矫饰的。

在对意境这一审美范畴的理论探索和界定中，王国维引发出进行具体的文学批评的尺度和标准。其中最主要的是真与自然。他说：“境非独谓景物也。喜怒哀乐，亦人心中之一境界。故能写真景物，真感情也，谓之有境界。否则，谓之无境界。”这里所说的真，并不完全等同于客观真实性的“真”，或一般所说的真理的“真”，而主要指作者主观性情的真，或本性的纯真。《人间词话》评论诗词，就格外重视情感是否真切，摹写是否真实，而这

---

① 王国维这一观点显然受叔本华的影响。叔本华在《意志和表象的世界》中提出：诗人“本身就是自然自身，就是把自身客观化了的意志。……只有自然才能领悟它自己”。王国维在《〈红楼梦〉评论》中赞同和引发叔本华这一观点，说“唯自然能知自然，唯自然能言自然”。

一切又都追究到诗人是否进入超利害的纯粹的审美状态,展露抒发其毫无装束的"赤子之心"。① 因此王国维是很看中作品的天真气息的,甚至认为"主观之诗人"应该少阅世,以保存"性情"之真,对于诗词创作来说,这尤其重要。

"自然"是与"真"相联系的。王国维认为诗人保持天然的性情,以"赤子之心"去从事创作,超越功名利禄的世俗眼光,就能"以自然之眼观物,以自然之舌言情",达到浑然化一的高妙境界。王国维文学批评求"真"求"自然",也继承了道家美学传统中"见素抱朴"、"返璞归真"的精神,但把"真"与"自然"作为形成意境的条件和评价标准,是王国维的理论发挥。从这一点出发,王国维在文学批评中贬斥"文绣的文学"、"馎餟的文学"、"模仿的文学"和其他种种伪文学,反对以创作媚世求荣,反对浮华伪饰矫揉造作,其意境说的提出,与上述王国维对文学审美本质的思考是连贯统一的。

除了"真"和"自然",王国维在《人间词话》中还运用过其他一些批评范畴,如气象、格调、工巧、神韵、隔与不隔,等等,几乎都是沿袭传统批评的,不过王国维把这些范畴都归之于"真"和"自然"的规定之内,受"真"与"自然"制约,或者和"真"与"自然"有因果关系,用以从不同侧面或层次衡定意境的深浅高下。

值得提出来略加评述的是"隔"与"不隔"这一对审美批评范畴。后人对这一对批评概念有许多异议,但多数学者认为"隔"与"不隔"的批评主要着眼于作品形象(无论人、物、景)上是否鲜明自然,特点突出,能否使读者真切感受,"语语都在目前",总之,是指有无"真切之感受"和"真切之表达"。《人间词话》使用"隔"与"不隔"的概念,注意把作者——作品——读者联系起来考察,注意到文学语言形式对情感表达的局限性以及读者在接受和体验作品的过程中可能引发的创造性,实际上已触及到接受美学的课题。王国维注重以"隔"与"不隔"作为衡量意境美的一种标准,还包含有打破传统批评含混性的冀求。可惜这一概念本身也是基于感受的,对其内涵缺少理论上的明确说明。王国维在沿用许多传统批评概念时,往往都还是含混的,这也是《人间词话》长期引起争论,各种解说莫衷一是的原因。

---

① 例如《人间词话》评论李煜,就特别指出后主作为词人不失"赤子之心",才写出"眼界始大,感慨遂深"的词。评论纳兰容若,则注意其"初入中原,未染汉人风气,故能真切如此"。

五　两种批评话语的纠葛与融会

如果借用叙事学探寻文学话语潜在结构与功能的观点，一个批评家在其理论批评中所运用的基本概念、角度、层次以及语态、语式、文体，等等，所组成的结构关系也可以称为"批评话语"。以上评述的王国维一些重要的论著，实际上存在传统与外来的两种批评"话语"的纠葛或融会。王国维的意图并非要彻底割弃传统，而是希望日趋沉滞的传统批评能摆脱僵局，振发生机，达至现代性的转型。而借鉴西方批评思维与方法，是实现这一转化的必要促助因素。王国维毕竟是最早的垦拓者，他在摸索尝试，他的论著中存在两种批评话语的纠葛并不奇怪。这些纠葛或许造成批评文本的某种"不协和音"，于是对人们太熟悉的沉闷的传统批评氛围产生一种强刺激。由此看来，批评话语的纠葛又可能具有特殊的价值和意义。如前所述，像《〈红楼梦〉评论》等论著中存在的"误读"现象，有的也是由两种批评话语的纠葛所形成的。两相参差龃龉，给人一种生涩感、新异感，反过来会引起人们注意"误读"背后的批评新思路。

当王国维有意以外来的现代批评话语去观照、阐释本土的传统批评话语时，两种话语的纠葛是难于避免的。这当然是一种不成熟，他最初所写的那些批评文章较多顾及外向的接受性与译介性，不成熟就更其明显。而稍后所作的《人间词话》等论著，在传统的外形中潜存着新的批评理论体系，就比较完满成熟，自成一说，其中两种批评话语的纠葛不再那么明显，或者说一些纠葛已转为汇通，两相融合成另一种既传统又现代的批评话语。王国维所整理阐说的思想资料（包括一些批评概念和方法）是传统的，所采用的有些文体和评论语式也是传统的，然而对传统的阐释中已经融入了现代的眼光与方法，所构设的潜在理论体系更有赖于现代式的批评理论思维。王国维所使用的基本批评话语可以说是新型的、独到的，有的已在相当程度上实现了传统批评的现代性转型。在王国维之前的批评家不可能使用这种新型的批评话语，在王国维之后的批评家也很难创造出直接由传统转型的现代批评话语。批评家的话语创造终究不可能随心所欲，每一代批评家所处的历史环境不同，"语境"不同，他们选择和创造批评话语的前提条件也就不同。不过王国维是比较幸运的，他从事文学理论研究与批评具备了得天独厚的"条件"。

王国维批评的活跃期正是世纪的转折期,也是历史转型刚刚松动的时期。社会的变革和中西文化的撞击,已经猛烈震撼着神州地表,王国维对于民族的命运和传统文化的困境有紧迫的危机感。但王国维一介书生,稳健内向的秉性使他在嚣乱的社会环境中仍能偏于一隅,潜心学术,思以振发民族文化为救亡之本。他所处的时代迫切呼唤像梁启超这样的直接投身社会改革的叱咤风云的斗士,但也还需要一些知识分子继续从事文化积累与拓新的工作。更重要的是,世纪之初的社会变革还没有激烈到像后来那样难于允许放下一张书桌。大多数现代的文学家、批评家为感时忧国的责任感所促使,都自觉兼饰社会革命家与活动家的角色,他们很难有王国维这种治学的心境与环境。王国维事实上比在他之前和之后的知识分子都拥有更多的学术思维的自由空间。这是特定的历史时期所提供的条件。

而从个人的素养和知识结构来说,王国维也比同时代及现代的许多批评家优越得多。他那时已经相当深广地接触了西方文化,而且主要是精致文化,这使他眼界开阔,思路活跃。他最早具备了可与世界文化直接对话的能力。他对"新学"(特别是哲学和思维科学等)了解之深不仅超过同时代人,甚至能超过大多数现代的文学家、批评家。王国维又是最后一代承担过完整的传统文化的学者,"旧学"的根底也比后世学者深厚。他虽然已经感受到传统文化日趋沉滞的大势,但并没有失去那种已渗入他全部生命的文化感。而且在他所处时代,尚不必如后来那样,出于现实的道德感或政治责任感,去对传统文化采取抛弃否定的决绝态度。这都使王国维有可能比较清醒地对待传统,包括传统批评。他的目标是进步的、变革的,但并非激进的。他始终注重充分利用传统批评的经验和思想资料,这是他的批评理论重构的资源,是落脚点,他借鉴外来批评理论方法,不是对传统的简单化消解,而是促使传统批评的现代性转型。正因为如此,王国维才早在五四前十多年就写出一些带经典意义的现代批评论作,他才能够那样自觉地立足于传统批评的现代性转化,以独具特色的批评话语与世界文学理论进行初步的对话。

直至今天,王国维仍然不会失去他作为现代批评垦拓者的天才的魅力。

第二章
周作人:从“人的文学”到文学是“自己的园地”

虽然在本世纪之初,王国维、鲁迅等人已经分别借鉴外国文学理论,为中国现代批评奠定基石,但他们当时做这工作是有些超前而难免寂寞的。时代毕竟还不成熟,尚未形成能充分接纳现代批评的条件,无论王国维还是鲁迅,在当时产生的影响并不显著。现代批评作为有一定的规模声势、能直接左右文坛空气的潮流,是在文学革命发难之后、特别是在新文学有了相当的创作实绩之后。从1917年初《新青年》的同仁揭文学革命的大旗开始,现代文学批评才进入了生气勃勃的创建期,不再是王国维当年独立垦拓那样的惨淡经营了。几乎所有的新文学先驱都一身二任。他们既尝试新的创作,又从事现代文学理论与批评建设。从提倡白话文创作、引进“易卜生主义”、探讨新诗与“美文”的格式、批判“黑幕小说”与“鸳鸯蝴蝶派”、反击复古思潮,一直到讨论“为人生”还是“为艺术”,在短短几年时间里,新文学先驱通力合作,破旧立新,为建立新文学理论批评做出了彪炳史册的巨大贡献。如胡适的《文学改良刍议》、《建设的文学革命论》、《易卜生主义》、《谈新诗》,陈独秀的《文学革命论》,刘半农的《我之文学改良观》,傅斯年的《怎样做白话文》,周作人的《人的文学》、《平民文学》,康白情的《新诗底我见》,欧阳予倩《予之戏剧改良观》,等等,都已经成为现代批评史的重要文献。但在新文学先驱者中,周作人对文学理论批评(特别是对新文学创作的实际评论)最为专注,也更具有理论自觉性与批评个性。如果说《新青年》同仁中胡适、陈独秀是率先起来为文学革命摇旗呐喊,如果说鲁迅更多地以其创作实绩投入新文学战线,周作人则主要为新文学作理论前导。在五四时期周作人是为数不多的纯粹意义上的批评家之一。周作人的小品文写得很出色,人们评论他时总愿意首先提到他的“美文”成就。其实就影响力而言,批评家的周作人可能是更为突出的。20年代乃至30年代文坛曾经那样强烈地感受过周作人作为批评家的独特存在，这一点，即使著名的左翼批评家阿英也不否认：他肯定周作人的历史功绩在于“确立了中国新文艺的础石”。①

进入 30 年代后周作人日益脱离时代的主潮，事实上成为自由主义倾向作家的精神领袖之一，抗战时期又变节投敌，有过一段很不光彩的经历，因此历来现代文学史包括批评史论者都为这位五四时期的大批评家感到惋惜，偏于政治和道德的评价也就难免会冲淡甚至取替对其文学理论批评的应有评价。当历史的距离逐渐拉开，前几年有些研究者就试图调整视角，希望更冷静更全面地考察周作人复杂的文化心态及其所代表的知识者的道路，是很有意义的课题。② 本文限于题旨只能侧重评析周作人作为批评家的特色，衡定他在批评史上的位置，但也还是力求借助比较全面的研究视角。下面先概评周作人批评理论，然后再评析其批评实践，包括批评概念、风格等方面的得失。

一　对“为人生”与“为艺术”之争的超离

一般认为，周作人的文学理论和批评观是属于人道主义的，其最突出的贡献是提出“人的文学”的口号。确实，1918 年底周作人在《新青年》发表的《人的文学》③，对新文学运动产生过巨大的影响，正是从这篇文章开始，树起了周作人作为新文学理论先导者与杰出批评家的形象。《人的文学》提出以人道主义为文学之本，文学被作为“重新发现‘人’”的一种手段，其根本目标在于助长人性发展，提高人的精神生活。这就将 19 世纪欧洲文学发展中起过重大作用的人道主义直接灌输给刚刚发育的新文学，使胡适、陈独秀等人最初提倡的“文学革命”内容具体化。随后，在 1919 年初周作人又发表《平民文学》一文，强调写“世间普通男女的悲欢成败”，以达到“研究平民生活”，“将平民生活提高”的目的，进一步从写作方法到内容上贯彻人道主义精神。无论“人的文学”，还是“平民文学”，都强调社会功利性，这可以说是为后来“为人生而艺术”一派开了先河。“人的文学”是一个鲜明的文学运动

---

① 阿英：《周作人小品文序》，《现代十六家小品》，第 1 页，光明书局 1935 年版。

② 近十多年来出现一些研究周作人的比较具学术水平的论著，如钱理群的《周作人传》(十月文艺出版社 1990 年出版)可供参考。

③ 《人的文学》一文发表于 1918 年 12 月《新青年》第 5 卷第 6 号。

口号，五四一代新作家几乎无不赞成这一新的文学观念，并在事实上成了他们创作理论共同的支撑点。“人的文学”的提倡是批评家周作人的一大贡献，现代批评史应记下这一重要篇章。

但如果全面考察周作人，人道主义或“人的文学”虽由周作人提出，却又是新文学先驱者的“共识”，并非周作人独特的发现，他不过是顺应时潮，及时将新文学运动所渴望的创作内容与方向加以较明晰的理论表述。也就是说，周作人在1918年提出“人的文学”，主要还是以新文学运动代言人身份出现的，在《人的文学》等文中周作人尚未充分展现其理论个性。

尽管“人的文学”作为影响巨大的口号，给周作人带来很高的声誉，但周作人很快就对“人的文学”和“平民文学”的提法表示怀疑，他开始反省这两个口号中所包含的功利主义。1920年1月周作人做了一次题为《新文学的要求》的讲演，就针对当时新文坛中的“人生派”与“艺术派”的分野，提出自己的见解。他认为“为什么而什么”的创作态度是不可取的，因而“人生派”的流弊“容易讲到功利里边去，以文艺为伦理的工具变成坛上的说教”。周作人提出文学根本不必“为什么”，只是“用艺术的方法”，表现作者“对于人生的情思”。在周作人看来，当初提倡“人的文学”和“平民文学”虽然有“思想革命”之功，但作为文学理论则未免太急功近利了。到1921年1月为文学研究会起草宣言，周作人对功利主义的文学观更心存所惑，所以才提出“对于为艺术的艺术与为人生的艺术，两无偏袒”。从这一思想变化的轨迹中，可以看到周作人正在由新文学主潮的带头人，变为他所说的“自由的思想者”，逐渐形成真正属于他自己的文学理论与批评观。1923年可以说是个转折。

这一年9月周作人结集出版了他的文学论集《自己的园地》，书名就标示着一种独特的文学理论与批评观。周作人是以“自己的园地”作比喻，主张依照个性、表现自己情思的文学。这种文学本身即是“生活之一部”，并不讲求“为什么”的功利，就像在属于自己的园地里种蔷薇还是地丁，尽管“依了自己的心的倾向”就是了。周作人实际上是强调尊重创作个性，把文学的本质看作是个性的发抒，因此他既反对“以个人为艺术的工匠”的“为艺术派”，又反对“以艺术为人生的仆役”的“为人生”派，而主张“人生的艺术派”。

五四以来文学中个性主义的张扬是普遍的思潮，周作人对此作了理论上的表述：“自己的园地”实际上又是一个美学术语，所涵指与强调的是作家独特的人格品性在创作中的自然流露与体现。作家“写什么”、“怎么写”，受其创作个性的规定和制约,就如同在自己的园地上种什么,怎么种,那是自己的事,为自己的喜好或意向所决定。承认"自己的园地"也就是承认创作中每个作家都可以有"自己的声音"。

"自己的园地"这一新的文学观念的提出,超越了当时新文学两大派的分野,但又不是对两派文学观简单的折中混合。这个提法并不一定照字面的意思理解为"非功利",但周作人确实又反对浅薄的功利主义。他的意思是"不为而为",一部文艺作品只要"以个人为主人,表现情思而成艺术",虽然本意不是"为福利他人而作"的,不是功利的,也能使他人引起共鸣而得到"精神生活充实而丰富",周作人称之为"独立的艺术美与无形的功利"。周作人后来还指出:"文艺以自己表现为主体,以感染人们为作用,是个人的而亦为人类的;所以文艺的条件是自己表现,其余思想与技术上的派别,都在其次。"[①] 他强调文学创作的个人独特性与创造性,但也并未将之绝对化,在个人独创性的另一面,毕竟又还注意到普遍性、人类性;普遍性是以独特性表现出来的,二者相反相成。在五四时期,周作人这种认识比较全面,代表了当时文学理论的高水平。

"自己的园地"是周作人对文学的本质与功能的独立思索,也是他后来整个文学理论与批评观的基础,其核心就是强调文学的创作个性以及"不为而为"的创作态度。这和几年前提倡的"人的文学"和"为人生"文学已经很不相同,连话语方式也改变了。《自己的园地》中的批评论作不再试图左右别人或引导文坛,所以也不以当初提倡"人的文学"那种权威性话语出现,而更多的是一种自我选择与慰安。这也就如周作人所说的,他写《自己的园地》中一类文字,只是"因寂寞,在文学上寻求慰安","只想表现凡庸的自己的一部分,此外并无别的目的"。[②] 周作人不再是时代主潮或文坛趋向的先导与代言人,他显然已经腻味这种角色,渴求离开时代十字街头退隐到属于他自己的精神生活中去。"自己的园地"非常恰切地表达了他的文学观与心态。1923 年之后的周作人与时代拉开了距离,也与他原所倾赖的占文坛主导的功利性文学思潮拉开了距离。周作人为找到"自己的园地"颇感自足。他的素质大概不适于当战士,尽管有时他也自称为旧思想的"叛徒";只要能在"自己的园地"中充分自由地创作与思索,不用趋附任何时潮或势力,周作

① 《文艺上的宽容》,《自己的园地》,岳麓书社 1987 年版。
② 《自己的园地·序》。

人就得其所哉。这当然显得消极,他所处的那个时代是难于容得“隐士”的,所以周作人“自己的园地”常被看作是个人主义消沉的领地,也并不奇怪。

文学革命原是作为新文化运动的重要组成部分,所以新文学从诞生之日起就肩负着思想革命的使命,强调社会的功利性这是由时代要求所决定的,提倡“人的文学”和“为人生”的文学都体现了这种历史特点。从社会的历史的角度,不能否认功利主义的文学观有适应与服从时代需求的一面,但同样不可否认的是,功利主义文学观大有轻视或有碍创作个性自由发抒的一面,而文学毫无疑问是最需要自由与创造个性的。在20年代初期,一些新文学先驱越来越意识到功利主义的偏颇,也希望超越“为人生”或“为艺术”的争执,而从理论上探求文学发展的新路。周作人提出“自己的园地”也是一种认真的探求,起码对于新文学发展中日益膨胀的功利性是一种清醒的牵制。如果说新文学的历史发展是由各种合力构成的,周作人在倡导“人的文学”阶段是代表基本发展趋向的主力,那么到了主张“自己的园地”时,他就成为反“主力”,有点拉车屁股了,不过这种反“主力”不等于反动,从整体格局看也是有利于新文学发展的,因为它起到某种纠偏制衡的作用。

30年代周作人文学理论和批评观的核心仍然是把文学看作“自己的园地”,不过更拓深和扩展了关于文学抒发个性的观点。在《中国新文学的源流》中,周作人系统探讨了新文学与传统文学的衔接汇通,是一篇曾长久引起争议的著作。周作人以“言志”与“赋得”来概括两大文学传统,并加以现代的解释,实际上是仍要充实与支撑他的抒发个性的文学观。他说:“言志派的文学可以换一名称,叫做即兴的文学,载道派的文学也可以换一名称,叫做赋得的文学。古今有名的文学作品,通是即兴文学。……赋得的文章是先有题目,然后再按题作文。”按照周作人的解释,“言志”是表达自己的思想见解,“即兴”是自由地表达思想见解;“载道”是传达他人的既成的思想见解,“赋得”是限定在固有的形式下表达他人的思想见解。周作人是赞许“言志”与“即兴”,反感“载道”与“赋得”的,因为他还是坚持把文学看作“自己的园地”,他显然特别向往属于所谓即兴言志的最佳创作心态,可以内外无蔽,独立、自由地表达自己的思想、见解及情操。周作人推崇即兴言志的文学,还力图从传统文学中寻找渊源,认为新文学中成绩较大的现代散文除了西方思潮的影响,更重要的是有传统言志派文学的“内应”,他甚至把新散文的发达视为明代公安派“独抒性灵”文学运动的“复兴”。这观点未免有历史循环论的局限,但并非复古或倒退,周作人的根本出发点还是维护自由表达思想见解的文学原则，坚持文学是作家“自己的园地”，可以说与五四文学精神是一以贯之的。

从尊重文学的独立性与维护自由表达思想见解的创作原则来说，周作人主张“自己的园地”的观点也不失为对新文学发展的有益探索。周作人的观点是有偏蔽的，20 年代提出“自己的园地”时，他还未忘文学不能“隔离”人生的道理，30 年代强调即兴言志与“独抒性灵”后，则日益自囿于草木虫鱼、鬼神古董，以至于逃避现实，只能做那种其实是“赋得言志”的文章了。周作人思想上的消极面毕竟限制了他，使他难以实现自己的文学理想。

二　宽容原则

既然认为文学是个性的表现，文学创作纯属“自己的园地”，那么文学批评也必然应当是宽容的：这是周作人从对文学本质的独立思索中引出的批评原则。

1923 年周作人在题为《文艺上的宽容》一文中就说：“各人的个性既然是各各不同(虽然在终极仍有相同之一点，即是人性)，那么表现出来的文艺，当然是不相同。现在倘若拿了批评上的大道理去强迫统一，即使这不可能的事情居然出现了，这样文艺作品已经失去了他唯一的条件，其实不能成为文艺了。因为文艺的生命是自由不是平等，是分离不是合并，所以宽容是文艺发达的必要的条件。”周作人把宽容作为“文艺发达”的重要条件，视为一种不可违逆的规律，其提出与论证问题的立足点是很高的。“宽容原则”的实质是尊重创作个性的自由发抒，承认文学创造性思维的求异性、活跃性，并着眼于文学精神现象的无限开发性。不能定于一尊，不能以“统一”抹煞个体，不能以“规范”取消自由；这是文学区别于宗教、政治等意识形态的重要特征。因此周作人大声疾呼反对“统一思想的棒喝主义”。[①] 他在“宽容”的原则下划定文学批评的职能范围。他认为“批评是主观的欣赏不是客观的检察，是抒情的论文不是盛气的指摘”，又认为，批评家的工作意义仅在于为读者提供一种鉴赏或分析，而不是“法理的判决”；任何批评家都没有权力按某个“批评上的大道理”去统一文坛，也不应当“特别制定一个樊篱”，迫

① 《谈虎集·后记》，《知堂序跋》，第 31 页，岳麓书社 1987 年版。

令“个个作者都须在樊篱内写作”。[1]

在周作人看来，文学批评和创作一样，也是一种个性创造，受个人思想感情的导引与制约；批评家的主体性发挥至关重要。批评的过程往往是“在文艺里理解别人的心情，在文艺里找出自己的心情，得到被理解的愉快”。[2]因此批评中存在见仁见智、理解与感受各个不同，也是必然的。那种以为自己的批评意见一经发表，就代表对作品的“最终判决”的想法与做法，都可能扼杀创作与批评的自由。其实批评的尺度和文学观念也是不断变迁发展的，不可能有绝对的批评标准和达至“极顶”的批评结论，也绝没有能够压服人的批评流派。[3] 周作人对于那些过于尊信自己流派的批评家也不以为然，是因为他总结了中外文艺史的经验。他看到有些大批评家如居友、别林斯基、托尔斯泰，在创始其批评的阶段“原也自成一家言，有相当的价值，到得后来却正如凡有的统一派一般，不免有许多流弊了”。所以他认为最不可取的，是“凭了社会或人类之名，建立社会文学的正宗，无形中厉行一种统一”。

周作人力主“批评宽容”，反对“批评一统”，不能光理解为是为了打破封建主义对文学的垄断与提倡个性解放，他有更宏远的目标。在新文学已经基本站稳了脚跟，并形成主导文坛的势力之后，周作人担心的是可能形成的新的“思想专利”和“文艺大一统”，他预感到这会堵塞文学个性创造的自由通道。周作人指出这样一种事实，对当时新文坛是不无针对性的：“每逢文艺上一种新派起来的时候，必定有许多人——自己是前一次革命成功的英雄，拿了批评上的许多大道理，来堵塞新潮流的进行。”[4] 新文学运动发生之后，乃至整个五四时期，文坛的空气是空前自由活跃的，这为新文学在短短几年间获得辉煌成绩创造了基本条件。但当时新文坛上党同伐异的现象也已经出现，如同周作人所指出的，那种“过于尊信自己的流派，以为是唯一的‘道’，至于蔑视别派为异端”[5]的做法，也已经在一些新作者之中抬头。周作人对此是很反感的。他提出“宽容的原则”，正是觉得在新文学已经取替了旧文学而转化为“既成势力”之后，仍然需警惕走老路，防止搞“大一统”

---

① 《文艺的统一》，《自己的园地》，第 24 页。

② 《自己的园地·旧序》，《自己的园地》，第 2 页。

③ 《文艺上的宽容》，《自己的园地》，第 8—10 页。

④ ⑤ 同上，第 8 页。

的文学思想垄断,他一再表示"深自戒惧"的是新文坛的既成势力"对于反叛的青年没有宽容的度量"。新文学历史发展的许多经验与教训,证明周作人这种戒惧并非杞人忧天。

五四时期新文坛普遍主张批评的自由与宽容,提出否定"法官判决式"批评的也不止周作人①,但当时只有周作人最为深刻地从文学原理上论证了批评"宽容原则"的重要性与必要性,并且把主张宽容自由与警惕封建"专制的狂信"联系起来。他并不就事论事谈文学批评的宽容,而是抓住当时新文坛出现的那种党同伐异,那种在文学理论方法倾向上绝对不能容忍异端的"怨恨",深挖其思想老根,让人们看到一些新派的激烈言辞背后所隐藏的封建思想专利的鬼魂。周作人在1923年以后尽管有些消沉,对"思想革命"失望,但一接触到诸如文学批评这样实际的问题,他毕竟又还热情未泯。他知道新文坛要形成宽容良好的批评空气,必须从根本上改变那种单一的独断的批评思维惯性;而只有认识和清除作为这种批评思维惯性内驱力的"专制的狂信",彻底挖掉其封建老根,批评家才能获得宽博的胸怀和理解的精神。

周作人在批评实践中贯彻了宽容的原则,最能理解也最热心扶持那些新生的富于创造个性的作家,他们的作品一开始往往被视为异端,甚至被社会审美心理的惯性所排斥压制。当郁达夫的《沉沦》问世后被封建文人诬为"诲淫",甚至连一些新文学批评家也指斥其"不道德"时,正是周作人第一个出来为之申辩,分析了其中性苦闷描写的潜在文化价值,指出这是"一件艺术的作品",是"受戒者的文学",虽不适于一般读者,但绝不应以笼统的"道德"名义加以抹煞。② 当汪静之歌咏爱情的诗集《蕙的风》引起新文坛"大惊小怪",以为"革命也不能革到这个地步"时,周作人则从"现代性爱思想"和"诗本人性迸发"角度肯定了《蕙的风》代表"诗坛解放的一种呼声"。③ 鲁迅的杰作《阿Q正传》刚发表时读书界普遍不解其意,不少人误读为"揭阴私"之作,又是周作人最先出来对其思想意义和艺术特色作了充分的分析与肯定。④ 周作人的批评常常都是"逆向思维"的,他不轻易赞同流行统一的看

---

① 如沈雁冰在《"文艺批评"管见一》中就提出过类似周作人的论点。沈说:"要文学发达,先得自由批评",又呼吁,"请不要错说'批评'二字是和司法官的判决书相等的呀!"

② 《沉沦》,《自己的园地》,第59页。

③ 《情诗》,《自己的园地》,第51页。

④ 《阿Q正传》,《鲁迅的青少年时代》。

法和“定论”,也不愿意固守单一的既定的批评标准,而注意以宽容的胸襟去发现与理解“新潮”的“出格”的创作中所体现的价值,他的许多批评文章(如上述几篇)都是力排众议又颇见真知的,已经成为现代批评史上的经典之作。

周作人所主张的批评自由与宽容的原则是批评理论中值得重视的部分。这一原则的提出建立在对文学发展规律自觉认识的基础上,不仅对新文学批评初始阶段的建设有现实指导意义,对后来整个新文学批评中出现的某些偏向也不无针砭意义。

但现代中国动荡多难的现实与变革急进的时代要求制约着文学批评,“宽容”难于被普遍接受并成为多数批评家的原则,相反,文学领域以批评作为征伐或革命武器,要求批评标准的统一,是必然的常见的现象。到 30 年代,甚至连躲进苦雨斋中作“隐士”的周作人也很难再坚持“宽容”,他对处于被压制状态的左翼文学的不忍和攻击,实际上是对“批评宽容”原则的偏离与践踏。这历史原因导致后来很长时期对周作人“自由与宽容”批评原则的反感与批判,把原本符合文学发展规律和现代精神,具有相当合理性的批评思想也抛弃和埋没了。这大概也是历史不得不付出的代价。我们不应无视历史,但也不再拒绝发现与承认历史上一切有价值的理论成果,周作人提出的自由宽容的批评原则,对于今天不能说就没有借鉴意义。

三　散文理论与散文批评范畴

周作人在创作方面成就卓著的当数散文。称之为现代中国第一流散文大家,大概不太会引起什么异议,虽然对其作品的内容格调不一定都表示欣赏。周作人在赞评 20 年代一位散文作家时说,其“风致是属于中国文学的,是那样地旧而又这样地新”。[①] 这可以说是夫子自道,周作人的散文也是既现代又传统的。就审美情趣而言,其作品传统的成分似乎更多一些。在普遍反传统逐新潮的时代,周作人却倾心传统情趣,表现出名士风度,他的作品特别适合中年心态,特别是传统文化素养较厚而又有人生历练的知识分子,是很喜欢玩味周作人的散文的。周作人从 1924 年开始,转向大量写作

① 《〈杂拌儿〉跋》,《知堂序跋》,第 313 页,岳麓书社 1987 年版。

散文,对这一文体特别专注。这符合他的性格资质[①]与超然闲适的心态,也符合他的发抒个性的文学观。散文写作对周作人来说是随性自在,得其所哉,他找到了适于自己思想性情的最佳的创作契合点。作为风格独具的散文家,其创作方面的美学追求,直接导引与制约其文学批评,促进其散文理论与批评特色的形成。周作人是现代散文理论与批评的奠基者之一,他这方面的成就和影响是不应忽视的。

周作人的贡献,首先在于对散文文体的理论确认。

传统文学中的散文泛指与韵文(包括骈文)相对的所有散行体文章,文学散文与非文学的文字没有明确界限,文学散文未能独立出来成为一种文学体裁。文学革命以后,随着散文创作的兴旺,散文的理论研究,特别是对文学散文的文体确认,就成为新文学先驱者关注的课题。较早提出将文学散文从一般泛指的散行文章中区别出来的,是刘半农。他在《我之文学改良观》中提出,凡各种应用之文,包括新闻通讯、官署文件、科学论文,等等,均"系文字而非文学",并提出"文学的散文"这一概念,区别于"文字的散文",相对缩小了传统的散文概念的外延。但刘半农所提出的"文学的散文"还包括小说、杂文,并没有从几种文体中独立出来。一直到 1921 年 6 月周作人发表题为《美文》的短论,才真正从文体论方面确认了文学性散文的独立地位。

《美文》是一篇"号召性"的文章,周作人以首开风气的姿态,鼓励"治新文学的人"都来试一试以叙事和抒情为主的"艺术性"的"美文",即文学散文。此文虽然对散文的文体性质并没有明确的界论,但却是第一次将文学性散文摆到与小说、诗歌、戏剧并列的地位,在当时影响很大。周作人提倡"美文"是以外国的散文作"模范"的,表面上他似乎很羡慕英国的散文,其实他对英国散文并不熟悉,内心深处还是更喜爱"中国古文里的序、记与说等"。不过在五四时期,借用并不太熟悉的外国的"招牌"提倡新事物也是常有的事。周作人主要是借鉴外国文类区分的通例来确立中国现代散文的独立地位。然而地位确立了,该怎么写出既有现代性又有中国特点的"美文"呢?周作人的目光转向了传统。他这是十分自觉的。在稍后所作的《〈陶庵梦忆〉序》中,周作人就不再以外国散文为"模范",而理直气壮地表示对中国传统散文的倾爱,并认为现代散文的成功,离不开传统渊源的滋养。他说:

① 周作人自己说过,他的"头脑是散文的"。见《〈桃园〉跋》,《知堂序跋》,第 301 页,岳麓书社 1987 年版。

“我常这样想，现代散文在新文学中受外国的影响最小，这与其说是文学革命的还不如说是文艺复兴的产物，……我们读明清有些名士派的文章，觉得与现代文的情趣几乎一致。”周作人这是借评论五四时期散文，来表明他对传统散文的追慕。

散文最适于直接表露作者的情思品性。五四一代新文学作者大都是新旧文明过渡期的“中间物”，他们的个人素养虽各有不同，但又都共同地与传统文化保持千丝万缕的联系，不管他们理性上是否反传统，逐新潮，在深层文化心理和审美情趣上都往往是不自觉地倾向传统的。因此在做发抒情性的文章时，运用传统情趣的散文体式更是那样得心应手，如鱼得水。五四时期散文比之其他体裁更多地承继传统，并获得较大成就，也是必然的事实。不过多数新作者即使喜好传统散文的情趣，也是闪烁其词，不像周作人这样，明确地把中国新文学的源流追溯到明代的公安派小品文，甚至说现代散文不过是一条淹没在沙土之下又重新发掘出来的“古河”。[①] 这是有点历史循环论的味道了。

须加说明的是，周作人很少笼统使用“散文”一词，而是用“小品文”来特指篇幅短小，又在艺术上自成一体的文学性散文。他从传统（特别是明代）散文中找到了，或者说力图为现代作家找到那种足以为他们所确认，并引为同道的小品文“素质”，主要是发抒性灵，反抗习俗以及不以训诫为目的的写作精神。这和他以往所主张的文学是“自己的园地”的主张又连贯上了。说到底，周作人所追求的主要是一种名士派风致的小品文，这从他在为俞平伯的散文集《杂拌儿》作序时格外称许俞的小品文自然、脱俗、雅致等特色，也可以看出。俞平伯只不过是五四时期多样风格的散文中之一体，不能代表全般，但周作人引为同道，而且几乎是独酌一味。周作人的散文批评集中在对俞平伯、废名等一些与他风格近似的作家作品上面，影响却远远超出于这个“趣味圈子”，二三十年代整个散文创作以及批评领域都不能不格外注意周作人。原因除了如前所说的传统文化心理的潜在影响以及周作人散文理论的传统倾向之外，还在于周作人在继承传统的基础上，提出了较完整的散文批评的思路与概念，他的散文批评比较同时期其他批评家的散文批评更切近散文创作的规律，更上升到美学批评的高度。下面，大略评介周作人所提出的几种散文批评的审美概念。

---

① 《〈杂拌儿〉跋》，《知堂序跋》，第314—315页。

一是趣味。

“趣味”这个概念在周作人的评论文章中使用频率很高，但他对其内涵没有做过明确的界说，我们只能从他的具体使用中去体会、分析与归纳。这是周作人文学批评（特别是散文批评）的重要切入口，也是他主要的批评标准。

周作人认为“趣味”是一切文学鉴赏批评的基础，读者包括批评家总是凭自己的“趣味”去选择阅读与评论对象，而作品很大程度上也靠“趣味”沟通与读者的情感。“趣味”是随人而异，而且因时而变的，并没有固定的统一的兴趣，所以文学批评家选择什么作品作批评对象，评判的角度标准如何，都是相对的，带个性色彩的，不可能有绝对的“好坏的标准”，也不能“固信永久不变的准则”。[①] 周作人讲批评的“趣味”，并非要制定一种放之四海而皆准的判断的准绳，相反，是要破除单一的固定的准绳，使批评家充分抒展自己的个性，按照自己的鉴赏力去选择和评论作品。周作人所说的“趣味”包括了作品本身与读者反应这两重含义。周作人认为好的散文必定是有“趣味”的，而批评欣赏作品也要注重体察“趣味”，“趣味”就成了切入批评的重要角度。

周作人所说的批评的“趣味”，显然是由他的“自己的园地”文学观派生出来的。文学既然是个性表现，性灵流露，属于“自己的园地”，要写什么，怎么写，作者都随性自在，有充分的自由，就像在自己的园子里愿意种蔷薇还是地丁，种了是消遣、观赏还是卖钱，完全可以凭自己的兴趣一样。把批评视作“自己的园地”，落脚点还是强调尊重读者与批评家个人的“趣味”。

周作人很早就关注过西方的文化人类学和心理学研究的观点，把文学的本质视为“游戏”，或是“情绪的体操”，[②] 无论是创作还是批评，周作人都认为带有“自娱”的性质。周作人自己读书写文，也常是兴之所至，从兴趣出发。他所选择评论的散文，都是适合其趣味的。周作人是一个很典型的“圈子批评家”，他一般只评自己喜欢的能引起回味的作品，特别是与他的创作风格审美倾向较为一致的作品，他对所喜爱作品的评论完全用抚摩赏玩的姿态，将自己的性格浸润其中，讲求的是印象，是体味。用他的说法，“读文

---

① 参见《文艺批评杂论》，见《谈龙集》，岳麓书社 1987 年版。

② 英国性心理学家蔼理斯在《断言》中提出文艺是“情绪的体操”，可用来伸张与调节人体内多余的较粗的“活力”。周作人非常佩服蔼氏的学说，在《文艺与道德》一文中曾介绍和引用过蔼氏的这一观点。

学书好像喝茶,……茶味究竟如何只得从茶碗里去求。”①

周作人是杂家,他的文章知识涉猎面极广,什么人类学、民俗学、文字学、心理学、神话传说、童话故事、历史掌故以及草木虫鱼,无不具备,实在杂得可以,可见其兴趣也很广泛的。周作人评论作品很关注知识性内容,他写的评论也说古道今,引经据典,讲求知识趣味性,有一种名士清谈的放恣之风,甚至不怕被指责为掉书袋,当“文抄公”。他的评论的驳杂,却正是“以趣味为中心”的。

周作人似乎并不想“以笔舌成事”,让评论发挥多大的社会作用,那么“谈谈天地万物,以交换知识而联络感情”,就是他写批评文章的主要目的了。② 但这些都是表面现象,如果深入探究,会发现周作人论知识、谈掌故后面,还是有一种“人情物理”的追求,或者说,这是他“趣味”批评的内核。周作人多务杂览,写起评论来兴趣颇广,但兴趣中的兴趣,是作品的“人情物理”,是直接流露的或蕴涵在描写之中的作者的情性品格。

如评废名的《桃园》③ 时,周作人就从作品的简洁而又带虚幻性的乡村生活描写中品出“古典趣味”,又从这“趣味”中读到著者爱心的“人情”。周作人将废名的独特人格品性与作品所表露的精神相比照,指出“隐逸”性在《桃园》中“很占了势力”。周作人对废名的作品是非常感兴趣的,而这趣味的背后即是看重作者的“人情”,周作人的批评落脚点主要也就在这“人情”。同样,评俞平伯、刘半农、刘大白等都是很注重“趣味——人情”的。值得提到的是,周作人格外喜欢阅读与评说日记、书信、笔记之类较带有记实性随意性的作品,原因之一也在于这类作品不做作,无矫饰,更能读出作者的品性人情,可以从文章所表现的独特“风致”而“想见其为人”。④

“以趣味为中心”的批评与对文学闲适格调的追求相联系,这跟周作人从20年代末日趋超然退隐的心态有关。尽管周作人闲适退隐往往出于讽世⑤,但“以趣味为中心”的批评毕竟是与当时关注现实的主潮派批评背道而驰

---

① 《〈文学论〉译本序》,《知堂序跋》,第334页。

② 《常识》,《苦竹杂记》,第197页,岳麓书社1987年版。

③ 废名的《桃园》一般认作小说,但其实又是可以作散文读的,或可说是散文化小说。

④ 《模糊》,《苦竹杂记》,第130页,岳麓书社1987年版。

⑤ 例如,1933年周作人作《五十自寿诗》,引起文坛的议论,被许多人视为消极退隐,鲁迅则在写给曹聚仁的信中指出周作人貌似退隐的“微词”中“诚有讽世之意”。1933年阿英在《俞平伯》一文中也谈到周作人的“逃避”也出于对现实“抗议的心情”。

的，他所提出的与“趣味”相关的某些批评观点，也就受到主潮派的指责，周作人因此被看作是趋向保守的批评家。

周作人在散文批评中常用的第二个概念是“平淡自然”。在《雨天的书·序》(1925年)中，周作人说：“我近来作文极慕平淡自然的境地。但是看古代或外国文学才有此种作品，自己还梦想不到有能做的一天，因为这种气质境地与年龄的关系，不可勉强。像我这样褊急的脾气的人，生在中国这个时代，实在难望能够从容镇静地做出平和冲淡的文章来。”周作人这些话有些谦虚，但很明确他是以平淡自然为美学目标的。在他看来，平淡自然的风格形成固然有赖于写作技巧，但更重要的是写作姿态的调整。说到底，平淡自然是作者相应的气质品性的表现。所以他说在其所处那个时代难于做出“平和冲淡的文章”来，言下之意包含有对现实的失望与规避。“平淡自然”常常表现为一种静穆的美，超然的美，可以说是一种比较适于保守的退隐心态的美学风格，与当时体现时代主潮的那种激进的热烈的风格是大相径庭的。

但不能不承认，周作人以“平淡自然”作为一种审美批评范畴，对二三十年代散文创作产生过相当的影响。从20年代《语丝》派的俞平伯、废名等散文作家，30年代以《人间世》为中心的一些自由主义作家，一直到被称为“京派”的一部分作家，都曾经不同程度上宗法过周作人的路子，以平淡自然作为创作与批评所追慕的一种美学境界。

周作人没有直接界说过“平淡自然”的美学含义，从他在评论中具体使用这一概念的审美指向来看，所要求的主要是作家情感思想的自发与真切的流露，而非做作、矫饰的表达。要达到这一点，作家对人生现实须保持一种既积极又冷观的姿态，一种平静的隽智的心境，即使有较为重大的或容易引发激烈的情思的主题，也力求以冲淡的不显激烈夸张的姿式来表达。反映在形式上，则语言趋于朴素、精练，不尚辞藻，不假雕饰，深入浅出；读起来极寻常平易，其实又不失深厚隽永。这正如王安石所说：“看似寻常最奇崛，成如容易却艰辛。”[①]

周作人有时以“本色”来要求“平淡自然”。所谓“本色”，就是“平常说话”，其“好处正不在华绮”。他指出，“其实平常说话原也不容易，盖因其中即有文字。大抵说话如华绮便可以稍容易，这只要用点脂粉工夫就行了，正与文字一样道理，若本色反是难。为什么呢？本色可以拿得出去，必须本来

---

① 王安石：《题张司业诗》，《临川先生集》卷31。

的质地形色站得住脚，其次是人情总缺少自信，想依赖修饰，必须洗去前此所涂脂粉，才会露出本色来，此所以为难也。”[1] 可见周作人所推崇的“平淡自然”不能理解为就是指文学语言的形式，而更应理解为真切地毫无矫饰地表露情思。当然有一个前提，即所要表露的“情思”原本就是醇厚有味的，“站得住脚”，有自己的魅力的。周作人对五四新文学中那种痛快淋漓的浪漫主义以及二三十年代日益居文坛主导位置的放言高歌式的革命文学都很反感，他说自己所最为欣赏的文章境界是：“措辞质朴，善能达意，随意说来仿佛满不在乎，却很深切地显出爱惜惆怅之情。”

周作人所追求的“平淡自然”与儒家的中庸人生观有关联。周作人说过：“我的学问根底是儒家的，后来又加上些佛教的影响，平常的理想是中庸”[2]，这种人生观确实使周作人在评论作品时注重“人情物理”，不大热心于纯文学，倒仰慕“平淡而有情味的小品文”。但从美学传统讲，“平淡自然”跟道家美学似乎有更直接的渊源关系。庄子讲“虚静恬淡，寂寞无为”，“素朴而天下莫能与之争美”，[3] 也就认为“自然”“无为”是最高的美。庄子强调顺应自然，“法天贵真”[4]，完全让事物按其自然本性去活动与表现自己，反对一切虚伪做作，“不精不诚”的东西，以达到“大巧若拙”，“大朴不雕”，这种美学理想在后来中国传统文论中影响极大。传统批评家往往欣赏平静规避的生活方式，只有这种生活和心态才产生“平淡自然”的作品。周作人的批评思想显然部分承续了源于庄子的这一美学传统，还有些部分则源于儒家的中庸思想，甚至可以说是儒道合一。

周作人常用的第三种批评概念是“苦涩”，这是比“平淡自然”更深一层的审美范畴，也更带有周作人的审美批评个性。周作人对“苦”有偏嗜，他的文章和著作有不少是以“苦”为题的，如《苦茶随笔》、《苦竹杂记》、《苦口甘口》，等等，甚至连书房的名堂也叫“苦雨斋”、“苦茶庵”。周作人喜欢标示“苦”字，是一种人生态度的表露。他将现实中的种种过失、挫折、困扰、屈辱等等“苦”事，全都当作生活本身不可或缺的组成部分，即认为人生本来就是充满“苦”的，因此对人生之“苦”只能正视，不能回避；只有忍受和体验人生

① 《本色》，《风雨谈》，第 26 页，岳麓书社 1987 年版。

② 《两个鬼的文章》，《过去的工作》。

③ 《天道》。

④ 《秋水》。

之“苦”,才识得人生之味,人生也才充实。所以周作人极赞赏唐诗人杜牧的一句诗:“忍过事堪喜”,并将此诗题写烧制在他所珍藏的一个花瓶上。周作人说,他这是赏识杜牧视人生为“忍过”的境界:“这有如吃苦茶,苦茶并不是好吃的,平常的茶小孩也要到十几岁才肯喝,咽一口酽茶觉得爽快,这是大人的可怜处。人生的‘苦甜’,如古希腊女诗人之称恋爱。《诗》云,谁谓苦茶,其甘如荠。这句老话来得恰好。中国万事真真是‘古已有之’,此所以大有意思欤。”①

周作人曾自称他的创作多出于“中年心态”,那当然就是遍尝人生之苦反而养成以品“苦”为乐的“可怜处”了。周作人以历史循环论的眼光来看“古已有之”的“万事”,包括一切人间苦,更觉得坚毅地“忍过”和体验“苦”是一种切实的态度。这种人生态度直接导致周作人在创作与批评中追求“苦涩”之美,他把是否蕴涵有对人生悲苦的体验与理解,看作是衡定一部作品是否深刻隽永的标准。周作人还从审美心理角度分析,指出痛苦的经历要比愉快的经历更值得分享,也更能唤起读者的共鸣,深刻的作品必定是带有人生的苦味的。他说:

> 古人有言,可与共患难而不可与共安乐,可见共苦比同甘为容易。甘与争竞近,而苦则反相接引,例如鱼之相濡以沫。我们闻知了别个的苦辛忧患,假如这中介的文字语言比较有力,自然发生同情,有吾与尔尤彼也,或你即是我之感,这是一种在道德宗教上极崇高的感觉。②

最后还有必要评述一下“涩味”。在周作人的批评中,“涩”味是与“苦”味相关的,所以常叫“苦涩”。但“涩”不同于“苦”的,是它并不代表某种人生观,而纯粹是一种美学的意味。“涩”的审美追求包括语言风格上爱粗不爱细,喜暗不喜明,有意造成阅读欣赏上的某些阻梗与“陌生化”,或者说增加阅读的“磨擦力”,引发读者去体味思索,参与创造。“涩”和“苦”相连,则是注重将“苦”味引申,留下余味。值得注意的是,周作人又常将“简单”味与“涩”味结合起来作为一种审美趣味。简单不等于弘畅,在简单的表现中总有一些奥涩,能让人边读边不时停下来回味、思索、体验。周作人在评俞平伯的《燕知草》时说:

---

① 《杜牧之句》,《苦竹杂记》,第53—54页,岳麓书社1987年版。

② 《草囤与茅屋》,《苦口甘口》。

有人称他为"絮语"过的那种散文上，我想必须有涩味与简单味，这才耐读。所以他的文词还得变化一点。以口语为基本，再加上欧化语、古文、方言等分子，杂糅调和，适宜地或吝惜地安排起来，有知识与趣味的两重的统制，才可以造出有雅致的俗语文来。[①]

这段话带有相当的概括性，表明了周作人散文批评几方面的要求是一种适宜的调和，无论平淡、自然也好，苦涩、简单也好，最终都必须综合体现为一种"耐读"的"有味"的风格。周作人不一定以此要求一切创作，但他所喜爱并认为最富于"文学意味"的，就是这样一种"雅致的俗语文"。

周作人的文学理论与批评思想是比较复杂的。他自己就说他的评论包括有"两个鬼的文章"，常常出现矛盾的现象。比如，他反对文以载道，有时又写其实是载道的文章；认为文学无用，但又称"不会做所谓纯文学，我写文章总是有所为"；一方面他的确写了不少"闲适文章"，但同时也写"正经文章"。周作人解释说，写闲适文章如同"吃茶喝酒"，"正经文章则仿佛是馒头或大米饭"。这种种矛盾，是因为他的心中有两个"鬼"，"一个是流氓鬼，一个是绅士鬼，这如说得好一点，也可以说叛徒与隐士"。[②] 周作人的两面文章对现代文学包括文学批评都曾经有过大的影响，本文较多地评述了他的"隐士"的"闲适"的一面，并从批评史的角度加以必要的肯定，是考虑到以往的研究对这方面比较忽视。然而要比较全面评价周作人的文学理论与批评观，还是要历史地辩证地兼顾到周作人身上存在的"两个鬼"的事实。

最后还要提到的是，周作人的文学理论和批评观总的是比较倾向回归传统的。如前所述，他对儒家、道家美学思想的继承，对重印象重感悟的传统批评方法的吸取，甚至他常用的诸如"兴趣"、"平淡自然"等一些批评概念与传统批评的联系，都说明周作人的批评是颇具旧轨风范的。但也不该忘了他同时又是非常现代式的批评家，他的批评在传统的躯壳中又往往运用现代的眼光，熔铸了许多西方现代的科学思潮。周作人并非一般的"回归"传统，而是在更高的层次上将现代批评与传统批评汇合、重铸。不能说周作人已做得非常成功，但他所寻找的中国传统批评与西方现代批评的某些契合点，对今天也还是不无启迪的。

---

① 《〈燕知草〉跋》，《知堂序跋》，第317页。

② 这一段引文均出自《两个鬼的文章》，《过去的工作》。

第三章
成仿吾:表现说的变形与实用批评

以成就而言,成仿吾算不上第一流的批评家,却是现代批评史不能忽略的重要而有特色的批评家。他对初期新文学的实际批评产生过大的影响,也因为其批评理论与实践在相当程度上显现着当时浪漫派思潮的驳杂性,如果要梳理20年代文学批评历史发展的脉络,特别是创造社为代表的浪漫派批评这条线索,成仿吾无疑是重要的环节。

作为创造社的三元老之一,成仿吾的文学批评与郭沫若的诗、郁达夫的小说一样,代表着这一著名文学团体的实绩,是对新文学的值得珍视的历史馈赠。成仿吾也写过一些小说、诗与剧本,并不出色,其才华显然不在创作方面,他在20年代文坛上有过很高的知名度,这主要是由文学批评获得的。

以往文学史研究者很少论及成仿吾,他五四时期的文名似乎给20年代末"革命文学"论争中的"表现"掩盖了:特别是由于他曾非常激进地向鲁迅发动"笔伐",在许多人的印象中,成仿吾就是手执板斧在文坛驰骋的李逵式的批评家。其实印象并不能完全代替研究的结论,而且"革命文学"这一段的得失也不能涵盖成仿吾整个文学批评。成仿吾是1927年初转向提倡"革命文学"的,以此为界,可分为前后两个时期。前期成仿吾的批评可以用"社会—审美"的模式来概括,后期则如他自己所说,是对五四新文学传统包括他自己前期批评的"全部批判",是一种"政治批判"模式的批评。对于现代文学批评史来说,前期的成仿吾更有理论个性与特色,因而也更值得作重点评述。

成仿吾从事文学批评的时间集中在1922年底到1926年底。在四年多时间里,一共写有40多篇批评文字,其中侧重文学理论探讨的有20多篇,较重要的有:《创造社与文学研究会》、《雅典主义》、《诗之防御战》、《新文学之使命》、《士气的提倡》、《写实主义与庸俗主义》、《批评与同情》、《作者与批评家》、《批评的建设》、《建设的批评论》、《批评与批评家》、《文艺批评杂论》,

等等。对新文学具体作品的评论有10多篇，主要有《评冰心女士的〈超人〉》、《〈沉沦〉的评论》、《〈残春〉的评论》、《〈命命鸟〉的批评》、《〈一叶〉的评论》、《〈呐喊〉的评论》，等等。这些评论文章大都发表在《创造》季刊、《创造周报》上，后结集为《使命》一书出版。①

一 “表现说”被社会功利性的绳索所牵缚

成仿吾通常被看作是浪漫主义批评家，并非没有根据。他前期主张文学的“自我表现”，而且在许多情况下，充当过浪漫派团体创造社的理论发言人。但细加究察，成仿吾的“自我表现”是很有节制的，甚至是比较理性与务实的，这与郭沫若、郁达夫就很不相同。创造社总的文学倾向很注重创作的个性、天才与灵感，而成仿吾的文章中很少讲天才与灵感，凡是提出文学的“自我表现”说时几乎都同时强调社会功利性，强调理性对创作中情感的制约。成仿吾的批评理论其实是驳杂而又独特的，很难说他能在理论上完全代表创造社的浪漫主义。这一点，以往的研究似乎注意不够。

成仿吾前期的“表现”说，从表面看，与创造社其他成员的有关说法以及五四时期通行的提法是一致的。成仿吾也讲文学活动就是“把自己表现出来”，② 讲作者“向永远求生命的意志之表现”，③ 讲创作过程（也包括批评）中忘却身外一切义利去“专求文章的全 Perfection 与美 Beauty”，④ 在对文学本质的解释中，成仿吾是赞同“表现说”的，他把文学创作看作是内心世界的外化，关注创造的主体性，强调激情对创造的支配。作为倾向“表现说”的批评家，成仿吾的理论基点在作家这方面，注意的焦点是作家创作的情感心境与作品诸要素的关联，他的批评理论是沿着从作品到作家这条线来下定义、谈见解的。他的批评不但关注创作的主体创造性，而且批评家本身也注重发挥主体创造性。按照当代著名文论家艾布拉姆斯（M.H.Abrams）对批评理论类型划分的观点，成仿吾是可以划入“表现说”的浪漫主义范畴的。

然而这只是一般性的划分，正像以往许多论者已经指出创造社倾向浪

① 1985年山东大学出版社的《成仿吾文集》汇集有《使命》中的所有评论文章。本文凡引述成仿吾的文字均见该文集。

② 《批评与批评家》，《成仿吾文集》，第177页。

③ 《批评与同情》，《成仿吾文集》，第117页。

④ 《新文学之使命》，《成仿吾文集》，第94页。

漫主义一样，还是比较笼统的。事实上，成仿吾对“表现说”的赞同是很有限的，他并不是神迷心醉地以西方的浪漫主义思潮为知音，这一点，与创造社其他同仁也很不相同。西方浪漫主义的代表性诗人与文论家，如华兹华斯、济慈、卢梭、歌德、惠特曼、尼采、柯尔律治，等等，在五四文坛上都有过较大的影响，从郭沫若、郁达夫等人的文章中不难找到这些影响的例证。五四浪漫主义特别是创造社的文学思潮，与西方浪漫主义精神上的联系是不容置疑的。然而赞同“表现说”的成仿吾却几乎从不顾及上述西方的浪漫主义作家或文论家，他的文章中很少提及郭沫若、郁达夫等感兴趣的那些“正宗”的浪漫派先驱，引述最多的反而是主张社会学文学观的基友(J.M.Guyau)，这是值得注意的现象。

基友是法国现代哲学家和社会学家，在上一个世纪末写过一本《社会学艺术论》，将文艺作为一种特殊的社会心理现象来研究。基友是强调文艺的社会功利性的，他认为文艺所以“对于社体有机体之生存与发展有最高度的重要”，是因为文艺作为一种社会心理的反映，具有“同情的唤醒”作用，即可以由着它所具有的“社会的成分”，“利用人类对于美的憧憬，唤起在人类中间熟睡了的同情”，“提醒我们的自意识，促成生活的向上”。以上引述的观点，出于成仿吾《艺术之社会的意义》一文，对照一下基友的《社会学艺术论》，便知道成仿吾基本上“照搬”了基友的有关论点，[①]他对基友的《社会学艺术论》可以说是心悦诚服的。

值得提到的还有德国著名的艺术史家格罗塞(Ernst Crosse)，他发表于1894年的《艺术的起源》一书，在探讨原始艺术的产生和发展中，证明了社会经济组织与精神生产之间的必然联系。成仿吾对格罗塞此书也非常看重，在《艺术之社会的意义》中就极推崇格罗塞关于艺术的“美的要求”与“实用的目的”(主要指提高人的精神，使“情”的生活丰富)统一的观点。成仿吾选择了基友与格罗塞来支持和建立自己的理论批评，着眼点就在“社会—审美”这一思路上。成仿吾毫不含糊地宣布自己的认识：

> 艺术之所以能够维持到今而且渐次进步的原因，实是因为它有这种社会的价值。艺术是否如我们的古人所梦想，能够治国平天下，与人生是否模仿艺术，我且不讲；然而至少它的社会的价值，在明达的思想

---

① 关于基友的《社会学艺术论》的评介，参照了 Marian Calik: *The genesis of Modern Chinese Literary Criticism*, London 1980. p.64.

家的眼中,是决不会潜消的。[①]

成仿吾看重文学的社会功利性,并把文学对于“良心病了”的社会的救治作用,提到“新文学的使命”这一高度,指出新文学家独任的工作,就是发挥文学感人与教育的作用,“在冰冷而麻痹了的良心,吹起烘烘的炎火,招起摇摇的激震”。[②]

所以浪漫主义的“表现说”在成仿吾这里已经发生了明显的变形,本来是非功利的纯粹服膺于个性解放与自我灵性彰显的理论,变成了注重教育功能并着眼于社会进步的理论。成仿吾讲“自我表现”,这个“自我”其实是带普遍性社会性的“自我”,“自我表现”也并非没有“表现”之外的目的。成仿吾所关注的正是“表现”所可能带来的人类“情”的丰富与社会肌体的健全,这里联系着宏大深远的社会精神改造的目的。

成仿吾的理论显得驳杂,不同层面的表述,往往借用了在体系上本来是互相矛盾的观点。在阐说对文学本体论的认识时,赞同“表现说”,把文学的本质看作是生命意志的自然流露与发抒;在理解文学的价值论时,又努力将“自我表现”的意义导向社会。成仿吾显然在力图把这些表面上矛盾的理论统一起来。他的措施是重新解释和充实“表现说”的含义,成仿吾提出文学创作和批评,都必须以真挚健全的“人格”为背景,从事创作与批评都是建设与完成作者自己的人格。他在《批评与批评家》一文中说:

> 像真的文艺作品必有作者的人格在背后支持一般,真的文艺批评也必有批评家的人格在背后。他对于他的对象,也像创作者对于一切的现象一般是公允而沉着的。他是由自己的文艺活动在建设自己,在完成自己,除此之外,他没有别的目的。

这里讲“没有别的目的”,提法类似浪漫主义者非功利超市俗的口气,其实以健全真挚的人格为背景进行创作与批评,同时又完成建设自己的人格,这本身就是一种目的。因此“自我表现”在成仿吾这里有了更实际的目的性。重视“人格”背景的观点突出了创作与批评的个性与良知,作家与批评家在“文艺活动”中表现与完善自己的人格,同时又对读者负责,对健全社会产生积极的影响。这对当时那些以游戏态度对待文学,或以玩票态度从事

---

① 《艺术之社会的意义》,《成仿吾文集》,第 167 页。

② 《新文学之使命》,《成仿吾文集》,第 91 页。

批评的不良风气,是一种针砭。通过对“自我表现”内涵的重解与充实,成仿吾形成了“社会—审美”的理论批评模式,从而开放了自我的艺术世界,既坚持了浪漫主义“表现说”注重创作主体性与情感性的要求,又将主体性、情感性导向社会感应方面,在审美价值上倚重现实性、社会性。

处在五四这样一个要求个性解放的历史时代,“自我表现”又是适应当时社会心理发展需求的口号之一,成仿吾赞同“表现说”是很自然的,何况他当时置身于创造社特有的浪漫主义文化氛围之中。但成仿吾的禀性热情而又比较务实,不属于郭沫若、郁达夫那种才子型心理素质,他选择以文学批评为主,很适于发挥自己偏向理论的特点。这都影响到他的文学观倚重现实性与社会性。他赞同“表现说”,但所理解的“表现说”始终有一根理性的绳子牵缚着,不让飘得太远。他借用基友的理论形成的“社会—审美”的理论模式,一开始就带有功利性、社会性的要求,随着时代的变迁,后来这种要求越来越突出,意识形态化的色彩也愈来愈浓。到 1926 年写《文艺批评杂谈》时,成仿吾的理论思索更明晰了,也更意识形态化了,他转而对早先提出的“表现说”进行了理论反省。他说:“从批评的作用上来说,它的目的决不止于表现自己,它并含有要求一般人承认的性质。”这里所说“一般人承认的性质”,最终就导向“革命文学”所要求的时代的阶级的审美标准,导向文学“工具论”和“宣传论”。至此,成仿吾实际上已告别了“表现说”。

人们一般认为成仿吾 1927 年才正式转向“革命文学”,其实他并非在这一年才忽然转向,他在 1926 年所写的《革命文学与它的永远性》、《完成我们的文学革命》以及上面提到的《文艺批评杂谈》等文中,就已经透露出“转向”的消息。他在这“转向”过程中所关注的一个理论焦点问题,是批判文学“趣味主义”,同时反省“表现说”,这两方面互为因果。成仿吾反省早先提出的“自我表现”主张,虽然含有对创造社乃至五四时期颇为流行的浪漫主义的批评,但更为现实的针对性,是指向当时同样以“自我表现”为标帜的文学“趣味论”。自从五四落潮之后,一些自由主义倾向的作家对早先思想革命与社会变革的目标越来越失去信心,思想上的颓唐与保守使他们在生活方式与审美情趣上日益转向传统,趣味主义作为一种文学思潮便在文坛上泛起。周作人是这方面的理论代表之一。成仿吾作为激进而富于使命感的批评家,明确反对趣味主义,这也是他转向“革命文学”的理论契机。

成仿吾此时已初步接受了从日本和苏联传过来的“科学的文艺论”的某些观点。在反省“表现说”与批评趣味主义时,他开始意识到“主观与客观绝对不能单独存在”，而且“主观”含有“超个人的性质”，因此他转而批评“表现说”所强调的“自我”内容脱离社会现实，是否认客观制约的“主观论”。在批判趣味主义时，他还比较具体地分析了“趣味”的含义，认为包括感情、想象与理智三种元素，其中“理智”是超个人的，想象是半个人的，感情则多半是个人的；高级的趣味有赖于“理智”的发达，当“理智”的分量在“趣味”中达到较多的比例时，就是一种超个人的具有普遍意味的“高级趣味”；而“低级趣味”是沉溺于个人情感的，因而是应当抛弃的。[①]

成仿吾对“趣味”这一复杂心理现象的分析，未免过于简单而机械，但其理论指向显然反对纯主观与非功利观点，反对脱离社会现实的“自我表现”。成仿吾顺着这一思路终于发展为对整个五四文学传统的“全部批判”，包括对他自己早先理论的批判，这当然是1927年以后“革命文学”论争中的事了。然而从“表现说”到“全部批判”这一理论变迁过程，也从一侧面映现出早期浪漫主义批评的历史脚印。

二　批评的同情与超越

成仿吾后期的批评论作不多，主要是一种“左”倾机械论支配下的“政治批判”，这里不多加评述，重点还是评介他前期的理论批评。如上所述，成仿吾借鉴基友等人的理论形成了“社会—审美”批评的思路，具体到批评方法论上，则提出以“同情”和“超越”作为两个基点，既是批评的“操作程序”，又是批评的姿态。

所谓“同情”的概念，也是来源于基友的《社会学艺术论》。基友认为文学的社会功能之一在于能激起麻痹了的人类情感。他说：“艺术家和诗人只有靠他们的天才构成一个鲜明有力的充满同情和友善的艺术世界，才能完美地发挥文学的社会感化作用。”成仿吾非常赞同这种观点，把“同情”看作是一种感情的纽带，诗人的创作必须依靠“同情”而将其诗情转化为社会感应情绪，而读者也只有具有“同情”才能进入和理解作品。成仿吾为此还专门写了一篇题为《批评与同情》的文章，阐发他对文学批评中“同情”的看法。

成仿吾在这篇文章中扩展了基友原有的“同情”的含义，具体解释为批评家对于作品的真诚的态度，对作者创作的感同身受与尊重的姿态。成仿

---

① 《文艺批评杂论》，《成仿吾文集》，第198—199页。

吾说，“理想的批评家”对于作品或作者“非抱有热烈的同情不可，因为文学是感情的产物，若是批评家对于作品或作者先有反感或没有同情，那便不论作品如何优秀，在这样的批评家的眼底，好的也不免要变为丑的，作者的观念情绪更无从感触得到了”。① 这里提出以“同情”作为批评的前提条件，是有现实针对性的。成仿吾对当时文坛上“文人相轻”、党同伐异的不良风气很反感，指出“求疵”与“捧场”是常见的两种批评的异端，“一是不为作者设想，一是专为作者欺世”。他认为要健全批评，批评家首先必须调整批评的姿态，以“同情”作为批评的起点，摆脱和超越一切偏见。

“同情”对于成仿吾来说，又还意味着一种批评方法。在他看来，文学批评当然有赖于艺术感触力，批评家必须同时是一个敏锐的赏玩者，随着作者的指导，将对作品“部分的感触”集合起来，得到完整的印象，然后再从作品“全体的意义”上“批评作者之表现”。其中所说的“赏玩”作品的“感触力”，也是一种“同情”。如果没有这种感同身受的“同情”，不尊重创作，或过于理性冷观，就不可能承认和投入作品的世界，当然也就不可能进入批评。

按照成仿吾的理解，懂得“同情”的批评家在从事批评时，不先入为主，而是从作品本身出发，随着作者的引导，进入作品描写所构成的艺术世界。但这并非“灵魂探险”，也不只是纯粹的欣赏，成仿吾很不赞同当时流行的把批评看作纯粹的欣赏的观点。他对批评与欣赏的关系作了一番认真的理论区分，认为批评当然要投入，也有欣赏，但又不等于欣赏。成仿吾在《作者与批评家》中提出：

> 主张判断批评的人，每以为批评者应当高自位置，至少要脱离创作的 atmosphere，这种错误的见解，在一般人眼中，是牢不可拔的。但是如果我们想肯定(bejahen)作者的一切，只评判他的成绩如何，或想由作品中发见它的意义，那便非没入创作的雰围气中不行，也要这样才能不负作者。批评与赏玩不同点，决不是一个不没入一个没入，而在批评家于赏玩时能为不断的反省，赏玩家却只是一味赏玩。②

从王国维到周作人，都很注重批评中的“赏玩”，这可以说是他们所从事的批评的一方面特色，与传统批评血脉相连。而成仿吾是使命感很强的批

---

① 《批评与同情》，《成仿吾文集》，第 116—117 页。

② 《作者与批评家》，《成仿吾文集》，第 118 页。

评家，他对更多地体现个人情趣的“赏玩”不感兴趣，甚至特别反对“一味赏玩”的批评，所以他提出“同情”说，希望从理论上说明批评的应有姿态，解决情感投入的问题。他强调批评家即使在“赏玩”时也要“不断的反省”，即有理性地引导分析，有价值判断。“同情”说的核心，是既注重情感投入，又让理性控制情感。他试图以此改变那种党同伐异的“派性”批评的不良空气。“同情”说并未能更深入地从理论上辨析文学批评中情感因素的生成，但主张批评要从作品实际出发，要感同身受地尽力把握作品的世界，同时注意到了批评中理性与情感的结合与制约问题，也是一种理论特色。

在批评实践中，成仿吾有时也能做到对作家作品“同情”，他反对那种不从创作实际出发的过分随意性的“孟浪”的评论。如邓均吾在《创造季刊》上发表一组题为《白鸥》的诗，引起章克标的批评。章显然带有一些“派性”，对发表在创造社刊物上的作品有先入为主的“偏见”，指责邓诗写得肤浅草率，甚至摆出了冷嘲热讽的姿态。[①] 成仿吾对章克标这种评论很反感，认为是一种缺乏同情的“横暴”，对创作没有感同身受的投入，只能“黑炭涂在明珠上”，糟蹋了作品。成仿吾以《白鸥》中的一首《檐溜》为例，来试作“同情”式的批评。诗是这样写的：

扰人睡眠的，
单调的声音！——
长夜漫漫，
我只渴望着鸡鸣。

这首表现忧思的短诗，应该说是写得有意境的，但章克标没有去感受，也未能进入诗的世界，所以他才批评诗的末一句不通，认为“鸡鸣”应改为“天明”才通。而成仿吾在感受该诗艺术氛围的基础上，得出了相反的结论，认为这是一首难得的好诗，好就好在“全凭着听觉做骨子”。成仿吾幻想着诗人在雨夜辗转反侧不能成寐的心境，特别是檐前雨滴别有一种单调与凄凉，所以诗人渴望“雄浑的鸡鸣”来把这单调打破，具有一种象征意味。成仿吾以这种感同身受的“同情”，进入和领略作品特定的情境与氛围，从而指出这首诗艺术上的成功正在于听觉的构思，即“听官”之中的统一，这种评论是建立在对作品的深入感受之上的，显然比较能抓住作品的特色。

---

① 章克标的《创造二卷一号创作评》刊于《学灯》，转参见《成仿吾文集》，第108页。

成仿吾所说的“同情”,在其批评实践中除了表现为感同身受地进入作品的世界,还表现为对作品美学目标的充分理解。在他看来,每一篇作品都有各自不同的美学追求,批评家的工作,就是了解不同的美学目标及其实现的程度。因此不存在固定的统一的审美标准。他指出,“对于一种文艺作品,有许多的人,每喜欢从外界拿一种尺度去估价,每喜欢拿一种固定的形式去强人以所不能。这种行为,酷肖我们的专制君主,拿一只不满三寸的金莲,去亲他梦里的尤物。”成仿吾反对“削足适履”的批评。他认为批评家不应当依据外界的形式去干涉作家的“新发明或独特的方法”,重要的是看作家“在自己所创造的世界之中,能够有意识地成就多少”,或者说,“看一个作品,对于它的材料履行责任的程度”。①

例如郭沫若的小说《残春》发表后,有些评论者认为是不成功的作品,理由是这篇小说的体式不符合一般小说的规矩,情节与结构处理缺少 Climax(高潮)。成仿吾专门针对这种机械的评论发表了一篇《〈残春〉的批评》,认为小说不一定非得要有 Climax,更不能以既有的传统的结构观念去要求所有小说都必须“形式上的完备”。像《残春》这样没有情绪“高潮”的小说也不失为一体,而且可能更“饶有余味”。比对这篇具体作品的评论更重要的是,成仿吾试图以此廓清批评理论上的一种迷失,证明批评需要“同情”,提倡批评从作品实际出发。当时确实有动不动拿某种固定的形式或主义来批评文艺的风气,成仿吾的“同情”说是有理论意义与现实意义的。

与“同情”说相关,成仿吾还提出了“超越”说,其实这是一个问题的两面。前文所说的感同身受的“同情”,对作家作品的“尊重”,前提之一是摆脱偏见,其中就含有“超越”的意思。至于说不以固定的标准与眼光评价作品,不以个人的趣味喜好去取替对作品的实际批评,也带有“超越”之义。但成仿吾讲“超越”,主要指充分发挥批评家的创造力与理论个性;在实际批评中,既要进去,又要出来,既要投入作品,感同身受,又不是完全沉浸其中,不等同于被动的鉴赏,不满足于阅读感受与印象,批评家要从中提升一步,有自己的辨识与判断,有独特的发现。批评家读评作品时的“感触”可能是零碎的、分散的,必须进而使“部分感触”构成整体的“意义”。譬如作者描写一些梁柱瓦石来表现一座建筑,批评家由这些具体描写所得的印象也会构成一座建筑,批评家此时是“与作者并肩而立”的。他的工作不止于复制作者

---

① 《〈残春〉的批评》,《成仿吾文集》,第 39 页。

的“建筑”,而还要据以“批评作者的表现方法与描写,他还能进而批评作者所自处的地位”,“看出作者创作时的态度与腹案来的”。[①] 成仿吾说这就是“超越”的批评,从一般性鉴赏与品评中“超越”出来了。这种“超越”不光需要批评家的“感触力”,还有赖于“想像力”与理解力。

那么,怎么实现批评的“超越”呢?成仿吾认为关键在于正确认识和掌握批评的标准。他指出,在进入批评的实际操作之后,“不可为一时的交感与浅薄的印象所惑”,而“必须有一种尺度做标准”。然而批评都是相对的,只有“相对的客观的标准”。他所理解的“相对标准”是一般的而又必须具备的标准,也是比较原则的要素,包括三方面,即:独创、生命或宇宙的实感、活跃而丰富的表现。当批评家循着这些方面去考察评价作品时,就存在能否“超越”的问题了。成仿吾认为最重要的“超越”,就是“对于一切既成的思想与见解要能超然脱出,至少我们当用批评的眼光在它们适用的范围内利用它们,而不为它们所迷惘”。[②]

成仿吾的不少批评文章都引起相当大的反响,这跟他的“超越”意识有关。不能说他的批评结论都很准确和精辟,但他确实很放得开,不受旧说与定论的束缚,不投合惯常的阅读品评心理,即使是人们非常熟悉的已有很多评论的作品,成仿吾还是要读出自己的创见来。他的批评视点常常是独特的。用他自己的话来说,批评其实也是创造,是建设自己。成仿吾的批评读起来就是成仿吾的味道,那种观点、角度、风格只有他写得出来的,这当然就会有所“超越”。[③]

我们可以举成仿吾几篇著名的评论来看他是如何“同情”而又“超越”的。

三　实用批评的得失

郁达夫的小说集《沉沦》出版后,周作人曾作过权威的批评,肯定了作品的艺术价值,认为所描写的是“灵肉冲突”。[④] 郁达夫本人在该书的序中也

---

① 《批评与同情》,《成仿吾文集》,第 116 页。

② 《作者与批评家》,《成仿吾文集》,第 119 页。

③ 这一段引文和观点见《批评的建设》,《成仿吾文集》,第 157—158 页。

④ 见周作人:《自己的园地·沉沦》。

是这样讲的。[1] 这几乎成了定论，在新文学的评论者中没有什么人提出怀疑。而成仿吾在《〈沉沦〉的评论》中仍“超越”了定论，提出与众不同的独特的看法。他说：

> 灵肉的冲突应当发生于灵的要求与肉的要求不能一致的时候。但《沉沦》于描写肉的要求之外，丝毫没有提及灵的要求；什么是灵的要求，也丝毫没有说及。所以如果我们把它当作描写灵与肉冲突的作品，那不过是把我们这世界里所谓灵的观念，与这作品的世界里面的肉的观念混在一处的结果。

成仿吾从小说描写的具体分析入手，得出新的有突破性的结论：《沉沦》不宜用灵肉冲突来说明，其主要色彩“可以用爱的要求或求爱的心来表示”。“我们的主人公所以由这条没有用蔷薇花铺好的短路，那般匆匆弃甲曳兵而逃的，是因为他所要求的爱没有实现的可能，决不是什么灵肉冲突。”[2]

周作人讲“灵肉冲突”，主要是着眼于对小说伦理价值的阐释，是为了反驳当时社会上以旧道德立场诋毁这本小说的观点。周作人指出“这集内所描写的是青年的现代的苦闷”，“生的意志与现实之冲突”所引发的苦闷，也可以说是“灵肉冲突”，“情欲与迫压的对抗”，从而肯定这本小说集艺术上的“真价”。这种批评较多注意作品意义与外缘关系，也是符合创作实际，有说服力的。关于《沉沦》表现“灵肉冲突”的说法能一时成为“定论”，不是没有道理。而成仿吾的独见则主要是从作品情节描写的分析中引出的，《沉沦》本身确实很少直接写“灵”的地方。成仿吾对《沉沦》的批评角度不同，所得出的结论也不同，也可以说是“超越”了既有的认识。成仿吾讲求批评的“超越”，是从作品实际出发，又不限于对作品的感受，他相信自己的理性分析判断，不愿拘守陈见。这确实需要批评的眼光与勇气。同样，对鲁迅《呐喊》的评论、对冰心《超人》的评论、对许地山《命命鸟》的评论等等，成仿吾都采用逆向思维，不轻信权威的批评或众口一词的定论，对既成的批评重行思索，相信自己的阅读感受和理性分析，敢于提出新的见解。无须讳言，这些评论中有不少观点很可能是偏激的、错误的；值得注意的是这些批评中所体现的“超越”意识，对于一个真正的批评家来说，对作品的感受与认识永远都应当

---

① 郁达夫：《〈沉沦〉自序》，《郁达夫文集》第七卷，第 149 页。

② 《〈沉沦〉的评论》，《成仿吾文集》，第 34—35 页。

是新鲜的。

成仿吾的批评理论并不完备，又处在变动之中，文章中也有自相矛盾的地方。而且他的理论与实用批评存在距离。例如他主张批评的"同情"与"超越"，要求打破固定的文学观点的限制，以宽博的胸怀承认作品独立的世界，接纳各种不同的艺术风格。事实上他也很难做到。文坛的宗派情绪与不同的文学观点也限制他的批评眼光。

1923 年底写的《〈呐喊〉的评论》，就很能说明成仿吾批评的缺失。鲁迅的小说集《呐喊》1923 年 8 月结集出版后，成仿吾是比较迅速地做出反应的一位。在此之前，新文学界虽然普遍惊异于鲁迅小说格式的特别与内容的深切，但形诸文字的批评很少，到 1923 年底也还只有 3 篇。[①] 可能是由于人们理解和"消化"鲁迅小说的艺术精髓还需要较长的时间。成仿吾较及时地对《呐喊》做出反应显示了批评家的敏感，但这篇评论很不成熟，甚至可以说是草率的。其主要毛病在于所使用的批评概念的模糊，而且又注入了党同伐异的文坛宗派情绪。他把《呐喊》中的 15 篇小说分为前后两大类，称前 9 篇是"再现的"，后 6 篇是"表现的"。这种划分本来就没有多少根据，因为写于 1918 年到 1922 年的《呐喊》中的作品，一篇有一篇的风致格式，很难从中分出前后期。成仿吾的硬性分期非常勉强，纯粹出于主观的好恶来褒贬，他甚至将写于 1921 年 1 月的《故乡》与写于 1921 年 12 月的《阿 Q 正传》前后置换，将《故乡》归于"后期"，《阿 Q 正传》划入"前期"。这样做是为了集中树"靶子"，便于寻找"前期作品"所谓"共通的颜色"，即他所贬弃的"自然主义"的"再现"。成仿吾对"自然主义"并没有确切的界定，这本来是曾在欧洲和日本流行过的一种比较复杂的文学思潮，在成仿吾这里只简化为"再现的记述"，并急于套用来"证实"《呐喊》多数作品都是"浅薄的纪实"，这种先入为主的批评就不能不产生偏见。例如，《狂人日记》是那样忧愤深广，其象征的抒情的色彩也很浓，成仿吾却说它属于"自然派所极主张的纪录"；《孔乙己》以冷峻笔法浮现出封建社会的炎凉世态，《阿 Q 正传》以深广的典型刻画出国民的灵魂，而成仿吾却读作是浅薄的"传记"，……都并不符合作品的实

---

① 1923 年底之前发表评鲁迅《呐喊》的 3 篇评论文字是：署名记者的《小说集〈呐喊〉》(《民国日报·觉悟》1923 年 8 月 13 日)，雁冰的《读〈呐喊〉》(同时载《时事新报·学灯》和《文学旬刊》，1923 年 10 月 8 日)，还有 Y 生的《读〈呐喊〉》(《时事新报·学灯》1923 年 10 月 16 日)。《〈呐喊〉的评论》见《创造季刊》第 2 卷第 2 期(1924 年 1 月)。

际。成仿吾这回没有做到他自己说的必要的“同情”,而以一种“固定的形式”去批评作品,也就不可能进入作品的艺术世界,理解作品既定的美学目标。结果,成仿吾不自觉地表现出他在理论上所反对过的那种批评的“横暴”。不可否认在有些地方成仿吾也读出了鲁迅的特色,例如,他说鲁迅作品中有“各种奇形怪状的人在无意识地行动”,其中许多典型都带 abnormal 和 morbid(变态与病态)的味道,等等,说明他也注意到了鲁迅小说重在揭出病苦以及长于深层心理发掘的某些特征。但先入为主的成仿吾并不赞赏这些特征,而将这些成功的表现贬为“自然主义的”弊病。同样,对于后 6 篇小说的“肯定”,也并非真正从作品的实际出发,而只是由于比较接近于他所理解的“表现”手段。例如他欣赏《不周山》为“全集中第一篇杰作”,只是觉得这篇小说“不甘拘守着写实的门户”。成仿吾的确注意到《不周山》等几篇小说有比较浓重的抒情意味,这很符合他所喜好的“浪漫派”“自我表现”的手段,但他以是否“表现”作为权衡鲁迅作品的标准,当然不能认识和说明鲁迅的精髓。他这篇评论所表露的“门户”之见也未免太重了。这例子也说明,不管成仿吾如何越来越强调功利论的“社会—审美”批评,他对文学本质的初始信念却仍一直悄悄影响他的批评实践。

成仿吾并没有给现代批评史留下什么深刻严密的理论,但这不妨碍他曾成为很有影响的批评家,他的成绩更多地体现在 20 年代的实用批评方面。创造社曾经掀动过红火一时的浪漫主义文学思潮,但这种浪漫思潮理论上是那样庞杂斑驳,那样不纯粹,而且一经形成就向几个方面同时发展:后来有的走向“新浪漫主义”即早期现代派,有的向现实主义归趋,有的则越来越往“政治化”的“革命浪漫谛克”发展。成仿吾主要代表了后者,他在 20 年代末的“革命文学”运动中终于成为一个非常情绪化而又政治化的左翼文艺战士。

第四章
梁实秋对新人文主义的接受与偏离

梁实秋是作为自由主义倾向的文人代表而闻名的。这个名字在中国大陆曾经家喻户晓,有一段时间连中学课本上都收有讨伐他"人性论"的文章;但到底又还是陌生的,对梁氏的思想渊源及文学观的研究了解一直很少。1949年以后,梁实秋的论著在大陆就绝版了,人们几乎不可能再读到他的书。直到1989年,才出版有他的散文创作四卷本[①],但还是没有重印过他的文论。即便是专治现代文学的学者,对牵涉梁实秋的研究课题也极少关注。[②] 然而无可怀疑,在非主流的、带自由主义色彩的文学流脉中,梁实秋的理论影响是显著的贯穿性的。要全面了解现代批评史的格局,不能不兼顾非主流的一面。作为特定的文学历史现象,梁实秋的批评理论与实践有失有得,无论得失,都值得认真探讨。

一　二元人性论

"人性论"是梁实秋文学理论的辐射中心,也是他全部文学批评的出发点。以往批判梁实秋,也总是从他的"人性论"开刀的,梁实秋成了"人性论"的代表。然而梁实秋的"人性论"并不等同于一般所说的"资产阶级人性论",或者说,不是"正宗"的人道主义人性论,而是比较特殊的新人文主义"二元人性论"。

---

① 中央广播电视出版社1989年出版了《梁实秋散文》四卷本,后又出版过一本回忆录与一本读书笔记。

② 研究梁实秋的比较有分量的专文,有罗纲的《梁实秋与新人文主义》,载《文学评论》1988年第2期。可供本章参考。

梁实秋"人性论"的提出也并非专门针对20年代末兴起的无产阶级革命文学运动,虽然梁氏由于鲁迅那时的批评而非常闻名,并因此在一般人眼中成了超阶级"人性论"的卖力鼓吹者。其实梁实秋的"人性论"形成于1924年左右,即他在美国留学并师从新人文主义者白璧德(Irving Babbitt)之时。[①] 1926年回国后一二年间,他先后活跃于"学衡"派与"新月"派两个文人圈子。[②] 这两个圈子都是由欧美归来的留学生,在政治上和文化上不赞成五四以来的激进主义,对五四新文学采取保守和稳健的立场。梁实秋先后投入这两个圈子,并成为他们理论上的代表并非偶然,是一种志同道合的选择。正是这一段时间,梁实秋开始不遗余力地在文学批评领域推行新人文主义,并将"二元人性论"实际运用于文学理论与批评。

梁实秋最初提出新人文主义的"二元人性论",直接目的是针对五四以来所普遍张扬的人道主义,他并且是以反浪漫主义的姿态面对新文学的。在1925年底所写的《现代中国文学之浪漫的趋势》[③] 中,梁 实秋就依持新人文主义"人性论"观点,对新文学运动施行根本否定性的批判。在他后来所写的一系列论文中,也都是以"二元人性论"作为立论基点的。其中《文学的纪律》表示对五四新文学的自由发展深感厌倦,文中就这样明确地提出他的人性论:"文学发于人性,基于人性,亦止于人性","文学的目的是在借宇宙自然人生之种种现象来表示出普遍固定的人性"。梁实秋在人性前面总不忘加上"普遍的"、"固定的"或"常态的"之类定语,因为他认为人性是复杂的、善恶交织的,需要以理性来加以"指导"、"控制",才能达到"健康""标准"的常态,即所谓"普遍固定的人性"。这种提法比一般讲"人性论"多了一重伦理的限定。梁实秋认为文学只有写普遍的、固定的人性,才有"永久的价值",也才有利于"人生的指导"与"人性的完善"。由此出发,梁实秋审察和批评新文学,并力图在新人文主义人性论的基础上树起自己理论批评的框

---

① 1924年秋梁实秋开始在美国哈佛大学选修白璧德的文学批评课。在此之前,梁实秋还是个浪漫主义者,他是带着挑战的心理去听白氏的课的。但从此为白氏的新人文主义所吸引,自认一生为人准则与治学基本理论都受惠于新人文主义。参考《梁实秋论文学·序》,台湾时报出版公司1978年版。

② 梁实秋1926年7月自美回国,由梅光迪介绍认识胡先骕,接受南京东南大学任教的聘请。梅、胡都是"学衡"派的代表人物。梅和《学衡》杂志的另一主要编者吴宓,又都曾受业白璧德。《学衡》是当时在中国认真介绍新人文主义的主要刊物。1929年梁实秋还与吴宓编辑出版过译著《白璧德与人文主义》。又,1927年春,胡适、徐志摩等在上海开设新月书店,梁实秋任总编辑。

③ 此文写作时间推定是1925年底,发表于1926年2月15日《晨报副镌》。

架。关于这一点,后文还将详加评述。这里先要识辨的是梁实秋的“二元人性论”与一般所说的“人性论”的区别。这就不能不追溯梁实秋“二元人性论”的理论来源。

在这个问题上梁实秋几乎没有什么独创,他不过是照搬了白璧德的概念。白璧德是在“人性论”基石上树起他的整个理论支架的。他赋予人性论以新的内涵,企图从根本上改变人们所习惯的对人性的看法。一般所说的人性论大都是人道主义“人性论”,肯定人的感情欲求与自然本性的善良合理,即所谓“自然人性论”。常被浪漫主义者尊为精神楷模的卢梭,就认为人的自然本性是善的、天然合理的。他认为人性中也有恶的存在,但并非本性所属,而是不合理的社会制度或矫饰的文明违背自然本性的结果;传统的道德习俗压制人的自然本性,使之畸变为恶。因此,消除人性中恶的根源,必须摧毁束缚与压制自然人性的不合理传统习俗与制度。卢梭为此而提出著名的口号:返归自然。五四新文学运动一开始就呼唤人的觉醒、个性的解放,当时普遍理解与接受的人性论是由西方传入的资产阶级人道主义人性论,也就是自然人性论。卢梭在五四时期成了许多青年和浪漫主义作家的偶像,也是因为他曾高举过自然人性论的旗帜。

然而在梁实秋所师从的白璧德看来,卢梭简直是扰乱世道人心的十恶不赦的狂徒。白璧德极其反感卢梭,他是完全不赞同“自然人性论”的。按白氏的观点,人性绝不如卢梭所说的那么单纯、善良,从本质上讲,人性是善恶并存的。白璧德对善恶含义的论述比较抽象。他往往只提出一个大致的评判原则,即认为放纵的欲念产生恶,理智控制引导欲念则导向善。他更为关注的是人性中永远包含着欲念与理智的冲突,认为二者冰炭不容,至少是互相制约的。他把欲念与理智的冲突称为“窟穴里的内战”,意思是这种冲突是内在深藏的、原始的,是与生俱来至死才可能止息的。每个人一生都贯穿和充满这种冲突,而社会生活中的善恶之争也就以此为本源。理智被看成属于人性本能的一种内在控制力,向善的人能以理智控制欲念;向恶的行为则由于舍弃了理智,放纵了欲念。浪漫主义者与现代主义者推崇柏格森(Bergson)的所谓生命创造力或内驱力(elan vital)的学说,本世纪初也很流行,在白璧德看来则是反理智、反伦理的谬说,其危险性正在于放纵人性中恶的因素而可能导致伦理道德的崩坏。白璧德对世纪之初流行的所有被认作非理性的学说,无论是柏格森还是弗洛伊德,都非常警惕并大加排拒。他认为要使一个社会正常运转,最重要的是健全伦理道德观念。因此他提出的人性论就反复强调发挥理性的节制力(elan frien),也就是维护所谓普遍的固定的人性。上述这些基本观念,在白璧德的《卢梭与浪漫主义》(*Ronsseau and Romantism*)一书中有详细的论述。梁实秋是很赞佩白璧德这些观点的,其所引进与推崇的“二元人性论”的发明权属于白璧德。①

为了更深入了解新人文主义“二元人性论”的理论本质,有必要稍为回顾一下这种理论产生的历史背景。

新人文主义是本世纪初主要在美国学院界涌现的一种保守的思潮,影响不很大,在其他西方国家几乎没有引起什么反响。但在中国却意外地得到一些忠实的推行者与代言人,并产生久远的回响,这种现象是很值得注意的。②

新人文主义带有回归清教传统的性质,其守旧的道德主义观点与同时期西方活跃的种种新思潮(特别是新浪漫主义)发生牴牾,可以说是一种“反潮流”。梁实秋也说过其导师白璧德“因指陈时弊而不合时宜”,“被人视为顽固守旧”。③ 这种“反潮流”全然建立在唯心主义哲学的思维模式上:即相信能以人性的善恶来解释一切社会矛盾冲突的根源;把解决社会问题的出路,以至挽救人类精神日益趋向浮浅与功利这样的大难题,完全寄托于伦理道德的说教与完善。白璧德等新人文主义者确实迂阔守旧,他们并没有拿出什么独创性的哲学命题,只好求助于复活传统。然而其理论折影出西方当时一部分知识分子的心态与愿望。

从具体的历史背景看,第一次世界大战的浩劫造成了西方的社会危机和精神危机,许多人原先所抱有的对资本主义发展的理想破灭了,深刻的怀疑、惶惑与彷徨如同乌云笼罩着知识分子,造成一种躁动不安的时代病。本世纪初文坛上出现的“先锋派”即初期现代主义,就是这方面的精神显现。卡夫卡作品中的人世极度隔膜感(如《变形记》)、艾略特笔下的恐怖的荒原感(如《荒原》),等等,都是这种社会心理的反映。但当时还是有一部分知识分子比较天真向善,他们把目光转向古代,渴望从传统的人文道德精神中寻求救世的良方。新人文主义实际上就是这样一些迷恋传统的知识分子。他

---

① 参考梁实秋《关于白璧德先生及其思想》,《梁实秋论文学》,第492—493页。台北时报文化出版公司1981年版。

② 除了梁实秋之外,梅光迪、吴宓、郭斌龢、范存忠、楼光来等著名学者,都曾经师从过白璧德,并将新人文主义引为同调。

③ 梁实秋:《关于白璧德先生及其思想》,《梁实秋论文学》,第488页。

们毫无例外都是道德和伦理的理想主义者,在日趋功利化物质化的世风中渴求宁静明澈的理性,渴求人类精神重建。

在白璧德等新人文主义者看来,西方世界当时所面临的危机,主要是道德沦丧人性堕落,原因不在别的,而在于物质主义的泛滥,人被当成物,失去了主宰的地位。这有点类似现在人们熟悉的一种说法:物质文明的发展造成"人的异化"。其实浪漫主义者对此也是有同感的。19世纪西方文学中兴起浪漫主义,原本也是为了拯救"异化"所造成的人的灵性的丧失。卢梭之所以深得浪漫主义者尊崇,就因为他所发出的拯救人的自然感情的呼声,使人们从功利世俗的烟尘中感到一点精神上的清爽。以此观之,新人文主义与浪漫主义在对现实世界的认识上也不无相通之处。但是他们所开的"药方"却完全不同。白璧德从他的"二元人性论"出发,既反对过分功利性的物质主义,又反对放纵情感的浪漫主义以及现代主义,他称卢梭等返归自然放任人性自由发展是"情感自然主义",认为这与功利性物质主义一样,是使人类堕落社会沉沦的破坏性力量。白璧德的济世药方是倡导恢复传统的健全的人文精神,为病态的现代社会注射一支强心剂。他坚信伦理精神有无坚不摧之力,认为只要人人都用智性控制欲念,社会就会走上健全,因此他竭力在一切文化领域包括文学领域都主张以理制欲。

这样一种保守的带清教性质的思潮所以能在中国引起反响,是有特定的社会历史原因的,下文还当评述。而从接受者的秉性素养看,梁实秋倒向新人文主义是很自然很契合的。他本是比较平实稳扎的人,即使在清华读书组织文学社参与新文学活动那时,有年轻浪漫的一面,但也已经表现出比较审慎而传统的治学路子。他在支持胡适的白话文运动以及新诗主张时,就经常发表怀疑商榷的意见。《冬夜评论》便是以比较传统的审美观点批评新诗的一个例子。梁实秋的为人也很清高而又入世,他的散文《雅舍小品》所表现的那种由俗入雅,既追求名士风气又执著于世俗生活的情味,就很能体现受过西洋贵族化教育的儒者的品性。所以梁实秋在哈佛读书时一经接触白璧德,就如遇故知,非常投合,将白氏奉为人生向导。他是首先从人生姿态上找到与新人文主义的契合点,然后才切入文学理论批评的。白璧德提出过人生三境界说,即认为人生可依次分为自然的、宗教的和人性的三种层次。自然的生活不可或缺,但不应过分扩展;宗教的生活固然高尚,却不能勉强企求;只有人性的生活才是应当时常保持的。梁实秋对三境界说非常赞赏,到晚年还写文章向读者推举。[①] 梁实秋并非从形而上学入手,而是直接从"做人"的方式即人生观角度去认识和接纳新人文主义。他从新人文主义那里找到较牢固的契合点,这就不难理解为何几十年风风雨雨,梁实秋却始终坚持保守倾向的新人文主义,坚持"二元人性论"。

梁实秋照搬了新人文主义的"二元人性论",但也不是没有自己的发挥,他甚至有很大的"野心",企图将这种西方思潮中国化,融入中国文化的血脉之中。

如上所说,梁实秋的品性较为执著入世,他对儒家的传统人文精神是很有领悟的。他引进和运用新人文主义,时时不忘与儒家的人生观、文学观相比照。他始终认为,新人文主义看中道德伦理价值取向,强调"以理制欲","这态度似乎很合于我们儒家之所谓'克己复礼'"。[②] 事实上,新人文主义主张"以理制欲",与儒家伦理观念确有相通之处。特别是宋明理学讲究"道心"与"人欲"的区别,认为"人欲"只关心和满足利害情欲,"道心"则服从仁义理智的规范,因此须以"道心"去限制和统驭"人欲",以维持道义社会的正常运转。这也就是朱熹所说的,"人之一心,天理存则人欲亡,人欲胜则天理灭",必须存天理,灭人欲,使世道人心符合"道统"。白璧德的父亲生长在中国宁波,因此白璧德对中国传统文化是比较关切并有相当的了解的。白氏的新人文主义显然借鉴过儒家学说,他的《人文主义界说》就"以儒家思想为阐释的根本",[③] 其人性善恶二元论及节欲的思想主要出于亚里士多德,而与儒家的天理人欲观的符节相合之处也不难发现。两者都力图以"理性"或"天理"这些比较抽象的概念去代替社会行为规范,靠牵制甚至扼杀人的自然本性与欲求来维护社会运转的"常态"。曾经上过白璧德的课,而始终不赞成白氏学说的批评家林语堂也注意到:白氏的新人文主义"颇似宋朝的性理哲学,所以白璧德极佩服我们未知生焉知死的老师孔丘,而孔丘的门徒也极佩服白璧德"。[④]

五四新文化运动包括新文学所致力的主要是思想启蒙,倒孔反儒是一种必然的反封建的趋势。梁实秋对五四以来倒孔反儒的反传统趋向是反感

---

① 参考《关于白璧德先生及其思想》。

② 《关于白璧德先生及其思想》,《梁实秋论文学》,第 403 页,时报文化出版公司 1981 年版。

③ 参考侯健《梁实秋先生的人文思想来源》,《秋之颂》,第 75 页,台湾九歌出版社 1988 年版。

④ 林语堂:《新的文评序言》,1929 年《语丝》5 卷 30 期。

的，他认为这太浪漫，太过分，会使社会人心失去必要的伦理牵制。他明确表示，“儒家的伦理学说，我以为至今仍是大致不错的”。他倾向白璧德的新人文主义，也是以儒家的人文传统去理解与张扬新人文主义，而引进这一思潮，又求其“不悖于数千年来儒家思想的背景”。他所企求的是以现代的目光重新解释与发扬传统。梁实秋提倡新人文主义，确实是基于保守的立场，因此是与五四新文化运动和新文学提倡个性解放、人道主义这一反封建的主潮相违逆的。他从投身文学批评开始，就采取了和其导师白璧德同样的“不识时务”的固执的立场，把激进的时代主潮视为浪漫的混乱而加以抵制。其所否定的却不止是浪漫派，而是整个五四精神。

至此，大致理清了梁实秋“二元人性论”的内涵及其理论基础新人文主义的来龙去脉，我们就可以进一步考察这样一个平实守旧的批评家在新文学格局中的特殊位置。

二　靠拢古典主义

梁实秋的文学原则既承述新人文主义，那么他的批评理论与实践向古典主义靠拢也是顺理成章的。

新人文主义本来就滥觞于古典主义。古典主义总是这样的：它假定存在着一种稳定的人性心理，它要力图发现创作、作品与读者反响这几方面的固定规则，它认为人的感受力与智力有着统一的活动，可以得出适用于一切艺术与文学的标准与模式。[①] 本世纪初白璧德等人在哈佛的讲台上呼吁恢复传统的人文精神，让文学参与道德与伦理的重建，许多基本论调都索迹于古典主义的教条。在猛烈抨击卢梭式浪漫主义的同时，白氏对古典主义的道德审美意识倾注了极大的恋情。每当述及文学史上古典与浪漫两种基本艺术倾向，白璧德所发表的褒贬立场是毫不含糊的。在《卢梭与浪漫主义》一书中，白璧德因为对古典风格的文学情有独钟，以致对 19 世纪以降所有其他文学思潮都不屑一顾，统统划入“ 浪漫”一派而大张鞭挞，其意图就是要把文学发展的势头扭转到古典阶段。从思想渊源看，新人文主义者主要继承了古典主义的衣钵，他们不过是将道德伦理的理想主义与说教的文学

---

① 参考雷纳·韦勒克《近代文学批评史》第 1 卷第 15 页关于新古典主义的评述，上海译文出版社 1987 年版。

主张发展到极致罢了。本世纪初美国有过注重道德伦理批评的所谓“文雅传统”,可以看做是欧洲古典主义的回响。在诸如爱默生(R.W.Emerson)、詹姆士(Henry games)等批评家身上,就承继有19世纪英国批评家阿诺德(Matthew Arnold)那种古典的气息。而这种与古典主义相关的“文雅传统”,又直接开启了白璧德、莫尔(Paul Emermore)为代表的新人文主义批评潮流。既然“祖师爷”与古典主义有如此密切的关联,那么作为忠实弟子的梁实秋倾向古典主义也就不奇怪了。

五四时期西方各种文学思潮都曾在中国亮过相,古典主义也不例外。只不过是作为新人文主义思潮的有机部分呈现的,影响范围不很大。在梁实秋之前,“学衡”派的主要人物如吴宓、梅光迪、胡先骕等,早就介绍和鼓吹过新人文主义。他们也是白璧德的及门弟子,办《学衡》的目的之一,就是以新人文主义的眼光重新发掘与张扬传统人文精神,即所谓“昌明国粹,融化新知”,并以此抵制五四新文化运动,包括以反传统的思想革命为己任的新文学。在他们看来,新文学是激进而浪漫的,因为脱离了理性的古典精神,而陷入畸形的不健全的境地。“学衡”派张扬新人文主义,在审美观批评观上就竭力树立古典主义的文学精神。这一点,以往的研究较少关注,起码没有充分注意到五四时期确实存在过古典主义。梁实秋与“学衡”派的关系密切,在宣扬新人文主义,推崇古典精神方面,梁氏与“学衡”派是大致可看作同一派系的。

不过梁实秋并不像“学衡”派那样以明显的复古立场对抗新文学运动。梁实秋是作为新文学的成员,而对新文学提出苛严的批评的,其目的不是要阻拦新文学的发展,而是企图将新文学纳入新人文主义轨道,具有他们所理解的理性的古典的内容与形式。所以梁实秋也不像“学衡”派那样,以国粹家的姿态顽固地“张扬旧学问”,而是把主要的精力放到研究与介绍西方文学理论方面,并试图在新人文主义背景下重建一套文学理论批评体系。1926年自美回国后,梁实秋虽一度进入“学衡”派的圈子,思想上与“学衡”派是一致的,但并没有参与《学衡》的编务和学术活动,他集中精力认真做一项工作:系统地研究西方批评史,通过对西方文学传统的阐释,去理解与张扬古典主义的道德批评意识与审美理想。梁实秋是五四以来第一位系统地研究与讲授西方批评史的学者。他在短短的二三年时间内写成了几本书:《浪漫的与古典的》、《文学的纪律》和《文学批评论》。头二书除了少数篇什直接评骘新文学现状外,多数文章都是研究和解说西洋批评史的,《文学批评论》则是一本简明的西方文学批评史纲。白璧德是从研究批评史入手去构筑其理论的。当年梁实秋在哈佛抱着挑战的心理听白璧德关于西洋批评史的课,结果拜倒在新人文主义的麾下;如今他也蹈袭其先师的治学与批评的路子:通过阐说批评史来追求与建立自己的批评理论。

梁实秋研究西方批评史,花了最多的功夫去理清亚里士多德的文学观。亚氏是西方文学理论的万流之源,而梁实秋只把亚氏当作古典人文精神的经典代表。梁实秋希望他所要张扬的新人文主义道德意识与审美理想,全都从亚氏这里找到泉源。梁实秋对亚里士多德的解释是有选择有侧重的,为我所用的理论发挥也比比皆是。

《亚里士多德的诗学》是梁实秋研究西方批评史的一篇比较重要的论著。梁实秋不是一般地介绍亚里士多德,而是把亚氏的诗学作为"一个普遍的艺术的原则"来申述。其中涉及"模仿(Imitation)"和"排泄涤除(Purgation)"两个基本的美学概念,理论界历来是众说纷纭的,梁实秋则选择了最有利于"二元人性论"观点的解释。他指出亚氏所讲的文学的"模仿"对象是人生,是自然。然而人生有变动的一面,也有不变动的一面,不变动的即所谓"普遍性"、"永久性",亦即"真"和"理想"。诗人模仿的应当是人生中普遍的永久的原素。梁实秋认为亚氏模仿论的"精义"不该理解为写实主义,"因为其所模仿者乃理想而非现实,乃普遍之真理而非特殊之事迹";另方面又不该理解为浪漫主义,因为"其想象乃重理智的而非情感的,乃有约束的而非扩展"的。梁实秋的解释很有倾向性:他极力以此贬斥(甚至歪曲)写实主义与浪漫主义,那么出路就是回归理性的古典主义。梁实秋认为对亚氏模仿论"什九未能得其真传",他所说的"真传"就是"古典主义的中心"。

对亚里士多德的"排泄涤除"说后人也是有不同解释的。一种认为这是指悲剧的伦理功效,在观剧中引起悲悯与恐惧,排除恶戾的情感,使心灵得以纯正的安息和伦理上的妥切。另一种解释认为"排泄涤除"指通过观剧使紧张的情感得以松懈释放,求得艺术上的享乐。梁实秋则认为亚氏的"真意"既不是前者的"教训主义",又不是后者的"艺术主义",而是介于二者之间:"乃谓悲剧之任务在于使人愉快,但其愉快必有伦理的制裁。"梁实秋认为悲剧的效用在于激发情感之后而能得相当之排泄涤除,但又不致使人理智颠倒昏乱,而是相反,使人的理智更为清明强健。梁实秋这种解释同样是强调新人文主义与古典主义所看中的艺术活动(包括欣赏)中的"理智制裁"作用。

值得注意的是，梁实秋在寻求中西文论的契合点。他用儒家的中庸来阐释亚里士多德的批评信条，指出："中庸者，即避免极端，以求事物之宜"；认为亚氏所说的"悲剧之用在求情感之排泄，盖亦求情感之中庸；悲剧英雄不应全善全恶，盖亦求性格之中庸。在亚里士多德全部的批评精神，我们可以看出中庸的精神无往而不在"。梁实秋讲中庸，其实就是强调文学创作与批评中的理性选择和评判，使文学得以健全地表达常态的人性。梁实秋评述亚里士多德洋洋万言，转来转去，还是回到他所崇仰的新人文主义和古典主义。

梁实秋从来没有承认过自己是古典主义者，可是他对古典主义的崇仰在评述西方其他批评家时常常明显体现出来。例如他在谈到希腊文学批评时，就这样论说："盖古典主义作家，其头脑必须清晰，其方法必须审慎。其结果虽以简单为极则，但其简单必须为理性选择后之产物。世人误简单的美为不加制裁之流露，为不经纪律之自由，实乃大误。"[①] 在论及贺拉斯时，梁实秋最欣赏的，还是贺拉斯追求文学"普遍性"和"不悖离人性的中心"，认为这是"真正的古典精神，并赞扬'贺拉斯的批评是健全的'，后人应当尊重其真价值"。[②] 在谈到新古典主义者布瓦诺(Boileau Despreaux)时，也特别赞赏其"主张常态的真实，一切均以自然为归依"。认为布瓦诺的"严谨的态度和健全的主张应该是后人所不能一笔勾销的"。[③]

梁实秋的《文艺批评论》也值得一提。这本书比较系统简要地评述了自亚里士多德到当代的西方各大批评家与批评流派，主要作常识性的述评，但也同样灌注了崇仰古典的眼光。梁实秋在对西方文论作全景式鸟瞰之后，试图高屋建瓴地归纳出一种"规律"，即：所有的文学可以分为古典与浪漫两种基本倾向或基本质地。他说，"古典的"与"浪漫的"两个名词不过是标明文学里最根本的两种质地。

> 我以为"浪漫的"与"古典的"不是两种平等对待的名称。"古典的"即是健康的，因为其意义在保持各个部分的平衡；"浪漫的"即是病态的，因为其要点在偏畸的无限的发展。譬如说，情感与想象，都是文学的最主要质料，假如情感与想象能受理性之制裁，充分发展而不逾越常

---

① 《亚里士多德以后之希腊文学批评》，《梁实秋论文学》，第88页。

② 《何瑞思之〈诗的艺术〉》，《梁实秋论文学》，第133页。

③ 《新古典主义批评》，收《文艺批评论》。

轨，这便是古典的了，假如情感与想象单独的发展，成为一种特殊的奇异的现象，那便可以说是浪漫的了。我们统观西洋文学批评史，实在就是健康的学说与病态的学说互相争雄的记录。①

梁实秋这观点也来自白璧德，他自觉地将"古典"与"浪漫"当作最基本的批评概念，或者作为划分文学倾向的两大主要范畴，这成了梁氏从事文学批评史研究与文学批评的重要视点。而梁氏宣称自己要站在"纯正的古典观察点"一边，但又不愿意直接充当古典主义者，于是他补充说明自己是在"浪漫"与"古典""二者之间体会得一个中庸之道"。

然而最集中体现梁实秋古典主义倾向文学观的，还是《文学批评辩》、《文学的纪律》与《文艺批评论·序论》这三篇文章。在这些论作中，梁实秋显然要在新人文主义的指导下，建立一套理性的古典的批评理论。下面我们将其基本观点作一些归纳。

首先，梁实秋提出批评就是一种判断。从语义学角度看，在希腊文中，"批评(Kritikos)"一词的意思就指"判断"，后来英文 criticize，含有 to fine fault with，即吹毛求疵之意。② 梁实秋要为"批评"正名，恢复"批评即判断"的含义。他所理解的"判断"包含两层意思：判，即分辨选择；断，即等级价值的确定。梁实秋是治批评史的，当然知道将文学批评的本质与任务定为判断，只是一种看法，一派观点，主要属于古典主义一派，但梁实秋宁可被讥讪为守旧，也要选择并始终坚守对"批评"的古典解释。梁氏认为"判断"的前提是确立标准，只有常态的纯正的人性才是文学批评的最后准绳；由于常态的人性是固定的普遍的，可以跨越不同的时代与民族，因而文学批评中施加判断的标准也应是固定的普遍的。梁实秋又认为"古典文学里面所表现的人性是常态的，是普遍的"，因此，文学创作与批评的标准也完全可以从以往伟大的作品中寻找。③

梁实秋也意识到以"人性"作为批评标准并不容易，因为这牵涉到批评的动机是否纯正的问题。梁氏呼吁批评家研讨真理而不计功利，反对借批评互相攻击或互相捧场。在这方面，他很赞同阿诺德的说法：批评乃"无所为而为之努力，借以学习并传播世上最优美之智慧与思想"。阿诺德也提出

---

① 《文艺批评论》，《梁实秋论文学》，第 232 页。

② 参见《文学批评辩》，《梁实秋论文学》，第 102 页。

③ 《现代中国文学之浪漫的趋势》，《梁实秋论文学》，第 18 页。

过批评的标准是看作品有无写出人类“根本情感”。所谓“根本情感”,也就是普遍的、正常的、健全的情感,正合于梁实秋所说的常态的普遍的人性标准。阿诺德又提出批评的“试金石(Touch-stone method)”一说,即以古典的或经典的艺术表现经验作为衡定作品高下的标准。梁实秋对此也无异议,因为他认为人性的素质是普遍的、文学的品味是固定的、伟大的作品完全可以超越时空、统一的固定的批评标准适于不同时代与地域。他批评印象主义者评价作品毫无固定标准,不懂得“在伟大的作品里寻出一个客观的标准”。[①] 梁实秋和阿诺德以及其他古典主义者是一样的,他们都信奉某一组“普遍规律”的有效性,喜欢以一种权威而包罗万象的“标准”来穷尽一切。不过梁实秋也稍有变通,他一般不太讲批评的“试金石”,而更多地直接讲批评的“常态”人性标准。

阿诺德的批评观是古典主义的,曾深深影响到白璧德学说的形成。作为白氏弟子的梁实秋则又直接从阿诺德那里吸收了许多批评观念。因此清理梁实秋的批评思想,不能光注意到白璧德,还应该追溯到阿诺德。梁实秋有时称自己是注重文学“严重性”的“人生派”,坚决反对“为艺术而艺术”,即认为自己的批评是主张在道德伦理重建方面于人生有益的。[②] 这其实也是受阿诺德的影响。阿诺德本来就是一个道德感很强的艺术功利主义者,他是渴望文学批评有利于健全人性,健全社会人生的。

梁实秋当然不是盲目地搬用西方批评家的货色就了事,归根到底,是有他的现实的需要的。具体说来,梁实秋提出偏于古典的批评观,是针对当时两种流行的批评。一是印象的批评,或鉴赏式批评。他指责五四新文学缺少严肃认真的批评,多的是谀颂或谩骂,而流行的方式是“读后感”之类,全凭个人兴趣与印象,否认理性的评判标准。梁实秋认为,如果把批评家的作用限于鉴赏,如同法郎士所说,以文学批评为灵魂在杰作中的冒险,专凭个人的印象和感觉从事批评,势必丧失固定的普遍的批评标准,否定批评以常态人性为准绳,这样就会陷于人人都感情用事的混乱。梁实秋以为批评家的工作要依赖理智的运用,而不是才气或灵感的兴发,他对批评的“创造论”

---

① 《现代中国文学之浪漫的趋势》,《梁实秋论文学》,第 18 页。

② 在《文学的严重性》中,梁实秋就认为“凡是健全的文学家没有不把人生与艺术联在一起的,只有堕落派的颓废文人才创造出那‘为艺术的艺术’的谬说”。在其他一些文章中,梁氏也屡次主张文学“为人生”。

与“天才论”都是持否定态度的。在他看来,最好的批评永远是基于严谨的人性标准的判断,是作为一种学问的潜心的研究。[1] 梁实秋力图从理论上分清“鉴赏”与“批评”是两回事,不能混同。他提出,“鉴赏”是“靠着自己的感觉而享受一件艺术品”,而“批评”则“根据一个固定的标准而评判一件艺术品”,在他看来,批评都是目的性与专业性很强的,一般人看戏读作品,所要求的是娱乐与刺激,并不问作品是否合乎“艺术原则”或“标准”,而批评家则担负着理性评判的任务。[2]

梁实秋又反对科学的批评。他认为自19世纪法国的泰纳(Taine)以来,一直到本世纪二三十年代在中国颇流行的社会学的批评,还加上弗洛伊德心理分析批评,都偏向把批评当作科学活动,并不是纯正的批评态度。他认为社会学批评偏重于特定时代的经济、社会等外在条件分析,太执著于一时一事,结果背弃了人性这一固定的普遍的标准,终究难于探明文学的真正价值,而很易于流为机械的宣传与教条。对弗洛伊德心理分析批评,梁实秋也很反感,认为这种批评只能解释变态的、病态的心理或潜意识,而文学主要是写常态的普遍的人性与心理的,弗氏的方法很难入其堂奥。再说人性很复杂,用“科学方法”或实验的方法作简单的分析,无论是社会学还是心理学,都实难奏效。梁实秋很明确表示他对“科学批评”的否定态度。他说:“以科学方法施以文学批评,有绝大之缺陷。文学批评根本的不是事实的归纳,而是伦理的选择,不是统计的研究,而是价值的估定。凡是价值问题以内的事务,科学便不便过问。”[3]

梁实秋既反对印象主义批评,又反对社会学、心理学批评,所追求的其实是所谓基于常态人性标准的道德的批评,有时他又称之为伦理的批评。他认为文学批评与伦理学的关系比之对美学的关系更为重要。[4] 在二三十年代,印象主义批评、社会学批评和心理分析批评是几种比较主要的批评方式。事实上这几种批评各有所长又各有所短,梁实秋对其短处未免看得过多过重,缺少宽容豁达的胸怀。其实这也是新人文主义者理论的盲点。他们总宣称平实稳健,却从不愿意容忍与之观点相左的其他任何批评方法流

---

① 《现代中国文学之浪漫的趋势》,《梁实秋论文学》,第18页。
② 参见《戏剧艺术辨证》,《梁实秋论文学》,第37页。
③ 《文学批评辨》,《梁实秋论文学》,第103页。
④ 《文艺批评论·序论》,《梁实秋论文学》,第159页。

派,他们只认准一家古典的招牌。像社会学的批评或印象主义的批评,甚至心理分析批评,应该说都能从不同的层次角度进入文学批评的世界,可以获取不同的成绩,有不同的特色,梁实秋一笔抹煞是不切实际的,也是褊狭的。

不过梁实秋偏向新古典主义的批评观对二三十年代的比较浮泛的批评风气,也是一种针砭。梁实秋反对"科学主义",也击中了当时常见的庸俗社会学批评与"泛性心理"分析批评的流弊。

三　对五四新文学的苛责与反思

作为批评家,梁实秋主要功夫都花在理论与批评史研究方面,他很少对具体的作品和文学现状作实际批评。这里要重点评述的《现代中国文学之浪漫的趋势》,却是他偏重文学趋向辨识的实际批评。他是以新文学成员的身份并从当代的角度去评论新文学运动的。这篇论文的发表,骤然提高了梁实秋在文坛的知名度,甚至过了多少年以后,人们一谈起批评家梁实秋,还是会马上想起这篇论文。在此之所以要专门评述该文,也是考虑到其重要性;毫无疑问,当梁实秋头一回将他所赞佩的新人文主义理论拿来评析中国现代文学实际时,就表现出一种非常特殊的批评视角,这篇论文也最集中体现他早期批评的特点与得失。

《现代中国文学之浪漫的趋势》写于1925年底,当时梁实秋还在美国留学。这是他学生时代第二次发表的批评文字,投寄到北京《晨报副镌》,发表于1926年2月15日。其时新文学运动的高潮已经过去,用鲁迅的话来说,五四"新文苑"简直成了寂寞荒凉的"古战场"。但这也有利于冷静思考,新文学运动是到了总结经验,走向成熟的时候了。梁实秋的文章也可以看作是对五四新文学运动的一次总结,而且是比较系统的有一定理论深度的总结。不过梁实秋的总结是否定性的,把新文学的趋向基本否定了。梁氏的结论是:五四新文学运动表现为一场"浪漫的混乱",方向错了,不符合新人文主义所认可的理性的常态的人性标准,所以应加以批判否定。这与其看作是"复古",不如看作是古典主义对浪漫主义的征讨,不过梁实秋把"浪漫主义"的箩筐做得太大了,几乎将整个五四文学都一古脑儿装进去。新人文主义批评主张稳健平和,可是要攻击"浪漫主义"时就难免过火,有失绅士风度。梁实秋对新文学的否定性批判也有些情绪化,其对新文学趋向的时代本质与价值的评判缺少历史感与分寸感,这篇文章的基本立论是站不住的;

但其中某些具体的意见,包括对新文学某些缺失的批评,又可能是中肯的,有见地的。

梁实秋写这篇论文有双重目的,一是对五四新文学运动的性质及存在问题作总结,二是试验新人文主义的批评的观点与方法。这篇文章的框架和主要论点都是从白璧德那里借鉴来的。文中判定新文学为“浪漫的混乱”,有四个根据,一是盲目受外国文学影响,二是极力推崇情感,三是印象主义,四是追求自然与独创。除了第一点之外,其他三点论证角度都参照了白璧德《卢梭与浪漫主义》一书。梁实秋的这篇批评带模仿性和试验性,他试图把中国现代文学当作新人文主义批评的尝试对象。

值得注意的是,这篇论文开宗明义,表明了作者对新文学的评论所使用的是西方的“正统的”批评理论,所谓“正统”指的是新人文主义,尽管他并没有明确说出这个词。梁实秋说他“认定文学里有两个主要的类别,一是古典的,一是浪漫的”。这成了他批评的基本视点,他显然反对浪漫,而推崇古典。[①] 这是一种很笼统的分类法。他所说的“浪漫”,不单指浪漫主义某派,而是“浪漫”的趋向,或“整个现代中国文学所含的浪漫的成分”。梁实秋并不想从“浪漫主义”的定义出发去检验新文学的表现,而是把新文学中所有他所认为非理性的激进的不符合创作常态的现象,统统视为“浪漫趋向”,并一一摆放到新人文主义批评的手术台上。下面,不妨用多一点篇幅较为详细地评述梁实秋这篇评论,返观他的批评理论的特点与得失。

首先,梁实秋判定五四新文学运动是极端承受外国文学影响的,而追求外来的新颖奇异就是浪漫的表现。在梁氏看来,“文学无新旧可分,只有中外可辨。旧文学即是本国特有的文学,新文学即是受外国影响后的文学”。其意为,新文学是舶来品,没有根,不值得乐观,因为终究不是本土的产物,别看一时热闹,仿佛有生气,“日久气衰,仍回复于稳固的基础之上”。梁实秋用古典主义目光看问题,本来就认为文学无所谓“新旧”,五四新文学运动以为凡是传统的本土的都是旧的,外国的都是新的,一律以外来的“新”为标准,是一种盲目性。他举了许多事实来证明外来的“新”不一定可作标准,一味求洋求新结果失掉根基,造成混乱。例如,追求“语体文之欧化”,试用欧式白话来代替中国本土的白话;诗歌、小说、戏剧的文体一味模仿外国,全然

---

① 梁实秋后来在《文艺批评论》的《结论》中又较详尽提出了他对“浪漫”与“古典”两类文学现象或质地的看法。

丢弃传统形式；翻译外国作品时任性纵情，缺少选择，……等等，都是以外国为标准的盲目性所造成的浪漫的混乱。这些指责都是有事实根据的，有的问题提得很尖锐。

梁实秋对新文学沉浸在“蓬蓬勃勃的气象”和“不守纪律的自由活动”中深表忧虑，因为他认为这是一种无计划无目标的浪漫状态，既不可靠也不可能持久。他指责新文学“浪漫的混乱”，是因为他最关注文学的“标准”问题。在他看来，五四新文学运动“第一步是打倒中国固有的标准，实在不曾打倒；第二步是建设新标准，实在所谓新标准是外国标准，并且即此标准亦不曾建设”。梁实秋断定新文学“浪漫的混乱”最突出的表现即是“无标准”。他渴望能“把一个常态的标准从混乱中清理出来”，出路就是摆脱浪漫主义。所谓常态标准，就是理性的古典的符合道德理想的，梁实秋终究还是从新人文主义的立场去要求新文学。

这种“要求”的出发点虽然褊狭，但不可否认也有合理和适时的一面：梁实秋所指出的新文学对外来影响的盲目崇拜和生搬硬套等问题，都是存在的；关于如何在本土的根基上树立新文学的标准问题，也的确是新文学面临的严重问题。梁实秋的批评还是有清醒的建设性的因素。

但梁实秋把整个新文学运动说成总体上是一场“浪漫的混乱”，并把原因归诸外来影响，就未免目光短浅。其实梁实秋也承认，借助外国文学的刺激以“打破现状”，跳出僵硬的传统，在中外文学发展中是常见的“解脱之道”。梁实秋的本意不见得要彻底否定新文学承受外来影响的做法。问题是他受古典主义的支配，认为文学无古今新旧之分，并且把传统文学中已形成的古典的标准（主要是他所认为符合常态人性的部分）看作万古不变，所以对新文学借外来影响“摧枯拉朽”地反传统（标准）就很恐慌和忧虑。保守的立场使他看不到或不愿承认新文学在借助外来影响猛烈反传统的“混乱”中，还是有大致的“标准”的，例如人的解放、个性解放以及反封建，争民主，等等，可以说，是五四新文学总的“标准”与趋向。这些当然都不符合新人文主义的“二元人性论”教规，所以梁实秋非常笼统地把整个新文学都贬斥为“浪漫的混乱”。

梁实秋评断新文学为“浪漫的混乱”的第二条理由，是“情感的推崇”。梁实秋先围绕这问题，从理论上区分古典主义与浪漫主义的差别。他说：“按照古典主义者的理想，理性是应该占最高的位置。但是浪漫主义最反对的就是常态，他们在心血沸腾的时候，如醉如梦，凭着感情的力量，想象到九霄云外,理性完全失去了统驭的力量。"梁实秋反对浪漫主义,就因为他从古典的立场判定了浪漫主义文学是非"常态"的,不符合道德伦理的健全标准。浪漫主义者都津津乐道的"诗狂"、"灵感"、"忘我的境界",等等,凡属所谓"情感推崇"的表现,都被梁实秋视作违反理性,也就是违反创作规律的异端。这样,梁实秋就必然要从整体上否定新文学,特别是诞生期的新文学,因为刚从传统禁锢中突破出来,带有青春觉醒特征的新文学,从内容到形式,确实都注重"情感的推崇"。梁实秋说"现代中国文学,到处弥漫着抒情主义",这话是不假的。梁实秋在文中列举了许多事实来证明新文学"对于感情是推崇过分"。例如,他指责情诗的创作所占比重太大,而且大都是写未经选择和醇化的感情,某些诗集甚至约每四首诗要"接吻"一次;许多作品自诉衷肠,每作不必要的感伤,离家不百里,便说自己如何的流浪;割破一只手指,便夸张如何自杀未遂,等等。梁实秋用"号啕"这个词来指斥新文学中情感流溢的状况。他所批评的这种感伤主义泛滥现象,在新文学初期的确表现很突出。今人也有指出这种文学的肤浅,称之为"涕泪交零"的。但到底这也是五四时期类似"青春期"的社会心理的表现,"感伤主义"的主要根因不在文学上浪漫方式的选择,而在更根本性的"时代病":人们特别是青年觉醒后的惶惑感、自主后的失落感,都可能导致社会共通的感伤情怀。所以如果以历史的眼光结合时代、社会心理等原因进行全盘考察,五四新文学中一度极盛"情感的推崇",是一种正常的过程,而不能简单批评是"反常"的现象。正像处在青春期的年轻人往往都有浪漫的感伤等情调一样,作为一种"过程",也是合理的、正常的。梁实秋只看到情感推崇以至情感流溢的现象,而不能对这种现象作全面的历史的评价,所以他的指责未免太学究气了。

梁实秋完全是以古典主义理性的标准去衡量新文学的,他最不满意的地方,便是新文学的"情感质地不加理性的选择",没有按照古典的要求达到"纯正""有度",结果他认为新文学已陷进颓废主义与假理想主义的泥淖中。若着眼于文学创作规律,梁实秋的这些批评虽然过火,但不无道理。五四新文学中充满了感伤主义的作品,许多作家都致力于表现自我体验,往往用率直的方式将现实中所感受的苦闷与悲哀赤裸裸地呈现于读者,一泻无余的"情绪流"写法很常见。这种以心理、情绪抒发为中心的写作风气,使得五四新文学从总体看艺术上虽有时代特色,但又比较浮泛粗糙,很少精美隽永之作,的确跟"情感的质地不加理性的选择"有关。当众多作家自觉不自觉都在创作中推崇情感，新文坛仍被感伤主义风气所左右之时，梁实秋站出来大声疾呼不要忘记创作要经过理性“过滤”，这种呼吁也是有意义的，起码可以说梁实秋比较尊重创作规律。

遗憾的是梁实秋这种呼吁并非给新文学“补台”，而基本上是“拆台”：他指责和反对“情感的推崇”，主要出于对“人道主义”流行的担心。或者说，他是作为新人文主义者为了反对卢梭式的人道主义，才那么痛心疾首指责浪漫的“情感推崇”的。梁实秋的思路是：人道主义的出发点为“普遍的同情心”，而所谓“普遍”，即是一种“假设”，即假设人是平等的，这种“平等”观念不是理性的，是“自爱”、“自怜”的扩大，没有经过理性选择，这就使“无限制的同情在一切的浪漫作品都常表现出来”，结果造成“情感的推崇”的浪漫主义坏风气。梁实秋正是在这一逻辑下，把反对“情感推崇”浪漫主义的矛头，必然地滑向反对人道主义，这就从根本上否定了构成五四精神主体的民主主义。尽管梁实秋对新文学感伤滥情的批评有相当的根据，而且这批评中也传达出对创作规律的注意，但他的批评是要从根本上否定几乎可说是五四新文学灵魂的人道主义和民主主义，这就暴露了他作为新人文主义者的贵族化姿态。梁实秋反对人道主义和民主思想的这一思路，最终也导致他与无产阶级文学的对立。

梁实秋判定新文学浪漫趋向的第三条理由，是印象主义的流行。印象主义本属初期现代派文学思潮，20 年代在中国有过影响。倾向古典主义的梁实秋是反感现代派的，他把诸如印象主义等现代派思潮，都归入“浪漫主义”，当作抨击的靶子。他把五四时期“小诗”的风行，韵文和散文的互相渗透，书翰体和日记体小说的大量出现，游记的发达，等等，都说成印象主义的表现。其实这些现象主要仍与上述“情感的推崇”有关，也可以从五四时期偏重个性解放与相应的主观性表达方式得到解释，不如说是浪漫主义的表现。梁实秋的批评也并非无的放矢，全无道理。比如，他批评专记零星思想印象的“小诗”普遍都浮泛肤浅，许多满足于传达印象的小说其实“只是表现自我的表面”，等等，都是中肯的意见，从尊重创作规律的角度提出了合理的要求。对于“灵魂的冒险”式的印象主义批评，梁实秋坚决否定，认为这种批评“推翻理性的判断力，否认标准的存在”，这也起码指出了印象批评的某些短处。梁实秋认为，在印象主义眼中，生活像走马灯似地川流不息活动，没有稳定性，因此对艺术的要求也没有固定标准，这是古典主义最感不安的。所以梁实秋提出“可以不必诉诸传统精神，但是我们可以诉诸理性”。他的结论是，要向古典主义学习，像阿诺德所说的那样“沉静地观察人生，并观察人生的全体”，认为只有这样，才能获得冷静、清晰、有纪律的文学态度，才能把握并表现普遍的人生，写出有道德意义的作品。这样，梁实秋又从反对他所认为“不负责任”的印象主义走向另一极端，回到古典的以理性为主宰的道德说教主义。

梁实秋批评五四新文学浪漫趋向的第四点，是推崇自然与独创。按梁实秋观点，文学是要写常态的普遍的人性的，然而浪漫主义追求“独创”和与众不同的个性，“势必将自己的怪僻的变态极力扩展，以为光荣，实则脱离了人性的中心”。而且浪漫主义者要求独创与自由，“就是把一切天然的和人为纪律法则，都认为是阻遏天才的障碍，却一齐打破”，结果也导致混乱。梁实秋这完全是以新人文主义所要求的伦理的普遍性去排斥与否定创作中的个性、创造性与情绪性，在他看来，只有符合伦理节制的所谓有“纪律”的、普遍存在的事物才值得描写表现，而追求独创、新奇、个性都是非常态的，所以应该批判否定。由此出发，梁实秋把五四新文学看作是一种不成熟的、逃避现实的“儿童文学”，或“以儿童为中心的文学”，所表现的多是“不完全的人”和“不完全的可爱”。梁实秋指责说，“浪漫的天才即是儿童的天真烂漫，因为不负责任的自然发生”，浪漫主义者追求儿童式的天真，可以任意纵情，不受任何约束，因而对社会也不负担任何“义务”。梁实秋所说的这种现象的确存在，跟五四初年新文学作者刚刚从封建压抑中觉醒后的那种心态有关，五四新文学所具有的那种青春的天真、坦率、热情的共有气质，是很独特的。梁实秋对初期新文学的“儿童态”存在偏见，是因为他觉得儿童是不完全的人，儿童的可爱也是不完全的爱，所谓“自然”的美应是成熟的、完全的，就像人的一生最值得赞美是老年时代一样，文学所追求的应是“从心所欲不逾矩”的境界。梁实秋完全是从古典主义的观点去评说“自然”的，他不掩饰自己对新文学“儿童态”的不满，是直接受到西塞罗式古典主义“自然”观的启示。梁实秋要求五四新文学更贴近人生，并逐步走上成熟，这本也是无可非议，但是他的目的不在此，而是要从根本上否定这种文学的“天真”阶段，以证明新人文主义在中国施行的必要性，也是一种褊狭、保守的心态，就像一位老人容不得儿童的天真，在喋喋不休地训诫他的调皮与不听招呼一样。

在《现代中国文学之浪漫的趋势》中，梁实秋对新文学运动作了系统的有相当理论自足性的批判，这大概是新文学诞生以来还没有过的。在此之前，新文学运动虽然屡受各种攻击阻挠，包括“学衡”派的攻击，但大都围绕语言、形式等具体问题就事论事，不像梁实秋这样借助一种西方文学理论，作比较深入完整的批判与反思。梁氏对五四新文学的某些特征与缺失的评论，如指出相当多的新文学作家感伤情调过甚，缺少冷静观察和隽智的思索；接受外国文学影响时有些消化不良以及缺少认真严肃的批评，等等，都是非常尖锐中肯的见解。但梁实秋写这篇评论"理论的目的性"太强烈，作者大概急于要验证和运用新人文主义的批评手段，所以硬套理论模式所造成的牵强和错误也很明显。梁实秋口口声声抱怨新文学的浪漫缺少普遍的人性标准与理论的支配，却全然不考虑整个五四新文学正是从封建旧垒中突破出来的以个性解放为标志的新文学，是比以往任何时代更富于人性内涵的新文学。梁实秋拣了芝麻，丢了西瓜，因为他所要试用的新人文主义总的是一种向后看的守旧的文学观，用来评价像五四新文学这样一种变革的激进的文学潮流，当然就南辕北辙。梁实秋只好用非历史的观点去历数和指责新文学的"浪漫的混乱"。这个"定论"限定了他，成了他的盲点，使他不能从本质上肯定这"浪漫的混乱"中所表现出来的历史进步性。

四　关于论争及其他

研究梁实秋的文学批评，恐怕不能回避当年他与鲁迅等左翼作家的论争。限于题旨，这里不可能对此展开讨论，只能就与文学批评直接相关的问题略加评述。历史是需要拉开一定的距离来写的，特别是牵扯到敏感的政治或人际关系的问题，如果不经必要的"沉淀"，不保持一定的距离，很难做出客观公正的评价。梁实秋与鲁迅的论争这一"公案"，与政治有直接联系，完全剥离开来论评是不可能的，也不应简单地随着当今政治的变迁去做"翻案文章"。应当既考虑特定的历史条件包括政治环境，又深入探究其学理本身的特殊"思路"及得失；而作为批评史注意力尤其不能忽视后一方面。

毫无疑义，梁实秋政治上所坚持的是自由主义立场和反对共产主义的态度，在 20 年代末到 30 年代初，他极力反对左翼文学，围绕"人性"与"阶级性"等问题与鲁迅等左翼作家展开激烈的论争。从政治倾向来判定，梁实秋属于资产阶级右翼。这一点，他自己也从不否定。1977 年梁实秋在台湾为他印的《文学论文集》写序时就曾提到，那场"论战本身也并不怎么重要"，可是所牵涉的绝不只是文学问题，言下之意是包含有更为久远的政治"意义"。他说：

事后想想，那一场笔墨官司也许不是全无意义，只是当时很少人体会到那场笔墨官司些微的象征了以后国家大事之严重的发展。有人对徐志摩说，“有人在围剿新月，你们为什么不全力抵抗？”志摩说，“我们有陈西滢梁实秋两个人来应付，就足够了。”这真是掉以轻心。

梁实秋并不否认当年的“论争”跟政治斗争的关联，而且事后回想这种关联还是挺“严重”的，关涉到“国家大事”的发展。梁实秋从来都是文学的社会功利主义者，很看重文学的社会功利价值的，他不会脱离社会实际，脱离时代，钻到“象牙塔”中做文学游戏。如果说，在20年代中后期，当新文学的主潮未脱离五四“思想革命”的轨道，梁实秋提倡新人文主义“二元人性论”还没有那么直接切入某一政治派别的话，那么到20年代末30年代初就不同了。那是一个很“政治化”的年代，五四时期鼓吹最响的“个性解放”、“民主”、“思想革命”等口号，已经被“无产阶级革命”、“阶级斗争”等口号所取替，新文学阵线也逐渐分化为带有政治色彩的不同派系。如“新月派”是倾向自由主义的，后期“创造社”、“太阳社”是倾向“无产阶级革命”和共产党的，这些都是不争的事实。在这种政治化的气氛之中，本来就比较注重“济世”务实的梁实秋不像此前二年那样专心做学问了。无产阶级文学作为一种潮流勃起，梁实秋势必也受到冲击，他不能不“调整”自己的批评理论。关于这一点，不妨稍加评析。

梁实秋适应政治环境变化而作理论“调整”，主要从强调人性的“善恶二元冲突”到强调人性的“共通性”。按照新人文主义的解释，人性本来也是包括这两方面的。当梁实秋把五四新文学当作批判对象时，为要打倒卢梭式的“自然人性论”与人道主义，他的理论重点就在阐说人性“善恶二元冲突”的观点，并以此树立古典主义的文学批评标准。这在前面已经详述过了。而当无产阶级文学运动兴起，文学作为“阶级斗争工具”的理论和实践越来越左右文坛时，梁实秋感到迫切需要辨明的已不再是文学注重情感还是理性以及文学是否应以常态人性为标准等问题，而是文学到底表现“人性”还是“阶级性”等问题。梁实秋的“论敌”变了：由卢梭式的浪漫主义、人道主义变为“阶级论”，很自然他的批评理论也由强调人性“善恶二元论”变为强调人性的普遍存在论。在《文学是有阶级性的吗》一文中，梁实秋就竭力说明资本家和工人尽管有不同之处，然而在“人性”方面“并没有两样”，例如“生老病死的无常”、“爱的要求”、“伦常的观念”、“企求身心的愉快”，等等，而文学就应当表现这基本的共通的“人性”。他认为“无产阶级的生活的苦痛固然值得描写,但是这苦痛如其真是深刻的必定不是属于一阶级的。人生有许多方面都是超阶级的”。所以梁实秋认为在文学的领域中“没有国界”,“更没有阶级的界限”。文学创作不应该受“阶级的束缚”,而是超阶级的。

梁实秋此时强调“人性”的“普遍性”或“共通性”,是有现实所指的,他针锋相对地指斥当时已在主导文坛空气的“阶级论”;他的这种理论“调整”其实也是政治化了,所以他才那样明确地否定“无产阶级文学”存在的可能性,并讥讽“宣传式”的“革命文学”只是一种“工具”,“在理论上尚不成立,在实际上也并未成功”。这势必就遭到鲁迅和左翼文坛的反击,他们都不认为梁实秋是在谈纯粹的文学理论或做学问。给人印象最深的是鲁迅以辛辣的笔触给梁实秋画的像:“丧家的资本家的乏走狗。”这当然仅止于一种义愤的政治批判。鲁迅其实也并不见得赞同当时的革命文学家所主张的那些理论,诸如文学是阶级斗争的工具、任何文学只表现阶级性等等。鲁迅在《文学的阶级性》一文中就这样说过:

> 在我自己,是以为若据性格感情等,都受“支配于经济”(也可以说根据经济组织或依存于经济组织)之说,则就这些就一定都带着阶级性。但是“都带”,而非只有。所以不相信有一切超乎阶级,文章如日月的永久的大文豪,也不相信住洋房、喝咖啡,却道“唯我把握住了无产阶级意识,所以我是真的无产者”的革命文学者。

所以当年梁实秋与鲁迅和左翼作家关于“人性论”的论争,主要还是政治倾向的对立所造成的,本质上是政治观点之争。鲁迅批判梁实秋,特别反感他的“超然”,认为在当时阶级压迫与斗争很残酷的社会环境中大讲“超然”,是“很不以不满于现状者为然”,结果只能是“维持了治安”,尽了“刽子手”与“皂隶”的作用。因此批判梁实秋“普遍的”人性论,主要也是批判其反对无产阶级的政治立场。

然而如果就梁实秋具体的批评理论而言,本来也并非无一可取的。如他否定把文学功用局限于做阶级斗争的工具,否定以“革命”和“无产阶级”为单一的文学题材以及否定以所谓“科学主义”,包括以庸俗社会学(如辛克莱的观点)解释文学现象,等等,都不是没有道理的,有些看法还比较尖锐,对当时文坛中“左”的空气是一种针砭,一种纠偏。可惜在当时非常“政治化”的历史条件下,“立场错了,全盘皆错”,梁实秋即使在“学理”方面有合理的成分,也不可能得到重视和认同。只有一些“非主流”的自由主义倾向的作家，如新月派，才比较重视吸收梁实秋的见解。

梁实秋在20年代末“调整”了他的批评理论，但中轴仍是新人文主义。在梁实秋的心目中，革命文学也好，左翼文学也好，都不过是五四时期浪漫主义文学的延续与发展，所以有时他称无产阶级文学运动为“伤感的革命主义”或“浅薄的人道主义”，认为都是不严肃不健康的文学，是新人文主义所要“讨伐”的文学。把人道主义、浪漫主义与无产阶级文学运动硬是捆在一起进行批判，这是梁实秋的理论“逻辑”。当初批评五四新文学，梁实秋就认为人道主义“不是理性的”，是全由“情感的驱使”的理论“假设”；而平等民主的观念与普遍的同情必然导致不健全的浪漫主义文学。那么“革命文学”或者如他所说是倾向“大多数的文学”，也同五四浪漫派一样沾染了“无限制的同情”，是不健康的、事实上“不能成立”的文学。梁实秋继续以新人文主义者敌视人道主义与浪漫主义的惯常的目光来观察与判断“无产阶级文学”，他反对“无产阶级文学”，是他原有的新人文主义对文坛新变的反应，也是他一贯保守的立场的必然结果。

有一俗话说，“歪打正着”。梁实秋大概也是这样。政治上的保守使他非常不合时宜地对抗革命的文学主潮，然而由于理论上的稳健，不随波逐流，也使他有时头脑较冷静，看出了主流派文学所存在的问题和“左”的弊病。尽管“革命文学”的倡导者如创造社一些人要批判并割断与五四文学的历史联系，宣布立场的突变，梁实秋判断他们还是五四浪漫主义的承继与变形了浪漫主义的五四文学。从文学思潮的流脉看，梁实秋这种判断是有眼光的，后来左翼文学也反省过“革命的浪漫谛克”的倾向。

梁实秋就是这样一位在现代中国社会历史进程中经常表现为“不合时宜”的批评家，他的带保守和清教色彩的新人文主义批评理论以及倾向于古典主义的批评实践，显得很特殊，很孤立，基本上起一种反文学主潮的作用，不能适应与满足现代文学发展的历史需要，所以也未能产生大的影响。但作为一位有理论个性的严肃的批评家，梁实秋的批评时常针砭现代文学主潮的缺失，这在现代批评史的整体格局中，又不失为一种有价值的“互补”。

第五章
茅盾的社会—历史批评与“作家论”批评文体

无论就社会反响还是实际成就而言，茅盾（沈雁冰）的名字都可以写在现代中国最重要的批评家之列。从新文学诞生之初茅盾就从事文学批评，在此后约半个世纪的时间里，他比其他任何人都更专注也更有耐性做这一项严肃的“工作”，努力促使批评具有专业的眼光又有可操作性，从而真正脱离传统的趣味主义或印象式的窠臼。大致说来，茅盾批评的黄金年代有两段，一段是在新文学初期，大约1920年到1925年，另一段是左翼文学时期，大致是1928年到1935年。其他时期茅盾也有许多批评活动，但最具特色影响最大的还是这二段。前一阶段的茅盾是“人生派”最有代表性的批评家，以“表现人生指导人生”为批评的准绳，在承继19世纪欧洲现实主义批评理论的基础上摸索一种偏重社会功利性的批评路子，为社会—历史批评一派的形成铺了基石。从20年代末到30年代前期，作为左翼作家的茅盾的批评很自然也带有那个急进的年代的革命气息，包括难于避免的“左”的影响，而他力图以马克思主义为指导注重对文学现象作阶级分析，形成了“作家论”的批评文体，对左翼批评乃至整个现代文学中的社会—历史批评的建设都有典型性的意义。

一　以表现人生指导人生为准绳

茅盾是一位实践型的批评家，他的批评业绩主要在实际评论方面。他也写过许多理论文章，包括20年代那些探讨新文学出路的文字，然而很少作纯理论的研究，对“学院派”批评他从来就敬而远之，其多数理论性的文章因为总在密切关注文坛趋势，也可归入实际批评的范围。茅盾的批评不以个人才华而彰显，他不属于那种特别富于创造性的批评家，也不大讲求批评的个性色彩，他孜孜以求及时发现与解释各时期重大的文学现象，包括文坛各种倾向性的问题，他理想的批评境界是既稳健有力又能充分适应时代需求，为文学主潮推波助澜，起一种指导性的作用，而不是被动地随波逐流。人们容易看到茅盾批评有“趋时”性，然而“趋时”性的背后不可忽视也积淀有相对稳定的批评眼光与手段，往往很有气度又自成一格，其功力非一般急进的批评家所能达至。在这一章，我们将重点从实际批评方面考察评价茅盾，对于他那有过重大影响的批评文体与方法将格外留意。

茅盾是一位很入世的文人。虽然也是从旧时代过来的“中间物”，却很少有才子味或名士气，对现实与历史也几乎从不作哲人式的“深刻的悲观”。他的秉性倾向于实际和理性。年轻时他对社会运动与政治的热情，显然超过对文学的迷恋。他对文学事业很认真，但不像鲁迅或郭沫若等许多同代作家那样虔诚，他认真的是这份在他看来有益于社会人生的“工作”，他从不赞同把文学作为单纯的审美享受或情感的寄植，他也不相信文学是余裕的产物。刚步入文坛他就有明确的功利目标，要干一番改造社会的事业，文学不过是用以改造的一种工具。他不愿意埋头创作，而乐于办刊物，“打天下”，为新文学发展做组织发动引导等比较具体的工作。文学批评似乎比创作更适合茅盾的性情志向，于是他就努力当一名志向远大的职业批评家。

1921 年他主持革新《小说月报》，把一份由鸳鸯蝴蝶派占据的刊物改造成严肃的文学杂志，给幼嫩而有生气的新文学提供发表园地。与此同时，他以主要的精力极有兴致地写各种文学书评、消息之类“编辑部式”的文章，包括在 1923 年之前两年多时间里发表的 206 篇“海外文坛消息”。以今天的目光看来，这些短文都是信息传递，很少真正的批评见解，但茅盾做得很认真，他把这工作当作是对新文学来说紧迫有用的功课，企望以此打开面向世界的文学之窗。而茅盾自己也从这琐屑的工作中获益，他的具有现代意味的专业化的批评也从这比较低层次的书评文讯中得到启发，打下基础。事实上在这些零篇碎章的写作过程中，茅盾东张西望，无形中拓展了批评视野，并逐渐形成他后来那种大处着眼，注重引导，讲求功利的批评习惯。

茅盾并非永远远离文学的激情与灵感，有时进入创作巅峰状态，他也可能极冲动而又敏感，这可以从《蚀》等小说的写作过程找到例证。[1] 然而由

---

[1] 关于写作《蚀》的动机与创作时心理状态，可参考《从牯岭到东京》(载《小说月报》1928 年第 19 卷第 10 号)。

于在理念上坚信文学是一项服务社会的“事业”与“工作”，茅盾在更多的时候是一位理性主义者。一些研究者曾注意到茅盾性格的两重性。[①] 其艺术家的素质与事业家的素质在不同的创作或批评情景下可能有不同侧重的发挥，并不容易谐和合一。例如在写作《子夜》等小说时，理性就起了强大的支配作用，或者说，为了突出作品的“思想意义”，茅盾常用理性的功利主义克服与抑制自己的情感与冲动。这种情况在他的文学批评中就表现更突出，甚至成了一种惯常姿态。例如在评鲁迅的《呐喊》时，他记录了自己读这作品时那种如同“久处黑暗的人们骤然看见了绚绝的阳光”的印象，那种“不可言喻的悲哀的愉快”和“吃辣子”般的“快感”，[②] 可以看出批评家的敏锐的感受与想像力，然而他并没有循着自己的印象感受去追索作品的审美意趣，而很快从印象的表述中跳出来，转向作品意义与价值的理性评判，他的批评的兴趣和重点始终在后者，因为他显然要帮助读者也能从读鲁迅的印象刺激中跳出来，上升到理性地认识鲁迅小说的社会价值。如果说在《读〈呐喊〉》这一篇中我们还约略可感茅盾批评的情感冲动，在他的其他大部分批评论作中就很难再领略激情与想象，茅盾似乎有意要与印象式的批评拉开距离，他甚至不惜时时抹去批评中的个人情思与爱好的色彩，而千方百计从“引导”读者的方面去下功夫。这种以理性评判为特点的批评姿态，可以说一开始就形成并越来越明显地贯穿了茅盾绝大部分评论。

茅盾早期的文学批评强调理性支配的功利主义，可以用“表现人生与指导人生”来综概，这是他的批评标准也是批评目的。被称作“人生派”的文学研究会作家群大致都是赞成“文学为人生”这一宗旨的，这几乎成了 20 年代前期现实主义文学主潮的理论共识。作为文学研究会比较权威的“发言人”，茅盾的理论表述比他的许多同道者更细致系统，也更贴近新文学的实际，却又更倾向社会功利目标：特别是当他以目光开阔的编辑和专业批评家的身份出现，其功利性的理论批评对新文学的创作就发生更直接的影响。这里需要着重评说一下茅盾早期对现实主义与自然主义的理解与阐释。他是紧密结合新文学发展的需求和实际来探讨这两种西方文学思潮的，茅盾把它转化为切合新文学需要的批评概念，并大为影响了当时的文学思维。

---

① 如王晓明在《潜流与漩涡》一书的第三章《茅盾：惊涛骇浪里的自救之舟》中，就很精彩地论述了“两个茅盾”的现象，并分析其在创作中的心理障碍。可作参考。

② 《读〈呐喊〉》，载《文学周报》第 91 期（1923 年）。

新文学诞生之初，先驱者们向传统文学观念发动攻击，有两个“主战场”：一是反对“文以载道”，一是反对“消闲”文学。大致说来，创造社提出“为艺术而艺术”，主要是针对“文以载道”的传统观念的；而文学研究会“为人生”的矛头，则直接指向“游戏的消闲的”文学。茅盾作为“人生派”的批评家，一开始就将主攻目标定为“消闲”文学，具体说来，是鸳鸯蝴蝶派文学。这跟他的工作和地位也有些关系。1921 年当茅盾刚接手革新《小说月报》时，所直接面对的挑战对手，也正是以《礼拜六》、《红玫瑰》等刊物为核心的鸳鸯蝴蝶派，他们实际上仍占有着大部分读者市场。甚至到 1923 年，属于“鸳鸯蝴蝶派”的杂志《小说世界》也居然在《小说月报》所属的商务印书馆印行，和新文学唱起了对台戏。在这种情势下，如何从理论和创作实践上批判“消闲”文学观？是茅盾和他的同道者所首先要考虑的问题。比较熟悉西方文学的茅盾就毅然从国外搬来“援兵”，先是现实主义，此后又有自然主义。20 年代前期茅盾批评的着力点，始终是以现实主义和自然主义的理论方法去充实“表现人生，指导人生”的这一文学信念，在扫荡“消闲”文学观的同时开拓新文学健康发展的道路。

新文学诞生初期，“人生派”作家对现实主义普遍倾慕，但对其内涵的理解又都很模糊宽泛。在当时许多人的心目中，凡是唯美主义或新浪漫主义之外的作家都可归入“写实派”，都是“为人生”的现实主义。如俄国文学中勃洛克、安特莱夫、迦尔洵、阿尔志跋绥夫，等等，从艺术方法上显然都不能说是现实主义的作家，可是因为他们的创作比较贴近人生，从不同角度反映出社会心理状态，也被当作“为人生”的现实主义来介绍。[1] 而和当时许多“人生派”作家比起来，茅盾对现实主义的了解与认识是比较“集中”的，虽然不一定就符合欧洲现实主义思潮本来的面目，但茅盾有他大胆而清晰的阐释。对泰纳(Taine)和左拉(E·Zola)理论的汲取与补充，就很能看出他是如何从社会功利性的角度去理解与发挥现实主义的。

二　从泰纳到左拉

茅盾特别借重泰纳，从渊源上讲顺理成章。泰纳从实证的立场出发，提

---

① 像阿尔志跋绥夫的《赛宁》这样带现代派意味的“颓唐”的小说，因为揭示社会精神堕落较真实，郑振铎就把它作为“写实派”来介绍。见西谛：《沙宁的译序》，载《小说月报》第 15 卷第 5 号。

出文学研究与批评须注意决定文学形成的三因素，即种族、环境与时代的因素，这必然导致重视写实的、社会学的文学观，进而为文学指定一种可以认识与改造社会的功用。因此西方的文学批评家常把泰纳当作19世纪现实主义文学理论的代表者之一，尤其重视他对后来那些以“艺术作为宣传”的文学思潮的深远影响。[①] 茅盾既然坚信文学可以担负思想启蒙的任务，那么当然也很关心文学与社会、时代的联系，“写实性”与社会性就成了他对文学的最基本要求，所谓“为人生”、“表现人生”，他理解的就是真实地揭示普通的社会生活真相，茅盾正好从泰纳这里找到了精神支持。他在其早期的论文中一再援引泰纳的“三因素”说来要求文学的“写实主义”，并以此作为衡量文学成功程度的准绳。不过茅盾大概还嫌“三因素”说不够明快，所以又添上“作家的人格”作为要求与评价作品的第四个因素。他提出“人格”的概念不是指创作中作家的主体性发挥，不等于浪漫主义者所推崇的主观宣泄，而是评判作品所体现人生观的一项标准。在茅盾看来，作品只有鲜明地体现出完美健全的“人格”，才能够直接引导读者，起“指导人生”的功用，因为“表现人生”的最终目的还在于“指导人生”。可见茅盾对泰纳的借用与发挥，始终都不曾脱离对功利性的关注与强调，或者说，他是借重并充分发挥了泰纳批评理论中的功利观作为他所理解的写实主义的一方面重要内容。

茅盾在谈到泰纳时还特别提到了以“反映论”为内容的“镜子”说。他赞成这样一种显然不大恰切的比喻：“譬如人生是个杯子，文学就是杯子在镜子里的影子。”茅盾主张文学必须以社会生活为依托，而且必须真实地揭示人生社会的真相，即所谓“表现人生”，他所引用的“镜子”说的原本含义即在此。但文学创作从生活到作品的过程是非常复杂的，作家的主观必然起一种“中介”作用，所以作品不可能像镜子一般机械地反映生活本来面目。茅盾当时还没有意识到这一点，他提出在泰纳的“三因素”之外加上“作家的人格”因素，并非真的认识到“中介”的作用，而只是要求作品能鲜明体现出一种由“人格”而产生的教化作用，具体来说，是能直接从中提取教育指导读者的“思想意义”一类东西。因此在进行批评的时候，茅盾一是看作品所描写的社会生活图景是否真实，二是看有没有教育价值，读者是否直接从中得到精神的鼓舞。他认为作品成功的标志之一，在于“把光明的路指导给烦闷者，使新信仰与新理想重复在他们心中震荡起来”，而不仅仅是真切地写出

---

① 参考布鲁克斯等著：《西洋文学批评史》第21章第1节，台湾志文出版社中文版。

社会生活的情状。他对新文学初期许多作品过于感伤显然不满，理由之一是那些作品没有显示出足以鼓舞人生活奋斗的开阔的视野与博大的胸襟，也就是缺少“人格”力量。

这种看法应该说是很有见地的。几年之后茅盾自己投入创作时，越来越渴求真实再现现代中国变革风云的史诗型的作品，看来这种追求早在五四时期就多少蕴含在他的批评之中了。然而茅盾还没有能在理论上解决“人格”在创作中的“中介”问题，他似乎只是将“人格”作为一种弥补性的成分附加到泰纳所说的社会环境等三因素上去的。这种将“人格”补充并突出的文学观念，使茅盾初期的批评特别注重归纳解释作品的“思想意义”，并作为最有价值的部分提醒读者关注，给读者提示“人生指导”。他提出的“表现人生，指导人生”，重点在“指导”，批评也重在“指导”。如果称茅盾“为人生”的现实主义批评是一种“重教化”的引导性的批评，这结论大致是不错的。

大约自1922年初始，茅盾从着重倡导现实主义忽然转而倡导自然主义，以自然主义的方法去实施他所理解的“表现人生，指导人生”的现实主义。这个理论导向的变化直接引发了当年关于“自然主义”的一场讨论。[①]目前各类文学史、批评史著作对这场有关“自然主义”的论争不大关注，大概因为它没有解决什么理论问题，影响也不大。然而对茅盾来说，这场由他发动的论争却大为深化了他原先提出的“表现人生指导人生”的现实主义命题，也深化了他的批评观念。本来茅盾是很强调文学“指导人生”的“教化”作用的，但新文学初期大量观念性、说教性的创作的出现，使他感到有些沮丧。特别是五四后一二年的“问题小说”热和哲理小说热，尽管也体现了时代精神，满足了青年读者刚刚受新思潮促醒而急于寻求人生指导的那种对于理性的热望，但从艺术上讲多数“问题小说”和哲理小诗都粗泛笼统，并不成功。这带来一种普遍的创作风气，即不从对生活的观察体验出发，而动不动从有关社会人生问题讨论中的某一命题出发，将“问题”或“观点”通过简明的故事或单薄的形象加以阐发，情节、人物或诗歌一律成了观念思想的直接载体，概念化的弊病很严重。年轻的新文学作家是那样注重对思想价值

---

① 1922年2月出版的《小说月报》第13卷第2号上，茅盾发表致读者信，提出“中国文学若要上前，则自然主义这一期是跨不过的”。由此引出许多来信来稿，发表各自对自然主义的看法。该刊第13卷第5号专辟“自然主义的论战”一栏，刊出10篇来稿来信，均由茅盾与谢六逸等人一一作答，以此展开了关于自然主义的一场讨论。

与教化作用的追求，太热心提出问题，希望作品能直接“指导人生”，可是又没有相应的把握与表现生活的能力，往往只好向壁虚构。这种状况实际上阻碍了新文学的发展，也阻碍了“表现人生指导人生”的现实主义艺术力量的发挥。茅盾敏感地觉察到必须克服这种蹈空的文学倾向，才由强调“指导人生”转向强调学习自然主义忠实描写的方法。

在著名的论文《自然主义与中国现代小说》中，茅盾对自然主义问题作了比同时代其他任何人都更为深入的思考。这篇文章在讨论理论命题的同时，也带有实际批评的性质，而且是紧密结合文坛现状的，在当时也发生了很大的影响。茅盾在文中指出，经过几年来批判游戏消闲的传统文学观，“玩视文学的心理”有所减除，但问题是描写方法上仍然没有摆脱旧小说的束缚，突出的表现是不注重细节描写，用的是“记账式”叙述法，“不知道客观的观察，只知主观的向壁虚构”。茅盾特别指出，由于“过于认定小说是宣传某种思想的工具，凭空想象出些人事来迁就他的本意，目的只是把胸中的话畅畅快快吐出来便了，结果思想上虽然可说是成功，艺术上实无可取”，茅盾认为这些 弊病的根子都在于不作实地观察，不重视客观描写。① 这种批评是中肯的，所针对的正是“问题小说”热之后出现的蹈空现象。

那么出路何在呢？茅盾认为只有从西方输入“自然主义文学”，以自然主义的技术医中国现代创作的毛病。在他看来，“自然主义的最大目标是‘真’”，特别注重“事事实地观察”，并“把所观察的照实描写出来”，而实地观察与客观描写的方法，正好可以用来纠正当时存在的“记账式”的叙述和向壁虚构的作风。茅盾在借重自然主义时是比较清醒的，他了解自然主义也有其缺陷。在此之前，他曾指出过自然主义“专重客观”，其弊在枯涩而乏轻灵活泼之致，“徒事批评而不出主观的见解，便使读者感到沉闷烦忧的痛苦，终至失望”，② 在讨论中他仍然认为自然主义的弊病可能对读者产生“许多不良的影响”。③ 但茅盾看中了自然主义注重实地观察和客观描写的写作态度与方法，认为这足以充当新文学上述空泛弊病的“清毒剂”。他求助于自然主义，是很实用的，甚至可说是权宜之计，因此他并不盲目照搬，而是有

---

① 参见《自然主义与中国现代小说》，载《小说月报》第 13 卷第 7 号(1922 年)。

② 《文学上的古典主义浪漫主义和写实主义》，载《学生杂志》第 7 卷第 9 号(1920 年)。该文将“写实主义”与自然主义作为共通的阶段来介绍，其“写实主义”的缺陷，显然是指左拉等自然派理论的缺陷。

③ 《致周志伊信》，载《小说月报》第 13 卷第 6 号(1923 年)。

所选择和改铸。他说,“自然主义是一事,自然派作品内所含的思想又是一事,不能相混。采用自然主义的描写方法并非即是采用物质的机械的命运论”。茅盾的意思是只借重其客观描写的方法,又力避纯客观地展览丑恶,描写兽性。茅盾最终还是不忘“表现人生,指导人生”的宗旨,借用自然主义是一种纠偏的具体措施,根本上还是为了更好地发挥文学的社会功利性。在20年代前期,茅盾对自然主义的认识和所采取的批判汲取的态度,是比较清醒的,代表了当时“人生派”的理论水平。他自己的批评也体现了对自然主义的方法的重视,在评判具体作家作品时,他是格外注意是否有生活的实感与细致的描写的。

茅盾作为批评家的可贵之处,是能够时时紧扣着文学发展的状况,特别是某些倾向性的问题来发表意见,提出种种文学主张。他的主张往往是不够完善的,还可能在不时调整变化,甚至前后矛盾,但“表现人生,指导人生”的基本观点一直不变。他的种种处在变动中的文学主张都有很“实在”的一面,即千方百计从各个方面去服从于“为人生”的现实主义宗旨。不过,前期茅盾显然有一个困惑始终没有解决,那就是如何将艺术追求与现实追求完整地统一起来。在关于“自然主义”的讨论中他就曾为此而苦恼:如果强调文学要以“表现和讨论一些有关人生的问题”为目的,那么似乎就难于不从“问题”出发;过于热衷提出“问题”,又势必导致艺术真实的丧失;如果强调“自然主义”的客观描写,似乎又难于达到表现与讨论问题的目的,还容易蹈入枯涩沉闷的纯客观境地,与“指导人生”的归旨相悖。怎么才能做到使创作既表现与提出问题,指导人生,又能保持客观的真实性呢?茅盾当时还没有能力解决这问题。

其实,在“提出问题”与“客观描写”两个斜坡中间,可能有一个关键的地方可作为联络点,即是作家个人的艺术视景。这艺术视景包含了作家对生活的独特的发现而并非单纯充当某一思想观念的工具,即使要“提出问题”,那“问题”也必须是从作家自己的生活体验所涌现,渗透着作家的思想感情气质,而又通过作家独特的构思表现出来。新文学初期出现的概念化倾向,固然可以说是因为只注重“提出问题”或者没有作“客观描写”,更重要的恐怕还是缺少作家独特的艺术视景。如果只借助自然主义的客观描写方法,而忽视作家必须有的艺术视景,概念化的毛病还是不可能克服的,顶多是使某种思想观念的表达更加形象化而已。因此关键应当改变把文学单纯当作教化工具的观点,注重发挥作家的创作个性。而茅盾对文学本质的理解太

"实"了,太注重文学的功利性了,反而约束了他对创作个性、情感和想像力的注意。他的批评注重题材的现实性与时代性,但很少观察作家是怎样发现和构筑其独特的艺术世界的。他的批评除了个别篇章外,一般也都太实,缺少感受性与想像力,光注重"意义"和技巧,不尊重发掘作品独自的艺术视景,这不能说不是一种缺陷。

三　突破与困惑

在1928年的有关论文中,我们发现茅盾已经注意到自己理论批评中存在的太"实"、太功利以及不注重独特艺术视景等等问题。他在《从牯岭到东京》中讲述了自己创作《幻灭》、《动摇》和《追求》时的心态,在自我评价当中出现新的批评观念。茅盾因大革命的失败而陷于"一个苦闷的时期",一种深广的幻灭感促使他拿起笔写这些小说,不再是原先理论上所主张的那样从理论认识出发,去预设作品"指导人生"的功利价值,而是借创作倾吐苦闷。艺术创造的激情压倒了政治说教的热情。他承认自己第一次真正以比较超越的姿态,焕发了艺术敏感,真正以审美的方式去把握自己的情绪与体验。他显然认为自己的《幻灭》等小说艺术上是成功的,没有什么说教,也不是硬要以某种"意义"去"指导人生"。他认为如果真实地揭示出特定时代的某种社会精神状态,那就很不错了,不一定非得为了宣传效果而装腔作势地去写自己所不熟悉、没有精神触动的题材。茅盾的这些创作当时受到"革命文学"倡导者的批评,主要是指责其题材写小资产阶级,情调又比较苦闷,不能适应革命时代的政治需要。这些指责反过来促使茅盾重新思考原来他并没有解决的问题,即作家的艺术追求与现实追求如何统一的问题,涉及到题材、创作的主体性以及作家的艺术视景等问题。在反驳责难时,茅盾提出了一些与他原先的主张不同的文学观点。他反对"有革命热情而忽略于文艺的本质,或把文艺也视为宣传工具——狭义的";对于那种从宣传的意图出发去强行写作的"标语口号文学",茅盾更表示反感。在茅盾看来关键不在于写什么题材,不在于是否写"小资产阶级",而在于能否真正以审美的方式去表现作家所切身感受的生活经验。茅盾表明,虽然《幻灭》等作品有这样那样的缺点,然而它真实地表现了自己"生活中的一个苦闷的时期",是遵循和发挥了"文艺的本质",即审美地把握作家的体验的视景的,所以他还是"很爱"自己这些小说的。《从牯岭到东京》是对自己创作的批评,同时也是对“革命文学”的批评，茅盾这一回是从作家的角度来写评论，又处在遭受“左”倾机械论批判的位置，[①] 他的一些带逆向思维特点的观点突破了自己，也突破了“左”倾机械论的泛论，在“革命文学”论争的诸种意见中显然比较冷静，也比较正确。

但就是在《从牯岭到东京》中，我们仍然看到了“两个茅盾”的现象。一方面，他顺从自己作为作家的艺术感觉，并且从创作经验出发，抛弃过于功利主义的文学观念，为自己所真诚喜爱的作品（如《幻灭》等）辩护，提出一些重视审美的见解；另一方面在“革命文学”倡导者急进批评的夹击下，又显然在担心自己会因为沉于个人情绪的创作或注重审美把握而“落后”于时代，很自然他在文中反复自责“悲观颓丧”，一再表态要恢复自己的信念，跳出现有的写作状态。他说自己的小说“有缠绵幽怨和激昂奋发的调子同时并在”，“波浪式的起伏的情绪在笔调中显现出来”，其实这也可以用以说明他的思想状况或批评观的“混合”状况。茅盾本是热心社会革命运动与政治的人，但又不无艺术家的敏锐与冲动；从切身的创作经验谈论文艺时可能比较尊重作家的艺术体验与审美情趣，可是一顾及文坛状况乃至时代要求，又常常把社会功利性机械地摆放到艺术审美追求之上。有时茅盾很重视作品的思想价值，要求必须有“中心思想”，他会对那些“并没有怎样深湛的意义”[②]的作品十分不满；有时他又认为文学的表现可以是多方面的，不一定非有什么“中心思想”，重要的是表达出某些艺术的感觉。[③] 有时他要求作家在写现实时必须指示出“未来的途径”，对现实问题“给予一个正确解答”。[④] 但有时他又认为作家的任务只需揭破现实，让读者自己在真实描写中去理解和探求未来。[⑤] ……类似的彼此矛盾的看法还很多，在同一时期，他可能发表截然不同的意见。这种现象不光在茅盾的批评中存在，别的许多左翼作家、批评家也常有类似的表现，说明时代转折关头文学观念变革所难免的混

---

① 在对茅盾的《幻灭》等小说的批评中，有些文章观点是比较“左”的，其中代表性的有钱杏邨的《茅盾与现实》（收《现代中国文学作家》第2卷，泰东图书局1930年版）、克生的《茅盾与动摇》（载《海风周报》1929年5月第17号）、贺玉波的《茅盾创作的考察》（载《读书月刊》第2卷第1期，1931年），等等。

② 《〈创造〉给我的印象》，《文学周报》第91期。

③ 《王鲁彦记》，载《小说月报》第19卷第11号（1928年）。

④ 《我们所必须创造的文艺作品》，《北斗》第2卷第2期。

⑤ 《写在〈野蔷薇〉的前面》。

乱。不过茅盾的性情气质中本来就充满艺术追求与现实追求的不协调状况，他的理论批评中所表现的矛盾就更其明显。

四 “作家论”批评文体

从20年代末到30年代前期，是茅盾文学批评第二个活跃的时期。他这一期的批评与五四时期“表现人生指导人生”的批评有精神上的贯通，却又更多地吸收了马克思主义文论的滋养，摸索形成了“作家论”的批评文体。这一文体与相应的批评方法充分适应了激进时代，并对社会—历史批评流派的形成产生了极大的影响。这里不妨用多一些篇幅作重点评述。

茅盾这一时期所写的“作家论”一共有8篇，所论评的作家包括鲁迅、叶圣陶[1]、王鲁彦、徐志摩、丁玲、庐隐、冰心和落华生，最早一篇是《鲁迅论》，写于1927年11月。8篇作家论的写作看来原是有统一的设想的，那就是较系统集中地评述一批在五四时期（最迟是20年代末）成名的最有影响的作家，总结与发扬五四新文学的现实主义传统。

20年代末“革命文学”论争直接促成了茅盾“作家论”的写作。当时，创造社、太阳社的一些人在国际无产阶级文学运动中的“左”倾思潮的影响下，理论上走极端，对文学的阶级性作片面、狭隘的理解，为急于建造新型的文学，而错误地彻底抛弃文学遗产，以政治批评代替文学批评，对那些所谓落伍的“同路人”大张挞伐，唯我独革。在当时“革命文学”阵营中有一种普遍的认识，即以为过去（特别是五四以来的）文学作品都属于资产阶级、小资产阶级文艺，甚至将坚持现实主义的鲁迅、茅盾、叶圣陶等重要作家统统看作是“非驴非马的”、“发挥小资产阶级恶劣的根性”的所谓落伍的文学，[2] 声称要“打发他们一道去”。[3] 如前所说，茅盾的《幻灭》等小说发表后，也立即遭到一些“革命文学”倡导者的批判，被指责为“只有悲观，只有幻灭，只有死亡而已”，认为其“所表现的倾向当然是消极的投降大地主大资产阶级的人物的倾向”。[4] 茅盾当然不赞同这种粗暴的批判，他是支持建立新型的“革

---

① 《读〈倪焕之〉》一般不看作作家论，其实又有相当篇幅是论评叶氏的创作道路的，似也可归入“作家论”之列。

② 成仿吾：《从文学革命到革命文学》，载《创造月刊》第1卷第9号（1928年）。

③ 仿吾：《打发他们去》，载《文化批判》1928第2号。

④ 钱杏邨：《从东京回到武汉》，收《文艺评论集》，上海神州国光社1930年出版。

命文学”的，但认为五四过来的“旧作家”并不是什么“同路人”，他们所开拓的现实主义道路是可以与新型“革命文学”衔接的，他们创作经验的得失也是值得“革命文学”继承与借鉴的，“革命文学”没有理由割断和抛弃“五四”现实主义传统，而应当继承与发展这一传统。正是出于这种考虑，茅盾从1927年底开始，系统地研究了一批被“革命文学”倡导者视为“旧作家”或小资产阶级作家者，写了一系列“作家论”。茅盾的意图是通过这一工作去总结五四新文学的传统，批评与纠正“革命文学”倡导者否定与割断新文学的错误主张，寻找新兴文学更切实的发展之路。

不过，这几篇“作家论”的写作先后经历了左翼文学的初生期、发展期与转折期，也印上了左翼思潮变迁的烙印。茅盾的初始意图并没有贯彻到底。最早写的《鲁迅论》、《王鲁彦论》以及《读〈倪焕之〉》，显然更多地带有总结五四新文学现实主义经验的意思，因而比较尊重作家创作的选择及其特殊的艺术追求，也较注意审美的评判。虽然重在题材与思想价值的分析，可是并不苛求作家一定在作品中发现积极的“中心思想”。这时茅盾的批评是比较宽容和切实的。但到1933年前后写的《徐志摩论》、《冰心论》等篇，则明显受“唯物辩证法创作方法”的观念影响，评价就带有“左”倾机械论的味道。1934年写的《落华生论》又有深解而不呆板，可以说是诸篇中最有批评家识力的一篇，其时左翼文坛已开始批判和清算“拉普”等“左”的思潮影响，茅盾也在稍稍转变自己原先比较机械的批评方法角度，放手发挥其批评的才华。8篇“作家论”的写作前后经历约七年，正是左翼文坛变化很频繁的七年，茅盾的批评难免不留下这些变化的痕迹。

然而对于本论题更有意思的，还是茅盾“作家论”文体的基本点，是那些相对稳定的批评方法与角度，特别是那种在30年代社会—历史的批评流派形成过程中起过典范性影响的基本方法与角度。

最突出的是阶级分析方法的运用，即对作家的写作立场进行阶级性质的判断，以此作为评论作品意识形态性质特征的主要根据。其指导思想是，作为观念形态的文学作品，本质上必然反映作家特定的阶级意识与情感，因此评判作品的价值不能就作品论作品，而必须充分考虑到作家的阶级出身、社会阅历及政治态度，等等。从政治的角度分析作家的传记材料，就往往成了论评作家创作道路的前提。

如在论述丁玲的创作之前，先评介其家庭背景和生活经历，特别注意到她是一个从旧家庭中冲出来的“叛逆的青年女性”，在初期曾有过“很浓厚的无政府主义的倾向”,虽然丁玲“好像对于政治还不感多大的兴趣”。茅盾的着眼点是考察像丁玲这样一个“小资产阶级”青年女性是如何“满带着‘五四’以来时代的烙印”走上文坛的,从而以作家身上所体现的阶级特征去“印证”和阐说其笔下人物莎菲女士也必然是一位有叛逆性的“个人主义者”,是“五四以后解放的青年女子在性爱上的矛盾心理的代表者”。而在评论丁玲“第二阶段”创作时,同样不忘首先回顾丁玲在“普罗文学”勃发期如何受革命空气的影响,又如何逐渐转变立场,然后以此“印证”其第二阶段的小说如《韦护》为何大写“革命 + 恋爱”,又试图比前 - 期创作“更有意识地想把握着时代”。至于她“第三阶段”的创作,如《水》是直接描写农村斗争的“重大题材”的,茅盾认为“意义”重大,清算了过去的“革命 + 恋爱”的公式,而检视其中原因,则丁玲在这时期立场已全部“转变”,不再是“左联”的“同路人”,而是“阵营内战斗的一员”。文章力图通过分析丁玲此时政治立场的“积极左倾”,而解释其创作的转向。

同样,评析庐隐、冰心等作家的创作道路,也都根据作家的传记材料,分阶段考察其思想立场的变化是如何直接体现到创作的变化上,进而评判其意识形态的阶级属性。这种批评的基本思路就是:寻找时代要求——作家的立场——作品的倾向这三者之间的联系。通常就是先分析作家的传记材料,包括其家庭出身、阶级成分、知识修养、生活环境,等等,特别注意审察在特定历史时期由作家的阶级立场所决定的政治态度或时代变革所引起的作家世界观的变化,以此为前提,进而考察作品的思想倾向和社会价值,说明作家的立场如何制约作品倾向,最终又将作家创作所反映的趋向或问题提到社会现象的高度去分析,判定其在特定历史条件下所可能起到的社会作用。这是大致的批评思路,具体的操作程序和侧重点可能不尽相同。

在较早写的《鲁迅论》与《王鲁彦论》中,这种以阶级分析为核心,以寻求时代要求——作家立场——作品倾向三者关系为要务的批评思路就已经在运用,但还用得比较自然,不是处处围绕阶级性质作机械的“对应说明”。如评论鲁迅作品独异的风格以及那些对“老中国儿女”灰色人生的写照,虽然也密切注意到五四“思想革命”的“时代的要求”与这些小说的精神联系,但并没有作简单的“对应说明”,茅盾这时还比较看重创作中作家的个性及其对生活独特的发现是如何转化为作品的艺术效果的。甚至在《王鲁彦论》中,茅盾除了论证鲁彦小说如何反映了“工业文明打碎了乡村经济时应有的人们心理状况”,仍然不忘记属于作者独特创造的那些艺术“色味”。但到写

《徐志摩论》,就强烈显示阶级分析的威力,几乎将全部批评的注意力都放在寻找时代——作家——作品的"对应"联系上,这跟当时左翼文学战线正批判"新月派"也有关。此后几篇大致也是在强化这种批评模式,并逐步定型。

读茅盾这些"作家论"会意识到里头总是有一个无形的坐标,坐标轴的一边标明时代社会的变迁,另一边标明作家的思想倾向和政治立场,而作品及其所体现的创作道路则由两轴之间的起伏曲线来标示。情况似乎就变得如此简单,你在时代、作家、作品三方面确定任何一方面的其中一点,都可以从固定的坐标中找到其他两方面相应的"点"。找"点"并不需要多少艺术感悟,只需要理性判断,批评家的脑子里须随时装着诸如"本质"、"规律"、"意义"、"必然性"这些基本的概念。这种对应找"点"的评说方式确实带来一种简洁的文体,批评家将复杂的文艺现象全都当作社会现象,以阶级分析的眼光对之做出明晰的判断,这就得忍痛割爱,舍弃批评家个人阅读的印象、感悟、直觉等不能归入"坐标",甚至有可能干扰理性判断的任何因素。

当今人们对这种以阶级分析为骨干的批评方法可能有些反感,这主要因为多年来在"左"倾政治思潮之中已经吃够了"以阶级斗争为纲"所导致的斗争扩大化的苦头。然而在二三十年代那种社会急剧变动的历史氛围中,当阶级斗争政治斗争仍然作为社会活动中心的时候,这种阶级分析的批评是很能适应时代、满足社会阅读心态的。阶级分析方法的贯彻确实造成一种明快的批评作风,它试图将文学创作或论争中出现的许多问题,都放到政治的和意识形态的层面去解释,透彻地从夹缠不清的现象中抓住现实的也是人们最关注的要点,引出有明确的社会功利性的结论。

茅盾在"作家论"中运用阶级分析方法,有一突出的成效,即能比较明晰地结合时代变迁去把握作家思想和艺术的发展脉络,并善于从文坛的整体格局中考察某一作家的地位。这给"作家论"带来一种大气包举,高屋建瓴的宏观的视野,也带来一定的"史识"。但也需指出,茅盾对作家所进行的以阶级分析为中心的宏观批评,也常导出大而无当的或机械僵硬的结论。这在他 30 年代初所写的《徐志摩论》等篇什中就表现较为突出。例如评论徐志摩的后期创作衰落,徐志摩自己说,诗情"枯窘",原因是生活趋于"平凡",不再有初期那种"情感的无关阑的泛滥"。[1] 这应该说是符合实际的:徐志摩自 20 年代中初起,个人生活中的浪漫色彩日益消退,婚姻的失意,生活的

① 徐志摩:《〈猛虎集〉自序》。

困厄，理想主义的破灭，使他越来越消极苦闷，从他个人的角度是可以说“生活的平凡”导致诗情枯窘。在评析徐志摩诗歌创作趋向时，恐怕不能不充分考虑他的这些个人的因素。然而由于茅盾是按照时代——作家——作品的“决定”性关系去评析徐志摩，他就不赞同“生活的平凡”这说法，认为“生活”主要应是社会生活，而不只是“私生活”，处于大变革中的社会生活是不会“平凡”的，已经供给了“很多的诗料”，所以徐志摩诗情的枯窘根本原因在于他不能和不愿意了解大变动中的生活，和社会生活不相调和。像这样的分析，着眼点只在时代背景与作家阶级的政治的立场，几乎全然不顾作家具体的生活经验以及创作的心态性情，从大处看是观点鲜明，不无道理，但又显然粗疏生硬，没有充足的说服力。茅盾实际上忽略了一个基本的事实：世界观不等于创作方法，题材的掘取也不等于诗情的获得。类似的忽视作家的个性心理，忽视从生活到作品的“中介”，将作品的意识形态特征直线地“还原”为社会政治原因的简单化的做法，在对冰心、庐隐等作家所作的阶级分析中，也曾存在。这些都是当时流行的“唯物辩证法创作方法”的影响所致。

对时代要求——作家立场——作品倾向三者关系作阶级分析，重点是作品倾向的分析，这是茅盾“作家论”的核心。茅盾评论作品的倾向一般是先分析题材，然后归纳主题，有时再加上语言、结构和技巧的评说。针对不同的作家以及不同的创作体裁，三个方面的评论可能有不同的侧重，但批评的基本思路比较固定，他的“作品倾向”的评论方式不光构成了“作家论”批评文体的重要方面，且对社会—历史批评的影响甚大。

题材的评析是茅盾“作家论”常见的切入口，也是他的批评的重点。他相信从题材的选择处理，最能看出作家的人生观，也最便于检视作家对于文坛有何新的贡献。茅盾曾明确表示，他不同于别的批评家那样重视作家在作品中的“情感表现的方式”，因为“一个作家在某一时期的宇宙观和人生观在他所处理的题材中也可以部分地看出来，”[①] 批评应当把注意力投射到“题材”上，因此在勾勒作家的“创作道路”时，茅盾通常就以其题材选择范围与特点作为重要根据，证明其思想艺术的发展变化。而在题材评析的方法上，也很注重使用阶级的观点。有时这使他的目光确实锐利，能很快从题材的选择中看出“新动向”。他很乐于指出这些题材选取的趋向代表某种新的思想观念，给文坛带来什么新的气息。如评王鲁彦的作品时，茅盾最看重的

① 《庐隐论》，载《文学》第3卷第1期(1934年)。

便是其题材上的新意，他非常赞赏《黄金》等小说的选材与处理表现了农村变迁中的小资产阶级心态以及乡村原始式的冷酷。他兴奋地指出，这种题材的表现，“在现文坛上，似乎尚不多见”。[①] 茅盾高度赞赏叶圣陶的《倪焕之》属“扛鼎”之作，着眼点也主要是题材，是因为它第一次从辛亥革命以来的“时代的壮潮”中表现“富于革命性的小资产阶级知识分子”的道路，是“有意为之”地要表现一种时代现象与社会生活，其题材的广度和处理题材的严肃态度都一反20年代许多“即兴小说”的随意风气。[②]

然而茅盾的题材评析在追求宏观的同时，常常过于夸大了题材对于创作的“决定”性作用，相对就忽视了作家的艺术视景。其实艺术视景的有无与高下，对于创作的成败来说是更具有决定性意义的。当茅盾刻意从题材的“社会性”与“时代性”的判断中寻找作家的人生观或阶级立场时，他似乎就只看重题材与社会生活的“热点”或时代“中心”的结合程度。这样，题材的评析就主要依赖于测量其与时代“主流”(如革命斗争、工农生活，等等)的距离，并以这种距离的远近来评定其“社会性”与“时代性”的强弱，进而考察作家的思想创作是先进还是落伍，是发展还是停滞。庐隐五四时期的创作主要以《海滨故人》等带自叙传性质的小说为代表，虽然题材如茅盾所说“范围很仄狭”，但体现了“苦闷人生”，应当说还是很有时代意义的，茅盾也承认这意义在于让读者认识了“被‘五四’的怒潮从封建的氛围中掀起来的、觉醒了的一个女性”；然而茅盾却又认为庐隐初期的作品中更有价值的是《海滨故人》等“自叙传”之外的其他小说，如写农民生活的《一封信》、写战争背景的《两个小学生》、写纱厂女工的《灵魂可以卖么》，等等，理由只有一个：这些作品“注目在革命性的社会题材”，离时代的“中心”距离很近。这种评论虽然也敏锐地指出了题材选择上的所谓“新趋向”，但其评价未免过于简单化：从艺术成就和创作风格的建树来看，毫无疑问，庐隐的《海滨故人》等自叙传题材的作品更有作者对生活的体验，更有独特的艺术视景，因而也有更高水平。而这个题材范围之外的其他较现实的作品，艺术上虽然看起来离“时代中心”更近，却比较粗糙，缺乏创作风格的代表性。由于茅盾太过强调题材本身对创作成功与否的“决定”作用，而且相信题材的选择范围能代表作家的立足点，这就导致他的“作家论”写作的浮泛与简单化。他经常使用“社会

---

① 《王鲁彦论》，载《小说月报》第19卷第1期(1928年)。

② 《读〈倪焕之〉》，载《文学周报》第8卷第20期(1929年)。

性”与“时代性”的批评概念,可是当接触到具体作品时,这两“性”的内涵就可能定得很高又很窄,虽然表面上仍很“客观”。茅盾可能就会因此而陷于批评“操作”上的尴尬。例如他一边高度评赞鲁迅的《呐喊》与《彷徨》独有对中国社会的发现,可从中听到“新思潮的冲击”和“封建社会崩坍的响声”,显然在充分肯定其“社会性”;可是一边又抱怨其题材仍然不够宽阔,说《呐喊》的描写“只能代表了现代中国人生的一角”,《彷徨》中的一些篇章也只是“表现了‘五四’时代青年生活的一角”,因而表示这“不能不使人犹感到不满足”。看来茅盾有时执意以作品所选择的题材距离时代“中心”(有时对这“中心”的理解也很窄)的远近来作为“社会性”、“时代性”的标准,他的“作家论”就容易出现浮泛空论。写什么生活等于作家倾向于什么生活,又等于作家的立场,这种幼稚的机械论在“革命文学”倡导的初期是很流行的,而茅盾也受到感染。这种幼稚病又还不时表现在茅盾“作家论”的主题批评方面。

在茅盾的“作家论”中,如果说题材批评主要靠“量”的分析,即观察作家取材的类型和数量比重、所涉及的生活范围的宽窄,等等,这些选择所反映出来的“量”的变化就用来标示作家写作趋向的变化。而主题批评则主要靠“本质”的归纳,从复杂的写作内容中提纲挈领地提取基本的意义,作为中心主题,再以此追溯作家的旨意与立场。主题批评也是充分考虑到社会性与时代性,看作品形象地表达生活的内容是否体现这些方面的要求,考察作品反映社会状况与趋势的准确程度。茅盾常常有急于抓住“本质”的冲动,让作品中蕴含的“思想意义”显明浮现出来,并尽快作出定性评判。“定性”的目标无非是对“意义类型”作出意识形态的属性判断,批评家必须尽量克制,将自己阅读感受中的任何模糊的、直观的、非理性的、特殊的成分都沉淀掉,一门心思要捕捉本质与规律,即那种能纲举目张的结论。这些结论的形成一般都用比较明晰的语言,或者是借用并引申作品中原有的某一句话或某一个概念,或者用批评家自己的语言,一锤定音,将作品的全部含义“聚焦”于一点。如《徐志摩论》开首就引用诗人的“我不知道风/是在哪一个方向吹”一句,引申指明这类似梦境的“伤感情绪”表明“这错综动乱的社会内某一部分人的生活和意识在文艺上的反映”,并由此将徐志摩“定性”为“中国布尔乔亚‘开山’的同时又是‘末世’的诗人”。这种论评实际上是将丰富的作品内容加以蒸馏,提取出批评家所认为最足以代表意识形态性的那一点“本质”意义。又如评论庐隐主要的创作阶段即五四落潮期的许多长短篇小说,茅盾精练概括其共同主题为“感情与理智冲突下的悲观苦闷”,并引用

《或人的悲哀》中主人公亚侠的话说:“我的心彷徨得很呵!……我还是游戏人间罢!”以此来归纳五四时代“从狭的笼里初出来的一部分女子的宇宙观与人生观”,进而证明庐隐的小说既有时代性又在思想上“停滞”不前。在“作家论”以外的其他文学评论中,茅盾也常用上述这种题材分类批评和主题归纳批评的方法。如他为《中国新文学大系》小说一集所作的导言中,这些方法就运用得很多。这些方法并非茅盾独特发明,但他在作家作品评论中熟练地运用并成为他的“作家论”文体的一方面特征。

茅盾的主题意义评析常常是犀利的,从意识形态性质角度分析作品倾向,确有一种鞭辟入里的作风。由于这样,在以政治为社会生活中心的时代里,茅盾“作家论”对某些作家的批评“定性”结论是常为评论界广泛采用的。

这种给作品“定性”评判的主题批评,将作品内容大幅度浓缩为意义类型,有时又可能过于简化而不一定能全面地理解作品。甚至还可能有更糟的情况:将意识形态赝品和真正有价值的艺术品混同起来。文学创作本是复杂的精神活动,作品的“内容”完全可能蕴含许多层面,越是成功的作品越有丰厚的主题意蕴,从意识形态角度归纳作品主题,可能抓到作品意蕴的一个重要层面,但那不一定就说明作品的全部“意义”。“定性”式的主题评判显得鲜明,但也有时会武断。其弊病在于将作品内容完全当作透明的媒体,仿佛透过它就能窥视作家全部创作意旨与指导思想,并进而可以从中认识某种社会精神现象,有时就可能会小题大做,甚至会“上纲上线”,牵强附会。事实上,有些文学作品,特别是社会性不那么强的非叙事性作品,就难于负载沉重的思想意义,如果一定要用剥竹笋似的办法从中提取“意义”,作意识形态的评判回溯,进而给作家“定性”,就有可能导致结论僵硬。例如,冰心初期的诗与散文,本来体现一种对人生的冥想方式,常带有青年人的天真、纯情与幼稚,自有不可重复的单纯美,不一定有那么多可供意识形态分析归纳的“意义”和主题,特别是诗作为情感语言,多是非指陈性的,不一定有很实际的“意义”,而茅盾从意识形态上将之归纳为“唯心论”的“爱的哲学”,虽然显得“深刻”,可也无助于理解与体悟作品的艺术价值。同样,在评判徐志摩的诗时,茅盾也把他诗的“能指”语言几乎都阐解引申为“所指”语言,“意义”和主题发掘看起来过于“深刻”,反倒使人觉得有点不着边际。

茅盾显然不赞成把作品看作是一种不确定的、可自由发挥和补充想象的东西。他需要的是明断,让读者一目了然地找到主题意义。他进入批评时仿佛总在担心读者跟不上自己的评判理解,所以他力求对主题归纳作类似“终审判决”式的裁定，从不给读者留下什么想象的空白。“水至清则无鱼。”有时你会觉得茅盾的批评过于清晰明白，反而缺少某种活力。

茅盾并非缺少体悟力。当他不急于以题材“决定”作家立场，不急于为作品的“主题”作简单的“定性”时，他的兴致就可能寄植于作品的独特审美境界之中，批评的焦点就可能是作家的创造性的艺术视景，他对作品的评判就变得敏锐、有弹性而又引人入胜。这种状况在他的“作家论”写作中并不多见，较早写的《鲁迅论》、《王鲁彦论》和较后写的《落华生论》都比较少见上述那种僵硬，大概是因为更多地超越了“左”倾机械论的束缚。

最后还要谈谈茅盾对文学形式的评论。他的“作家论”几乎每一篇都兼顾这方面，有时他对语言、结构、手法的评析还是很精到中肯的。然而从文体上看，他的形式批评并不占主要位置，而且有时还给人一种“附加”上去的感觉。总的来说，茅盾的“作家论”是把作家作品当作特定的文学社会现象来研究的，其目的是辨明作家作品对于时代社会的适应程度，因此重点始终放在内容的评析上，所注重的是作品的观念，而不是想像力、艺术创造力，即使在作形式批评，也很少真正进入审美的层次。茅盾论及作品的形式、语言、技巧等方面，常把形式因素视为内容的附庸，只考察这些形式因素是否成熟圆满，与内容是否统一和谐，顶多还注意作品的内容加上形式所表现出来的风格。这也形成了一种批评的程式，即凡评一部作品，总是先评析内容是否正确而有意义，再顺便看其语言、结构和情节安排等方面是否服务于内容。这种将内容与形式分开了论评的做法是比较便于分析和讲述的，在现今许多文学史教科书上也还常看到这一批评程式，但此方法实难于从整体上去把握作家在其创作中所构设的独特的艺术世界。凡是特异的艺术世界都必定是作家人生体验的审美的把握，而并非简单地将思想观念加以形象的表现，因此，无论光是“意义”提取还是形式因素的附属性分析，都有可能打碎作家艺术世界的七宝楼台，很难再以整体审美去领略其完整的艺术风貌。茅盾“作家论”的形式批评偏于技巧、语言等方面的细部剖析，而缺少完整的艺术世界的把握，他的这种批评可以“教会”读者如何按既定的批评“尺码”去鉴别作家写作的“本事”，却很少能唤起读者艺术的想象与创造。

以上主要评析了茅盾“作家论”的批评文体和方法。茅盾在三四十年代还写有更多的评论文字，并没有采用“作家论”的体式，我们没有再展开评述。因为他的其他评论所用的批评方法与思路与“作家论”大体也是一致的，我们介绍了他的“作家论”，也就可以以斑见豹，了解他的批评实践的总体面目。我们还考虑到在30年代乃至四五十年代,“作家论”的批评文体都是很流行的。就在30年代前期,即茅盾集中写“作家论”那时,也还有一些著名的左翼批评家在写“作家论”。[①] 当时还常见一种以作家“评传”方式出现的批评文体,也很接近“作家论”。这里重点评述茅盾的“作家论”,并非把他当作这一文体的发明人,但毫无疑问茅盾的“作家论”在同类批评文字中写得较具水准,在社会—历史批评这一派中也最有代表性,甚至可以说,正是由于有了茅盾的“作家论”这样一些比较有“实力”的批评成果,社会—历史批评才在30年代批评界站稳脚跟,并逐步成为最有影响的批评流派。如果说冯雪峰、周扬等人更多的是从理论上扶植这一派批评,茅盾则主要是在实践中摸索和发展了这种批评的文体与方法。由于批评界一直比较崇尚政治性和意识形态性很强的批评风气,大概又还由于茅盾这种“作家论”文体与方法比较稳定而更便于“操作”,他的影响就长久持续,一直到四五十年代,在许多现、当代文学评论乃至文学史教科书中,我们还常常能看到茅盾式的“作家论”文体和方法的运用。就实际影响而言,我们有充分理由证明茅盾是一位出色的批评家。尽管我们可能为茅盾的批评缺少审美力的参与而感到有些遗憾,尽管他批评中还存在许多不足,但我们仍会不绝赞叹他批评的史识和气度,他对批评的诚恳与耐性。我们会理解:时代怎样为茅盾的社会—历史批评提供了广阔的舞台,却又怎样在某些方面限制了他才华的发挥。

---

① 如1936年4月上海生活书店出版的文学社丛书《作家论》,其中除了茅盾的《徐志摩论》、《庐隐论》等,就还有穆木天的《徐志摩论》、许杰的《周作人论》、胡风的《林语堂论》、《张天翼论》、苏雪林的《沈从文论》,等等。此外,如钱杏邨的《现代中国文学作家》、沈从文的《沫沫集》等论集中也都有一些“作家论”。

第六章
李健吾的印象主义批评

1936年文化生活出版社推出了李健吾(署名刘西渭)的批评论集《咀华集》,应当看作是现代批评史上的一件大事:它标志着印象派批评从理论到实践都已经具备不可忽视的实力。可是李健吾的批评在当时似乎并没有引起大的反响,众多作家、批评家都在热情地追求那种有气度的社会学批评,批评界的空气是由这种正统的批评所主导的。当李健吾《咀华集》中的评论先行在《大公报·文艺副刊》等报刊上发表时,其影响主要在“京派”作家群及相关的读者层,后来逐步扩展,到《咀华集》结集出版时,他的批评才为整个文坛所熟知。顺便一提的是,进入80年代以后,李健吾在三四十年代写的批评文字重新引起许多年轻评论家的注意,在不少人眼中,李健吾作为批评家的名声要比他作为作家的名声更大。李健吾是属于非主流派批评家,或者说,属于自由主义倾向的批评家。不过李健吾的批评也自有其魅力,他并不局限于评“京派”等非主流派的作家,他也评左翼的和倾向革命的作家,如叶紫、巴金、萧军、萧红、罗淑、艾青,等等,而且往往能说出一些别具只眼的意见,特别在对艺术风格和技巧的评论方面,弥补了社会学批评之不足。这又不能不使主流派的作家和批评家对李健吾格外关注。他们可能为不同的政治观点支配,曾经竭力排拒李健吾,[①] 但恐怕也不能不承认李健吾的批评也有其长处和优势。而对一般文学读者来说,李健吾显然比主流派批评家随和、平易而又亲切得多,特别是当他们对那些充斥于报刊的说教的宣传的批评已经开始腻味的时候,李健吾印象式的鉴赏的批评就另有一种吸引力。

① 例如《光明》半月刊第2卷11号就发表过欧阳文辅的《略评刘西渭先生的〈咀华集〉》,指责刘西渭是“旧社会的支持者”。

1936年《咀华集》的结集出版，从理论到实践都显示了一种新的批评路子，以印象主义为基本特征的批评已足以在现代批评的格局中占一重要位置。在李健吾之前，也有很多所谓印象式批评。如果要从二三十年代报刊上寻找文学评论文字，最常见的还是印象式的随想录、读后感之类。这些大量出现的印象式评论跟传统的读书札记比较接近，但缺少批评的自觉，没有明确的理论导引，也很少卓著的批评实践。始终没有人像李健吾这样自觉地把印象主义作为一种批评理论与方法来认真探求，有意识建设一种印象主义的批评系统。如果说二三十年代许多印象式批评确实存在如梁实秋所指责的随意与滥情，[①] 那么李健吾则把印象式批评的"品位"大大提高了，而他也由此成为杰出的批评家。

李健吾作为杰出的批评家有得天独厚的条件。一是有文学创作的实践与体验，他从20年代开始从事创作，写过小说、话剧和散文。早年曾以小说《终条山的传说》被鲁迅所称道，赞其文采的"绚烂"。[②] 所作剧本《梁允达》、《这不过是春天》等等，也以艺术表现的精巧而受到好评。他在三四十年代写成的《意大利游简》和《切梦刀》，是相当优美的散文。李健吾很相信王尔德所说的，一个好的批评家同时又是好艺术家，他是把批评作为一种艺术创作来看的，很自然，创作的甘苦与经验使他在从事批评时更注重创作规律的探索，也使他的批评更贴近创作。他批评作品时常用直观感性的把握，这跟他在创作中培养的敏锐的艺术感受力恐怕也大有关系。

李健吾第二个得天独厚的条件是他曾留学法国，熟悉外国文学，对法国文学有专门的研究，翻译过《包法利夫人》等名作，还写过《福楼拜评传》等专著，在接受外国文学"科班"训练中打下较坚实的"功底"，使他能够深入而不是皮毛地了解与吸收西方批评理论，进而熔铸自己的批评方法。他选择借鉴印象主义，跟他对法国文学批评比较了解也有关，他所尊崇的印象主义者，如雷梅托、法郎士等，大都是用法文写作的批评家。我们评析李健吾的批评理论与方法时，将特别注意到他这些得天独厚的条件及其对李的批评所产生的实际影响。

李健吾把他的第一个批评论集起名为《咀华集》，40年代出版的第二个集子又叫《咀华二集》，所取义是"含咀英华"，把作品当作美妙的花朵来品味

---

① 参见本书第四章的有关论述。

② 参见鲁迅：《中国新文学大系·小说二集导言》。

鉴赏。这书名本身就标明一种批评姿态,即鉴赏的而非审判的。李健吾印象主义批评的精义也在鉴赏。除这两个集子以外,后来李健吾还写过许多评论,但总的水平都不如前两个论集。这里评述李健吾的批评,所根据的材料主要也在《咀华集》与《咀华二集》。

一　灵魂在杰作之间的奇遇

"灵魂在杰作之间的奇遇",这是法国印象主义批评家法郎士(Anatole France)的名言,为李健吾所一再引用和推崇,正可以用来概括李健吾印象主义批评的要义。如果考察李健吾的批评实践,不难发现这位批评家也承继了中国传统文学批评的某些思维方法,如讲求阅读行为中的悟性,这在其风格批评中尤为明显。但印象主义作为一套完整的批评理论与方法,是从外国传入的,李健吾主要是在研究和探索西方印象主义批评的基础上,吸收某些本土的传统的成分,建构其批评系统。为了"寻根",有必要先追溯西方印象主义批评的源流,然后再考察李健吾的接纳、发展与变形。

印象主义批评流派在西方兴起是本世纪头 30 年,李健吾的接受大致在其高潮刚过不久。印象主义其实是唯美主义的余波。唯美主义强调艺术的独立,提出"为艺术而艺术",否认艺术模仿人生,而主张人生模仿艺术,这些观念与后来印象主义所提出的一些主张是一脉相承的。印象主义也强调"为批评而批评"。此外,印象主义者很看重批评家的主观介入和创造性发挥,他们显然赞同王尔德所提出的唯美主义命题,即把创作和批评一视同仁,甚至认为"最高之批评,比创作之艺术品更富有创造性"。[①] 印象主义也把批评等同于创作,或以个人创作的态度从事批评。如果了解唯美主义与印象主义的密切关系,就不会奇怪,李健吾的印象主义批评中,何以又会间或表现出某些唯美的特点:李健吾有时喜欢作纯艺术纯技巧的批评。

印象主义的哲学基础是相对主义和怀疑论,认为宇宙万物永远都处于变动的状态,不可能真正把握客观真实,一切所谓"真实"都无非是一种感觉,是相对的主观的。人们只能相对地把握客观世界变动中的某一瞬间,这一瞬间的"真实"也还只是个人的主观感觉或印象,一切盖然推理无非是感觉的作用,因此无论诗、音乐还是哲学,都只有遵循个人的趣味与感觉。这

① 转引自梁实秋:《王尔德的唯美》,收《梁实秋论文学》,台湾时报文化出版公司 1981 年版。

种唯心的哲学观否认了人类认识与把握客观世界的可能性,从反对绝对主义走向了相对主义,将客观世界实在性消融在怀疑论者不可捉摸的印象之中。

由此出发,印象主义者就特别强调以个人的感觉与印象去取替外在的既定的批评标准,或者根本否定任何批评标准。他们之所以需要批评,并非要说明或解释作品,而是要借批评"间接吐出藏诸内心的诗",[1] 期望以批评的方式表达自己对作品或外在世界的"印象",让自我心灵在这种"印象"的捕捉与凝定过程中得到一种明敏好奇的"享受"。在诸多印象主义批评家中,法郎士的表白是最彻底明了的:"很坦白地说,批评家应该声明:各位先生,我将借着莎士比亚、借着莱辛来谈论我自己。"[2]

按照一些西方批评史的归纳,印象主义的批评观有三点最引人注目:一是否定批评的任何理性标准和美的定义,以个人的"情操"作为批评的唯一"工具",因而强调批评家要具有敏于感受的气质。二是认为批评与创造是一回事,只有艺术家本身才是合格的批评家,而一个好的批评家也可以通过他的批评而成为好的艺术家。三是认为批评不担负任何外加的任务,按照"为艺术而艺术"的逻辑,可以提出"为批评而批评",或者说,批评只为批评家在自我创造力的发抒中"自我完善"(Autotelic)。[3]

从理论承续关系方面考察,李健吾对西方印象主义源流的了解是比较广泛而全面的。诸如王尔德的创作与批评同一说、圣·佩夫(Sainte Beuve)的批评"情操"说、黑兹利德(Hazlitt)的"艺术神采"说、雷梅托(Jules Lemaitre)的"批评是印象的印象"说、法郎士的"灵魂在杰作之间奇遇"说、古尔蒙(Bemy de Gourmont)的"印象形成条例"说,等等,李健吾都曾经有所研究,并作过介绍。李健吾考察和参照了诸多印象主义者从各种不同侧面提出的观点,并按照自己的理解和需要做了融会综合。其中对他理论影响最大最直接的,是法郎士与雷梅托。

李健吾比较集中评介印象主义批评理论的文章有:《神鬼人》(评巴金)、《边城》(评沈从文)、《自我与风格》以及《咀华集·序一》与《序二》。我们可以

---

① 圣·佩夫(Sainte-Beuve)语,转引自卫姆塞特与布鲁克斯的《西洋文学批评史》中译本,第475页,台湾志文出版社出版。

② 转引自卫姆塞特与布鲁克斯的《西洋文学批评史》中译本,第457页。

③ 参见卫姆塞特与布鲁克斯《西洋文学批评史》第22章。

看看他是如何消化和吸收外来的理论的。

首先是对文学批评本质的看法，这也牵涉到批评的功能以及对批评的要求问题。李健吾所持的是“自我发现”论，把批评当作“自我发现”的一种手段。他在《咀华集·序一》中说：

> 批评的成就是自我的发现和价值的决定。发现自我就得周密，决定价值就得综合。一个批评家是学者和艺术家的化合，有颗创造的心灵运用死的知识。他的野心在扩大他的人格，增深他的认识，提高他的鉴赏，完成他的理论。

这里所说的批评本质或功能涉及多方面，但核心是“自我发现”，他正是从这一点向印象主义靠拢，强调批评中“创造的心灵”，强调通过批评“扩大人格”，强调“鉴赏”与“体味”。他在同一篇文章中还特别提到，一个人的生命有限，“与其耗费于无谓的营营”，不如多读几部作品，报告一下自己的读书经验，而这目的，还是使“自我不至于滑出体验的核心”，其意是要靠“体验”来维持和证实自我在这“一切不尽可靠”的世界中的存在意义。按此逻辑，把批评看作是一种精神自救、一种“享受”，是很自然的。

李健吾当然清楚，张扬“自我”对于创作来说并非新鲜事，但认为拿“自我”作为“批评的根据”却是“一种新发展”。这可以说是他试图“革新”批评的自觉意识，所以他认为强调“自我发现”的结果必然宣告“批评的独立”，批评也就由充当作品或其他外部事物的附庸而转为一种独立的创造“艺术”。[①]

既然批评主要是一种“自我发现”，那么就不存在也不该有什么客观的固定的标准。李健吾认为许多批评家都特别关注作品的所谓“客观意图”，仿佛批评的要务就是发现与解释这种“客观意图”，但李健吾觉得所谓“客观意图”是不存在的，即便是作者也不见得就清楚的，所以批评家也无从解释。何况人人有各自的“发现”，就会有不同的解释，那么任何“解释”也都无所谓是否合乎“标准”。李健吾完全否定作家创作有“客观意图”，这是一种主观的武断，闭上眼睛不等于就可以抹煞有些创作的确是有其“客观意图”，而作为批评家发现与解释这种“客观意图”也不是没有意义的。但在李健吾的

---

① 《自我和风格》，《李健吾文学评论选》，第215页，宁夏人民出版社1983年版，以下凡引李健吾文，均出自该书，不再注明版本。

“偏激”中，倒又可以“发现”他对批评的思考更多地注意到作品可能存在的“意图”的多义性以及读者和批评家阅读批评作品可能采取的不同角度与层次，充分认识到批评家“接受”作品过程中的再创造的意义，有点接近当今所说的“接受美学”。这对于拓展批评思维来说不无价值。

李健吾所说的“接受”的个人性相对性并非以理性为主的，而主要是印象的、情感性的。他很赞成雷梅托所提出的对批评家的要求：“不判断，不铺叙，而在了解，在感觉。他必须抓住灵魂的若干境界，把这些境界变作自己的。”他还一再引用并欣赏法郎士的说法：“好批评家是这样一个人：叙述他的灵魂在杰作之间的奇遇。”①

李健吾推崇印象主义是不全出于个人的喜好，而是有他的针对性的。他追崇印象主义，主张“自我发现”，常表现出某种“使命感”，力图在批评界干一番事业。他反感那种以为能穷尽一切真理的说教式或审判式的批评。在三四十年代，这种批评风气的确很盛，在庸俗社会学畅行之时，批评家都几乎成了文坛的“法官”；而另一方面，把批评当作谋实际利益的工具，使批评沦为吹捧谩骂的现象也大量存在。李健吾倾向并采纳印象主义批评理论，目的之一是为了纠正他所认为不健全的批评风气。李健吾说：

> 我厌憎既往(甚至于现时)不中肯然而充满学究气息的评论或者攻讦。批评变成一种武器，或者等而下之，一种工具。句句落空，却又恨不把人凌迟处死。谁也不想了解谁，可是谁都抓住对方的隐匿，把揭发私人的生活看作批评的根据。大家眼里反映的是利害，于是利害仿佛一片乌云，打下一阵暴雨，弄湿了弄脏了彼此的作品。②

李健吾很少直接在批评文章或论著中涉及现实政治，他是个自由主义者，这个立场使他在三四十年代那种非常“政治化”的环境中未免显得过于清高，有点精神贵族气味。他对左翼的革命的文学批评不满，对右翼的文学批评也不附和，他幻想在持不同政治观点的文学势力的斗争缝隙中谋求“自由”。他声明批评家“不是一个清客，伺候东家的脸色；他的政治信仰加强他的认识和理解，因为真正的政治信仰并非一面哈哈镜，歪扭当前的现象。……他明白人与社会的关联，他尊重人的社会背景；他知道个性是文学的独

---

① 《自我和风格》，《李健吾文学评论选》，第214页。

② 《咀华集序一》，《李健吾文学评论选》，第2页。

特所在，他尊重个性。他不诽谤，他不攻讦，他不应征。属于社会，然而独立”。[①] 可见李健吾毕竟不能完全做到“清高”与“超脱”，不能和他所推崇的西方印象主义者那样，完全否定政治、社会环境对于批评的制约作用。也许在他的实际批评中，可能更注重个人的印象、感受，尽可能借鉴印象主义“灵魂奇遇”的方式，但在理论上，还是不能完全照搬西方印象主义的观念，起码还要来点折中，承认批评中不能脱离“政治信仰”“社会背景”等需要理性分析的因素。李健吾在介绍法郎士、雷梅托等印象主义批评家的理论时，是极力推崇非理性、非标准、纯感性的批评的，这在《自我与风格》等文中表现得很明显。但当李健吾结合批评实践提出自己的理论观点时，他就适当兼顾到他所认为的必不可免的理性分析。如他在评论沈从文的小说《边城》时，就先提出自己对批评中的“印象”与“经验”两者关系的处理意见。对批评家来说，他认为：

> 他不仅仅是印象的，因为他解释的根据，是用自我的存在在印证别人一个更深更大的存在，所谓灵魂的冒险者是，他不仅仅在经验，而且要综合自己所有的观察和体会，来鉴定一部作品和作者隐秘的关系。也不应当尽用他自己来解释，因为自己不是最可靠的尺度；最可靠的尺度，在比照人类已往所有的杰作，用作者来解释他的出产。[②]

这些话是李健吾在自己的实际评论上引发的，与上述他介绍雷梅托、法郎士时赞赏印象主义的那些观点似乎有所不同，在这里，李健吾还是不忘记理性分析与印象升华的，他甚至认为个人的经验不是唯一的批评尺度，必须结合“已有的杰作”来进行评判。这说明李健吾只是大致上或者说是在一些基本问题上推崇与赞同印象主义批评理论，但他还是保留了理性分析与判断的要求，不像纯粹的印象主义者那样，醉心于相对主义与怀疑论，完全把批评当作发抒一己“印象”的精神“享受”。

我们将李健吾归属于印象主义批评家，也只是一种“大致”的划分，只是说他的批评注重感性与印象，比较接近印象主义，而且他自己也并不反对别人把他看作是印象主义者。但在事实上他又不可能全盘照搬印象主义的批评理论与方法，对于西方的印象主义来说，李健吾的借用是打了很大“折扣”

---

① 《咀华集序一》，《李健吾文学评论选》，第 3 页。

② 《边城》，《李健吾文学评论选》，第 50—51 页。

的;而对于三四十年代的李健吾来说,也许正因为打了"折扣",在一定程度上适应了本土的接受条件,他的批评才形成了自己的特色,并在风格与艺术形式批评方面取得相当的成功。

二 整体审美体验

李健吾在借鉴西方印象主义批评理论的基础上,形成了一套独特的批评方法。这套方法是李健吾在批评实践中逐步探索建立的,又吸收了传统批评的某些手段,基本特点就是注重对作品的整体审美感受,这可以说是印象主义的,但又不完全等同于他所借鉴的西方印象主义,在现代批评史上也显得很独特。

李健吾的批评方法有较为明显的可操作性,不像纯粹的印象主义批评那样玄虚。用他自己的话来说,批评的过程主要分两步:第一步,形成"独到的印象";第二步,将这印象适当条理化,"形成条例"。[①]

这和一般注重理性判断的批评是不一样的。一般理性的批评,如社会学批评、道德批评、心理分析批评和种种偏重细读分析的新批评,等等,都很注重先有明晰的指导思想或模式,包括美学原则、社会理想、道德标准等等,在进入批评之前已经把握好评价作品的尺度,一当进入批评,即使还刚刚处在阅读过程中,理性所支配的尺度和标准就已经时时在起作用。整个阅读过程主要是理性分析与归纳的逻辑思维过程,虽然其中也可能伴随有艺术体验,可能不断融入批评家的审美感受,但这些并不是批评的基点,理性的引导与制约在批评过程中始终起主要作用。

而李健吾的批评从阅读作品一开始,就力图进行感性把握,努力避免先入为主的理性干扰,接触一本书、一部作品,用他的话来说,"先自行缴械",什么文法、语法、艺术法则,等等,统统都"解除武装",完全做到"赤手空拳"去进入作品的艺术世界。

李健吾这样来描述进入批评时的思维活动状态:一本书摆在批评家的眼前,批评家必须整个投入,凡是"书本以外的条件,他尽可以置诸不问"。他大可不必着急去分析清理,他所全神贯注的是"书里涵有的一切,是书里孕育这一切的心灵,是这心灵传达这一切的表现"。就是说,批评家尽量去

---

① 《答巴金先生的自白》,《李健吾文学评论选》,第41页。

体验作品的艺术世界以及支持这艺术世界的精神和经验。批评家当然不是完全被动,他的体验可能与作品和作者的经验相合无间,这时批评家就"快乐";如果与作品和作者的经验有所参差,他便"痛苦"。这就形成两种"体验"结果。"快乐,他分析自己的感受,更因自己的感受,体会到书的成就,于是他不由自己地赞美起来。痛苦,他分析自己的感受,更因为自己的感受体会到书的窳败,于是他不得不加以褒贬。"①

李健吾进入批评的阅读行为是以主观体验为基本特征的,他力图先投入作品的艺术世界,以直观的方法获取切身的感受与"第一印象"。

李健吾认为批评家难得是忠实的,当他用全副力量去取得"第一印象"后,要坚信自己的"第一印象",他又称之为"独有的印象",即是纯属自己体验的、不受外在原则侵扰的。这种印象不光是批评的出发点,也是批评的结果。李健吾批评的主要成分是由印象构成的。

不过,李健吾并不满足于散漫的完全处于感性阶段的阅读印象,这是很难作为批评的最后成果并传达给读者的。李健吾和纯粹的印象主义者不同的是,他还要讲求某些理性支配。当他获取阅读的印象之后,接下来要做的工作,便是将印象条理化。用他自己的话来说,是"从'独有的印象'到'形成条例'"。他把这过程称作"批评家的挣扎",即是"使自己的印象由朦胧而明显,由纷零而坚固"。"形成条例"当然要有一些分析、综合。如同上述的李健吾的话中所提过的,在"体会"之中也会有所"褒贬",但这种褒贬不是先入为主的,也不是纯粹理性评判的,归根到底还是比较直观的、感性的,批评家不过是使感性的印象更加明显和"成形"罢了。而且在"形成条例"时,李健吾也还是忠实于自己感受。他意识到批评家的阅读印象和"经验",与作品中作者的"经验",通常都可能形成"龃龉"和"参差",那么也不必俯就作者的"自白",还是要忠实于自己的感受,"各人自是其是,自是其非,谁也不能强谁屈就"。他认为各人的"印象"不同,彼此有"龃龉"是正常的,"这是批评的难处,也正是它美丽的地方"。② 足见李健吾讲"形成条例",不排除在获得阅读的直观印象之后做一定理性分析归纳,但其基点始终没有离开过"印象"与"感受"。

我们不妨联系李健吾的批评实例,再深入探讨一下他的批评方法的特

① 《答巴金先生的自白》,《李健吾文学评论选》,第 40 页。

② 同上,第 42 页。

点与得失。

在评论林徽因的小说《九十九度中》时，李健吾完全放任自己去感受去投入作品的艺术世界。评论是这样写出批评家自己的阅读印象的：

> 作者引着我们，跟随饭庄的挑担，走进一个平凡然而熙熙攘攘的世界：有失恋的，有作爱的，有庆寿的，有成亲的，有享福的，有热死的，有索债的，有无聊的，……全那样亲切，却又那样平静——我简直要说透明；……一个女性的细密而蕴藉的情感，一切在这里轻轻地弹起共鸣，却又和粼粼的水纹一样轻轻地滑开。

林徽因这篇小说不大著名，发表后也没有引起什么反响，也许因为这作品写得很随意散漫，主要传达一种氛围，和当时读者习惯的情节小说很不一样，据李健吾说连某大学的"文学教授"也"读不懂"。但李健吾却"偏要介绍"这篇"过时"的不受欢迎的作品，因为他读了有自己的很好的印象与感受，他宁可相信自己的感受，也不愿随俗或以先入为主的"公式"去衡量与解释作品。如李健吾自己所说，他是根据自己的"禀赋"去感受与观察作品的，这种"观察"是"全部身体灵魂的活动，不容一丝躲懒"，也就是上面讲的全部"投入"，首先"赤手空拳"迎上作品，获得直观的印象。于是李健吾就从这篇被文坛冷落的作品中读出了北平溽暑一天的"形形色色"，读出了"一个人生的横切面"，他感到作品所提供的世界是那样的"亲切"、"平静"，甚至有一种"透明"感，而女性作者情感之蕴藉竟又如"水纹"的轻轻滑开……。这一切都是直观的印象与感受，不能不承认李健吾的艺术体验极细，并显然受他自己禀赋包括艺术个性的影响。我们也许都能读出《九十九度中》那种生活描写的平凡，或许还能从不同层面去体悟作品何以把人生种种写得如此琐屑而真切，但李健吾说简直有"透明"感，这却是他的独特的印象，带有他自己的想象甚至是禅悟。李健吾把整个评论都建立在这些极富个性的阅读印象上面，并往往能与他的批评论作的读者"以心传心"，不靠"说明"或"解释"就取得感触的共鸣，读者很自然跟着他去领略品鉴作品，批评在很大程度上就引入鉴赏的田地。

李健吾坚信批评也是艺术创造，是心灵的奇遇，所以他很珍惜并坚信自己的阅读印象与感受，不轻易受其他外在因素的左右。例如在评论巴金的《爱情三部曲》时，他也是先"自行缴械"，"赤手空拳"去进入作品世界，体味小说的意境和题旨的。他从这三部小说中所得到的最突出的印象是"热情”，他感到无论写到希望、信仰、恋爱、寂寞、痛苦……种种色相交织的生活，全都离不开“热情”二字。巴金曾声明他的小说有“横贯全书的悲哀”，李健吾却不轻易接受作者的“声明”而放弃自己的印象，他觉得“悲哀只是热情的另一面”。三部曲确实写得躁动而杂乱，到处都可以读到牢骚、愤慨、梦呓和叫嚣，等等，这也许可以作理性分析，断言是小资产阶级情绪的表露，或者是时代氛围的折射，等等，当时和后来有大量评论都是从这些角度评析的。而李健吾却抓住自己阅读的“印象”，作为全部批评的基础，从小说的“躁动”和“杂乱”中感到青春期的莫名惆怅与追求，还是以“热情”的印象做文章。此外，李健吾还感到巴金写文章如同在生活，“他生活在热情里面，热情做成了他叙述的流畅”，“他不用风格，热情就是他的风格”。批评家还用比较和比喻来表达自己读巴金的印象和感受：“读茅盾先生的文章，我们像上山，沿路有的是瑰丽的奇景，然而脚底下也有的是绊脚的石子；读巴金先生的文章，我们像泛舟，顺流而下，有时连你收帆停驶的工夫也不给。”

这些评论，都是从“独有的印象”到“形成条例”。李健吾处处着眼于“印象”，但又不是完全没有逻辑，批评家在传达“印象”的过程中，便适当注入了理性分析，使之条理化，或作某些理论的升华。只不过他的分析或升华常常有“感性”的外壳，使人感到批评家始终在动情地欣赏，在入迷地品味。

当年李健吾评巴金《爱情三部曲》的文章发表后，巴金提出反批评，认为李健吾所说的“热情”之类不全符合其创作的意图。李健吾又写了《答巴金先生的自白》为自己的阅读“印象”辩护，并申明作家的意图和批评家的经验是“两种生存，有相成之美，无相克之弊”，谁也不用屈就谁。李健吾的意思是维护“批评的独立性”。不过巴金也很有眼力，他的确看出了李健吾印象式批评的某些特点与得失。这里不妨将巴金的话引述一下，以加深我们对李健吾批评的印象。巴金对李健吾说：

> 你好像一个富家子弟，开了一部流线型的汽车，驰过一条宽广的马路。一路上你得意地左右顾盼，没有一辆比你的华丽，没有一个人有你那样驾驶的本领。你很快地就达到了目的地，现在是坐在豪华的客厅里的沙发上，对着几个好友叙述你的见闻了。你居然谈了一个整夜。你说了那么多的话。而且使得你的几个好友都忘记了睡眠。朋友，我佩服你的眼光锐利。但是我却要疑惑你坐在那样迅速的汽车里而究竟

看清楚了什么？[①]

巴金对李健吾的指责是出于作者的立场，他佩服李健吾眼光的锐利，但认为像李健吾那样印象式的走马观花，对作品未能看得更深，而对阅读印象的发挥又未免过于散漫无节制。巴金用“开流线型汽车”“一路左右顾盼”来比喻李健吾的批评，可以说很生动准确，点明了李健吾印象式批评的一个重要特点——力求整体审美体验。

对李健吾来说，所谓“第一印象”，所谓“直观感受”，都是整体审美体验。他进入批评接触作品时，不是靠细致的品尝、咀嚼，而主要凭直观从整体上去体验与把握作品的基本艺术氛围，然后以“快速的思考”，将整体审美感受作适当的理性收缩，也就是把印象简化，提取最突出的成分，形成对作品的评论。这里已经有“条例”的形成，但并非纯理性的、逻辑的，仍然立足于印象和感受，将印象收拢、简化并适当地理性升华。而收拢升华后所形成的批评结论，也还带有印象的、感性的色彩和味道。

李健吾整体审美体验的关键是“快速的思考”。因为他很看重阅读“第一印象”，或“独有的印象”，这是他批评的出发点和主要根据。但是“第一印象”是在走马观花式的很放松的阅读状态中形成的，往往零散模糊，而且稍纵即逝，因此他要用“快速思考”的办法，非常迅捷而简明地把印象中最鲜明点抓住，并马上凝固起来。这就是上面提到的“形成条例”。但不是慢慢地精细地形成，不是深思熟虑地形成，因为那样就会有过多的理性渗入，有可能导致印象的变形，所以李健吾常用的快速思考是趁热打铁或快刀斩乱麻。这方法和西方印象主义批评是非常接近的，西方印象主义批评也很注重抓瞬间感受，将批评建立在对作品的鲜活的印象上，不过李健吾似乎更条理化一些。

通过“快速的思考”将整体审美感受简约而明确地转化为“条例”，需要相当功力，包括敏锐的艺术感受力和联想力。如果批评家体验不深，感触不锐，见识不广，就很难做到整体审美感受，即使有感受，也不一定能鲜活而准确地转达。

李健吾在这方面发挥了他的长处。他很重视用联想比较法来勾勒自己的阅读印象，或通过比较来引发与加深印象，从而增加对作品总体审美特征

---

① 巴金：《〈爱情三部曲〉作者的自白》，作为附录收《李健吾文学评论选》，第37页。

的了解。例如在评论李广田的散文《画廊集》时,李健吾很欣赏其淳朴、亲切与平凡的人生气息,认为这是一本主要"帮人渡过生活的书"。这本书显然勾起李健吾对于生活中许多平凡而可忆念事物的惜恋心境。这可能是一种淡淡的有点飘渺的印象。如何将这印象凝定下来而又能保留鲜活的气息呢?李健吾联想到李广田介绍过的英国作家玛尔廷《道旁的智慧》,于是他干脆借用玛尔廷书中的意境来表达自己读《画廊集》的印象:如同在尘埃的道上随手掇拾一朵"野花",一片"草叶",或漂泊者行囊上落下的一粒"细砂",这就把对《画廊集》那种"素朴的诗的静美"的印象转达出来了。为了加深这种印象,引发艺术的联想,李健吾接着把李广田与著名的散文家何其芳比较,指出何其芳较注重以"颜色"的"绚丽"引人,其作品更接近"情人和春天";李广田却以"亲切之感"去抓住读者心弦,认为李广田是寂寞的诗人,更其体会"秋黄","把秋天看作向'生'的路"。

有时阅读印象是很难明确地把握和传达的,如果用逻辑性分析性的语言去传达,很可能言不尽意,而且会歪曲或损失阅读的体验。所以李健吾宁可常用联想、比较的感性的表达方式。李健吾这种接近感性的表达方式显然继承了我国传统批评的点悟或禅悟的思维特点。有时用极简明有力的一二句话就将整体审美所获得的体验极鲜明地"传染"给读者。点到即止,批评家显得那样随便、轻易而又自信地道破作品的"天机",顿使读者灵府洞开,与批评家和作品沟通。读李健吾的批评,表面上是印象式的传达,很随意,其实靠的是才气,是感受力,当然还有潜在理性思维力,如上述对林徽因、李广田的评析,往往"一语中的",既保持感受、印象,又有理性的把握、评析。

李健吾的印象主义批评既重视"独有印象"的形成,又不忘记"价值的决定"。这样,他就尽量避免了纯粹印象主义的神秘与虚玄。考察李健吾的批评文字,除了对作品的直观感受传达外,议论分析也很多,有时他还注意外部关系的分析,参照作家的生平阅历与个性,考虑作品的写作背景。如他评《八月的乡村》那种粗犷风格与矫健的笔力,就联系到其作者萧军的"浪子"经历与热情浮躁的个性。评《西川集》那种"温暖亲切"的情味,兼顾到作者叶圣陶平实敦厚的秉性。这种"背景"分析,就不光是印象的,更是理性的、逻辑性的。有时李健吾的分析还相当细,如萧军的《八月的乡村》中感叹号用得很频繁,一般读者可能不太留意,而李健吾发现了,认为这是作者在"不知不觉之中,热情添给句子一种难以胜任的力量","好像一道道水闸,他的情感把他的描写腰截成若干惊叹。文字不够他使用,而情感却爆竹一般随地炸开”。并指出这些惊叹号的大量使用,既显出作家的热情,也显出他的浮躁。像这种分析,就主要是逻辑性的理性的,是“价值的决定”。

不过,即使在作“价值的决定”时,李健吾也力图不远离自己的阅读印象和直观感受,他的目的是与读者沟通,唤起感受性的直观性的共鸣。李健吾的“价值的决定”尽量少用或不用分析性的概念与批评术语,他从不轻易在评论中套用什么文艺上的“主义”。他把“主义”看得很无所谓,认为“任何主义不是一种执拗,到头都是一种方便”。[①] 这使得李健吾的批评即使有概念分析和逻辑推论,也显得很随意亲切。当然,这种批评风格与其文体和语言的特点也大有关系。

三　随笔性的批评文体

现代批评讲求理论性、系统性、科学性,是对传统感悟性批评的突破与发展。从王国维的《红楼梦评论》以来,多数批评家的评论文章都采用严肃的论说文体,注重分析归纳,逻辑推断,有的则还堂堂正正的高头讲章式,有明确的指导读者的意向。尽管各家的批评风格不同,写文章的方法与情味也不一样,但在文体上又大都趋向谨严,因此,李健吾就显得比较个别。他似乎是有鉴于普遍的“严肃”,才有意追求比较潇洒自如的美文式批评文体。

李健吾用得最多的是散漫抒情的随笔体,这种文体主要是从蒙田(Montaigne,Michel de)那里学来的。李健吾在留学时期就爱读这位法国散文家的随笔。在《咀华集》中,李健吾一再提到蒙田,很赞佩蒙田散文的隽智与潇洒,说“他往批评里放进自己,放进他的气质,他的人生观”,“他必须加上些游离的工夫”(《自我和风格》)。这说的正是蒙田的文体风格。蒙田著名的《随笔集》共 3 卷 107 章,纵览古今,旁征博引,汪洋恣肆,记录了作者对人生的思考、读书的心得以及各种社会风俗人情,处处融贯着作者的真性情。各章长短不一,结构松散自然,语言平易顺畅,常常涉笔成趣,发抒哲理的感悟。对照一下可以发现,李健吾的批评的确是追慕蒙田式的随笔体的。当然,李健吾学得很像,又有所发展,形成了他自己的风格。

李健吾批评文体的影响甚至比他的理论影响要大,40 年代有一些批评

① 《答〈鱼目集〉作者》,《李健吾文学评论选》,第 110 页。

家如唐湜、李广田,等等,就追随过他的美文式批评文体风格;80年代中期有许多青年批评家"重新发现"李健吾的文体,对他那种潇洒笔致的仿求一度成为风气。这里稍加评析李健吾的批评文体特点是颇有意思的。

从文体结构看,李健吾的批评都松散自如,没有严整的规划,也没有固定的格式,如同是给亲朋的书信,或与友人的闲聊。这就很随意亲切。李健吾的目的主要不在于给作品下什么结论性的评判,而是想与读者沟通,向读者传达自己某些阅读印象与感悟,当然没有必要摆开严正的论说的架势。他选择了比较随便的、与读者(有时又与所评作品的作者)平等对话的姿态,这姿态决定他采用散漫的随笔体。

李健吾评论作品并不紧扣论题,喜欢绕弯子,喜欢节外生枝,也就是蒙田的所谓"游离工夫"。读者读起来很放松,根本不必正襟危坐听传道,而很自然会随着涉笔成趣的"题外话"去感应批评家的印象,引发比作品评论本身多得多的哲理感悟。更有意思的,还可能由此领略批评家的人格精神,这才是李健吾的批评所要达到的"最高层次"。

例如,在评论巴金的《爱情三部曲》时,李健吾用了几乎占全篇三分之一的篇幅放任闲谈"题外话",只字不提巴金。先谈翻译之难,许多著名的译家译荷马都似乎吃力不讨好。又联想到批评,同翻译一样,希望对作品"忠实",事实上很难做到,因为批评过程往往是两个"人性"的碰撞交融,各有各的存在。随之又大讲"学问是死的,人生是活的",波德莱尔(Baudelaire)不希望当批评家,却真正在鉴赏,因为他的根据是人生;布雷地耶(Brunetière)要当批评家,不免执误,因为他的根据是学问。这又引出"知人之难"的感慨,人与人总有隔膜,即使读同代作家的作品,也每每"打不进去",唯唯否否,"辗转其间,大有生死两难之慨"。可又肯定读杰作毕竟是心灵的"洗练","在一个相似而异的世界旅行",给自己渺微的生命增加一点意义。接下来还谈了一番废名的"境界"与"隐士"风,才转入"正题",开始评论巴金。那些"题外话"似删去亦可,但文章恐怕就没有现在这样随意自然,而且这些仿佛东拉西扯的"闲聊"中,不知不觉就道出了李健吾的批评心态与立足点,这对于读者了解批评家和作家,都有先疏通渠道的作用。

李健吾的有些评论从结构上看可能过于枝蔓,他的眼睛并不总盯着所要评论的作品,而是常常"游离"出去,"借题发挥",或者慨叹人生,引发某种切身的体验;或者联想类似的文学现象,寻找与此时阅读相同的感受;或抄录一句名人格言,或叙述一件掌故,或谈一段历史,……都是写"印象"。将自己在阅读过程中生发的种种遐想与感悟都写出来，仿佛想到哪儿写到哪儿，没有什么章法似的，其实他这就是叙述“灵魂在杰作之间的奇遇”，抓住自己阅读时“灵魂的若干境界”。这种散漫自如的结构有利于造成类似“情绪流”的效果，正适合印象主义批评重在传达“印象”的精义。

从语言方式看，李健吾追求形象的、抒情的、顿悟的特色，目的是尽量保留阅读印象的原色原味，并以直观的方式引发读者“对印象的印象”，达到精神上的沟通。这方面显然吸收了我国传统批评语言表达的特点：不重逻辑分析，而重直觉感悟，通过形象、象征、类比等直观的语言方式去引发、启动读者的直觉性思维，由“得意忘言”之途去体悟、把握审美内容。特别是在对作品的风格、意境的评析方面，由于李健吾通常都从整体审美感受入手的，他宁可与读者一起体验品味，也不轻易作“冷处理”的判断评审。因此在批评的语言方式上，他要回归传统，力求达到“意致”和“顿悟”的效果。

例如，李健吾评何其芳的《画梦录》，说他是“把若干情景糅在一起，仿佛万盏明灯，交相辉映；又像河曲，群流汇注，荡漾回环；又像西岳华山，峰峦叠起，但见神往，不觉险巇。他用一切来装潢，然而一紫一金，无不带有他情感的图记。这恰似一块浮雕，光影匀停，凹凸得宜”。这里全是用象征或比喻，以“印象”去引发“印象”，没有什么明确的批评结论，可又使人能直观地感觉到作品的艺术特色。李健吾认为何其芳的《画梦录》是缺少深度的，但他批评不足时也不下否定性的断语，而是以充分的理解和同情说出自己的意见，并同样用形象的比喻来说出。他说，何其芳写的是寂寞的年轻人的“美丽的想象”，删去了“人生是戏剧成分”，也许“不关实际”，但又说“我所不能原谅于40岁人的，我却同情年轻人。人人全要伤感一次，好像出天花，来得越早，去得越快，也越方便”。

又如，在评芦焚的小说《里门拾记》时，推想这小说写乡野生活的原始粗野，恐怕是出于痛苦的“乡思”。这当然也是作品给李健吾的印象。而李健吾仍然是用直观感悟的语言来表达这种印象：“当年对于作者，这也许是一块疮伤，然而痂结了，新肉和新皮封住了那溃烂的刀口，于是一阵不期然而然的回忆，痛定思痛，反而把这变作了一种依恋。”这里不但很形象地解说了《里门拾记》的创作动因，同时也传达了自己读这小说所引发的一种生命的痛感。读李健吾的批评，需要不断调动自己的生活经验去体悟，虽然不一定有明晰的结论，如“主题”、“中心思想”之类可以提纲挈领地让你识透作品，却往往可以领略许多意外的风景：批评家其实是领着读者在作品内外游历。

当然,李健吾的批评也并非全都建立在直观感悟的印象之上,他有时也将印象清理分析即"形成条例"(《答巴金先生的自白》)。不过,即使在"形成条例",需要将分析性的"条例"转达给读者时,李健吾所使用的语言方式也还是尽量采用直观形象的。他常常都是点到即止,让读者去体味发掘。如评《边城》时,李健吾指出沈从文"在画画,不在雕刻;他对于美的感觉叫他不忍心分析,因为他怕揭露人性的丑恶"。并且说《边城》"细致,然而绝不琐碎;真实,然而绝不教训;风韵,然而绝不弄姿;美丽,然而绝不做作。这不是一个大东西,然而这是一颗千古不磨的珠玉。在现代大都市病了的男女,我保险这是一付可口的良药"。像这些批评都是带分析的,已经不停留于一般印象,但李健吾还是尽量少用或不用专业性批评术语,而努力以形象的比喻来贯通作品的气韵,唤起情感共鸣,引而不发;或者尽量以丰富的联想组合来"复制"自己阅读印象,涵咏玩索。这一切都是为了启发读者进一步体会妙悟。

李健吾既然把批评看作是精神的游历与印象的捕捉,那么批评的文体以及相应的批评语言也最好是会意的直观的,因为许多印象体验可能是超语言的,不能全靠语言分析来表达。这也就是庄子的所谓"意之所随者,不可言传也"。用现代时髦的词来说,李健吾注重批评语言的"能指",而不是"所指"。李健吾显然感到批评语言能作为渡河之筏、捕鱼之筌就很好了,所以他很乐于让读者以直观感悟式的语言为"筏"、为"筌",去"渡河"、"捕鱼",进入作品的艺术世界,生发各自的阅读印象,至于印象如何,收获多少,那又是读者自己的事了。

李健吾的批评文体与语言的上述特点,决定了读者读他的批评时,会采取不同于读一般论说性分析性批评的另一种阅读姿态。读者不再是被动地等待接受批评家的评审结论,而是为批评家直观感悟的语言所引动,很主动地进入印象式的批评氛围中,很自然会将自己的"印象"与批评家的"印象"作比较,不是证实或证伪的比较,而是互为补充生发的比较。用李健吾的话来说,这正是文学批评的"美丽的地方"。

李健吾的批评文体、语言与他的批评方法相适应。他从阅读作品一开始,就力图做到感性把握,避免先入为主的理论干扰。一本书摆在面前,先自行"缴械","解除武装",赤手空拳去进入作品的世界。他注重以类似"开流线型汽车"(巴金语)的方法,即重感性的快速阅读去获取"第一印象",然后将独有的印象逐步"成形",即所谓"形成条例"。其中会有适当的理性分析归纳，但始终不脱离印象。这种批评的长处往往就在于“整体审美感受”的把捉。

李健吾的批评偏于鉴赏，鉴赏又多由印象的捕捉和整理而实现，所以这种批评也有它相对最为适合的范围：对于风格比较独特、技巧比较完美，特别是与批评家的气质比较投合的作品，这种印象式鉴赏式的批评就能最充分发挥其优势。可以做一些量的分析。在《咀华集》与《咀华二集》所专门评论过的19位现代诗人与作家中，三分之一称得上是风格独具的，如巴金、沈从文、何其芳、萧乾、萧军、卞之琳、田间，等等。而李健吾对这些作家诗人的评论也最见功力，最显特色。其中如评巴金、沈从文、何其芳、卞之琳等，就对于风格的把握与技巧的分析而言，其眼光之敏锐论说之精到，都无出于其右者，起码在现代批评史上可以这样断言。对于其他一些作家的批评，李健吾也往往从风格的整体把握入手。如评林徽因的《九十九度中》，便从作品意境构设的独特性论及女性作者的“细密而蕴藉”的风格；评路翎的《饥饿的郭素娥》，则由其语言表达上的欧化涩滞体悟那种泥沙俱下的“拙劲儿”……也都是在风格评论上显示了印象批评的特长。

李健吾以鉴赏为批评目的，他当然乐于选择给他印象最深，又真正能唤起自己的审美体验的作品作为批评对象。他的批评不算多，面也不太广，他的选择是很严的，风格与技巧是他考虑“入选”批评对象的主要方面，其他因素如思想内容、社会意义、时代价值，等等，都放到次要的位置。因此他很少随着社会的兴奋点去选择批评作品，许多有重大社会反响的创作，或者时代性比较强的作品，他都不参加评论。这位书斋式的批评家在现代文学大潮面前是有些褊狭的，但他的批评却也在艺术鉴赏和风格、技巧评析方面显示了活力。当众多批评家都比较忽视批评的人格化、忽视艺术评析的状况下，李健吾的批评却在这些方面显示了它的长处。

李健吾这种印象式批评虽然颇具特色，追慕者模仿者也频频出现，但在三四十年代毕竟未能得到充分的发展。根本原因是这种重个性重直观重印象的批评，不适应那个时代追求共性理性革命性的社会审美心理，对风格、技巧的审美评论很容易被看作是“贵族化”的雕虫小技。

还有一个原因是，自从现代批评诞生以后，批评家为了彻底更新批评理论与方法，纷纷将目光转向西方分析性、逻辑性、科学性的批评传统，而视本土批评传统的直观感悟方法为弊履。作为现代批评形成、发展的历史过程，这种有些矫枉过正的现象也许应该得到理解。而李健吾却显得有些“不合潮流”，他从西方借鉴的印象主义批评在相当程度上是与我国传统批评合流的。从现代批评发展的长远目标看，这种“合流”是可贵的探索和贡献，但三四十年代批评界的主导趋势仍然是打破传统，而不是利用和发展传统，或者说，还没有实力将这两方面结合起来，所以李健吾带有传统特征的印象主义批评也就不可能被重视和欢迎。尽管事实上有相当多的读者感情上也很欣赏李健吾批评的传统思路与优美方式，但在理论上又对李健吾的批评持排拒态度。

进入 80 年代以后的情况就不一样了。思想解放带来了文坛与批评界活跃的局面，批评家们逐渐有了勇敢地接纳各种批评理论方法的胆识和气量。李健吾批评的价值重新得到承认，并被许多年轻的评论家视为文体方面的楷模。几十年来习惯于一说文学批评就是大批判，我们的文学评论未免过于严肃和严厉了，现在读读李健吾，就觉得格外地轻松与亲切。更何况李健吾在继承发展传统直观感悟式批评方面，也很值得学习借鉴。李健吾式的印象主义批评真正得到发展，应该说还是在 80 年代中期。

但现在回过头来看印象主义批评“复兴”的现象，也有值得反思的地方。有些批评家顺着李健吾式的批评路子跑，却走了极端，不问批评对象是否适合，都用印象式批评，写起文章来完全不做理论分析，全靠“印象”和“感觉”。批评表面上很漂亮，可没有力度和深度。印象主义批评是有局限性的，它以作品的心理效应推导批评标准，结果容易混淆作品的实际价值与感受的结果，即所谓“感受谬见”(affectivefallasy)。李健吾还有他的高明，那就是他从不把“印象”当结论，也从不轻易以印象批评去对付那些不适宜的批评对象，所以他还是比较成功的。而一些继承者忽略了印象派批评的局限性，一味崇拜“印象”与“感觉”，结果只学会了李健吾的皮毛，而丢弃了他的批评精神，这就有点可惜了。

第七章
冯雪峰:马克思主义批评的中国化

冯雪峰从1928年革命文学运动勃兴开始从事马克思主义文学批评,到1957年被打成右派而不得不搁笔,前后近30年,经历了马克思主义批评在中国传入和发展的重要的时期,包括“左”倾机械论严重干扰的时期。如果要考察这一段文学思潮的演化历史,特别是马克思主义批评在中国形成的过程,冯雪峰是最有代表性的“现象”与线索。这不只因为冯雪峰在众多倾向马克思主义的批评家中比较清醒稳健,坚持反对革命文学阵线中长期存在的“左”倾机械论,也因为他反“左”的同时又始终难于摆脱“左”的牵制,他的理论探求与批评实践的得失,体现着马克思主义批评“中国化”过程的艰难、曲折与困扰。对于这么一位资深的革命评论家,一位德高望重而又命运坎坷的诗人和学者,在已发表的许多充溢忆念情怀的研究文字中,论者都已经高度评价过他在特定历史条件下坚持反“左”的功绩和意义,[①] 笔者从这些研究中获益匪浅。而按照本文的题旨,不停留于评介冯雪峰的批评成就,还将充分注意他的局限,特别是在反“左”时所未能摆脱的“左”的困扰。这样也许可以更全面地认识冯雪峰,并且透过冯雪峰理论得失所构成的某些现象,考察马克思主义批评在中国的历史命运。

冯雪峰称得上是中国优秀的马克思主义批评家。他并不富于理论创造性,既不如茅盾那样拥有独特的批评风格,也不像胡风那样勇于构设有理论个性的体系,但他有一种务实的理论品格,这在教条主义与“左”倾机械论风行时期显得难能可贵。马克思主义批评刚刚传入时带有急进的色彩,一代年轻的革命作家、批评家几乎都被这色彩所吸引,所谓“新兴文学理论”,大

---

① 可参考论文集《冯雪峰与中国现代文学》,人民文学出版社1988年版,内收有纪念与评介冯雪峰文学成就的论文16篇。

家所格外关注的往往是其“新”,即“先锋性”。浮躁的心态不利于从根底上了解马克思主义批评的原理和方法,反而容易形成“左”的文学空气。冯雪峰却较注重从中国的革命文学运动的实际出发去接受与理解马克思主义文论,而不急于或不屑于脱离实际去标新立异。务实的态度使他一开始就与急进的“左”倾的批评家保持一段距离,虽然他没有什么新颖惊人的理论发现足以引起轰动效应,但其切实的批评对革命文学发展是更有促助意义的。

三四十年代革命文学内部的论争频繁激烈,有些论争本来就是“左”倾的批评家所引发的,“左”的思潮通常又都占上风。而几乎在每次热烈的论争中,冯雪峰都比较冷静,不随波逐流,也不自命清高,总是切实联系论争所涉及的有关革命文学发展的倾向性问题,总结经验教训,探索与理解马克思主义批评的基本思路和方法。在多次论争中冯雪峰都发表持平之论,充当了比较超越的、有辩证目光的理论仲裁。他的文章有相当一部分是针对论争中所暴露的“左”的思潮的,属于思潮批评。即使评骘具体的作家作品,他也注意剖析引申其所代表的文学思潮或倾向。对“左”倾机械论文学思潮的怀疑和抵制,是贯穿冯雪峰批评的一条线索。

冯雪峰二三十年代的批评大都从现实的层面着手,有很强的政治策略性,而理论探讨则不够深入。这情况到 40 年代有些改变,注意围绕马列文论的某些基本命题进行一些学术性的探讨。他提出诸如“人民力”与“主观力”统一、政治性与艺术性统一以及典型问题等一些命题,就有一定的理论深度,但也还是紧密结合革命文学实际,有实用性的理论。在 50 年代冯雪峰就现实主义问题进行过一些有独特见解的探讨。但总的来看,冯雪峰的贡献主要不在理论建设方面。我们评价冯雪峰的理论得失,也着重于其批评实践。

虽然冯雪峰坚持反对“左”倾机械论文学观,这可以说是他整个批评的焦点。但如果依时序通读冯雪峰的全部批评论作,会发觉他的许多具体的理论观点又处在明显的变动之中。他在不同时期可能对马恩文论某些命题有不同的理解,在对马克思主义批评原理的阐说与运用中也可能存在一些互相矛盾的地方,理论上的不完善使他难于消化“左”倾机械论的硬块,甚至可能引发另外一些“左”的结论。这种理论的矛盾变动状态,除了由于接受者的不成熟和片面的理解之外,跟马克思主义批评历史发展的特点也不无关系。这里不妨稍为回顾一下马克思主义批评的形成以及传入中国的情形,有助于了解冯雪峰批评的得失缘由。

马克思主义批评是以历史唯物论与辩证唯物论为哲学前提的，而文学理论的渊源则可以追溯到19世纪实证论支配下的现实主义批评。在牵涉文学与社会或政治等外部关系的问题上，马、恩有过一些重要的论述，他们还就某些具体的作品与创作倾向发表过一些独到的评论，或在私人通信中辩论过某些美学命题。但这些评论都是片断的，只有用他们的历史哲学贯穿起来才可能得到完整的理解。马克思主义批评以独立体系的面目出现，是在19世纪末叶。德国的梅林和俄国的普列汉诺夫等人是这个批评体系最早的发现者与实践者。他们都承认文学艺术有某种独立性，然而最关注的，还是从文学的社会决定因素角度去确认马克思主义批评的特色。直到本世纪20年代，普列汉诺夫等仍被看作是马克思主义批评的正统代表。

在20年代，马恩关于文艺的论著大都还没有整理发表①，对马克思主义批评的理解和阐说不很统一。但理论界可以循着马恩的主要观点从各个方面深入探讨，学术空气还比较活跃。

稍后在苏联出现"拉普"文学团体并主宰文坛，以政治上极"左"姿态呈现的文学思潮便迅速泛滥，对马克思主义批评的解释也就成了"左"倾文学团体的专利。当马克思主义批评普遍被当作裁定审美、题材、风格等的教条，或者将复杂的文学现象直线地还原为经济的阶级的因素，"左"倾机械论与庸俗社会学便在革命文学运动中占了统治地位。1929年底苏联开始批判普列汉诺夫正统论，可惜连符合马克思主义立场的许多精彩的理论成分也给否定了，"左"的文艺思潮愈演愈烈，诸如文艺"组织生活论"、"唯物辩证法创作方法"等僵化的教条，反而被奉为马恩文论的正宗。在"红色三十年"中，国际无产阶级革命文学运动高涨，促成了一种崭新的文学风尚，但几乎各国(包括中国)的革命文学运动都受"左"倾文学思潮的影响。到1932年，苏联提出了"社会主义现实主义"的口号，在这前后，马恩关于文艺的一些重要论著也被发掘出版，对马克思主义批评的解释才从"左"倾思潮的纷乱中逐步得以澄清。"社会主义现实主义"注重以典型反映社会本质，强调政治教育功能，虽然其理论并不完善，而且当作"官方"的方法强制推行也是一种

① 马克思、恩格斯逝世后，德国社会民主党没有整理他们关于文学艺术的论述，一些手稿仍被封存于文档中。苏联从1924年开始系统整理和出版马恩遗著和手稿。1931年至1933年间，苏联《文学遗产》发表了马恩致斐·拉萨尔、保·恩斯特、玛·哈克奈斯、敏·考茨基的信，并首次出版了由乔治·卢卡契等辑注的比较系统的文艺论著集《马克思恩格斯论文学》。

"左"的表现,但其对马克思主义批评的发挥还是自有特色的。第二次世界大战以后,对马克思主义批评的阐释又出现多种门派,西方有所谓"新马克思主义",而即使赞同或基本赞同"社会主义现实主义"的一些理论家,如卢卡契、布莱希特、胡风,等等,在对马克思主义批评的研究和实践中也形成了各自不同的理论体系。本世纪马克思主义批评在中国形成和传播过程中,也始终受政治变迁的影响。它本来就是一种很有活力的理论实体,在适应与参与政治变革的过程中为政治所左右,势必得到许多不同的理解,在一些与政治相关的敏感的问题上形成阐释上的分歧。而且马克思主义批评有天然的战斗性,它要不断批判抵制与它的基本原理相悖的其他文学理论批评体系,构成一种激烈的"对话",这种"对话"在事实上也不能不影响到马克思主义批评本身,使它不断因势利导地调整改变自己的某些具体的理论命题。这实在是一种太复杂的过程,绝不如某些人所设想的是一种不断增殖的一帆风顺的过程。马克思主义批评当然有其基本的原理,然而随着时势发展与政治的需要,对其原理又总有不同角度和立场的阐解。就现代中国马克思主义批评的传播流变而言,为特定的历史条件所决定,"左"倾的理解与阐释常占主导位置,甚至作为全权意识形态化的批评话语出现,其他对马克思主义批评的阐解即使更符合实际,也处在一种受抑制的状态。在"左"的大气候中反"左"是很艰难的。

以上对马克思主义批评的形成历史所作的非常概略的回顾,为考察冯雪峰的批评提供了一个背景:冯雪峰对"左"倾机械论文学思潮的批判,正是在这种不断变化的理论争战的"大气候"中进行的。冯雪峰反"左"的同时又不能完全超越"左",产生这种现象的原因,也应该主要从马克思主义批评历史发展中得到解释。

那么我们现在可以看看在特定的历史条件下,冯雪峰到底是怎样联系(和适应)实际去理解和运用马克思主义批评的。

一　对"左"倾机械论文学思潮的局部抵制

和多数倾向革命的批评家一样,冯雪峰接受和理解马克思主义批评,最初是从与现实联系较紧的理论层面开始的。1928 年他发表第一篇批评论文《革命与知识阶级》,所要回答的就是有很强的政治性策略性的问题,即如何确定现阶段文学的政治属性以及如何看待知识分子的地位与作用问题。

这是当时革命文学倡导者急需解决却又未能解决好的非常现实的问题。创造社和太阳社一些人在树起革命文学的旗帜时，表现出浮躁的唯我独革的情绪，把主要精力用于攻击鲁迅与一批资深作家，否定五四新文学的传统。这除了受狭隘的宗派主义支配，还因为他们从苏联“无产阶级文化派”与“拉普”那里承受了“左”倾机械论的直接影响。他们创建革命文学的第一步，就是要急速超越以往所有的文学，包括五四新文学，割断与新文学传统的联系。他们对于马克思主义关于经济基础决定上层建筑的原理只有粗疏的了解，就生硬地套用，断定新的革命时代必然产生革命文学，革命文学的“新质”集中体现于无产阶级的阶级性和宣传性。他们大破大立，希望立即就全部抛弃被他们认作是已经“落伍”的五四新文学，包括被他们斥为属于“死去了的阿Q时代”的鲁迅创作，以重建一种“全新的”文学。由于他们是以革命的名义发表急进的文学主张，又很能投合历史转换时期浮躁的社会心态，因此一开始攻势很猛，鲁迅、茅盾等五四资深作家在这种攻击之下有些被动。而冯雪峰就是在这种情势下开始他的批评事业的。

冯雪峰对革命文学论争有比较清醒的看法。他支持革命文学的提倡，但不赞同创造社、太阳社对形势及文学发展所作的机械的理解，也很反感他们那种过于急进的幼稚的做法。冯雪峰从社会生活实际中感到五四所实施的反封建的革命任务远没有完成，现阶段的革命仍然属于民主革命，其根本性质并没有因为1927年斗争形势的逆转而忽然改变。冯雪峰当时是代表中共在做文化组织工作的，但他显然尽力抵制了党内在斗争形式与革命性质的分析中存在的“左”倾思潮，这是很了不起的。冯雪峰和创造社、太阳社一些人不同，他能注重从实际出发去探求马克思主义基本原理，而不是刚刚翻译了几篇马、恩的文章，就急于提挈几条定义，简单地硬套复杂的现实，甚至照搬外国的一些极“左”的办法，给人划线排队，戴反动帽子。

冯雪峰在《革命与知识阶级》中肯定了鲁迅在五四时期“不遗余力地攻击传统的思想”，认为他是实施反封建思想革命这一历史任务中“做工做得最好的”，而到了现在，“鲁迅做的工作是继续与封建势力斗争，也仍站在向来的立场上，同时他常常反顾人道主义”。冯雪峰指出，既然现阶段民主革命性质仍未改变，那么像创造社、太阳社一些人那样对鲁迅的攻击也就是错误的，“含有别的危险性”的。[1] 冯雪峰击中了革命文学倡导者在论争中所

---

① 《革命与知识阶级》，见《冯雪峰论文集》上册，人民文学出版社，1981年版，第2—7页。

表现的“左”倾机械论的实质。后来冯雪峰在《论民主革命的文艺运动》一文中回顾总结这一段历史，就说得更明确。他指出，由于“对于文艺及其社会关系的机械的理解”，对作家作品进行机械的“阶级的分野”，忽略了“作家的社会意识之曲折的复杂反映”，这才导致革命文艺运动中的宗派主义和关门主义的倾向。[①]

冯雪峰理论上比较清醒，不光表现为他很早就看出了革命文学阵营中存在的机械的阶级分析导致关门主义与宗派主义，也表现在他对文学与社会关系的分析有辩证的眼光。冯雪峰也讲文学对政治使命的承担，承认文学决定于政治，但他又认为，这种“承担”和“决定”不应该理解为直线式的、机械的；他很看重文学通过精神的熏陶达到改造“国民性”的作用，认为文学在表达内心生活方面也不无价值。像鲁迅，虽然其作品没有直接描写“和经济制度有关”的事实，而且不免有“冷酷的感伤主义”，但通过精神现象的揭示，在攻击“国民性”与揭露黑暗方面仍是相当有力的。冯雪峰从社会实际与创作实际出发去理解鲁迅，理解五四，对鲁迅的评价也就比较深刻。他说“鲁迅看见革命是比一般的知识阶级早一二年，不过他常以‘不胜辽远’似的眼光对无产阶级”，并认为鲁迅是理性主义者，不是社会主义者。[②] 这大致也是符合鲁迅当时的实际的，不一定如冯雪峰后来检讨所说的是低估了鲁迅。所谓“‘不胜辽远’似的眼光对无产阶级”，如果指的是鲁迅对创造社、太阳社一些人的态度，也是符合鲁迅当时的“表现”的。

《革命与知识阶级》中也有某些“左”的观点，如认为知识分子顶多也就是“追随”革命，当革命的“附庸”，对知识分子可能起到的先锋和桥梁的作用估量不足。但在对文学思潮评析的基本点上，冯雪峰是反对“左”倾幼稚病、批评机械论的。后来文学发展的历史也证明，冯雪峰有眼光，他从革命文学运动一开始就警惕“左”的影响，抵制当时从苏联传进来的“左”倾机械论文学观。这本身就是对马克思主义批评的可贵探求。《革命与知识阶级》并没有深入论及“文学自身”的理论，但作为一篇思潮评论，其所触及的问题的现实性与尖锐性，使之成为批评史上的一篇重要文献。

革命文学论争时期马克思主义批评刚刚传入，有各式各样的理解，论争的各派都认为自己是马克思主义。当时国际上马克思主义批评不同的门派

---

① 《论民主革命的文艺运动》，见《冯雪峰论文集》中册，第50页。

② 《革命与知识阶级》，见《冯雪峰论文集》上册，第6页。

存在观点上的分歧，其中“左”倾的门派与观点(如“拉普”)一度影响很大，是权力化的意识形态“批评话语”。这种状况直接左右了中国革命文学论争。总的来看，创造社、太阳社的理论来源主要是苏联“无产阶级文化派”及其后起的“拉普”，其中的波格丹诺夫“组织生活”论影响最大。他们所形成的基本观点是认为文学和别的意识形态一样，可以直接改变现实，起到组织社会生活的作用，因此特别看重文学的认识功能和宣传功能。而鲁迅、茅盾以及一部分五四资深作家，在坚持继承五四现实主义传统的同时，则比较多地从普列汉诺夫、托洛茨基、沃隆斯基等人的理论中吸取有益成分，承认文学决定于经济基础，同时又还决定于作为上层建筑核心部分的政治；文学反映现实，但对现实的作用毕竟有限，而且是间接的，文学对于现实的反映必须遵循文学本身的规律。由于对文学功能的认识不同，导致对传统(包括五四传统)的态度也不同。创造社、太阳社更多地希望割断传统，另起炉灶去建设“新兴”文学，对所谓“旧时代”(其实主要指五四)文学持排拒态度；而鲁迅等人则对传统、对各种不同倾向的新文学作家都采取比较宽容的现实的态度。在这两派观点对峙中，冯雪峰比较赞同和支持鲁迅、茅盾等人，他倒不见得直接受普列汉诺夫或托洛茨基等的影响。在革命文学论争中冯雪峰表现比较冷静，既不以教条主义的最革命的姿态出现，也不意气用事，他所发表的文章并无什么高论，不过比较切合实际，他是结合实际生活感受去理解和运用马克思主义批评的。因此在文学与社会或政治关系这样一些现实的问题上，冯雪峰比革命文学倡导者们显得稳健明智。冯雪峰有一观点始终很明确，即坚持认为无论“革命文学”还是“无产阶级文学”，都仍然担负反封建的任务，就其性质而言，与五四新文学是一致的，都是“民主革命文学”。这种性质的确认使他对作家和创作的“政治要求”比较宽容，在批判“第三种人”、“自由人”以及在关于“两个口号”的论争中，冯雪峰都竭力提醒人们注意“左”倾机械论偏向，反对关门主义。在“左风”横吹的时代能做到这一点，也是很不容易的。

然而冯雪峰的反“左”并不彻底，在反“左”的同时远未能摆脱“左”的束缚。他在一些有关政治策略等现实层面的问题上反“左”，反关门主义，主张扩大文艺的统一战线，但涉及文艺自身的某些规律性问题，诸如题材、风格、方法等等较深层的问题，又常常难免“左”的倾向。

二 “左联”时期的规范化批评

冯雪峰在“左联”成立后开始对一些创作进行实际批评，这时期他几乎完全服膺于从苏联传入的“唯物辩证法创作方法”。在30年代前期，这一本是“左”倾机械论的口号与方法曾被左翼文坛当作一面旗子，用以反对“革命的浪漫谛克”风气，克服初期革命文学的种种弊端。由于“唯物辩证法创作方法”强调从世界观方面提问题，那么在当时对于促进作家学习马克思主义，克服小资产阶级意识以及提倡在创作上超越浮泛的浪漫谛克激情，转向社会性题材的开掘，都起过积极的作用。历史就是这样复杂，“左”的口号在特定条件下从特定的角度去接受与运用，结果对另一些“左”的表现产生冲击。冯雪峰正是在这种复杂的情势下接受了“唯物辩证法的创作方法”的，他既反“左”而又有“左”的表现，这并不奇怪。

值得注意的，倒是冯雪峰将“唯物辩证法创作方法”作为一种批评原则具体运用时，所表现出来的历史特征。他在这方面也很能代表当时马克思主义批评的水准。冯雪峰对丁玲小说《水》的评论《关于新的小说的诞生》，就是“唯物辩证法创作方法”付诸批评实践的著名的论作。

丁玲的中篇小说《水》发表于1931年，以当年16省水灾为题材，表现灾民如何同洪水、饥饿搏斗，最终向官绅地主阶级斗争的觉悟过程。这篇速写体的小说艺术上本不足观，发表后却反响颇大，这也由于左翼批评家格外关注的评论起了作用。如茅盾把《水》看作是丁玲本人以及左翼文坛已经清算了“革命加恋爱”公式的一个界碑。[①] 冯雪峰也及时而高度评价此篇小说，看作是“唯物辩证法创作方法”的初步“兑现”，是“从浪漫谛克走到现实主义，从旧的写实主义走到新的写实主义的一个路标”。冯雪峰并不认为这是艺术上成熟的作品，他看重的只是作者写作立场的转换以及题材、方法上的变化。在评论《水》之前不久，冯雪峰还感叹“直到现在，我们还没有产生真正的无产阶级革命文学”，[②] 而今却这么热情地肯定《水》的成绩和意义，主要是发现并想证说一种新的文学倾向。冯雪峰的批评从来就很注重“倾向”的发现与评析的，这是他批评的重要视点之一。他认为《水》初步“兑现”了

---

① 茅盾：《女作家丁玲》，《文艺月报》1卷2期。

② 《中国无产阶级革命文学的新任务》，见《冯雪峰文集》上册，第64页。

“唯物辩证法创作方法”，而这倾向与初期革命文学中的浪漫谛克相对立，是对革命文学浮泛弊病的纠偏。尽管《水》这篇作品很粗糙，他还是极表赞许，希望以此为创作界树起一个标志“转向”的界碑。

对于丁玲来说，《水》的创作确是一种大的转折。她早先的《莎菲女士的日记》等作品多写青年知识分子在现实社会中的压抑感，表达对个性解放与人生价值的追求；继而在《韦护》、《一九三〇年春上海》等作品中描写革命高潮下的知识者的精神变迁，濡染了浓重的“革命浪漫谛克”情调。而到了《水》，则忽而转向现实的社会题材，写大场面，写工农的觉醒与斗争，有意抛弃“革命浪漫谛克”的作风，摆脱写熟了的知识分子题材的局限，开辟创作的新路，同时也表达对于革命的渴求。丁玲这种创作的经历与转向，在当时确实代表了一种文学趋向。冯雪峰从“引导文坛”的角度去发现与把握这种趋向。他提挈《水》的意义，指出丁玲走的是一条“进步的路”，即“从离社会，向‘向社会’，从个人主义的虚无，向工农大众的革命的路”。这种“方向性”的评价虽然比较笼统，而且主要是政治批评，脱离了美学的评析，但这种粗放的批评适应当时文坛普遍渴求“转换”的心绪，左翼作家尤其乐于接受。冯雪峰这篇评论还被后来许多文学史研究者所肯定和不断引述。冯雪峰于此给左翼批评界示范了一种批评式样：注重抓苗头，抓倾向，以阶级分析方法评价作家的立场与方向，而批评的目标全在于引导创作与阅读。这是执著于政治功利的批评。

但这篇被视为典范的评论显然存在一些“左”倾机械论的弊端，它基本上按照“唯物辩证法创作方法”的要求：重点评析作品的社会内容，检查作品有无表现出生活的本质与趋向。这本是时代对文学提出的要求，一种很高的要求。但冯雪峰理解得还是比较简单。照他看来，作品中一切社会生活现象的描写都必须是形象的阶级分析，时时处处都不能忘记突出阶级对立的状态，并且一定要体现人民群众的觉悟与反抗，昭示革命最终胜利的趋向。如果这些要求有哪一点没有顾及，都看作是不能原谅的败笔。因此，冯雪峰甚为遗憾地责怪《水》的结尾不该只写了一批灾民的暴动，而没有写出革命者的组织与领导作用。他评断这是“巨大的缺点”。其实，作家只能按照其所了解与体验的生活去写，作品又是一个自足的艺术世界，有它自身的逻辑，批评家怎能以抽象的生活模式去硬性剪裁作品，指示作家只能写什么和如何写呢？又怎能苛求每一篇作品都“全面”写出所谓社会历史冲突的全过程呢？冯雪峰所指定反映的群众受压迫——觉悟——反抗——胜利的过程，如果作为一种模式要作者依葫芦画瓢，貌似全面实则刻板，必然导致公式化。冯雪峰的本意是增强文学题材的现实性与思想性，克服“革命浪漫谛克”的弊病，但他只考虑题材选择的革命性与教育意义，机械地理解所谓生活的“本质”和“趋向”的表现形式，结果只能是迫使所有作家都挤在一条规范化的窄路上走向公式主义。

“唯物辩证法创作方法”作为一个创作口号，却没有提出具体的艺术方法论内涵，它只要求“唯物辩证法”对于创作直线式的决定作用，以至完全用哲学方法取替了艺术方法，成为一种其实没有艺术方法的“创作方法”。这个口号在左翼文坛中曾经造成一种普遍的观念，即认为浪漫主义属于资产阶级和小资产阶级，而无产阶级世界观就必然与现实主义相联系。于是在批判“革命的浪漫谛克”思想情调的同时，连浪漫主义也摒弃了。冯雪峰在这一点上并没有超越当时流行的看法。他同样以生硬的态度认为作品不应当表现“我”(尤其是知识分子)的感情心理，而只能表现集体的“阶级的”意识；不应当写“个人的英雄”行为，而应当写群像，写“大众的伟大的力量”；不应当作个人的“静死的心理解剖”，而应当实现“全体中的活的个性”。所以冯雪峰否定丁玲“转向”前的创作成绩，甚至不切实际地指责《莎菲女士的日记》、《阿毛姑娘》等名作表现了作家思想上“坏的倾向”，指责“那倾向的本质，可以说是个人主义的无政府性加流浪汉的知识阶级性加资产阶级颓废的和享乐而成的混合物”。这纯粹是政治批评，而且太过火，上纲上线，既不符合创作实际，也和冯雪峰自己原有的认识相违。前面已论及，冯雪峰对那些不一定有无产阶级革命意识，但能反映现实并体现民主的反封建情思的作品，本来是很宽容、很支持的，而且认为五四文学与现阶段革命文学都属于民主革命性质的文学，两者有必然的历史联系。但在评丁玲时，为了证明作家世界观转换对于创作的重要性，冯雪峰却一反其始初原则，以“左”去反“左”。这也可以看出“左联”时期冯雪峰的批评思路，特别是实际评论的角度与方法，都未能跳出“唯物辩证法创作方法”的框子。在这种“左”倾思潮的影响下，有时，冯雪峰的理论观点显得很机械和僵硬。例如，他曾将阶级分析观点普泛化，断言作品写“一切事物都有阶级性”，“也当然就有阶级的分别”，文学创作处处都要留意这种“分别”。他甚至举例说，连“男女接吻”的方式也可以作阶级分析，因为资产阶级和工人阶级都很不相同。[①] 如此

① 《常识与阶级性》，《冯雪峰论文集》上册，第25页。

处处留意“阶级分析”的批评，其实常常囿于一个政治视点，又从一个视点直奔主题，这就容易把复杂丰富的社会生活简单化，批评流于将现实（或观念）与作品直接印证，这就难免陷于庸俗社会学的泥淖。需要指出的是，在30年代前期，冯雪峰对苏联文学理论家弗理契曾经非常赞佩，他的批评理论与方法中可以寻见弗理契的投影。冯雪峰也曾经认为弗氏“依据社会潮流阐明作者思想与其作品底构成，并批判这社会潮流与作品倾向之真实否，等等”，就是马克思主义批评的“特质”，主张在中国发展弗理契这种“峻烈的批评”。[①] 弗理契直线式地考察并评判政治经济与文学的关系，是一种典型的庸俗社会学的文学观，而冯雪峰所取法“唯物辩证法创作方法”，在相当程度上又以弗理契的理论为佐证。

在二三十年代，冯雪峰以反“左”为己任的理论批评，力求倾向马克思主义，却不能不承述当时国际上某些“左”的文学思潮。这是一种矛盾。在文学的统一战线这样的策略性问题上，他是反“左”的，对非革命的各类作家取兼容团结的态度。但在对革命文学的实际评论中，当要涉及文学内部关系的某些命题时，冯雪峰又可能表现出“左”的言论。有时冯雪峰自相矛盾，他很难将自己的理论观点加以平衡统一，他的最有影响的一些评论都可能存在理论上的尴尬。例如，1932年冯雪峰参加了左翼文坛对苏汶、胡秋源“超阶级”文学观的批判，当时左翼作家异口同声地指斥苏、胡等人否认世界观对创作的指导作用，所注意的只是他们的政治危害性，而并不想承认他们尊重作家创造性以及主张写“真实”的文学观包含有某些正确的见解，对于克服“左”倾机械论的偏误有一定的针砭力。左翼作家对他们的这种批判有片面性。这时冯雪峰站出来提醒左翼文坛注意“克服自己的宗派性”，不能因为批评苏汶、胡秋源等，而对“左”的理论偏误就视而不见，要警惕自身的“不是正确的马克思主义批评”，即钱杏邨式机械论的批评。冯雪峰并不赞成将苏汶、胡秋源一棍子打死，认为还是应当把他们看作“同盟战斗的帮手”，与他们建立起友人的关系来。这种态度是比较诚恳也比较实事求是的。冯雪峰也逐渐感觉到了当时所争论的有关文学的“阶级性的表现和作用是关系很复杂的”，不能简单断言“非无产阶级文学”就是“资产阶级文学”。当涉及比较实际的政治策略层面问题时，冯雪峰的论评比当时许多批评家都高明。但他还是没有足够力量从理论上说清文学阶级性问题的复杂性，这影响到

---

① 《〈社会的作家论〉题引》，见《冯雪峰论文集》上册，第12—13页。

他在论及艺术价值时，犯简单化的毛病。他否认艺术价值有相对的独立性，认为艺术价值其实就是“政治的、社会的价值”，“归根结底，它是一个政治的价值”。这就将艺术价值完全等同于政治价值，重又陷进“唯物辩证法创作方法”所设定的世界观等于创作方法的怪圈。冯雪峰在批判“自由人”与“第三种人”时所写的《关于第三种文学的倾向和理论》等文有其历史价值，他反对“超阶级”文学论的同时，注意反“左”倾关门主义，也比较切合革命文学发展的实际，然而这些论文的理论支点仍又依仗“左”倾机械论。这样，冯雪峰在显得“比较正确”的同时，又未能深入回答当时革命文学所面临的问题，尤其是有关创作理论等较深入的问题。

冯雪峰“左联”时期的文学批评未能绕过“左”的路障，表现出不平衡不稳定状态，仍处于艰难摸索的阶段。我们在充分肯定冯雪峰反“左”的历史贡献的时候，不能忘记指出他终未彻底摆脱“左”的束缚。这是一种深刻的历史现象，是由特定的时代环境与条件所决定的现象。在30年代那种极端政治化的环境，所接受和理解的马克思主义批评又还属于比较实际的层次，许多关涉文学内部规律的理论命题来不及充分思索，冯雪峰只能比较肤浅而粗疏地运用马克思主义批评的立场，即使有强烈的反“左”动机，也难于真正从理论上划清“左”的界限。茅盾后来曾回顾这一阶段左翼文艺批评的“危机”，指出当时“健全正确的文艺批评尚未建立起来，批评家尚未摆脱旧的习惯。所以作家们写出作品，听到的每每是‘从大处落墨’的空泛论断，什么‘没有把握时代的精神’，‘无视了许多伟大的斗争’，‘没有写出新时代的英雄’等等，却很少见到作具体分析的评论，也很少听到对作家创作甘苦表示体恤的。总之，通过与‘第三种人’的这场论争，也暴露了左翼文艺批评界的贫弱”。[①] 茅盾回忆所指出的文学批评的“危机”与“贫弱”，正是“唯物辩证法创作方法”等“左”的影响未消除之前的现象，冯雪峰也未能完全超越这种消极的影响，他的批评同样存在上述的某些缺点。以往许多研究者都很注重冯雪峰“左联”时期的批评成绩，然而他的理论批评相对成熟，应当说是在40年代前期。

三　革命现实主义的思考：“人民力”与“主观力”统一

与二三十年代相比，40年代应当是更适于马克思主义批评家思考与建

① 茅盾：《〈春蚕〉、〈林家铺子〉及农村题材的作品》，《新文学史料》1981年第1期。

设的年代。马克思主义刚传入时那种激动而浮躁的情绪已经平静下来，经过一段实践之后，人们开始比较冷静地总结左翼文学运动的得失，更深入地讨论和研究某些较深层次的文学规律问题。更重要的是，40 年代中国马克思主义的整体理论水平提高了，以毛泽东为代表的中国共产党人对于如何将马克思主义具体灵活地运用于中国革命实践，已经逐渐形成了系统的方针路线，对于文学艺术也有明确的理论指导策略要求。1942 年发表的《在延安文艺座谈会上的讲话》，就是马克思主义批评"中国化"的突出成果，随着政治与意识形态的指导地位的形成而日益成为权威的批评理论，在当时和后来都发生巨大的影响。40 年代革命的批评家不必再像革命文学初兴以及"左联"时期那样被动地接受和执行来自苏联或"共产国际"的文艺理论"指示"，他们中有些人注意结合文艺运动和创作的实际去认真思索马克思主义批评的可行性，并且在某些方面有自己的理论发挥。胡风、冯雪峰等对马克思主义批评较为深入的思索，都是在 40 年代；他们充分利用了时代所提供的某些有利条件。

代表冯雪峰理论建树的著作大都写于 40 年代，还有小部分写于 50 年代初。如《论典型的创造》(1940 年)、《关于形象》(1940 年)、《论艺术力及其他》(1945 年)、《论民主革命的文艺运动》(1946 年)、《题外的话》(1946 年)以及《创作随感》(1951 年)、《中国文学中从古典现实主义到社会主义现实主义的发展的一个轮廓》(1952 年)，等等，都贯穿着冯雪峰对马克思主义批评的思考。冯雪峰的思考有两点最着力，也最引人注目：一是批判剖析"左"倾机械论在创作中的主要表现——客观主义；二是极力主张革命的现实主义。这两者一破一立，互相补充和转化。在 40 年代仍坚持反"左"，把"左"倾视为革命文学主要危险的批评家并不多，除了胡风之外，冯雪峰是其中最重要的一位。他这时反"左"比前更自觉，并且有历史的经验做后盾，力图揭发导致"左"倾的理论根源。在《论民主革命的文艺运动》这篇重要的长文中，冯雪峰系统地总结了五四以来担负"民主革命任务"的新文学的经验，特别是 1928 年开始的无产阶级文学运动的经验。他的重点不在赞许成就，而是回顾与评析"在'左'倾机械论之下"所存在的错误。他指出，从 1928 年以来，"'左'倾机械论和主观教条主义所给予的错误为最显著"，原因是"从国际上接受了机械唯物论及庸俗唯物主义的影响"，对经典的马克思主义思想原则"缺少深彻的研究和了解"，而根子又还在于把理论当作教条，严重脱离了中国革命的现实。他认为这种"左"倾的错误反映到文艺上，主要是"文艺与政治之战斗的结合变成了机械的结合”,“文艺服务政治的原则变成了被动的简单的服从”,结果标语口号与公式主义便长期滋生,成了革命文学的一大顽症。冯雪峰还指出,以“左”倾机械论与庸俗社会学为根基的批评,则“对于文艺上的阶级分野是抱有机械的、宿命的见解与态度”,图解预定的政治“本质”或“趋向”,像宗教一般把人民的力量看作“命运和神力”,“将人民的斗争看成是直线的,没有险阻,没有曲折的东西”,等等。他将这些表现的核心称之为“革命的宿命论和客观主义”。冯雪峰特别指出这些“左”的弊害并不限于革命文学的初兴时期,在 40 年代仍是不可忽视的危险倾向。他总结历史上“左”的教训,是有尖锐的现实针对性的。这一点冯雪峰比同时代许多批评家更清醒。他写这篇长文时文艺界正在开展关于现实主义和主观问题的争论,当时主导性的意见是“反右”,即继续反对文学的“非政治化”倾向与自由主义等等。冯雪峰却强调反“左”,有些“唱反调”。冯雪峰在反对“左”倾机械论这一点上,倒与当时论争中的少数派胡风的观点比较接近。当然他没有胡风那样义无反顾,也没有形成自己的理论体系,他的理论探讨是务实的。

坚持反对“左”倾机械论是冯雪峰的理论前提,于此他努力倡导革命的现实主义。他的现实主义理论框架是参照苏联“社会主义现实主义”的,考虑到国情和现阶段文学性质,他在 40 年代不直接用苏联的这个口号,而多使用“革命现实主义”这一说法,并在内涵的解释上也有些自己的见解。关于冯雪峰对现实主义理论的贡献,已有许多论者评述过,普遍比较注意他对“生活真实反映”的强调以及“将文艺创作过程纳入理性化的轨道”,[1] 等等。这确是冯雪峰对现实主义执著的认知点。然而要勾勒冯雪峰现实主义理论的构思特色,不能不密切注视他所指出的几对相关的命题。

一是“人民力”和“主观力”的统一。这是一对互相渗透互为转换的概念。冯雪峰提出这一命题,是以辩证的眼光综合作品反映现实与体现主体创造这两方面。冯雪峰试图通过这一对概念的建立来深化对现实主义的理解,抵制那种导致客观主义与公式主义的“左”倾机械论。

冯雪峰最早在《论民主革命的文艺运动》中提出了“人民力”说法,[2] 后

---

① 庄锡华:《论冯雪峰的文学观念》,《文学评论》1992 年第 2 期。类似观点还可参考姜弘:《现实主义,在今天和昨天》,见《冯雪峰与中国现代文学》,人民文学出版社,1988 年版。

② 以下两段引文引自冯雪峰:《论民主革命的文艺运动》,见《冯雪峰论文集》中册。

来成了使用频率很高的一个概念,虽然始终没有明晰的界定,但其内涵大致还是确定的。“人民力”即人民在推进历史和变革现实中所表现的力量,又体现为革命的要求、历史的方向和社会发展的本质,等等。历史唯物主义把人民看作是主宰历史的决定性力量,冯雪峰显然是在这一信念支配下提出“人民力”的概念的。然而冯雪峰所说的“人民力”不只是哲学和政治的概念,而主要是文学批评概念,其基本含义是指作品所要体现的“人民之历史的要求、方向和力量”。“人民力”专门标示一个“力”字,包含有对“革命现实主义”的理解:创作不但要真实地反映人民为主体的社会现实生活,而且要作动态的有力度的反映,体现出时代的变革、发展、趋向来。30 年代理论界对现实主义有所谓“新旧”、“动静”之分,“社会主义现实主义”就被阐说为“动”地体现“本质”的现实主义。冯雪峰讲“人民力”,也是顺着这一思路,突出他所理解“革命现实主义”的一大特征。

然而值得注意的是,他在提到“人民力”时,总忘不了强调“主观力”,他常用辩证的链条去联结两者。冯雪峰所说的“主观力”也就是“文艺的主观力量”,包括作品所能产生的思想力和艺术感染力,特别是作家的“主观战斗力”,而并不限指一般所说的主体精神。这其实是很宽泛的概念,有时他讲“主观力”,就泛指作品“能在人民中起着强大的作用”的那种总的艺术功能。在冯雪峰看来,“人民力”是一种客观存在,来自历史的现实的矛盾斗争之中,在现阶段,则来自民主革命的现实的斗争。文学必须反映和追求在现实斗争中飞跃发展的“人民力”。“人民力”与“主观力”是客观与主观的关系,客观决定主观,是主观的渊源。“正惟这客观的人民的斗争和力量,才是文艺的思想力,艺术力,作品或作者的一切主观战斗力的源泉。”因此,对于作品的功能价值的基本要求,冯雪峰认为无非是真实地反映人民在历史和现实斗争中所体现的伟大的力量,并使之转变为可影响教育人民的“文艺的主观的力量”。

这种带哲学意味的主客观关系论述,显得枯燥而又没有很多新意,但值得注意的是,冯雪峰关于两种“力”互相转化结合的认识。冯雪峰突出“力”,试图从创作论上批判“革命宿命论者”和“客观主义者”。冯雪峰认为革命文学中常见的公式化概念化弊病,往往在于“只‘着重’客观的必然性”,以预设的革命发展道路或模式去取替复杂曲折的矛盾斗争,不着重在实际斗争中“转换着客观与主观关系的人民的斗争和力量”。在这种机械论观点的牵制下,作家“反映”现实,就成了被动地反映“必然”,对客观作“单面的体现或摄取”,仿佛人民的斗争实践都是很规范地体现着某种抽象的规律和模式,作家的任务只须将这“斗争实践”的客观规律对等地(或形象地)“反映”到作品中,使作品也能形象地表明这种“规律”,就万事大吉了。这就是“太注重客观”的所谓“革命宿命论”,结果当然脱不了公式化与概念化。而冯雪峰是竭力抨击这种机械论的。他认为“人民力”和“主观力”都是动态的,发展的,互相起作用的,“文艺的主观要从客观的矛盾斗争中产生和决定,或者将自己的主观作为客观的要素,进入客观的现实斗争中,加入那矛盾的斗争,站在矛盾的一面,由于斗争的要求和逼迫,而改进,锻炼,生长出自己来”。冯雪峰从斗争实践的意义上去解释文艺创作主客观的结合,这种结合不是被动地“反映”,而是包含了互相转化。尽管冯雪峰远未能真正从理论上说清这种互相转化的关系,但他注意并提出了这个问题,并试图从“人民力”与“主观力”的关系中得以解释,这就比当时流行的一般讲“政治决定艺术”和“艺术服从政治”要深入一步。

冯雪峰这种理论探讨也是有现实针对性的。从1943年开始在革命文学阵线内部发生过一场围绕现实主义与“主观论”问题的论争。论争中多数人的意见认为当时革命文学发展的关键仍是作家进一步深入民众,端正为政治为民众服务的思想。但胡风有不同看法,他认为战争已经促使作家深入了生活,本来这给现实主义提供了良好条件,可事实上现实主义却又“衰落”了,突出的表现仍是“客观主义”,作家被动地反映生活,依照某种理念去造出主题与内容。[①] 因此胡风提倡“主观战斗精神”,强调作家对于客观现实的“把捉力,拥抱力,突击力”。[②] 他还认为人民群众生活中随时随地都潜伏着或扩展着几千年的“精神奴役底创伤”[③],五四现实主义所要求的反封建和“精神改造”的任务并没有完成,不能一时主张“深入人民”和“与人民结合”,还须要强调作家以强健的“主观战斗精神”去体验与批判现实。胡风的理论也是反对“左”倾机械论的产物,有其合理性,这在本书第九章还将专门评述。这里要指明的是,冯雪峰提出“人民力”与“主观力”统一的命题,就与胡风的“主观战斗精神”说相呼应。胡风的主张自身有偏激之处,而当时

---

① 胡风:《关于创作发展的二三感想》,见《胡风评论集》中册,人民文学出版社,1984年版,第293页。

② 胡风:《文艺工作者底发展及其努力方向》,见《胡风评论集》下册,第6—16页。

③ 胡风:《置身在为民主的斗争里面》,见《胡风评论集》下册,第21页。

"左"倾机械论的观念还很有市场,所以胡风在论争中就几乎遭到普遍地批判,他的"主观战斗精神"说被简单地贬斥为"唯心论"或"个人主义",而他所提醒的客观主义以及机械论的"左"的危害终究不能引起普遍的警觉。冯雪峰在这场论争中又是比较清醒的。他赞同胡风对"客观主义"和"革命宿命论"(冯又称之为"社会自然主义"[①])的分析批判,认为这是从革命文学诞生以来就存在,一直没有很好克服的弊病,表现是"左"的,实质是右的,是一种"右退状态"[②],是障碍民主革命文艺发展的一种"反现实主义要素"。因此他肯定胡风提出"向精神的突击",是富于"积极的时代的意义"的。他认为胡风的理论实际上强调了"主观力",这是"对教条主义和客观主义思想态度抗议"。这种思潮"主要的应看作对于革命的接近与追求,而反映到文艺和文艺运动的要求上来是非常好的",不应当轻易抹煞否定,而应加以引导。冯雪峰接过胡风所说的"主观战斗精神"或"向精神突击"的命题,试图从"人民力"转化的"主观力"去加以阐发。他提出,"所谓'向精神的突击',如果是指的作家被自己的对人民的热情和生活的理想所推动而燃烧一般地从事写作,以及向人物的所谓内心生活或意识生活的探求,那么正是我们所要求,并且也正是几年来我们文艺上的一个大展开"。[③]

不过冯雪峰也并不全盘赞同胡风,他意识到胡风在反对"左"倾机械论时过于强调作家"主观战斗精神"的张扬,而可能失去现实基础。冯雪峰提出"人民力"与"主观力"结合的命题,一方面是反对那种否定创作中主体精神作用的客观主义,另方面又是对胡风"主观战斗精神"说的一种补正。他认为"主观力"只有从"深入大众生活和斗争中"去获得,"主观力"的提高本身就应该是高度地反映"人民力"的表示。冯雪峰指出,胡风注意到增强"主观精神"以批判人民群众中的"精神奴役创伤",是有价值的,但只有投身于人民群众现实斗争,把握"人民的方向与力量","才能给现实和人民的落后现象以强有力的批判"。[④] 在当时参加现实主义和"主观论"问题讨论的众多意见中,冯雪峰的意见是比较全面的,富于建设性的。他基本上贯彻了毛泽东《在延安文艺座谈会上的讲话》的精神,要求从为人民服务、为现实斗争

---

① 《论民主革命的文艺运动》,见《冯雪峰论文集》中册,第 59 页。

② 同上书,第 52 页。

③ 同上书,第 72 页。

④ 同上书,第 88 页。

服务这一根本点上去修正、扩充和发展五四以来新文学现实主义，但又不是简单地以《讲话》针对解放区文艺运动的某些论断去硬性裁定国统区的文艺现象，所以他能够比较深入地看到胡风所代表的“主观论”思潮出现的必然性与可能产生的积极意义，同时又及时指出了其所存在的某些脱离现实的、偏激的、片面的倾向。冯雪峰从40年代文艺论争的各种对立的观点中，寻找合理的可以互补共存的意见，并力图作出马克思主义的解释。

与“人民力”“主观力”的命题相关的，还有其他一些命题，也是40年代文学论争中引发的，冯雪峰也做了可贵的探讨。其中值得提出的是“政治性”与“艺术性”关系的问题。冯雪峰在《题外的话》中认为，当时批评界常将“政治性”与“艺术性”作为“两种不同的要求”割裂开来，这是不科学的，因为“不能从艺术的体现之外去要求社会的政治价值”，那样做容易导致公式化。同样，所谓“艺术性很高”，“然而作品的内容和实质却是十分腐败的现象”，也是不可能存在的。这显然是对有关“政治标准第一，艺术标准第二”说法提出的异议。冯雪峰只注重政治性与艺术性统一，而否认两者还有各自相对的独立性，这也是不全面的。但冯雪峰的本意主要还是反对将两者割裂，并以政治取替艺术的机械论。对于当时许多批评家常说的“政治决定艺术”，冯雪峰也有较深入的辨析，认为“决定”并非机械的、直接的，“决定”的过程中最重要的是作家对于历史与社会的理解，“尤其经历着作者的自我斗争”。这就比较重视创作过程主体作用，与胡风重体验的创作论相接近。而在批评上，冯雪峰对流行的那种“将具体作品多加以社会的、思想的具体分析”的做法并不满足，他认为批评家要做的工作还有“进而去研究创作过程，即作家和作品怎样从现实社会生长起来，艺术怎样从生活生长起来”。冯雪峰这种批评观念也意在打破凝固的公式主义批评。

四　“思想性典型”的命题

冯雪峰还十分重视典型问题，这是马克思主义批评的核心命题，冯雪峰的思考也自有特色，并历来被文学史研究者所称道。然而冯雪峰的典型理论在其探索形成过程中同样是既反“左”又带有“左”的影响的，其得失都打上了所属时代的印记。

1932年瞿秋白翻译了恩格斯致哈克奈斯的信，将马克思主义批评关于

"典型环境中的典型性格"的论述介绍进来,[①] 1933 年 11 月周扬首次引进苏联社会主义现实主义口号,又介绍了恩格斯关于典型的论述,[②] 这就引起中国批评家对典型问题探讨的兴趣。1935 至 1936 年,左翼批评家周扬和胡风之间展开了关于典型的论争,更进一步传播了恩格斯的有关论述,引起众多批评家重视采用典型批评的视角。[③] 但包括胡风与周扬在内的大多数左翼批评家都还是比较简单照搬恩格斯或苏联理论家的一般论述,停留于共性与个性关系这一层面去阐说典型,所谓典型批评也就往往只是寻找阶级共性如何与具体性格综合,极少考虑典型塑造中作家独特发现和审美选择的作用。这样理解典型仍然承受"左"倾机械论的影响。

冯雪峰的典型研究比当时一般见解高明,在于他跳出了共性与个性结合这一思考层面,而注重联系创作经验去解释"典型艺术的社会生产法则"。他在 1940 年写的《论典型的创造》中,就提出典型的关键,是体现"社会的,世界的,历史的矛盾性",或者说,是要具有丰厚的"思想力量和历史的真实"。他分析了当时被普遍认为成功的作品,如《华威先生》(张天翼)与《乱世男女》(陈白尘),何以也未能塑造出更深刻的典型。他认为原因在于"思想的灰白",没有能力将人物放到更激烈广大的社会矛盾冲突中去凸现其形象特征,结果只能停留于"表面的讽刺"。冯雪峰认为典型塑造的功夫在于思想力和历史真实性的开掘,或者说,要在生活的历史内容上达到应有的深度和广度。在他看来,如果只是将典型理解为共性与个性的统一,以为让人物形象"对应"地表现出鲜明的阶级共性,然后再添加一些个性特征,就可以创造出成功的典型,那就错了。这种"用个人的物事"去弥补预想的"普遍性"的做法,充其量只能制造出一些宣传意识突出的类型,无论如何是不可能产生出有深刻思想力和历史感的典型来的。针对关于共性和个性统一的比较简单化的理解,冯雪峰强调作家要从生活实践中形成对社会历史矛盾性的独特体验与认识,他把这种个人的体验以及来自生活的鲜活的认识视作典型创造的源头活水。

冯雪峰研究中外文学史上成功的典型创造经验,尤为看中作家深入生

---

① 1932 年瞿秋白根据苏联《文学遗产》的材料译介了马克思致哈克奈斯的信,收《现实—科学的文艺论文集》。

② 周扬:《关于"社会主义现实主义与革命的浪漫主义"》,《现代》,1933 年 4 卷 1 期。

③ 胡风与周扬关于典型的论争情况,可参考笔者所著《新文学现实主义的流变》第 2 章第 5 节。

活实践这一环节,他试图从中概括出某种规律,即生活典型上升为艺术典型的规律。他说:

> 艺术家在实生活的接触与观察中,在对于社会和历史的认识中,有些人物或思想的形象特别强烈地反映到他的脑子里,他屡次被他们所惹动,而且就渐渐在他心里生长为一个或数个的活的人物,他们的面貌、姿态和他们的命运都明了地展开在他的面前。……艺术家对他们发生了持久的猛烈的热情,这热情就转化为创造的热情……伟大的典型最后就创造了出来。……但典型的这种创造的过程,是一切艺术家大抵相同的,是一种战斗的过程,艺术家和他的人物搏斗,他的人物和艺术家搏斗,在这种搏斗中艺术家又将他的人物送回到实生活或历史中去和他们自己的命运搏斗,而且艺术家也跟着一同去搏斗。[①]

冯雪峰把这过程称为"典型艺术的社会生产的法则",也就是从对社会生活实践切身感受出发去开掘、体验与创造典型,将生活实践与典型创造的艺术实践结合起来。这种对于作家生活体验与独特发现的尊重,与冯雪峰历来主张的现实主义精神是相符的。冯雪峰甚至还注意到了作家在创造典型过程中那种充分投入的精神"搏斗",这有点类似胡风所说的作家与创作对象"相生相克"的状态,这是精彩之见,接触到典型创造比较深层的规律性问题。可惜冯雪峰浅尝辄止,他未能顺着这一思路更深入思索。他更为关注的还是典型的创造的生活基础,强调不要离开切身的体验与独特的发现,否则就达不到应有的"历史真实"。至于有了体验与发现之后如何铸成典型,他只是提到艺术家与他的人物之间的"搏斗",并未能说明生活典型上升为艺术典型的过程。特别是,在典型创造中作家的情感、体验到底与理性引导有什么关系?冯雪峰还没有理出头绪。

冯雪峰文学思想的主导面毕竟是重理性,重教化的,他在稍稍提醒注意典型产生的情感性主观性等因素后,马上又很谨慎地用更多的功夫去说明:在艺术形象中,"思想性"终究更显重要,因此,对典型创造来说,理性的历史感的思维也最关键。他认为虽然典型的产生要以生活实践的"感觉与体验为基础,以赋予感性为必要;但这只是基础,只是必要之一"。典型的本质最终还是要靠理性把握,理性思维才能决定典型的真确。这些观点如果从哲

① 《论典型的创造》,见《冯雪峰论文集》上册,第172页。

学的层面看，是毋庸怀疑的，问题是仅停留于哲学论理层次，并不能完全回答典型创造的规律性问题。冯雪峰当时没有足够的理论能力深入探讨下去，他最终也只能一般地谈论典型创造的过程，指出这过程“始于从个别的个人（自然可以从许多个的个人）的社会的具体历史关系的掘发，而终于在社会的具体历史环境里的真实的个人的行动和姿态的确证”。至于作家的感觉、体验以及独特发现、审美选择等与这种“掘发”与“确证”到底有什么关系，就不甚了了。

冯雪峰的典型论存在矛盾，他似乎还没有能力去解决这些矛盾。当他具体总结体味鲁迅和许多中外著名作家的创作经验时，还比较重视作家的生活体验、感受与发现，并视之为使典型达到历史真实性和深刻性的“基础”，但在更多的情况下他又可能离开这个“基础”，去强调“思想指导”和“主题意义”对典型的制约及其必要性。在40年代后期到50年代初，冯雪峰对典型的思考越来越趋向强调后者，且不免呈现简单化的倾向。例如1947年他再次评论丁玲的创作道路时，[①] 就以人物“意识世界”的完满程度，包括是否“拥有时代的前进的力量”，作为衡量典型创造和作品价值的唯一依据。他苛责丁玲的《莎菲女士的日记》等早期作品没有深入人物的意识领域，也就没有以典型反映出时代的意义。这其实是并不符合实际，因为莎菲等形象自有其典型性，冯雪峰也并不能完全否认这一点。他不过是为了强调理性的作用和典型的“意识”特点，才有意苛责莎菲等形象缺乏典型性。这时，冯雪峰并不太重视典型创造中所可能包含的作家的体验、情感等因素，看作无关紧要。同样，后来评论《太阳照在桑干河上》，[②] 他用以衡定典型的唯一标准也还是所包含的“社会本质”与“社会意义”的丰富性与明确性。这种褊狭的标准把冯雪峰紧紧束缚，甚至扼制了他的艺术感受力，他的批评因此显得僵化、说教。例如，本来丁玲这部小说中的人物黑妮是灌注了作家很多情感的，冯雪峰也承认这一点，这其实是比较感人的形象，然而冯雪峰却又认为“没有完全写好”，理由是对她的社会关系及自身矛盾的“分析”不够明晰与深刻。相反，对一些性格刻画线条较粗，却易于看出鲜明的阶级性的角色（如李子俊等），冯反而大加赞许，认为更显成功。

---

① 《从〈梦珂〉到〈夜〉》，见《冯雪峰论文集》中册，第152—159页。

② 《〈太阳照在桑干河上〉在我们文学发展上的意义》，见《冯雪峰论文集》中册，第457—470页。

冯雪峰甚至还提出过“思想性的典型”的概念。[①] 他认为阿Q主要就是一个“思想性的典型”,是阿Q主义或阿Q精神的寄植者,是“国民劣根性”的体现者。这固然可以自成一说。问题是他实际上已将“思想性的典型”看作是有普遍意义的典型方法与目标,这又将典型封闭在单一的模式之中。为了强调典型的思想意义和教育意义,他把纯属理性价值判断的“启发”功能视为典型的最高标准。他提出:“一个作者对于自己所创造的某个典型人物,如果要检验一下典型性的程度,那么,他就绝对不应该在这人物各方面的完备性上去补长弥短,而应该首先注意到他的主要方面的启发性如何,教育性如何。”[②] 将典型性完全等同于启发性、教育性或思想性,是难于同类型化的公式主义划清界限的。成功的典型当然可能富于启发性、教育性,但典型作为一种创造性的艺术概括,其内涵不应限于思想启发性,典型的艺术功能也不止于教育性,如果片面地将典型性归结为思想启发性,那么又很可能绕回到以政治取替艺术的“左”倾机械论那里去。事实上冯雪峰在50年代初解释典型创造的一般方法时,提出以“思想性的综合”作为根本,强调典型构思过程主要是“关于重要思想和重要关系的反复研究和思索”的过程,并始终以主题思想去“决定人物的发展”,最终完成“社会的、政治的任务”。[③] 这时冯雪峰已经将典型创造复杂的过程(他曾说过的作家向生活与他的人物“搏斗”的过程)简化为一种理性的“综合”了。50年代初冯雪峰的典型研究过分强调理性综合,强调为政治服务并完成“思想任务”,很少再关顾“主观力”的发挥,其理论的片面性更突出了。

冯雪峰的典型论及其他相关理论所提供的批评思路是阔大而又褊狭的。说它阔大,是注重典型的社会历史内涵,往往从大处着眼,察究作品的时代价值与教育意义。这种批评在对文学社会现象与政治倾向的剖析上能发挥其长处,常不乏洞见而又有恢弘气度。说它褊狭,是囿于“思想性政治性评论”,而可能脱离文学的美学特性,不尊重作品艺术世界的自足性,也未能将主题思想的论断与美学的品评结合进行。于是所谓典型性分析也就局限于理性分析,排除了或轻慢了文学批评所必不可少的艺术感受性。冯雪峰的批评有的只是倾向、主题、意义的认同、判断,而缺少艺术敏感与美学悟

---

① 《论〈阿Q正传〉》,《冯雪峰论文集》中册,第364页。

② 《创作随感》,《冯雪峰论文集》中册,第287页。

③ 同上,第282—293页。

识。如果说马克思主义批评包括美学的历史的批评,那么冯雪峰的批评还远未能达到这一完整的融合。他的批评理论最明显的缺失,就是没有建立一套批评的美学标准。

但如前所说,考虑到特定时代的历史条件,也不必过多地评责冯雪峰理论批评中的不足。本文的题旨还是要求多注意冯雪峰批评所表露的历史特征:他始终在反对"左"倾机械论,有不少精到的见识和理论贡献,但又终究未能摆脱"左"的牵制。原因是多方面的。首先是时代的局限。在历史转换期,当阶级斗争与政治斗争成为社会生活最重大的内容时,由历史和现实诸种复杂的因由酿造的激进主义的"左"的思潮有巨大影响力,冯雪峰即使能较清醒地与"左"倾机械论相颉颃,也很难完全跳出整个时代所盛行的"左风"影响;二是职业原因。冯雪峰由诗人而批评家,又兼负当时代表中共领导文化工作的职责,这种职业感和使命感使他随时意识到自己的批评是在"引导"文坛,所作文章也大都注重指导性和教谕性,他的理论探讨与批评实践不能不首先充分考虑大局的或团体组织的现实需要,有时就不得不压抑或放弃个人的声音。冯雪峰所写的文章政策性很强,有的就是代表团体发言的,其中某些难免的"左"的表现,不一定属于冯雪峰个人。

还有一个重要的原因,就是在接受运用马克思主义批评过程中出现的理论方法上的局限。马克思主义批评很明快地昭示一些比较现实的层面的命题,诸如文学与政治、文学与社会以及以历史的发展的眼光看待文学现象等等问题,即所谓文学的外部规律;这些问题与马克思主义历史哲学有更直接的联系,而冯雪峰又比较注重从实际出发领会与运用马恩的有关经典论述,所以在"左"风盛行的时候,他能坚持反"左",提出许多有利于革命文学发展的见解;然而马恩对文学的"内部规律"并没有留下多少现成的结论,即如典型问题,也主要作为一种带政治性的美学原则提出。加上马恩文论的系统评介较晚,马克思主义批评家对文艺"内部规律"的研究相对薄弱。冯雪峰不能不受这种情况制约。当他进行具体评论,特别是涉及典型、风格、形式等比较深层次的"内部规律"问题时,就往往放不开思路,难于将创作实践中或中外文学历史上感触到的经验加以深化;或者还不善于将马克思主义批评作为一种立场,创造性地灵活地解释文学现象。这样,他就常处在理论矛盾和游移的状态中;他始终坚持反对"左"倾机械论与教条主义,却又不能完全走出"左"的和教条的困境。

第八章
周扬:批评的权力话语以及人道主义与异化问题

与本书所论及的多数批评家比较起来,周扬的批评理论更多地表现为政治实践的形态,具有更鲜明的党派性。他长期担负文化领导工作,是中共首屈一指的理论权威,他的文学理论批评往往直接承担对党的文艺政策的阐释,他的主要职责之一便是根据特定的革命政治的需要而有侧重地解说、宣传与运用马克思主义文艺理论与毛泽东的文艺思想。研究周扬很难只以其文论其人。因为"其文"多是政策性的产物,"其人"也往往以党的文艺政策的制定者与解释者的身份出现,他自觉不自觉总是要调整或隐退自己的理论个性,去适应服从政策性与党性,也就是通常所说的"个人服从组织"。一个干部传达解说某项政策思想,其所传达解说的内容不一定完全等同于他自己的思想观点,同样,周扬的许多批评观点也不一定都是他本人的理论发现。周扬也许本来可以成为有才华的文学家,这从他早年的文学翻译甚至从晚年的某些文论中也可以看到;然而革命吸引他并把他推上领导文化的工作岗位,他的革命家的职业意识不同于一般的文学批评家,其批评话语往往表现为"权力话语"。事实上从30年代到60年代,周扬始终是中共文艺政策的主要发言人,他的理论批评直接与政治联结而极大地左右文坛的趋向。

周扬的文学批评生涯是一部中国文艺思想斗争史的缩影,从中可以考察几十年来许多极富政治性的文艺论争的线索。不过对于本论题更有意义的,不是考察文艺政策思想的演变,而是更深一层的东西,即在马克思主义文艺理论"中国化"过程中力图建构起来的基本批评原理、概念和方法,或者说,是寻找作为主流派的马克思主义批评在诸多论争中所形成的影响巨大的批评话语。因此,对于本章来说,重要的是从大量的政策性(或评介性)文字中,尽可能剥离出属于周扬自己的理论探索、发现与困惑,再由此返观马克思主义文论“中国化”过程的曲折情形。

一　从属论、形象论与真实论

在“红色的三十年代”，周扬没有来得及形成自己的批评理论，和许多追随马克思主义文论的批评家一样，他在这一阶段首先急于要做的工作，是搬运国际无产阶级文学运动的各式理论。从1929年到1935年，即大致从革命文学倡导到“左联”解散，正是周扬步入文坛并担负左翼文化运动领导工作的重要时期，一般文学史研究者是格外关注他在这一阶段的文学活动的。然而这一阶段的周扬对马克思主义文论的理解还很肤浅，缺乏系统，他主要精力放在译介方面，较少认真的理论探讨。发表于1929到1935年间的18篇评论中，以译介为主的就有13篇，占72%。如《辛克莱的杰作：林莽》、《巴西文学概观》、《绥拉菲莫维奇》、《十五年来的苏联文学》、《高尔基的浪漫主义》、《果戈理的〈死魂灵〉》，等等，都是根据国外现成的材料整理编写的，即使常被论及的那篇《关于“社会主义的现实主义与革命的浪漫主义”》，也带有明显的译介性质，其所依托的材料是当时苏联作家代表大会筹委会秘书长吉尔波丁的一篇论文，另一篇较有理论分量的《高尔基的浪漫主义》，也并非就是周扬的理论探讨，其中的基本观点全来自塞维林和特立福罗夫所著《新文学概论》。从这些译介性的论文中很难找到周扬自己的理论发现。这时期他表现为并不成熟的专门趋附“热点”的批评家，所向往的苏联或其他国家的无产阶级文学运动有什么新动向，或者国内文坛比较集中论争什么问题，他就依“热点”需要去译介有关材料，亦步亦趋地“搬运”外来的理论。

在30年代左翼文学勃兴时期，这种理论“搬运”是很常见的，连鲁迅也做过这种工作。不过鲁迅比较谨慎，对于日新月异的苏联革命文坛，他总还想全面看看究竟，不好贸然照搬。鲁迅的译述较注意基本理论，如普列汉诺夫的《艺术论》、卢那察尔斯基的《艺术论》与《文艺与批评》，包括20年代苏联关于文艺的一些政策性文件，等等。然而照鲁迅的说法，这还“不过是一些杂摘的花果枝柯”，根本的目的还是要“推见若干花果枝柯之所由发生的根底”。[①] 这种打基础、究原委的译介工作当然细致艰难得多。一般左翼批评家都是急用先搬，搬来就用，难于做到像鲁迅这般冷静而有远见。像周扬

① 《文艺与批评·译者附记》，《鲁迅全集》第10卷，第303页。

这样跟着国际无产阶级文学运动潮起潮落而不断调整变换步法,亦步亦趋地译介,急功近利地应用的,毕竟是多数。况且周扬又肩负领导运动潮流的责任,他的译介文章所表现的趋时性就更为明显。

不过在趋时的译介中,周扬也并非没有其理论中轴。作为左翼文化运动的组织者,又处在比较压抑而特别渴望激烈反抗的政治氛围中,周扬的目光就必然集中到文学的政治煽动和组织功能上,其他方面则无暇顾及或有意忽略。这大概也是"政治家的文艺家"在特定历史时期所表现的特点,并不同于一般批评家的企求全面、稳妥和深远。

周扬这一时期的译介虽不注重理论"根底",却注重政治实用,强化宣传意识。他于 1929 年发表第一篇评论《辛克莱的杰作:林莽》,就很看重这位美国左翼作家的名言:"一切的艺术是宣传,普遍地不可避免地是宣传;有时是无意的,而大抵是故意的宣传。"这种将艺术等同于宣传的片面而激进的观点,曾受到鲁迅的批评,[①] 但在当时很适合左翼文学青年那种浮躁凌厉的心态。周扬在他后来所写的多篇文章中反复宣传这个注重"宣传"的观点。他一开始为自己规定的批评姿态,就是"跨出了纯艺术的境界",去做一个"在群众中往回,而大声疾呼"的"旗帜鲜明的 propagandist(即宣传家)"。

以宣传为文学的职责,纯粹从"阶级关系"的角度去观察和解说文学的本质,批评也以此为出发点,这与其说是一种文学观念,不如说是一种时兴的革命的需要。在周扬的早期文论中,这种极端趋时而又实用的特征是表现得非常鲜明的。他确实在有意轻慢文学自身的规律,包括文学创作与审美的规律,但在"非常政治化"这一点上又力求充分适应和满足时代的需要。在那种激进的年代,读者普遍更渴求煽动宣传式的,甚至是借标语口号大喊大叫的文艺,不可否认,在特定的氛围下,激情的标语口号也可能作为艺术手段而达到某种感染效果。

作为格外关注宣传的批评家,周扬在及时译介国际无产阶级文学运动理论动向的同时,也逐渐注意建构以宣传为核心的文学理论模式。在 30 年代前期关于大众化问题以及关于对"自由人"和"第三种人"的文学论争中,周扬针锋相对地构筑对论敌的驳论,其文学批评理论模式也由此成形,并在相当程度上代表当时左翼文坛激进的观点。这种批评理论模式可以概括为三论:即从属论、形象论与真实论。

---

① 参见《壁下译丛·小引》,《鲁迅全集》第 10 卷,第 280 页。

所谓从属论，即认为任何文学总是从属于政治、代表政治的，是政治关系的反映。文学的主要功能就是政治宣传教育的功能，革命文学必须为特定的革命政治服务。周扬坦率地表明："在广泛的意义上讲，文学自身就是政治的一定的形式"，"要在无产阶级的阶级斗争的实践中看出文学和政治之辩证法的统一，并在这统一中看出差别，和现阶段的政治的指导地位"。周扬还进而认为，"作为理论斗争之一部的文学斗争，就非从属于政治斗争的目的、服务于政治斗争的任务之解决不可"，因此，"对于文学之政治的指导地位"就尤为重要[①]。作为一个职业革命家和文化运动的领导人，又处在阶级斗争确实非常激烈的历史关头，周扬和左翼批评家偏重从政治角度去解释和要求文学，是有其充分的历史理由的。周扬真诚地相信只有大力强调文学的阶级斗争性质以及其从属于政治的职能，才能与旧文学划清界限。在提出这些偏激的论点时，可以想象周扬是多么坚定地相信他们正创造一种崭新的文学。像"一切文艺是宣传"这样偏激的观点，即使鲁迅已及时指出过其片面性，告诫说"一切宣传却并非全是文艺"，[②] 周扬也还是坚持其提倡的理由。甚至到 1943 年，他仍然赞扬辛克莱这句"名言"："虽然朴素，却在艺术服从政治这一个正确意义上帮助我们建立了革命文学理论之初步基础。"[③]

周扬的"从属论"把文学的功能局限在宣传教育上，文学批评的职责也就完全归结为文艺战线上的"阶级斗争"，并以所谓"政治优位性"[④] 作为唯一的评判根据，将思想性—政治性的评判放到至高无上的地位，批评的目标始终不脱离对读者大众的宣传引导教育。这种观点忽视了文学艺术自身的特点。文学既然等同于政治，最终也就可能取消文学自身。在左翼文学时期，创作与批评中的公式化概念化都曾经比较严重，应该说跟这种对文学与政治关系的片面机械的理解很有关系。

周扬在 30 年代也并非完全不谈文学性，不过既然文学从属于政治是根本要求，文学的职能限制于宣传教育，那么文学的艺术要求也只能是达到如何"服务"。这样褊狭的要求，便落实到所谓文学"形象性"特点方面。

---

① 这一段引文见《文学的真实性》，《周扬文集》第 1 卷，第 67 页。

② 《文艺与革命》，《鲁迅全集》第 4 卷，第 84 页。

③ 《中苏英美文化交流》，《周扬文集》第 1 卷，第 430 页。

④ 《自由人文学理论探讨》，《周扬文集》第 1 卷，第 42 页。

周扬早期文论中屡有论及"形象性"的,这构成他的理论模式的又一支点。如前所说,周扬主张文学等同于政治,他认为这种"等同"是就两者表现"真理"的"本质"而言;他也承认两者有差别,不过差别只在于文学是"通过形象去反映真理"的。[①] 他还说,"文学,和科学,哲学一样,是客观现实的反映和认识,所不同的,只是文学通过具体的形象去达到客观的真实"。[②] 甚至到 40 年代,周扬还坚持认为"艺术性和形象性是差不多的意思;愈形象化,艺术性就愈高"。[③] 这种"形象论"将文学的特性归结为形象地反映生活,揭示真理,作为一般的说法也还能成立,文学的表现形态确实是形象的;但深入探究却又还比较肤浅欠妥,起码这种说法未能区别出艺术形象与科学图像有何性质差异,因为科学图像也可以说是"形象"地把握"真理"。关键在于文学形象并非抽象真理的图解,而是活生生的人和生活的表现,经由作者独特的体验和感受而形成。文学根本的特性是情感,是作家独特的生活体验,而形象只是这决定性内涵的外壳。周扬指出了"形象"是文学特征之一,却忽视了作家的情感与体验也是基本特征。这不是一般遗漏,反映了周扬当时片面的机械的批评观。按其逻辑,既然文学的唯一职责是从属政治,起宣传"工具"的作用,那么"形象"也就是对既定的思想观念("真理")的图解。他丝毫也不承认作家在创作过程中主观情感的作用,与当时自由主义文艺思潮中的某些本来是合理的见解"对着干"。如苏汶曾反对将文学简单视作"镜子",而且认为创作中"单纯根据纯理智的批判和解剖是不够的","还得感觉地来体验这些矛盾"。[④] 这种重视作家的体验和感受在创作中重要性的论点,应该说是比较接近文学本质的,然而遭到周扬生硬的批驳。周扬讲"形象性"时,明显轻视和否认"文学的认识中的感觉的经验的要素",极端强调"理性的思想的要素,要求作家一拿起笔,就时刻切记由理性支配的"目的意识"与"政治目的",[⑤] 所谓创作无非是给理性的符合政治目的性的观念以"具体的艺术的表现"。[⑥] 他所说的"形象性"也就是这种表现,而并不包括什么作家个人的体验、感受之类,更谈不上什么独特的艺术视景。所

① 《文学的真实性》,《周扬文集》第 1 卷,第 67 页。
② 同上书,第 58 页。
③ 《表现新的群众的时代》,《周扬文集》第 1 卷,第 451 页。
④ 苏汶:《论文学上的干涉主义》,《文艺自由论辩集》第 181 页,现代书局 1933 年版。
⑤ 《文学的真实性》,《周扬文集》第 1 卷,第 69 页。
⑥ 同上书,第 68 页。

谓“形象化”也就降格为一般的“表现技术”。[①] 甚至在批评“拉普”机械论的时候,周扬仍然是局限于技巧、形式来理解“形象性”的。他对这些“个人性”的感性的因素有本能的警惕,常用批判的口气告诫防止“经验主义”。[②] 在文学创作领域时时担心并排斥“经验主义”(其实是生硬扯进文学领域的哲学概念),势必殃及作家创作个性的发挥,这种“形象性”又怎能不沦于政治图解式?

值得注意的是,单纯以“形象性”解说文艺特性的这种观点,也曾在苏联和我国文学批评界有过很大影响,一直到50年代,许多文学教科书谈论文学的本质都以“形象性”为准则。周扬早期批评理论以“形象性”为重要一翼,不全是他的理论发明,但在左翼批评界很有代表性。

周扬批评理论还有另一翼是“本质论”。照他的理解,所谓“本质”,即体现历史发展规律的必然性,具体说来是革命的趋向。要求创作反映“本质”,包含有两方面意思:一是题材“含有积极的进步的 moment(重大的)”的特点,对革命作家言,只能选择“和无产阶级及其革命性的必然有关的题材”,因为只有积极的题材才能保证体现积极的主题,深入反映社会本质。二是必须注意在描写过程中贯彻“唯物辩证法”的立场,鲜明地体现出“必然的本质的东西”。[③] 在介绍苏联社会主义现实主义理论之后,周扬进一步发挥了“本质论”的理论,并且力图与典型论结合起来。这时他所强调的“本质”,指的是革命趋势和胜利,是预见,即“从现实中找出在时代的发展上具有阶级意识的方面,并且要把那方面的未来的轮廓表现出来”。他甚至认为,社会主义现实主义特色之一,正在于融入了一种革命的浪漫精神,“描写在现实中可能存在的东西”,“具有照耀现实,充实现实的作用”。[④]

“三论”是周扬早期批评理论的要点,其核心作为“从属论”,即文学服务于政治,主要起宣传的实际作用;“形象论”与“本质论”作为“从属论”的两翼,是达到“服务政治”而必备的条件与步骤。“三论”相辅相成,粗略地搭起了周扬早期文学理论的架构。

“三论”明显受苏联文学理论的影响,先是参照“拉普”的“唯物辩证法创

---

① 《关于“社会主义的现实主义与革命的浪漫主义”》,《周扬文集》第1卷,第107页。

② 《文学的真实性》,《周扬文集》第1卷,第69页。

③ 同上书,第72—73页。

④ 《现实的与浪漫的》,《周扬文集》第1卷,第125—127页。

作方法”,强调“从属论”和“形象论”,后来则有社会主义现实主义口号的借用,突出理想主义的“本质论”。这些理论有褊狭性,不脱机械论的思维轨迹,但其自身也随时势而不断调整。比较30年代初期与中期,可以看出周扬“三论”逐步成形的过程。这并非只是周扬个人的思路,他所代表的是曾经作为主流派的左翼文学思潮。“三论”在这思潮中曾相当风光。一直到40年代,“三论”的基本观点仍不断在周扬的许多文章中体现,并时常作为文艺政策思想的一种权威性的理论说明。

二　关于社会主义现实主义

1933年11月,周扬在《现代》杂志4卷1期发表《关于“社会主义现实主义与革命的浪漫主义”》一文,是当时文坛上的大事,标示着苏联社会主义现实主义汇入并左右中国现代文学主潮,中国马克思主义文学批评也由此出现一个新的姿态。周扬率先对苏联这一口号的介绍,历来被视作他的一大贡献。然而周扬到底是如何介绍社会主义现实主义的?在接受过程中周扬有什么理论发挥或困扰?这对于了解周扬早期批评思想及其所产生的实际影响,是很重要的问题。

周扬撰写此文主要根据当时苏联作家代表大会筹委会秘书长吉尔波丁的一篇文章,材料来源很单一,对于社会主义现实主义口号提出时苏联文艺界的状况不甚了解,文中也未能涉及当时苏联文坛的各种不同意见,介绍有片面性,明显渗入了周扬自己偏“左”的解释。这一点,以往的研究似乎注意不够。苏联当时提倡社会主义现实主义的前提,是批判“拉普”的“唯物辩证法创作方法”,探讨在社会主义条件下倡导现实主义创作方法的可行性。这个转向本来是有利于纠正我国左翼文学理论批评中存在的机械论与“左”倾关门主义倾向的。1932年11月署名“歌特”的文章《文艺战线上的关门主义》发表,[①] 就显然借鉴了苏联清算“拉普”的经验,代表了中共文艺政策上开始注意反“左”的意见。周扬介绍“社会主义现实主义”,大方向仍是要总结文学战线上“左”倾错误教训,力求跟上国际(实际上是苏联)无产阶级文学运动的新动向。但周扬有点亦步亦趋,并不是真正从原理上接受了这种新动向。他似乎还有些被动。虽然也介绍了苏联对于“拉普”“唯物辩证法

① 原载《斗争》1934年第30期,《新文学史料》1982年第2辑重新发表过此文。

创作方法”的批判，但对于社会主义现实主义仍然有“左”的理解。本来，苏联提出这一口号时，文艺界正进行着关于“写真实”的热烈讨论。针对“唯物辩证法创作方法”违背创作规律，无视作品客观真实性，苏联一些作家提倡“写真实”，从根本上恢复现实主义，这本是国际无产阶级文学运动的当务之急，即从社会主义现实主义自身的要求而言，也只有站到“写真实”这一现实主义的基点上，才能进一步要求如何历史地、发展地反映现实，教育人民，使现实主义具有新的时代特征。1934年苏联第一次作家代表大会通过的《苏联作家协会章程》，其中对社会主义现实主义的表述，“要求艺术家从现实的革命发展中真实地、历史地和具体地去描写现实”，就将“写真实”解释为社会主义现实主义的重要内涵之一。就说周扬所引据的吉尔波丁的那篇论文，也还是主张写真实的；从历史发展趋向中“真实地描写丰富与复杂的生活”，被看成是社会主义现实主义基本特色。但是周扬的介绍却没有正视和讨论关于“写真实”的问题，虽有一小段文字引用了吉尔波丁关于“写真实”的论述，却又往“倾向性”方面去解释，着重说明社会主义现实主义“动力”的特点，说明它与“资产阶级静的(static)现实主义的最大分歧点”。其实，只注重社会主义现实主义的阶级性、时代性的特点，而忽视它作为现实主义所要求达到的“写真实”这一基本点，这一口号就最终脱离现实主义而沦于空泛说教，这就难于针对和取替“唯物辩证法创作方法”，因为后者也是离开了创作规律而片面强调阶级性、时代性的。大概由于“自由主义的人物”(指胡秋原、苏汶这些人)是曾经主张“写真实”的，周扬也就怕接触这敏感问题，忌讳谈“写真实”，他当时还没有足够的魄力从真实性与倾向性对立统一关系的角度去解说“写真实”对于社会主义现实主义的重要性。所以对这一口号的解释终究也就未能摆脱“左”的牵制。周扬特别强调在引进社会主义现实主义口号时，必须防止“取消主义的歪曲”，警惕“自由主义人们”的“嘲笑”，显然仍把注意力放在反右方面。

然而周扬这篇文章毕竟还是第一个比较系统介绍了社会主义现实主义，对“拉普”的影响包括“唯物辩证法创作方法”的形而上学机械论错误也有所批判，这是应当充分肯定的。但其中“左”的牵制也不容忽视。周扬这种理论上的被动褊狭，在当时有一定代表性。30年代中期左翼文艺界试图反“左”，然而始终没有下大的决心，这给后来长时期内的文学理论批评带来消极的影响。

但在30年代中期，特别是介绍社会主义现实主义之后，周扬对两个理论问题有过比较深入的思索。他不再像左翼文学初期那样有些盲目紧跟苏联的文学理论变动,而开始注意结合革命文艺运动实践中所出现的矛盾,试用马列文论的原则去解答。

一是关于典型理论问题。

1935年到1936年,以周扬与胡风之间的论争为引子,曾有过一场关于典型理论问题的讨论。这场讨论无论对周扬个人的理论建构,还是对中国整个马克思主义文学批评的形成,都有重要的意义。1933年11月,周扬在他那篇首次介绍苏联社会主义现实主义的文章中,就注意到典型问题,引述了恩格斯关于这方面的论述,指出:“典型环境中的典型性格之正确的传达,对于社会主义的现实主义,是有怎样重大的意义。”[①] 这其中周扬对典型的理解仍比较浮浅单一,主要指写出社会动向的历史趋势,反映“革命的胜利的本质”,排除“非本质的琐事”的描写。典型=本质=革命胜利,这个公式虽然鲜明干练,却又带有机械论的味道,并不符合恩格斯有关典型论述的本意。不过这时周扬的思索也反映了一种理论渴求:正视创作中所必然碰到的社会概括的方法问题。因此,当1935年5月胡风发表《什么是典型和类型》[②] 后,周扬就连续写了《现实主义试论》和《典型与个性》等文进行讨论。这互相争论逼着周扬不能不深入思索问题,力求提升自己对典型的理论概括。相比之下,周扬在讨论中的意见是比较接近正确的。30年代中期的胡风也还有许多教条气。例如说到阿Q,胡风曾认为其性格对于无产者来说是普遍的,对于其他阶级、阶层的人来说,是特殊的。这种说法就抹煞了典型的个性存在,所谈的“个性”,不过是“社会群体共同性格”的形象化而已。周扬不赞同这种认识,照他看来,阿Q的性格就辛亥革命前后及现在落后的农民而言是普遍的,但是他的特殊却并不在对于他所代表的农民以外的人群而已,而是就他所代表的农民中,他也是一个特殊的存在,他有他自己独特的心理和容貌、习惯、姿势、语调等,一句话,阿Q真是一个阿Q,即所谓“This one”了。周扬运用恩格斯所引用过的黑格尔关于“这一个”的说法,来揭示典型的个性、特殊性,接触到了典型的规律。但周扬更刻意申明的,仍然是典型的社会性、思想性要求。他强调典型的成功主要有赖于“某一社会群共同的性格,综合,夸大,给予最具体真实的表现”。这样,本来接近正确

---

① 《关于“社会主义的现实主义与革命的浪漫主义”》,《周扬文集》第1卷,第111页。

② 载《文学百题》(傅东华辑),上海生活书店版。

的周扬又退缩回去,他和胡风一样也忽视典型的个性、特殊性的一面。在后来发表的《典型与个性》一文中,周扬又似乎有点改变僵化的理论立场。他求助于当时极时兴的辩证法,着重论述个性对于典型构成的重要性,并试图证明个性与共性有矛盾统一的关系。这种认识比以前是深化了一步。但即使在这篇代表了周扬当时理论水准有一定深度的文章中,仍然是比较简单地搬用恩格斯或苏联批评家的一般论述,并没有多少属于他自己的独特的理解,而且他又生怕一谈个性独特性就轻慢了至关重要的阶级性与社会性,所以他转来转去还是回到以共性解释个性的圈子里,对于典型个性的独特性与丰富多样性的研究浅尝辄止,结果典型塑造过程仍然被解说为某些阶级共性和某些性格的相加,作家的独特发现和审美选择仍被排除在外。周扬对典型的思考终究未能卸脱"左"倾机械论影响的桎梏。

其次是关于对浪漫主义的重新估计,周扬也做了一些新的探讨。

30 年代由于"拉普"的影响,特别是"唯物辩证法创作方法"的传入为"左"倾机械论推波助澜,浪漫主义曾被打入冷宫,遭到贬损批判。当时一种流行的说法,是将浪漫主义等同于个人主义和唯心论。像原由创造社过来的一些极浪漫趋向的作家,此时也纷纷倒戈,以否定浪漫主义作为一种"革命"的姿态。这一理论失误不只是限制了一种创作方法或流派,而且是等于给作家的创作个性、情感与想像力套上某种枷锁。30 年代初,连瞿秋白都曾一边提倡现实主义,一边清算浪漫主义,提出要"打倒席勒"。[①] 在左翼文学理论批评界,反浪漫主义就上纲为反个人主义与反唯心主义,用政治的意识形态的批判强行取替文学上的风格流派之争,结果势必"一刀切",切去了文学创作的想像力和创造精神。所以清算"唯物辩证法创作方法",恢复现实主义,就连带有一个重新正确评价浪漫主义的问题。苏联提出社会主义现实主义,主张以历史的发展的眼光描写现实,表现理想,实际上是给浪漫主义以一席地位,作为社会主义现实主义的一个组成部分。周扬将这一口号传入后,也逐渐注目于久被冷落的浪漫主义。他在这方面的有些思考也和典型问题的思考一样,是代表了当时理论水准的。

值得注意的是,周扬最早介绍苏联社会主义现实主义的那篇文章,题目就叫做《关于"社会主义的现实主义与革命的浪漫主义"》,将浪漫主义问题

---

① 如瞿秋白在《革命的浪漫谛克》(评华汉的三部曲)一文开头就引用过法捷耶夫的《打倒塞勒》作为题旨,并将浪漫主义等同于唯心论大加排拒。

又突出起来。文中批评了那种视浪漫主义为唯心论的机械论的看法，指出现实主义与浪漫主义是两种并存的创作方法，而且经常都是互相渗透，这在文学史上屡见不鲜。社会主义现实主义也完全应该包括革命的浪漫主义。周扬这一新思索一方面受了高尔基、吉尔波丁等人理论的影响，另方面也是由于比较实在地考虑到中国文坛的状况，希望以理想化的文学创作，去激励革命热情。这又和他一贯的理论思路衔接了起来。

周扬对浪漫主义的解释偏重于理想性与积极面的张扬，他坚执的目标自然是增强作品革命的教育作用。他显然认为，五四以来以小资产阶级为主要读者群的新文学，其感伤主义的气息太浓，也太纤弱、压抑，革命文学家虽然有新的创作气象，可也未能根本上脱去小资产阶级的这些情绪弱点，所以他希望作家在"对人生的积极面作深刻透视"的同时，多发现"在时代的发展上具有积极意义的方面"，以增强作品的"英雄的气氛"和"壮烈的事实"，形成足以"照耀现实，充实现实"的浪漫性。为此，周扬对当时文坛上方兴未艾的现代派文学极表担心和警惕。1934 年意大利作家皮兰德娄获诺贝尔文学奖，中国文坛曾大加评赞介绍，周扬却撰文批评这种"捧场"，认为中国并不需要皮兰德娄这样的创作，因为皮兰德娄主要写现代人的悲观心境，缺少精神激励。与此同时，周扬极力赞评高尔基式的"积极的战斗性质"的浪漫主义，并且根据苏联有关材料详尽地介绍了高尔基浪漫主义的特征。这种对浪漫主义的重估，其实并没有多少深入的理论阐说，有些根本性问题也并未引起注意。例如，关于作家创作个性与创作过程主体性发挥的问题，无疑是浪漫主义更根本的问题。而且"拉普"及其"唯物辩证法创作方法"正是通过排斥贬抑创作主体性来反对浪漫主义的。周扬在其对浪漫主义的重估中只看重理想性，而未涉及主体性这一对浪漫主义来说更为重要的问题，就像离开了"写真实"，现实主义的理论探讨流于空泛一样，回避创作的主体性问题，浪漫主义的理想化也容易成为人为的光明尾巴。周扬关于浪漫主义的评论对于当时文坛是有启迪的，但其得失都很明显，这得失与其看作是周扬个人的，不如看作是当时左翼文坛的。透过周扬这些思考，可以观察到当时马克思主义文艺理论批评的水准。

三　"一点两线"的批评范式

30 年代周扬的批评文章大都是译介性或论争性的，极少就具体作家作品进行实际批评。而在40年代，特别是在毛泽东的《在延安文艺座谈会上的讲话》发表之后，周扬除了继续写一些理论研究性质和政治批判的文章，还用相当的精力从事对解放区作家作品的实际批评。他这一时期的实际批评是引导式的，常代表文艺政策实施的意图。周扬的这些实际批评从视角、方法到文体，都力求既适应解放区新型的文学创作，又体现党对文艺的领导意图，形成了一种在现代批评史上影响极大的批评模式。这种模式不但对解放区的文学批评有示范作用，其影响甚至延续至五六十年代。在这里我们将重点评述周扬的批评模式包括其文体风格。

40年代周扬的批评模式可以简单归结为"一点两线"，"一点"指他的批评总有一明确的基点，即着眼于作品的教育意义，"两线"主要指思想内容分析与语言形式分析两条线。教育意义是衡定作品价值的出发点与归宿，思想内容与语言形式是检验作品教育意义实现程度的两条必然遵循的思路，或批评操作过程的两个程序。

不妨举一些实例来考察他一般是如何完成批评操作的。

1942年11月14日，周扬在《解放日报》发表《略谈孔厥的小说》一文，这是他为贯彻毛泽东《在延安文艺座谈会上的讲话》精神而实施的第一例实际批评，其中已明显可见他的批评模式与"操作规程"。周扬在文中首先肯定了孔厥"创作道路"上的"重要的进展"，根据便是孔厥从小说处女作《过来人》到另一篇小说《追求者》，都是写知识分子的，而到这篇评论要重点批评的《苦人儿》，题材就有了大的转变，转向写农民了。这种判断主要着眼于题材，认为题材能在相当程度上决定作品的价值，而题材的选取又足以表明"创作道路"的"方向"，是一种"题材决定论"，原本在左翼文学时期就有的，周扬在40年代仍然坚信不疑，而且与他所理解的《讲话》精神结合起来。因为《讲话》也批判了小资产阶级文学，主张作家转变立场，由表现原所熟悉的知识分子题材转向表现工农兵(主要是农民)。在周扬看来，解放区新型的文艺新就新在题材，新在转向写农民。他惯常的做法是将五四以来以知识分子为主要对象的新文学作为参照系，以此对照和阐释解放区文学的新质地。在这种前提下，周扬重点评论了《苦人儿》，其中可以看到"一点两线"的批评模式。

《苦人儿》是文学史上不大知名的作品，为便于论及，不妨稍加介绍。这个短篇小说写的是一个为婚姻所苦恼的农家少女的悲剧。主人公贵女儿因家境贫穷，3岁时被订给一个17岁的跛子，后来娘死爹病，全凭跛子拼命种地养活。跛子本已积劳成疾，后又被地主殴打而致残，变得衰老憨傻，人称“丑相儿”。翻身分田后，已 30 岁的跛子逼着贵女儿的爹让他们圆房成亲，可是 16 岁的贵女儿这时已有觉醒解放的意识，并不心甘情愿接受这命运安排，这就陷入了难以解脱的苦恼：看着“丑相儿”的可怜相，她也曾几次下过决心要拼一世和“丑相儿”过光景，以报答其 13 年的扶养之恩；可是终于压抑不住对他的肉体的嫌恶。当“丑相儿”逼她不就，在慌乱的挣扎中，贵女儿撕烂了婚约文凭，“丑相儿”疯狂挥斧砍伤了贵女儿。这个悲剧故事全由贵女儿向一位“工作同志”倾诉苦情的口吻写成。作家的意图是要揭示旧社会给人们造成的苦难，所以发表时作品前面特地用一句话“旧根儿作下多大的孽呵”作题记。这篇作品所述的故事本身很感人和耐人寻味，并不完全在于其揭示了旧社会导致悲剧的原因，更在于写出了情感与理智的矛盾。

周扬论评《苦人儿》，其意图非常明确，就是为了说明解放区作家“转变”方向后，仍然有一个“怎样写”的问题。他要以此为例进行一番创作方向的导引。他认为《苦人儿》虽然写农民题材，可是不算成功，因为“教育的意义”没有发挥出来，而在周扬看来，作家写作时，既定的教育意义是至关重要，并决定作品成败的。他感到遗憾的是，这篇小说的故事本来是要可以达到一个“教育意义”的目标，作者企图告诉人们：“即使是在新社会长大，本来可以幸福地过活的年轻人也不能不非常无辜地吃着旧社会所遗下的恶果，他想这样来引起人们对于过去的憎恶。”这当然只是周扬对作品创作原意的理解与概括，他所用的“告诉人们”这个词，就带有要求作品具有“认识作用”或“教育意义”的含义。这种“教育意义”只能是通过社会剖析或阶级分析才能达至的，或者说，只能通过富于阶级压迫和阶级斗争内涵的描写，使一个婚姻悲剧鲜明地表现“作为社会原因的婚姻制度的不合理”，才能教育人去认识社会，提高阶级觉悟。周扬在评价作品前就先这样非常理性地设定了作品的政治价值标准。他以此衡量《苦人儿》，就认为其“思想教育意义”不足，因为没有直接写出悲剧的“社会原因”，而又把悲剧归咎于“作为生理原因的男主人公偶然的残废”。在他看来，只有从“阶级剥削”关系上才能最终挖到造成主人公不幸的根源。所以周扬判定这篇小说只是“一个生理的悲剧，命运的悲剧”，不符合当时解放区文学所要求的成功的标准。显然，周扬批评的过程是把“教育意义”作为衡量作品是否成功的根本点，而考察“教育意义”的有无或高下，又主要看作品的思想内容是否体现了鲜明的阶级分析观点和正确的政治观点。

作为“一点两线”其中一线的“思想内容”分析，周扬也有一套规范的批评话语。在《〈把眼光放远一点〉序言》中，他总结了这部描写敌后人民生活斗争的独幕剧对大众性与艺术性结合的成功经验后指出：

> 这个剧本充分地表现了它的现实主义特色。它用轻松的喜剧形式传达了严肃的斗争故事，通过一个农民兄弟的家庭反映出了敌后人民的精神的世界，他们必然要走的斗争的道路。各种矛盾集中着，而一切矛盾都用斗争来解决。这里行动盖过了一切；没有长篇大论，语言是精练的。性格从行动中显示出来。①

周扬对这部独幕剧的评价极高，几乎要把它当作一种范本来推广，他这里概括该剧本的特色，所使用的一些批评概念和话语方式相当能代表他对作品思想内容的要求。其要点为：一、必须直接表现斗争；二、一切矛盾冲突须由斗争解决，人物性格与精神世界通过斗争来显示；三、最终目的是写出必然的斗争道路，让读者获得某种方向感，或认识某种社会发展规律。

循此思路，周扬的批评往往将作品思想内容的归纳作为第一“操作规程”，具体的作法即是先看作品是否写了与革命斗争和工农兵生活相关的题材，如果写了，又看是否体现了阶级和阶级斗争的关系，然后从所写的内容中尽量发掘社会原因，即从阶级和阶级斗争的观点去理解和归纳主题意义。就小说或戏剧的评论而言，这种批评通常大都还要紧扣着“人物典型的塑造”而进行，以人物性格特征所代表某种阶级性的鲜明程度来衡定“典型性”的成功程度，虽然这种阶级性的表现又总是被要求带有一定的个性色彩，然而批评家着眼点并不在个性，而在于考察性格的形式和成长是否映现出激烈尖锐的阶级斗争（通常便是构成情节的矛盾冲突的基础）背景。最后，至关重要的是，人物性格的发展（通常不讲人物的“命运”）及其相关的故事结局还要求明确体现出革命斗争的趋势或某种时代的理想。周扬曾把赵树理的创作高度评赞为新文艺的“方向”，要求解放区的作者都来向赵树理学习。很重要的一条，是认为赵树理的小说塑造人物有新的特点。他赞赏赵树理“总是将他的人物安置在一定斗争的环境中”，而人物的心理变化都“决定于他在斗争中所处地位的变化，以及他与其他人们相互之间的关系的变

---

① 《〈把眼光放远一点〉序言》，《周扬文集》第1卷，第474页。

化”。[1] 这也表白了周扬批评的一个重要视点：以阶级关系、社会关系来印证人物的性格心理，为了这种“印证”的鲜明，通常不惜抛弃任何过于“个人化”的或容易被看作“超阶级”的那些心理性格的特殊性。作品人物的存在价值也只是由其能反映出社会的某种规律或趋向。这种批评的视点与前述典型性的要求相联系。而有时候，甚至直接要求作品的形象塑造能够明确体现特定的政策思想，配合特定时期内的中心工作。具体到评价某一作品，批评的侧重点可能有所不同，但其基本思路与操作程序大致就是这样的。

至于语言形式方面的批评，与思想内容方面的批评相比，一般都分量较轻，很少单独进行，也没有相对固定的范式。在多数情况下，周扬都是先作思想内容的批评，然后用较小的篇幅分析语言形式的特色。

在语言形式批评方面，周扬有其最基本的标准即“真正大众的语言”，或者说，是“农民化”的语言。这跟文学服务于工农兵的目标是紧密相关的。在 1946 年所作的《五四文学革命杂记》一文中，周扬是这样评价新文学语言的基本状况并提出对一种新型的所谓“真正的文学语言”的要求的。他说“我们对于‘五四’白话，首先必须肯定它是我们民族文学新语言，这种语言是中国文学史上从来没有过的”，但他同时又指出“这个白话离‘可读，可听，可歌，可讲，可记的语言’的标准还有相当距离，它还没有能够成为真正大众的语言”，在他看来，新文学语言最初没有完全摆脱文言诗与章回小说语言的痕迹，后来又普遍过分“欧化”。因此必须对现存的白话“进行一番改造的工作”。那么朝什么方向去“改造”呢？就是从“体验，观察，研究群众实际的生活与斗争中去努力学习掌握群众的语言，然后经过自己的创造去提高群众的语言”。这种文学语言标准具体运用到批评上，则是非常注重大众化、农民化。

在《论赵树理的创作》这篇比较重要的评论中，周扬称赵树理是“一位具有新颖独到的大众风格的人民艺术家”，除了因为他的作品非常真实生动地描写了“农村中发生的伟大变革”外，也因为“他在他的作品中那么熟练地丰富地运用了群众的语言，显示了他的口语化的卓越的能力”。周扬所讲的“口语化”指的是农民的活的语言，这是被认为比所谓欧化的学生腔更具生命力的语言，周扬看中这种口语化文学语言，理由只有一个，那就是这种语言直接来自群众生活，又易于为广大群众所接受。显然，周扬对文学语言要

---

[1] 《论赵树理的创作》，《周扬文集》第 1 卷，第 490、491 页。

求的实质是通俗化,因为通俗才能更好地宣传和教育。他在语言形式批评方面也相应形成了一些常用的批评概念,如“简练”、“生动”、“平易”、“自然”,等等,都和通俗性、群众性有些关系。

周扬的语言形式批评一般都结合内容的分析而进行,偏重于从修辞效果和用语风格的层面来衡定语言形式的艺术功力,极少就不同作家创作语言构成的特殊规律作深度的分析。而且他独钟一味,只推崇口语化、通俗化的语言形式,轻视和有意贬低其他风格类型的语言形式。

在批评文体方面,周扬几乎没有什么独创。因为他主要以一个领导者而不只是批评家的身份出现,他也无意建立一种有理论个性的批评文体,对他来说,最重要的莫过于通过批评体现某种文艺政策,或者纠正某种被视为非正统的不良的创作现象,或者有意引导某种革命的健康的创作风气,指明某种更有利于配合政治动员与教育的方法与体式。如果要说明周扬所常用的批评文体的特色,那么可以用“权威话语”来概括:他的批评无论从文气或常用语都足以使人感到他所代表的是“我们”,是一种领导指示式的批评意见,这种批评在多数情形下都不容许作为批评对象的作者或其他一般读者的异议,而且因为批评都比较原则,多以“思想斗争”① 的姿态进行,也很难提出异议。

这种动不动以“我们”的姿态出现的批评习惯或训导式批评文体,对40年代乃至后来的许多批评家都产生过大的影响。周扬说,“批评是实现文艺工作的思想领导的重要方法”②,既然目的是“领导”,那么文学批评就必须强化自己的“权威话语”。在40年代乃至五六十年代,常见那种处处代表“我们”而不只是“我”发表意见的批评,都是这种周扬式的“权威批评话语”的产物。如果我们综观周扬批评范式的“一点两线”,连同他的批评用语与文体习惯,就能更清楚理解这种政治性很强的“权威批评话语”。

四 人道主义与异化问题

1949年以后周扬仍然处于高层文化领导的位置,执行过许多“左”的政策,宣传过许多“左”的理论,这当然有他个人的责任。考察其文学思想发展轨迹,这些“左”的错误对他来说也有顺理成章的必然性。但周扬不是没有

---

①② 《新的人民的文艺》,《周扬文集》第1卷,第535页。

自己隐衷的。如果翻读一下“文化大革命”中红卫兵编的“黑话录”之类，其中透露周扬许多未正式发表的言论，对他所亲自宣传过的“左”的思潮理论就有过一些尖锐的批评。这些材料也许不足征信，但作为一种参考，多少也可以透视周扬某些矛盾心态。这种复杂的心态，值得写周扬传记的学者去认真探究。不过这里要指出，“文化大革命”中周扬被江青等“四人帮”当作所谓修正主义文艺黑线的代表人物，本来“左”的倾向却遭到更“左”的倾向的批判，这就完全走向反面，从历史逻辑看未始不是一件好事。

十年内乱，八载囚徒，经历大苦难磨炼与精神炼狱洗礼的周扬，理论思维豁然开朗，他对文学理论批评的思索也产生了一次大跨度的飞跃。“文革”后复出的周扬已霜染双鬓，垂垂老矣，但理论激情不减当年。所不同的是，周扬不再简单充当文艺政策的制定者与代言人，他开始比较超越地真正独立思考地研究和提出一些尖锐而又富于现实性的理论课题。他是以“过来人”的身份，站到新的历史高度去反思历史，总结马克思主义文学理论发展过程的经验教训，这种理论姿态又往往比纯粹的理论研究有更大的影响力。在复出后很短的时间内，周扬就又挺身于时代潮流的前列，在事实上充当了思想解放运动的一名积极的号手。

1979 年春天，周扬所作的题为《三次伟大的思想解放运动》的报告，重新清醒地正视了历史上长期存在过的“左”倾教条主义把马克思主义变成僵死教条而造成蒙昧主义的状况，也正视了“文革”后依然没有完全摆脱的为现代迷信所支配的新蒙昧主义，他强调破除迷信，解放思想，实事求是，反对僵化，这对促进当时思想解放运动无疑是一大推动。周扬给“三次思想解放运动”以高度评价，他的历史论证也许不够细致充分，也未能准确剖析“左”倾蒙昧主义在中国长期存在的原因，然而他将新的“思想解放”运动与五四与延安整风并列，这种“不断发展”马克思主义的思想模式正是被当时人们特别是文艺理论界所充分理解与接受的。

为此我们不能不格外重视周扬写于 1983 年的《关于马克思主义的几个理论问题的探讨》。这无疑是周扬晚年，甚至是他一生中最精彩最有理论深度的论作。这篇论文并非文学理论批评的专著，然而也直接论及了一些与文学理论相关的问题，例如人道主义与异化问题，更重要的是该论文所表现的理论思维的解放，对当代中国马克思主义文学理论批评的解放也有直接的启迪意义。

周扬这篇论文的立足点是以发展的眼光看待马克思主义，指出马克思主义不相信终极真理，而是一种发展的学说，要随着生产斗争、阶级斗争和科学实验这三大革命实践的发展而改变自己的形式，克服和纠正自身的缺点与错误。这个观点的重申是为了打破思想僵化和“左”的教条主义的状况。由此出发，周扬提出要重视认识论问题。认为中国革命的一大弱点是缺少马克思主义理论准备，表现在思想界，则是轻视和割断了马克思主义和德国古典哲学之间的联系，因而在认识论方面出了偏差。周扬指出了毛泽东的哲学思想既有坚持和发展马克思主义的一面，又有违背初衷，理论脱离实际的一面，例如用“一分为二”反对“合二为一”，把对立绝对化，造成了阶级斗争扩大化。另外，还指出毛泽东过分强调人的主观能动性，以至把上层建筑对经济基础的反作用加以夸大，造成主观主义的泛滥；而把理论为实践服务了解为单纯地为政治或阶级斗争服务，忽视理论的相对独立性，也形成了急功近利的不良学风。这些反思无疑也渗透着对半个多世纪以来马克思主义文学理论批评发展过程的经验与教训，例如“左”倾宗派主义、关门主义的教训，忽视文艺自身规律，将文艺等同于政治的教训，等等，周扬都将其上升到哲学理论的历史批判高度去重新认识。

在谈论认识论问题时，周扬重新大胆起用了康德和黑格尔的三个范畴，即感性、知性和理性，认为可以考虑用这三范畴去代替多年来理论界已习惯使用的感性与理性两范畴。周扬意识到人们几乎长期公认的这个观念：一旦形成概念判断即可以理性把握事物本质，其实是一种误解，原因就在于摒弃了知性这一概念。而知性和理性是有区别的，知性只能把知觉中的内容分解，使之变为简单的概念、片面的规定、稀薄的抽象，知性所达到的只是抽象概念或抽象的普遍性，并不一定能反映事物的整体、本质与内在联系。周扬指出，长期以来，人们由于摒弃了知性这一概念，常使之与理性概念混淆，结果知性的分析方法就往往被视为正确的方法而通行无阻，以至成为简单化、概念化的思想根源之一。周扬这种思考也许还值得哲学家们去做更深入的探讨，然而他提出问题的思维角度已经足以给文学理论批评界以某种启发：多年来一直很风行的那种往往急于将丰富的作品内容变成“简单的概念”或“稀薄的抽象”的批评行为，是否也与这种认识论上的偏差有关呢？是否也满足于将知性等同于理性的这种误解呢？

然而周扬这篇论文所论及的与文学理论批评最密切的命题，是马克思主义与人道主义的关系，其中又牵涉到“异化”的问题。

周扬重新肯定了“异化”是辩证的概念，并认为是贯穿马克思主义理论的一个重要的概念:在《1844 年经济学—哲学手稿》中对异化有过详细论述,后来把“异化”的思路贯彻到剩余价值学说中。周扬重提的“异化”理论,是导向人道主义的入口。周扬指出,马克思主义讲的理想中的人类解放,不仅是从剥削制度(剥削是异化的重要形式,但不是唯一形式)下解放,而是从一切异化形式的束缚下的解放,即全面的解放。他认为必须从人的全面而自由的发展为基本原则的社会形式中,去理解共产主义。“在这个意义上,不妨说,马克思主义确实是现实的人道主义。”

周扬充分肯定了文艺复兴以来人道主义思潮的进步历史作用,虽然他也力图区分马克思主义人道主义与以往资产阶级人道主义的本质区别,然而他更为强调的是两者的思想承续关系。周扬显然意识到了几十年来一直把人道主义和人性论当作反动的、修正主义的东西来批判,是有很大片面性的,甚至是错误的。他坦诚地承认自己过去有关这方面的文章和讲话,“有些观点是不正确或者不完全正确”。周扬对马克思主义人道主义含义的解说,为文学理论批评界探讨解决这一长期困扰并且争论不休的命题提供了大胆的思路。

80 年代中期文学理论批评界出现活跃的空气,有越来越多批评家热烈地探讨文学中的人道主义与人性等问题,不能说跟周扬这篇论文的引发没有关系。

前文说过,周扬一生的文学批评活动浓缩着半个多世纪的现代文学思想论争的历史。如果不理解历史,是不可能了解周扬的。我们没有必要去苛求历史,那么我们也不会苛求这样一位有许多错误、偏见而又有充分的历史存在理由的革命批评家。

第九章
胡风的体验现实主义批评体系

在中国现代批评史上,极少有人像胡风这样坚毅而执著地构筑了自己的文学理论体系,不是照搬别人的,而是真正经过独立思考的富于创造性的理论体系。不管赞成还是批判,欣赏还是反感,都无可否认胡风是很有理论个性的批评家。也许正因为理论个性太强了,太不"合流"了,胡风注定要横遭厄运,他为他的理论体系付出了惨重的代价。1979 年,当身陷囹圄 24 年的胡风终于获得平反而走出高墙时,他已经是一位 77 岁的脑神经混乱症患者,怀着无尽的恐惧时时迷失于受诬陷的幻象。历史无情地摧残了这位批评家的坚强的灵魂,人们很难相信他就是当年在理论上自成体系叱咤文坛的胡风。①

胡风其实是力图以马克思主义的视点去解释文学精神现象,构筑其文学理论体系的。然而他的理论主张又长期被视为马克思主义的异端。胡风的文学理论主张在众多持马克思主义观点的批评家看来,的确是太"标新立异",简直独来独往。当年文学界的马克思主义批评毕竟不成熟,教条主义与"左"的气息比较重,很难容纳不同的意见,更不用说不同的"体系"。如果说 30 年代中期胡风与周扬关于"典型"的论争更多的还是作为左翼文坛内部的学术论争,40 年代后期进步文艺界对胡风的理论围剿就开始趋向政治批判了,到 1955 年,终于又把胡风的理论问题上纲到"反革命"的性质,以至在全国引发清查所谓"胡风阴谋集团"的大规模政治运动。历史发展中形成某些曲折的原因是非常复杂的,这里不可能深入探讨,但无可否认的是,除了"左"的错误,文艺界的宗派主义利用了政治斗争手段,排斥异己,也是造成胡风冤案的原因之一。

---

① 参阅梅志:《胡风沉冤录》,科学出版社 1989 年版。

胡风一案对我国作家和知识分子的文化心态产生消极的影响,同时也直接影响到文学理论的导向:起码在进入80年代之前,由于胡风的理论涉及革命文学的一系列重大课题,带政治敏感性,人们不能也不敢怀疑、讨论、研究,成了“禁区”。庆幸的是,在胡风一案平反后,特别是80年代思想解放运动带来蓬勃的理论生机,人们清算文学工作中“左”的错误,呼唤活跃的局面,胡风的文学主张才再次引起批评家的关注,人们希望从中引发一些新的思考。有一位研究者说,胡风“至今仍然是个没有结束的话题”。[①] 事实正是如此,把胡风作为正常的学术问题来讨论,现在还只能说是刚刚开始。

下面,对胡风的文学理论作简要的述评,先探讨胡风理论体系的基点与架构,包括支持其体系的几个主要命题,然后分析胡风理论形成的历史条件及其命运,最后谈谈胡风文学批评的得失。

一 以“主观战斗精神”说为基点

对胡风的文学理论体系,学术界至今没有找到一种比较准确而又获得共识的概括。在这里,笔者试图用“体验现实主义”来概括。

胡风自己并没有使用过“体验现实主义”一词。这个概念原是文学史家严家炎先生提出的,他在一次讨论胡风理论的座谈会上说:“在历来的现实主义文学理论家中,还没有哪一个人像胡风这样把作家主观作用强调到如此突出的程度。胡风与七月派作家的这一重要思想,终于促成了中国小说史上一种新形态的现实主义文学——‘体验的现实主义’的诞生。”[②] 严家炎先生用“体验现实主义”来标明胡风理论影响下的小说流派,是很确切的。我这里借用来涵指胡风文学理论体系,是考虑到这一概念同样能鲜明地反映胡风理论的特点。

“体验现实主义”首先是“现实主义”,胡风历来都是主张现实主义的,而他讲现实主义却又重体验,突出作家在创造中的主观能动作用。如果承认在现实主义文学的共同倾向中可以有不同的理论创作的个性追求,那么胡风理论中最有特色的地方恐怕就是“重体验”了。

对胡风的理论也有从不同角度去概括的。例如,有人根据胡风重视写

---

① 樊骏:《胡风——尚未结束的话题》,载《文学评论》1988年第5期。

② 严家炎:《教训:学术领域应该“费厄泼赖”》,载《文学评论》1988年第5期。

人，而将其理论概述为“人本主义的现实主义”[①]；或者由于胡风强调“主观精神”，而称之为“主观的现实主义”。这些概括或嫌笼统，或者不够准确，不如称之为“体验现实主义”来得贴切。胡风的现实主义理论主要是从文学运动和创作的实际经验中总结的，而不是靠理论推导出来的；他比其他现实主义文论家更关注和强调创作中“体验”的重要性，他的全部理论的基础也在于对作家创作中主观体验的探讨研究，以“体验现实主义”概括胡风理论，正是充分注意到这一特征。

现在我们可以从胡风的理论和批评中把握一些最基本的概念，然后循此层层分析他的体系。

首先引起我们注意的是“主观战斗精神”。这个概念在50年代批判胡风文艺思想的运动中使用最频繁，几乎成了胡风理论的代名词。胡风的论著中并没有出现过“主观战斗精神”一词，他常用的说法是作家的“主观精神”、“主观力”、向现实艰苦的“搏战”，等等。不过胡风并不反感批判他的人从他的理论中提取出来的“主观战斗精神”一词[②]，虽然彼此所理解的内涵可能是大相径庭的。

胡风在不同的场合对“主观战斗精神”有不同角度的论述，其核心含义是强调作家在创作过程中，包括观察体验及反映生活的全过程中，充分发挥自己的主观方面的能动作用。

胡风把“主观战斗精神”解释为现实主义创作的态度或胸怀，并力图从五四新文学与鲁迅那里取得理论的支撑。他引申鲁迅在五四时期提倡的“为人生”和“改良这人生”的口号，认为“‘为人生’，一方面须得有‘为’人生的真诚的心愿，另一方面须得有对于被‘为’的人生的深入的认识，所‘采’者，所‘揭发’者，须得是人生的真实，那‘采’者‘揭发’者本人就要有痛痒相关地感受得到‘病态社会’底‘病态’和‘不幸的人们’底‘不幸’的胸怀。这种主观精神和客观真理的结合或融合，就产生新文艺底战斗的生命，我们把那叫做现实主义。”[③]

---

① 魏绍馨：《人本主义的现实主义创作论》，载《中国现代文学研究丛刊》1988年第4辑。

② 胡风在《胡风评论集·后记》中承认：“我的文艺观点如‘主观战斗精神’……等”，还提到“连我说的‘主观战斗精神’”，可见并不反感甚至还认同了“主观战斗精神”这一提法。参见《胡风评论集》下册，第405、406页。以下凡胡风的文字，皆引自人民文学出版社1984年至1985年出版的《胡风评论集》，不另注明版次。

③ 《现实主义在今天》，《胡风评论集》中册，第319页。

胡风也讲主客观的结合和统一,但这里强调的是"主观精神",认为现实主义的关键在于对现实有主动的人生姿态,包含"痛痒相关的感受"的"胸怀"。他是从要求主动而且真诚地"感受"生活这一角度去理解和阐发鲁迅所开创的现实主义传统的。这样,胡风就把"主观精神"的内涵归结为作家个人的素质、事业心和人格等方面因素。他对"主观精神"更明确的解释是"作家底献身的意志,仁爱的胸怀,由于作家底对现实人生的真知灼见,不存一丝一毫自欺欺人的虚伪"。①

胡风所提出的"主观战斗精神",首先可以理解为作家的人格素质的要求,包括面对现实生活的主动真诚的姿态。在下文评述其理论产生的背景时还将看到,胡风既反感那种脱离社会与时代的"名士才情"文学,对局限于形象地解说现成革命理论,而缺少作家情思与独创性的作品也表示不满,他要求继承与发扬鲁迅"为人生"和"直面人生"的现实主义精神,是焕发作家的真诚与责任感,让作家都努力成为对现实人生有"真知灼见"而又对文学事业有献身精神的"战士"。

30 年代文坛有各种不同的创作口号,偏重个性表现或主体人格的追求的口号也屡见不鲜,但作为倾向现实主义的革命文学理论家却又格外注重"主观精神"的,大概只有胡风。他确实一出现就很引人注目。人们读了他最初的几篇批评论著后,很快就形成了一种印象:胡风很"狂",但有锐气,有理论实力。他提倡的"主观精神"绝不是喊喊新异的口号,而是比较系统深入的理论探求。

胡风注重从创作规律本身,特别是从创作心理学的角度去探讨"主观精神"的重要性,这也是一个特色,起码在当年左翼的、革命的文学理论家中还较少顾及这一课题。胡风在这一点上也形成了理论个性。他把自己全部文学理论的重心,放到研究从生活到作品的"中介"方面,特别是作者的主体因素在创作过程中的决定作用。虽然胡风基本上是一位"反映论"者,始终认为文学是社会生活的反映,但他比同时代其他任何文论家都更关注创作过程复杂的主体活动,他坚持的是能动的反映论,反对把创作过程说成是被动的机械的"反映"。在三四十年代,"左"倾机械论的影响使许多人都相信作家的头脑就是反映生活的"镜子"、传达思想的"容器",或者是宣传某种观念的"留声机",胡风却提出作家的头脑应当是一座"熔炉"。也许我们抓住"熔

① 《现实主义在今天》,《胡风评论集》中册,第 320 页。

炉”这个提法，就可以找到研究胡风理论的切入口。

1935年胡风在《为初执笔者的创作谈》中第一次用“熔炉”来比喻创作过程作家“孕育”题材的活动。胡风说：“作家应当好好地孕育他的题材”，“不要看到了一点事情就写，有了一点感想就写，应当先把这些放进你的熔炉里面”。胡风的意思是作家应该写自己受了感动的、消化了的、有深知的东西，因为“真正的艺术上的认识境界只有认识底主体（作者自己）用整个精神活动和对象物发生交涉的时候才能够达到”。[①] 这个交涉的过程，就像“熔炉”中的熔铸，其中主体对客体（包括题材）的选择、渗透形成互相交融的类似化学上的化合反应。胡风后来还用过诸如“燃烧”、“沸腾”、“化合”、“交融”、“纠合”等比喻，来说明创作中作家头脑所起的“熔炉”作用。这些比喻都有意突出“主观精神”的热烈、饱满与主动，而客观的东西正是通过“主观精神”极为活跃的“熔炉”般的熔铸，才结晶为作品的内容。

胡风还具体探讨了创造形象过程中作家的想象、直观等属于“主体”方面的因素是如何完成现实性与虚构性的“纠合”的。他认为“作家底想象或直观在现实的材料里面发现出普通人眼看不见的东西，给以加工、发展，使他的形象取得某种凸出的鲜明的面貌。在这里就有了作家底主观活动，作家底对于现实材料的批判，在这里就出现了作品底对于时代精神的反映”。他还说，“在创作活动底进行中，作家底思想或观念和对象间的化合作用逐渐地完成，或者被对象所加强，或者被修改。”胡风这些思索所探讨的创作“主体”与写作的“对象物”发生复杂的精神“交涉”的规律，即“熔炉”中熔铸创造过程。[②]

在另一篇文章里，胡风更明确地把“想象力”、“感觉力”等看做是作家必备的“才能”，也是创作“熔铸”过程中极为重要的条件。他说：“作家底想象作用把预备好的一切生活材料熔合到主观的洪炉里面，把作家自己底看法，欲求，理想，浸透在这些材料里面。想像力使各种情操力量自由地沸腾起来，由这个作用把各种各样的生活印象统一，综合，引申，创造出一个特定的有脉络的体系，一个跳跃着各种情景和人物的小天地。”[③]

---

① 胡风在《为初执笔者的创作谈》中介绍苏联文学顾问会《给初学写作者的一封信》和法捷耶夫的《我的创作经验谈》，其中“熔炉”的说法受到法捷耶夫关于题材孕育过程类似“化合”作用的说法的启示。见《胡风评论集》上册，第230页。

② 《胡风评论集》上册，第222页。

③ 同上书，第312页。

看来胡风在探讨创作心理活动过程时，是格外关注想象、直观、感觉等主观因素的，他一般很少讲思想、观念对创作的指导作用。在他看来，思想、观念不应是创作过程中外加的，而应该原本就是作家生活经验的结果，并作为决定作家精神面貌的一种生活欲求而存在。胡风并没有否定正确的思想、观念对于创作的指导，但他在探讨创作精神活动时，特别注意作家的情感、想象、直观等因素，他所说的“主观战斗精神”，显然包括这些因素，并由此考察作家不同的个性和感性色彩。这也是胡风区别于同时代其他批评家的一个理论特征。

胡风论述“主观战斗精神”在创作中的重要作用，有些观点和提法给人的印象很深，特别是他所提出的“相生相克”的说法。这是从苏俄作家阿·托尔斯泰创作经验中得到的启示。阿·托尔斯泰曾讲过他的“写作过程，就是克服的过程。你克服着材料，也克服着你本身”。[①] 胡风拿这观点大加发挥，认为“这指的是创造过程中创造主体（作家本身）和创造对象（材料）的相生相克的斗争；主体克服（深入、提高）对象，对象也克服（扩大、纠正）主体，这就是现实主义底最基本的精神”。胡风还解释说，作家对“材料”不能停留于观察、搜集、研究、整理之类，“一切都得生活过，想通，而且重新感受”，真正“深入了对象内部”，“带着最大限度的紧张去感受生活的结构”，由此获得“深刻的艺术的兴奋”。胡风所说的“相生相克”的斗争同样是依持“主观精神”的。作家的“主观精神”深入和提高创作对象，而创作对象反过来又扩大、纠正“主观精神”，两者同步进行。胡风很能体会阿·托尔斯泰所说的意思：“艺术家是和自己的艺术一同生长的。”循此思路，胡风把艺术创作的实践看作是作家生活实践的重要组成部分。后来这成了胡风文学理论的立足点之一。在下文还将看到，胡风对许多重要的理论命题的思考，诸如创作与生活、世界观与创作方法、题材问题，等等，都与这一观点有必然的逻辑联系。

胡风还有一个著名的说法，是创作的“受难”的精神。他在《略论文学无门》中提出，创作不能不以生活的“经验”为基础，但生活的“经验”的丰俭也并非决定作品是否成功的主要条件，关键是从生活到艺术这中间必须经作者“受难”的过程，这种“受难”体现为作家“呕心镂骨地努力寻求最无伪的、

① 这一段引文均见《人道主义和现实主义的道路》，《胡风评论集》下册，第66、67页。

最有生命的、最能够说出他所要把捉的生活内容的表现形式”[①]，体现为作者苦心孤诣地追求达到一种与自己的身心能融然无间的艺术表现，达到自己所理解的人生与艺术的“拥合”，当然也就包括前文谈到的“相生相克”。胡风用“受难”的说法突出了创作过程中作家艰苦、复杂甚至是痛苦的心理活动，强调了“主观精神”对于创作完成的决定性作用。胡风试图用“受难”的观点去纠正当时普遍流行的一种认识，即忽视作家在从生活到作品中间所起的“中介”作用，抽掉作者本人在创作过程中“主观精神”的生发及其向作品的“拥入”。他把这种忽视创作“中介”的看法称为太普遍了的“艺术的悲剧”。

胡风关于“受难”的观点，跟他对创作心理动因的理论认识有关。在文学与生活的关系上，他赞同前者是后者的反映；但具体到作家如何进入创作，如何将生活经验转化为艺术体验，这属于创作心理学层次的问题，一般的“反映论”不能完全解决这问题。胡风适当吸收了本世纪初以来西方颇流行的“生命欲求说”来探讨这一课题。他认为“伟大的作品都是为了满足某种欲求而被创造的。失去了欲求，失去了爱，作品就不能够有真正的生命”。[②] 胡风反复讲作者只有对生活有了真切的感受，有一种欲罢不能的艺术表现的冲动，才能真正进入良好的创作境界。他还常用“主观精神”的“突击”、“燃烧”、“蒸沸”以及“拥抱力”、“把捉力”、“搏战”等等说法，多少都带有“生命力”表现的意味。胡风还特别欣赏那种能写出“受难的灵魂”、“向人生搏击的精神力”、“火辣辣的心灵”以及沉重的“精神上的积压”的作品，这在很大程度上也因为他看重与提倡表现“生命力”的本色。

胡风早年曾经读过日本厨川白村的论作《苦闷的象征》，这是鲁迅翻译并赞赏过的一本文学理论书。其用“人的生命力受到压抑而产生的苦闷与懊恼”去解释文艺的“根柢”，把创作的动力归到性的苦闷，虽然有“泛性论”的偏颇，但其将创作论与鉴赏论联系到心理学上的分析，却无疑是远远高出于庸俗社会学的。鲁迅也赞赏过厨川白村关于没有精神上的追求(苦闷)就没有创作的见解。胡风关于创作过程“受难”的观点以及创作以苦闷为心理动因的观点，显然借鉴过厨川白村，但也有他自己的理论发挥。直至晚年他再次谈到厨川白村对自己的影响时，还说，厨川白村的理论虽有唯心论的片

① 《胡风评论集》上册，第 392 页。

② 同上书，第 224 页。

面性，但其肯定“创作过程总是从这种主观需要（苦闷）出发”则是对的，有积极意义的①。

胡风提倡“主观战斗精神”，主要是从创作论的角度重视研究和发挥作家的主体性，同时也是为了强化作家的使命意识，丝毫不意味着脱离客观现实，也并不必简单地如过去有些批判者所做过的那样，给他扣上“唯心论”与“个人主义”的帽子。胡风的“主观战斗精神”说其实有很实际的时代内涵，那就是纠正二三十年代形成的文学上的庸俗社会学与机械论等“左”的影响以及贵族化的文学倾向，恢复五四现实主义的批判精神，振发革命文学的活力。具体来讲，胡风提倡“主观战斗精神”是左右开弓，既反对“性灵主义”，又反对“公式主义”和“客观主义”。胡风的理论很个性化，也很放得开思路，但他并非那种为了构设体系而大摆理论架势，甚至以理论自显自误的“理论家”，他所提出的理论命题都是有现实针对性和建设性的，是他对文学发展历史与现状思考的结果。

不过，也要指出胡风以“主观战斗精神”说为基点的现实主义理论，是有偏执和不完善的。他强调“体验”在创作过程中的重要性，而且格外注重想象、直观、感觉等主观因素，虽然并不排斥思想、观念对创作的指导，但也未能充分说明创作中的理性思维的重要作用，实际上他有时已将“体验”放到至高无上的位置，并与理性思维对立起来。这样来解释创作论起码是不全面的。但是由于三四十年代的马克思主义批评对于创作过程的具体研究还很薄弱，胡风这种并不全面的探讨又有其特殊的价值。

二　针对性灵主义、公式主义和客观主义

胡风文学理论的雏形是30年代中期，即1935年前后形成的。他的理论形成期的论著，多收在《文艺笔谈》（收1934—1935年文章）、《文学与生活》（1936年）、《密云期风习小记》（1935—1938年）三本论集中。其中较早较重要的论文，如《林语堂论》（1934年）和《张天翼论》（1935年），是他作为批评家闯入文坛的标志，一开始就显示了他鲜明的理论立场：主张承继五四现实主义传统，发挥作家的“主观战斗精神”，以克服当时文坛上存在的“性灵主义”、“公式主义”和“客观主义”三种倾向。作为他后来整个理论体系基

① 胡风：《略谈我与外国文学》，载《中国比较文学》杂志1985年第1辑，浙江文艺出版社出版。

点的“主观精神”说,是他对这三种文学倾向斗争与纠偏的产物。

30年代中期的文坛的确存在“性灵主义”与“趣味主义”的文学潮流。其突出的代表是周作人、林语堂为核心的语丝—论语派。这一派的主要作家在五四时期也曾积极参加新文学的倡导与建设,有的还是新文化运动与新文学运动的骨干。到20年代中期,《语丝》的主要撰稿者如周作人、林语堂,还常写富于现实批判与抗争意义的杂感散文,坚持五四思想启蒙的文学宗旨。但后来《语丝》的作家就分化了,周作人、林语堂先后变得消沉,脱离时代主潮,放弃原来比较偏重社会功利性(如思想启蒙)的文学主张,而转向把文学作为寄托个人情志的“自己的园地”,或把文学纯粹当作“性灵”的表现。30年代影响颇大的《论语》、《人间世》,推崇“以自我为中心,以闲适为格调”[①] 的小品创作,在内容上常表现出士大夫的闲居情趣与怀古的幽思,明显地回归甚至沉醉于传统旧文化。虽然实际情况要比这里概述的要复杂,但胡风试图以“性灵主义”来概括这种背离五四新文学运动战斗精神的文学倾向,大致是符合实际的。

属于“语丝—论语”派的这部分作家大都是自由主义者,较多接受某些西方现代思潮的影响,反对政治上与文化上的激进主义,对中国传统文化的得失和社会的变革都持比较稳健的态度。反映到文学观念上则“向内转”,从事功社会转向个人性灵情趣。胡风《林语堂论》,是把林语堂的“倒退”看作一种社会精神现象,一种贵族化的脱离现实的文学倾向。胡风拿林语堂“开刀”,因为当时林氏主编的《论语》等刊物影响大,在倾向自由主义的文人中有代表性。这篇文章实际上还触及了周作人,文中批评周作人的“趣味主义”再也没有昔日那种真实意义上的“叛徒”存在。胡风并不否认周作人、林语堂在五四时期也曾有过“战斗的”姿态,但指出他后来“从人间转向了自己底心里”,艺术作品带上“地主庄园诗人”的“方巾气”,不再是“生活河流里的真实通过作家底认识作用的反映,而是一种非社会性的‘个性’或‘心境’底‘表现’或‘反照’了”。

胡风当时是左翼的批评家,使命感很强,很看重文学的社会意义与时代内涵。他意识到周作人、林语堂回归传统文化时所表现的那种消极、保守的心态,在许多知识分子中是有腐蚀力的,他认为这是对五四反封建战斗精神的背弃。胡风对周作人、林语堂的性灵、趣味文学纯粹做阶级分析,完全否

① 《发刊词》,载《人间世》1934年4月第1期。

定其社会价值，未免也过于简单化，表现出"左"的机械论的影响。胡风反对性灵、趣味文学，是从文学的外部关系衡量作品意义，认为世态如此凄惶，人们是无暇去欣赏《论语》杂志那样闲适、幽默的脱离现实之作的。胡风反对周作人、林语堂的"趣味主义"、"性灵主义"，其意图终究在于强化正在一部分作家中日益萎缩的"主观战斗精神"，恢复五四时期那种面对现实的抗争力量，复苏五四现实主义传统。

胡风提倡"主观战斗精神"并不如后来他的批评者所说的是主张"个人主义"，使文艺"脱离社会斗争实际"。恰恰相反，胡风一开始就强调作家要发挥面对现实积极参与现实的主观抗争精神。胡风后来逐步形成的以"主观战斗精神"为基点的体验现实主义，正是对以个性至上为标榜的"性灵主义"的反拨。在30年代后期，胡风还批评过"京派"所主张与现实保持距离的"冷静超脱"的文学观以及标示名士才情的"风雅""安泰"的创作，渴望更多地表现"京派看不到的世界"，即作家真正将主观"融合"进"生活底纠纷"的那种真实生动的现实图景。[①]

胡风提倡"主观战斗精神"所针对的第二种文学倾向，是"公式主义"。这是无产阶级革命文学运动中长期存在的文学现象，胡风把它看成是一种创作"态度"与"看法"，即"从一个固定的抽象的观念引申出来，不顾实际生活的千变万化的情形，无论在什么场合都把这个固定的看法套将上去"。[②]他举例说，如写农民受压迫与反抗，一些作家不从丰富的生活实际出发，而从先定的观念出发，"定规地要写农村底衰落和地主底压迫，接着是农民底觉醒和反抗"，同类题材作品都有同样的"公式"。胡风批评这样做"只是演绎抽象的观念，那结果只有把生活弄成死板的模型，干燥的图案"，弄成标语口号化。胡风认为在这种"公式主义"的创作过程中，作家成了傀儡或工具，不可能发挥应有的主观精神，"由生活里汲取热力"，也就不能在创作中贯注"作者的情愫"。这样制造出来的作品，只能是承担政治教化动员的宣传品的任务，和真正具有艺术力量的作品是两码事。

胡风在他初期所写的一系列文章中屡屡批评"公式主义"，挖这种弊病的根子，认为这主要是苏联"拉普"的"左"倾机械论和庸俗社会学的消极影响。1932年苏联提倡社会主义现实主义，开始清算"拉普""左"的错误，包

---

① 关于胡风对"京派"的批评，可参见《蜈蚣船》，《胡风评论集》上册，第139、140页。

② 《胡风评论集》上册，第305页。

括“唯物辩证法创作方法”的消极影响，这对中国左翼文学也有很大的触动。1933年11月社会主义现实主义的理论传入中国后，逐步展开了对革命文学运动中“左”的影响的批判与反思。胡风反“公式主义”，即与这种反“左”的形势有关。[①] 不过胡风对“左”的危害看得更重，要求也更高，他认为革命文学阵线对拉普影响的清算并不坚决彻底。30年代后期，特别是抗战初期，机械论和庸俗社会学的文学观点又死灰复燃，把文学单纯作为宣传工具或廉价地发泄情感的手段的现象又很普遍，创作中常见图解观念，性急地直奔主题的毛病。胡风认为这仍是以往左翼文学中“左”的偏误的持续。胡风不遗余力地反对这些“公式主义”的表现。他认为革命文学运动中“公式主义”长期流行，归根到底在于错误地将文学当作传达观念或理想的工具，作家成了“政治的留声机”，根本不用经过自己的理解与体验去创作，也无须乎写出艺术个性的作品世界，这样，文学也就失去了文学的特点，不可能发挥其应有的艺术力量。胡风正是充分考虑到反对“公式主义”这种理论的需要，才大声疾呼提倡“主观战斗精神”的，他要求作家真正与生活融合并超出生活之上，在创作过程中融进自己对生活的理解与“热力”，也正是为了从根本上克服长期存在的“公式主义”的文学倾向。

不过胡风认为对左翼文学、革命文学危害更大的是“客观主义”，因此他用更多的精力投入到对“客观主义”的批评。

“客观主义”有时胡风又称之为“自然主义”。胡风使用“客观主义”的概念，通常是指被动地“奴从现实”[②]，在复杂的生活面前不能发挥主观能动作用去把握现实的本质意义，不能在创作中注入作家独特的理解和艺术个性、热情，等等。1935年胡风写《张天翼论》时，就提出了克服这种“客观主义”的倾向。应该说，胡风把张天翼作为“客观主义”的代表，是有些苛责的。张天翼并非没有倾向与情热的写实家，他的创作在30年代前期文坛引起广泛关注，并对革命的浪漫谛克风气起着纠偏的作用，胡风对此没有足够的评估。然而胡风批评张天翼，其关切点不限于一位作家，他是试图以此为典型，剖析一种文学倾向，即注重社会剖析的创作倾向的得失。追随这一倾向的作家用阶级分析、经济关系分析的眼光去观察生活，反映生活，强调对现实的本质的理性把握，展示社会生活发展的规律与方向。这种倾向的创作

---

① 参考笔者所著《新文学现实主义的流变》第二章第五节，北京大学出版社1988年出版。

② 《现实主义在今天》，《胡风评论集》中册，第420页。

在30年代中后期影响极大,主导着当时的文坛。一大批左翼作家和进步作家,如茅盾、叶紫、张天翼、沙汀、周文、吴组缃,等等,都遵循这种注重社会剖析的创作路子。与初期革命文学特别是革命的浪漫谛克的创作相比,这些作家的作品确有新气象,大贡献,也比较充分适应了当时的社会审美要求。然而敏锐的胡风从当时普遍称扬的文学倾向中看到潜在的弊病,即"客观主义"及其"病因"——"社会决定论"或"社会宿命论"。他是从如何发挥作家创作的"主观精神"的角度,来思考文坛上存在的这些弊病,并提出反对"客观主义"的。

1935年5月,胡风在《张天翼论》中首先提到克服"客观主义"的这一课题。随后,在对欧阳山小说集《七年忌》的评论(题为《七年忌》,1935年7月13日)、《为初执笔者的创作谈》(1935年10月13日)以及《文学与生活》(1936年)、《M.高尔基片断》(1936年6月16日)等一系列文章中,继续强调创作过程中作家的主观精神,反对"冷观"的"客观主义"。胡风认为,"客观主义"仍是"唯物辩证法创作方法"影响的恶果。这种"左"倾机械论把"唯物主义"当作一种"宿命论式的达观的生活态度",当作一种脱离社会实践的教条,让作家拿着这种教条去看世界,看人生。作家在"看"的过程中并没有属于自己的痛切的体验与感受,所表现出来的只是一副"都不过如此,都应该如此"的"神气"[①]。胡风固然肯定张天翼"面向为现实人生"的那些"世态讽刺"小说,对于扭转"革命浪漫谛克"的浮嚣空气是一大进步。但他认为普遍称赞的张天翼的创作也还存在"左"倾机械论的消极影响,具体表现就是在揭露现实时过于"冷观","隔着一个很远的距离",有点高高在上;主题思想虽然正确,但"他的大多数人物好像只是为了证明一个'必然'";尽管作品写出了种种社会样相,也写出了某种社会的"本质"或"趋向",但由于缺少流贯其中的"作者的热情",也就达不到"迫人的实感"。

其实张天翼的讽世之作也并非完全没有主观情热的贯注,胡风的批评是有些过头的。然而胡风通过对张天翼的评论所指出的那种"客观主义"的现象,在当时相当一部分创作中也是存在的。30年代中期苏联社会主义现实主义传入后,虽然也开始清算"左"倾机械论的影响,但确实有些雷声大,雨点小。许多文论家和作家在接受社会主义现实主义这一口号的同时,并没有清醒地与以往"唯物辩证法创作方法"等"左"的错误划清界限。因此又

---

① 《胡风评论集》上册,第36—37页。

出现一种现象：光是注重历史地、发展地写出生活的趋向，以增加作品理想性去激励人、教育人，而不注意写自己真切体验过的有独特个人感受的社会现实，也不重视发挥创作中的主体性因素。胡风指责这种状况说，“如果只是带着朴素的唯物主义观点在表面的社会现象中间随意地遨游”，那么，“认识就很难深化”。他提出创作过程必须是“作家本人和现实生活的肉搏过程”，是“作家本人用真实的爱憎”去深入观察并反映生活的过程。他认为只有将历史唯物主义等认识化为作家自己强烈的思想要求，并促动作家在创作中“向现实对象艰苦搏斗”，才能把丰富的现实内容转变为真实的艺术生命。[①] 实际上是试用以强调“主观战斗精神”去克服被动地反映“必然”的“客观主义”倾向。

胡风是针对以上所说的三种文学倾向而提倡“主观战斗精神”的。他一踏上文坛，就左右开弓，既反对“性灵主义”，又反对“公式主义”和“客观主义”。对于后两种倾向，他常捆在一起批，因为这两种倾向是互相转化的。直到 1948 年写《论现实主义的路》，还以副标题声明此书是“对于主观公式主义和客观主义的粗略的再批判”。但越到后来，胡风就越是关注对客观主义的批判和克服，他认为“客观主义”对文学发展的阻碍更大。胡风是在对五四以来新文学，特别是左翼的和进步的文学进行比较全面反思之后，才酝酿与提倡“主观战斗精神”说，深化对现实主义的思考。他的思考不同凡响，尖锐触及了当时存在的一些亟待解决的问题，却也因全面出击而“树敌太多”，加上一些观点较偏执，很难被当时文坛所接受，反而越来越成了众矢之的。

胡风关于“主观战斗精神”的主张，是在 30 年代中期反对三种文学倾向中初步形成的，但当时还多是就具体作品评论而提出一些看法，不成系统，也缺少充分的理论阐述。例如他一直坚持反对“客观主义”，指出了“客观主义”思想方法与创作方法上“左”的表现及外来影响，却始终未能透彻说明“客观主义”之所以长期普遍存在的社会历史根源。在这一点上，与胡风同时代而且观点有所接近的冯雪峰就比较清醒。冯雪峰在他的《论民主革命的文艺运动》（1946 年）一文中也曾抨击“客观主义”，但他注意到并试图“于

① 《论现实主义的路》，《胡风评论集》下册，第 302 页。

展开思想方法上的斗争的同时，更着重于研究社会的、阶级的、历史的根源”[①]。而胡风对客观主义及相关的一些错误倾向的根子挖得不深，他于此而进行的体验现实主义的探索也就难免有简单化的地方，甚至理论上也还有漏洞，在反对“左”倾机械论时，又未能完全摆脱“左”的理论牵制，他的某些观点的偏执即与此有关。胡风显然也感到需要寻找理论支柱，就求助于五四现实主义文学传统与鲁迅，大概还可以加上高尔基与厨川白村，等等。30年代中期到抗战前期，胡风针对当时战争条件下现实主义衰落停滞的状况，重点思考如何使文学既适应民族战争需要又发扬五四现实主义传统，其对“主观战斗精神”的提倡就更明确地上升到理论阐释的高度。从这一基点出发，在诸如怎样看待“生活源泉”、如何认识“知识分子与人民的关系”以及如何处理人民身上的封建主义影响等问题上，胡风都进行了比以前更深入的理论探索。特别是经过参与40年代初有关“民族形式”问题的讨论，胡风力求全面系统地总结五四以来新文学的经验得失，他的文学理论围绕“主观战斗精神”这一基点，又找到几方面的理论支柱。这一阶段的论作多收在《民族战争与文艺性格》(1937—1941年)、《论民族形式问题》(1940年)和《在混乱里面》(1941—1943年)三集中。

到40年代中后期，毛泽东《在延安文艺座谈会上的讲话》为解放区的文艺工作确立了方向，有关革命文艺的一些重大问题，如文艺与生活、文艺与政治、作家世界观与创作、知识分子与人民群众、歌颂与暴露，等等，引起广泛热烈的讨论。尤其是1945年初至1947年底围绕“主观论”以及现实主义问题，展开了大规模的讨论，胡风受到普遍的批判。但胡风并不轻易放弃自己独立思考的主张，也不违心附和他所不赞同的意见，普遍的批判促使他更全面深入地思索问题，将自己以前所提出的论点与命题更理论化、体系化[②]。胡风对“体验现实主义”理论架构中各个支点的比较系统的探究，集中体现在这一时期写的《逆流的日子》(1944—1946年)、《为了明天》(1946—1948年)两集中，尤其是《论现实主义的路》一书，更显示了一种比较成形的理论体系。

最后顺便提到的是，胡风1954年写的《关于几个理论问题的说明材

① 冯雪峰:《论民主革命的文艺运动》,《冯雪峰论文集》中册，第69页，人民文学出版社1981年版。

② 参考笔者所著:《新文学现实主义的流变》第三章，第三节。

料》,长达十万言,主要是为了反驳他的批评者而写,其中论及有关革命文学发展的五方面重大问题,即关于生活或生活实践、世界观、思想改造、题材以及民族形式等问题。他对这五个问题所提出的观点,后来被批判者斥为“五把刀子”,成为胡风的“反革命”罪状之一。胡风所持的理论观点多是三四十年代论争中形成的,建国后他又结合历史经验总结作更完整的理论阐发。由于当时特定的政治氛围和历史条件,胡风对自己的理论也作了一些修正与自我批评,但其基本论点与主要命题仍保留,而且在对于他的批判者的驳论中更呈体系性。这篇长文对于了解胡风的理论体系也是相当重要的。

三　构筑体系的三个支柱

胡风以“主观战斗精神”为基点所构建的体验现实主义体系,如前所说,主要是对三四十年代革命文学运动的实际经验的总结,而不是理论推导的结果,胡风的文学理论有很强的现实性。我们从他的大量的文学论评观点中找到三个最重要的论点,即“到处都有生活”说,“精神奴役创伤”说以及世界文学“支流”说。这三个主要论点是支撑其体系的三根“理论支柱”,都是非常现实而又在文坛长期争论不休的问题。理论争战中始终比较孤立、容易被视为异端的胡风在上述每一个问题的探讨上都表现出某些偏执,这些“偏执”又都是针对革命文学运动中长期存在的“左”的倾向的,胡风在特定历史条件下对现实主义所作的许多比较清醒却又不见得完满的思考,除了有历史价值,不可否认还有长久的深入的理论价值。

首先,在题材问题上,胡风主张让作家有充分的自由,不加以任何规定或限制,也无须硬性划分重要、次要或禁区,作家完全可以也应当根据所熟悉的生活范围和适于自己艺术创造力发挥的条件去确定写作题材。

这就牵涉到对“生活”或“生活实践”含义的理解。胡风的理解是比较宽泛的,他的一句有名的话是:“哪里有人民,哪里就有历史。哪里有生活,哪里就有斗争,有生活有斗争的地方,就应该有诗。”这句后来被当作政治批判靶子的话,出于1948年写的《给为人民而歌的歌手们》一文,显然和当时比较共识的观点不一致。按流行的主导性的看法,生活应当依政治的标准区分为主流和支流、本质与非本质、光明与黑暗,等等,因此革命的进步的文学必然要以体现时代主流、反映历史本质、代表光明倾向的生活为主要描写对象。

毛泽东《在延安文艺座谈会上的讲话》就强调“写光明为主”,集中表现工农兵火热的革命斗争生活,讴歌新人新世界。这种要求与社会主义现实主义教育人民的“功能”目标是相符的。在40年代解放区特定的历史条件下,由于现实生活中“光明面”确实占主导地位,革命斗争形式又迫切要求文艺以正面教育去鼓舞团结人民,坚定革命信心,在题材上作相对统一的规定,强调写光明为主,也是时代的呼唤。

然而胡风当时处在国统区,历史环境和解放区并不一样,他提出问题的立足点也不同。胡风并不主张将解放区文学创作对题材的要求和规定照搬到解放区之外,因为那是不切实际的。胡风对生活与题材作更宽泛的理解,主张题材选择的自由,也是适应不同的时代环境。

胡风讲“哪里有生活,哪里就有斗争”,并非意味要脱离时代,或放弃对题材的社会意义与历史价值的要求。在提出上述观点时,胡风也讲到作家“应该在受难的人民里面受难,走进历史的深处,应该在前进的人民里面前进,走在历史的前面”。然而胡风并不认为“一定是走在前进的人民中间以后才有诗”。在他看来,历史是由各个侧面统一构成的,无论挫折还是前进,腐朽还是新生,黑暗还是光明,各自都是历史整体的一方面,互相是矛盾的,又是统一的。事情就是如此,生活的“另一面向这一面伸入,这一面向另一面发展”,那么任谁都有可能走在历史的前面,也都可以走向历史的深处。胡风正是基于这种认识,才提出“哪里有生活,哪里就有斗争,就有诗”的观点。胡风的意图是要求作家以现实主义的态度,脚踏实地,就以自己所熟悉的生活为材料,以自己所真正了解的周围的人民为对象,以“此时此地的斗争”为创作源泉。所以这还是回到他原所主张的文学观点:作家任何时候只能写自己熟悉并真正受到触动、能引起创作欲望的题材,而且必须是那种充分适应自己创作个性、能吸引自己整个心灵投入的题材。否则,不可能调动作家的“主观战斗精神”,也不可能创造出真正有艺术个性的成功的作品。

胡风提出“哪里有生活,哪里就有斗争,有诗”的说法是在40年代末,但相应的观点早在30年代中期就形成了。创作有赖于加强“主观战斗精神”这一信念,决定了胡风始终是一位反题材决定论者。他在“左联”后期就曾指出:

> 民族革命战争这个伟大的运动,是和一切生活纠纷关联着的,所以这个主题底视野是无限地广大,它底内容是无限地丰富。当然,最英勇的事实,最新的生活特征,运动发展底最尖端的表现,这些是具有最强

的推动生活的力量的，我们特别要求在创作上得到反映，但这只有从通过各种各样的道路的、作家和生活的接近或结合中去实现，不能机械地定为一切作家底规范，而且，无论写的是什么英勇的故事，但如果没有真实的生活真实的感情和印象，那依然不是我们所要求的最理想的作品。[①]

胡风这些认识，如他所说，都是“对于公式主义的克服”，或者说，是反对题材决定论对作家创作的限制。

题材决定论是革命文学运动一开始就存在、后来始终没有很好克服的一种现象。其理论根据是庸俗社会学与“左”倾机械论，完全以写什么题材来判定文学的性质。例如，简单地认为旧的现实主义都是暴露黑暗的，新的现实主义是颂扬光明的，无产阶级文学非得反映革命斗争与工农觉醒、歌颂英雄与表现理想不可。“左联”初期甚至还曾经由领导来“分配”和指定作家专门写某一类革命斗争题材，而如果有些作家写了别的题材，没有正面去表现革命与工农，则往往被指斥为“落伍”甚至“反动”。1930 年底苏联的“唯物辩证法创作方法”的口号传入中国后，以世界观代替创作方法，以题材决定作品性质的机械的观点，很有影响。[②] 往往某一种“革命题材”比较适合斗争形势，马上要求作家都围绕它来创作，作家不管自己是否熟悉生活，自己是否适于表现，也都按照指示迎着题材热点去写作。这也就是鲁迅所批评的“近于出题目做八股的弱点”，按鲁迅的观点，“题材决定论”对作家的限制是应当打破的。所以在“左联”后期，鲁迅提出，“作者可以自由地写工人、农民、学生、强盗、娼妓、穷人、阔佬，什么材料都可以，写出来都可以成为民族革命战争的大众文学。”[③] 鲁迅这一观点实际上是对左翼文学在题材问题上的经验教训的总结，也是反“题材决定论”的。在“两个口号”的论争过程中，对于鲁迅的这个观点也曾有过讨论，可惜由于历史条件的限制未能深入解决“题材决定论”的弊端。而胡风是赞成鲁迅的观点的，他一走进批评界，就竭力主张在适应革命时代要求这一大方向下，提倡创作自由，包括在题材选择上的充分自由。

不过胡风在 40 年代提出“哪里有生活，哪里就有斗争，就有诗”，并以此

---

① 《文学与生活》，《胡风评论集》上册，第 322 页。

② 参考笔者所著《新文学现实主义的流变》第二章第四节。

③ 鲁迅：《论我们现在的文学运动》，《鲁迅全集》第 6 卷，第 591 页。

强调继续反“题材决定论”,提倡创作自由,也有其现实针对性。因为在抗战以后,随着时代对文学更迫切的要求,也由于作家政治热情的高涨,30 年代未能真正清算“左”倾机械论,包括导致公式化概念化的“题材决定论”又以激进的面目滋长。本来战争动员了作家,他们从“亭子间”或书斋走向民间、战场,生活面拓宽了,创作的素材积累也丰富了,但作品的题材在一段时间内(特别是抗战初期)却比较单一。“单单凭据几篇政治论文,剪接新闻上的一些消息,就写成抗战主题的作品”① 比比皆是。1938 年底当梁实秋、沈从文等人为反对题材过于集中单一的“抗战八股”而提出也可以写“与抗战无关”题材的观点,整个文坛几乎群起而攻之,很少有人意识到“题材决定论”对新文学包括抗战文学运动的弊害。

胡风在这个问题上是比较清醒的。他看到“与抗战无关”论在许多人的批评下败退了,“但问题底解决却不能不是解明以至克服终于引起了这个歪曲的反应的倾向罢”。② 胡风的意思是,当时那种“廉价地发泄感情或传达政治任务”的结果,必然是脱离作家所熟悉所适应的生活题材,也必然会出现题材单一的公式化的“抗战八股”。胡风认为这其实是一种“新文艺运动里面根深蒂固的障碍,战争以来……不但延续,而且更加滋长了”。胡风把在 40 年代反对“题材决定论”,提倡创作自由,与他自 30 年代以来一贯坚持的反对“左”倾机械论的斗争贯穿起来,或者说,他是力图通过深挖“左”的历史老根来清算 40 年代仍然滋长的“左”的“题材决定论”。

归根到底,胡风是从他的倡导“主观战斗精神”的基点确立他对生活、题材的看法的,这使他的观点在三四十年代很独特,显示了勇敢地向“左”倾机械论宣战的姿态,而且他所提出的有关生活与题材的论点,对于促使新文学更自由更健全也更丰富地发展,是有理论意义的。

然而,胡风提出的“哪里有生活,哪里就有斗争,就有诗”的观点以及相关的认为文学作品的价值“并不是决定于题材”的观点,却没有同时注意并提到生活差别和题材差别的重要性,这应该说是理论上的一种缺失。特别是在三四十年代这样特定的历史环境中,不可否认平凡普通的生活与变革的斗争的生活在体现历史本质的深度与广度上都是不一样的,“灰色的战场”并不能与革命战争的战场等量齐观,不同生活的题材所蕴含的社会历史

---

① 周扬:《略谈爱国主义》,《自由中国》1938 年第 2 号。

② 这一段引文见《民族革命战争与文艺》,《胡风评论集》中册,第 78 页。

内容的“容量”也可能不同，而胡风并未能结合具体的历史条件说清楚这些事实，因而终究也未能比较具体可行地给作家指出一条既适应这种特殊的时代要求，又不至于重蹈“左”倾机械论的路子。胡风理论的这种不完善，也是导致他后来受到严厉批判的原因之一，尽管批判他的人又完全可能表现出另一种不完善，甚至是“左”的棒喝主义。

构成胡风理论体系的第二个重要的命题，是主张正视与深入描写人民群众身上“几千年精神奴役的创伤”。胡风是从坚持现实主义，深入五四所提倡过的“改造国民性”主题的角度提出这一主张的。

在《置身在为民主的斗争里面》(1944 年)一文中，胡风谈到作家深入人民并和人民结合的问题时，就指出“人民”不是抽象的概念，而是活生生的“感性的存在”，他们的生活欲求或斗争体现历史的方向，而这种“体现”不是简单的，而是通过千变万化的复杂曲折的途径。胡风提醒说，“他们底精神要求虽然伸向解放，但随时随地都潜伏着或扩展着几千年的精神奴役底创伤”。这里所说“精神奴役底创伤”，可以理解为长期封建主义思想影响的毒化与积淀，包括精神上的麻木、保守、狭隘、自私，等等，尤其是所谓“安命精神”。

在《论现实主义的路》(1948 年)中，胡风更认真深入地论证他前所提及的观点。他说，人民群众中占绝大多数的农民是小私有者，他们正是“在封建主义底几千年的支配下面生活了过来的”，因此不可忽视“人民底生活要求里面潜伏着精神奴役的创伤”。胡风并不否认人民群众有“善良的、优美的、坚强的、健康的”一面。他指出人民脚踏实地地流着汗流着血地担负着生活与历史，“这伟大的精神就是世界底脊梁”；但他认为这种承受重负的坚强与善良，同时又是以封建主义所造成的各式各态的“安命精神”为内容的。胡风力图兼顾这积极与消极的两方面，指出“前一侧面产生了创造历史的解放要求，但后一侧面却又把那个要求禁锢在、麻痹在、甚至闷死在‘自在的’状态里面；这个惯常是被后一侧面所包围的统一着但却对立着的内容，激荡着、纠结着、相生相克着，形成一片浩漫的大洋”。胡风认为这两个侧面都不容忽视，如果“单看前者，那些剥削和奴役就不可能，我们也不会有一部封建主义旧中国底历史；单看后者，封建主义的旧中国底历史就会平静无波”。

胡风提出正视与描写人民群众身上“几千年精神奴役创伤”这一命题，在 40 年代是有其理论与实践意义的。这不止是写什么以及能否写人民群众的落后面的问题，而且也关涉到如何看待作家(知识分子)与人民关系的问题。胡风在这一点上又表现出他独立思考的勇气。他认为三四十年代存在一种将人民抽象化、理想化，同时贬低知识分子历史作用的倾向，他把这种倾向称之为文化上文艺上的“农民主义”，甚至更严厉批评说这就是“民粹主义底死尸”的复活。[①]

胡风似乎把问题看得过于严重，把“民粹主义”作为当时一种主要的“倾向”，显然有些夸大，脱离了具体的历史环境。事实怎样呢？30年代以后，特别是抗战以后，整个政治、思想、文化革命的重心转向工农大众，特别是转向农民，这是历史发展的大势所趋。如毛泽东所指出的，“农民——这是现阶段中国民主政治的主要力量。中国的民主主义者如不依靠三亿六千万农民群众的援助，他们就将一事无成”。很自然，这种趋势也就规定了农民成为当时“中国文化运动的主要对象”，离开了当时占人口绝大多数的农民去谈“文化运动”，就会“大半成了空话”。所以毛泽东要强调并提醒“中国广大革命知识分子应该觉悟到将自己和农民结合起来的必要”。[②] 特别是在革命根据地，知识分子深入农民，力图与农民打成一片，在向农民学习的过程中改造自己的思想情感，这成了一种普遍自觉的行动。如果充分注意到现代历史的趋向以及知识者在革命潮流中的那种庄严的使命感，就能正确地理解三四十年代在“知识分子与人民”的关系问题上何以会出现向农民的“倾斜”。笼统地指责这种状况为“民粹主义”，显然是不正确的。

然而胡风毕竟是诗人，他更多地是从文学创作的角度去评断上述问题，这和从政治全局考虑问题是两种不同层面，观点难免发生歧异。胡风惯于将文学看作是生命欲求的表现和主观精神的迸发，必然比较看重文学对人所产生的精神影响作用。由此他对五四时期以文学“改造国民灵魂”的启蒙主义传统是非常珍视并竭力主张坚持发扬的。他在自己多篇文章中，一再重申鲁迅的以启蒙为目标的创作思想，即取材“多采自病态社会的不幸的人们中，意思是在揭出病苦，引起疗救的注意”。[③] 也是为了证明改变“亚细亚式麻木”的启蒙任务仍未完成，文学“揭病”与“救治”的精神改造功用仍需强调与重视。

然而胡风对文坛的状况甚为担忧。在三四十年代，革命与救亡成为时

---

① 《论民族形式问题》，《胡风评论集》中册，第254页。

② 毛泽东：《论联合政府》，《毛泽东选集》合订本第980页，人民出版社1964年版。

③ 鲁迅：《我怎么做起小说来》，《鲁迅全集》第4卷，第511页。

代的中心，政治、思想、文化的重心都日益转向工农大众，特别是向农民倾斜，知识分子包括作家由“民众的导师”，变为需要向民众学习，在深入民众中改造自己的“学生”。在这种代表历史进步的转换中，却也有许多知识分子产生盲目性，认为以反封建为主要内容的启蒙的历史任务已经完成，在革命与救亡的新的潮流中，由广大人民，特别是农民来“体现历史的要求”，知识分子则成了附从。正是在这种盲目性的支配下，形成了一种偏向，即在贬抑和否定知识分子的同时，抽象地将农民美化、理想化。这种倾向在文学观念与创作中都表现突出。从20年代末“革命文学”运动以来，创作中大量出现的知识者的自我贬抑和自我批判，另一面常常就是对民众的理想化神圣化甚至偶像化。胡风对此比较清醒，他是针对以上这种情况，才提倡反映人民群众身上“几千年精神奴役的创伤”。他深感五四反封建的思想启蒙并没有过时，在民族解放战争与革命斗争中，同样应当高度重视对“国民灵魂”的改造，让人民群众逐步摆脱几千年封建思想的毒化与束缚，使民族的精神素质不断得到提高。在他看来，启蒙与革命、救亡应当统一，也能够统一。而作为人生欲求表现的文学，在五四时期已被证明可以在改造“国民灵魂”方面起很大作用的文学，也就没有理由不继续认真担负起反封建的启蒙的任务。胡风强调写“精神奴役创伤”，实际上也就是他所理解的五四现实主义精神的重要方面，并且与他所赞佩的鲁迅有关揭出病苦，引起疗救的主张是一脉相承的。

如上所说，由于胡风不是从政治角度估量农民在时代变革的格局中的重要地位，而是从创作的角度要求文学坚持现实主义，通过揭示“精神奴役创伤”起到改造国民灵魂的作用，所以他很容易被误解为“不合潮流”，甚至是“异端”。胡风确实没有能结合历史实际，从理论上更完满地解释这属于两个不同层面的问题。不过，胡风并不否认人民群众是历史发展主力这一历史唯物主义的基本观点。他还是充分肯定人民群众，特别是农民是民族的“脊梁”，体现着“历史的要求”的。在这种前提下，胡风才强调必须正视农民身上的封建主义影响，尤其是“奴从”心理的积淀。其实不光是农民，胡风认为知识分子也有这些落后的影响。胡风最为反感的，是抽象地奢谈“人民的历史作用”，并将人民理想化。他认为这种只看见“农民占绝大多数”，就以为它在文艺创造上“起着决定作用”并“向自然生长的民间形式或农民的欣赏力纳衣投降”，是一种幼稚病。在胡风看来，农民“是小私有者(无论那是小到怎样可怜的私有)，还正是在封建主义底几千年的支配下面生活了过来的”，因此，必须正视其身上封建主义影响的“创伤”面，而不能以“快刀切豆腐”的办法将人民群众和封建主义影响完全剥离开来。[①] 他的结论应该说是符合马克思主义对中国农民状况的分析的。胡风提出：“农民底觉醒，如果不接受民主主义的领导，就不会走上民族解放的道路，自己解放的道路；因为农民意识本身，是看不清自己的。”这其实也符合毛泽东关于农民的改造问题是中国革命重要问题的论述。

提出揭示人民群众“精神奴役创伤”必然牵涉到知识分子改造以及与人民关系的问题，这也是“革命文学”运动以来，特别是40年代文艺界讨论的热点之一。胡风在关于“知识分子改造”问题上有他自己的看法。他并不赞同在“美化”农民的同时贬低知识分子，他认为这不符合实际状况，如果对知识分子现状作出全面的科学的估价，就应当充分注意到如下事实：

> 第一，由于中国社会近几十年的激巨的变化，……他们在生活上和劳苦人民原来就有过或有着某种联系。第二，在这个激巨的变化里面产生了民主的文化革命和社会革命，知识分子有不少是在反叛旧的社会出身，被反帝反封建的文化斗争和社会斗争所教育出来的，他们和先进的人民原就有过或有着各种状态的结合。第三，他们大多数脱离了原来的社会地盘，……变成了所谓下层的知识分子，从小资产阶级变成了劳力出卖者，不得不非常廉价地(有的比技术工人还不如)出卖劳力，委屈地(学非所用)出卖劳力，……这就击碎了他们的愿望或幻想，……有可能正视以至走向广大人民底生活或实际斗争……[②]

胡风很反感那种将知识分子从人民中间抽离出来另眼看待的说法和做法。他明确提出：“知识分子也是人民”，而且先进的知识分子往往是“体现历史要求”的新思想的创造者与传播者。他充分肯定五四时期先进的知识分子曾经是“输入”新思想的“桥梁”，认为现在(指40年代)仍然是“思想主力和人民之间的桥梁，开初是唯一的桥梁，现在仍然是重要的桥梁”。这种提法在40年代是很容易被看作是“反对思想改造”和“否定深入实际斗争”的。胡风辩驳说，他并不否认知识分子也有缺点，也需要改造。他很有针对性地尖锐地指出，知识分子的“游离性”和“虚浮的精神状态”就需要很好克

---

① 这一段引文见《论现实主义的路》，《胡风评论集》下册，第348—350页。

② 这一段和下一段引文见《论现实主义的路》，《胡风评论集》下册，第321—325页。

服。某些有革命性或革命要求的知识分子虽然参加了实际斗争,但"虚浮"和"游离"的弱点仍表现为其"思想立场停留在概念里面或飘浮在现实表面,不容易变成深入实践过程的战斗要求"。他把这种"游离性"视为知识分子的"二重人格",认为确实应该通过"长期的甚至痛苦的磨练"去改造。

然而胡风并不认为知识分子非得都投身于火热的革命斗争生活和人民之中,才能改造和磨炼自己。他是从所处的历史环境的实际出发考虑问题的。既然在国统区的知识分子不可能像在根据地那样,有比较便利的条件投身于斗争生活,与人民结合,那么在所谓"灰色战场"即比较平凡落后、充满封建主义影响的社会生活环境中,也是可以改造与完善自己的。关键还是在于要有充沛的"主观精神"准备,在实际生活中、在人民中间,不能抱着被动地接受人民教育的姿态,那样很可能被人民中间落后的、封建的因素所淹没,只有发挥"主观精神"去主动地搏击生活,正视人民身上的"精神奴役创伤",也才有可能改造自己。

由于胡风是紧扣着创作方法问题来探讨"知识分子与人民关系"的,按照以上逻辑,他必然强调创作也是生活实践过程,因而作家通过创作实践也可以使自己的思想情感得到改造和完善。他主张从现实主义的角度要求作家,"在创作过程中进行一场相生相克的决死的斗争"。在他看来,创作过程中"对象底生命被作家所拥入,使作家扩张了自己,但在这'拥入'的当中,作家底主观一定要主动地表现出或迎合、或选择、或抵抗的作用,这就引起了深刻的自我斗争"。这种"自我斗争"是深刻的,是"一下鞭子一条血痕的斗争",是属于精神"内部的、伴着肉体的痛楚的精神扩张"。[①] 胡风的批判者曾经抓住"自我扩张"这提法而指责说是张扬个人主义,并把问题上纲到政治的角度。其实胡风谈的主要是创作方法问题,他是在肯定创作实践也有可能完善作家的人格,改造作家的思想感情。他认为作家如果呕心镂骨地在创作中追求与人生和艺术的"拥合",就达到了"真实的现实主义"。而"真实的现实主义"创作方法是"能够补足作家底生活经验上的不足和世界观上的缺陷的"。[②] 这样,胡风最终还是回到以"主观战斗精神"为基点的体验现实主义这里。

在论及创作中到底应当如何去正视与描写"精神奴役创伤"时,胡风有

---

① 《置身在为民主的斗争里面》,《胡风评论集》下册,第20—21页。

② 《略论文学无门》,《胡风评论集》上册,第392—393页。

一段精彩的评述,是以鲁迅写《阿Q正传》为实例的,很能说明他的“体验现实主义”特点。①

他认为鲁迅写的阿Q之所以能成为以其“全命运冲激我们的活的人”,重要原因是写出了他“满身带着精神奴役的创伤”。鲁迅对于像阿Q这样的人民身上的落后面,即通常说的“阿Q精神”,并不是作为“缺点”从科学分析的角度去指明,而是“当作‘创伤’去感受”。具体到阿Q的一言一行,鲁迅都是经过“体验”才写出的。例如写阿Q被判了杀头罪后还懵然无知,要他画押,拿着笔的手只是发抖,生怕被人笑话,用尽平生气力之后,一抖一抖地画成了瓜子模样,还因为没有画圆而感到羞愧。胡风分析鲁迅写阿Q这个画押的动作与心理时,一定“融入”阿Q之中去体验阿Q,这个阿Q“同时也正是作家鲁迅自己”,所以鲁迅终究掌握并描写出“这个精神奴役创伤所凝成的力点”。胡风认为像鲁迅这样重体验的现实主义创作过程,也就是“和人民共命运”的生活实践过程,甚至可以说是在创作实践里完成与人民“结合”和改造自己的过程。

胡风的观点的确有其片面性,他并没有必要地分清创作实践与社会生活实践尤其是斗争实践的差别,两者不能互为取替,他也未能结合当时历史条件解释清楚“灰色战场”与真正的革命斗争战场的联系与区别。但我们还是不要忘记胡风是从创作方法角度提出他的命题的,他的基本思路是:人民身上存在封建主义造成的“精神奴役创伤”,美化农民与贬抑知识分子同样是错误的,不能盲目以为投身于斗争生活并深入人民中间改造自己就可以万事大吉,作家只有清醒地强化向生活搏战的“主观战斗精神”,才不至于淹没于封建主义影响的汪洋大海,也才能主动有力地通过创作实践达到与人民的结合,从而写出有益于改造民族灵魂的作品;这决定了创作过程的关键,在于是否坚持重体验的现实主义态度与方法。

构成胡风理论体系的第三个重要的命题,是新文学作为“世界进步文艺支流”说。这主要牵涉到如何理解“民族形式”以及如何对待五四文学传统的问题。1940年12月胡风在《论民族形式问题》这本书中,提出了这么一个引起过长久争议的论点。他说:

以市民为盟主的中国人民大众底五四文学革命运动,正是市民社

① 参见《论现实主义的路》,《胡风评论集》下册,第351页。

会突起了以后的、累积了几百年的、世界进步文艺传统底一个新拓的支流。那不是笼统的“西欧文艺”,而是:在民主要求底观点上,和封建传统反抗的各种倾向的现实主义(以及浪漫主义)文艺;在民族解放底观点上,争求独立解放的弱小民族文艺;在肯定劳动人民底观点上,想挣脱工钱奴隶底运命的、自然生长的新兴文艺。

胡风还说,五四新文学是基于“民主革命的实践要求”而接受了“世界进步文艺”的“思想、方法、形式”,从而“获得了和封建文艺截然异质的、崭新的姿态”的。胡风将五四文学革命判定为“市民阶级(即资产阶级)”领导的文学运动,这是被他的批判者目为谬误的主要观点之一,胡风后来自己也承认他的这种结论是错的,认为“领导这个革命的是无产阶级(盟主),而不是资产阶级”,他甚至将五四文学革命性质说成是“社会主义现实主义”。到底应该如何认识五四文学革命的性质及其领导者,是学术界至今仍在讨论的问题,应当另有专文来论评。对于本论题更重要、更值得探讨的,是胡风在谈论五四文学革命时到底采用了什么视角,他要说明的核心问题是什么。

显然,胡风是针对“民族形式中心源泉”论而提出自己见解的。所谓“民族形式中心源泉”论,是1940年国统区关于“民族形式”的讨论中一些人所提出的极端片面的说法,即强调“民间文艺形式是民族形式的中心源泉”。[①]这种说法虽然因过于偏激而不为一般论者所接受,但整个讨论中占主导性的意见,还是基本一致。集中起来,就是认为创造“民族形式”新文学的关键,是形式的大众化,适合普通民众的欣赏习惯与趣味,因此要特别重视利用传统的形式,主要是民间形式。他们肯定五四文学反帝反封建的历史功绩,但认为其最大的缺陷是形式上的“欧化”,造成与人民群众的隔膜,始终未能真正深入到人民群众中去,因此“加速完成民族形式的新课题,就要将文艺工作重点转到‘承继并发扬民族文艺的优良传统’”上来。他们认为40年代文艺的中心已不同于五四时代,应摆脱五四以来新文学“非民族的形式”,主张“运用旧形式来表现革命的现实主义”。[②]

尽管在“民族形式”讨论中提出上述种种论点者不一定赞同“中心源泉说”的偏激提法,但他们的基本倾向还是接近的,都主张把五四以来新文学从偏重学习外国转到利用传统文学形式方面来,从形式的大众化入手,去尽

---

① 向林冰:《论民族形式的中心源泉》,重庆《大公报·战线》1940年3月24日。

② 艾思奇:《旧形式运用的基本准则》,《文艺战线》1939年第1卷第3期。

快建立一种适应抗战与新的革命形势的新型文学。这种思潮的出现适应了抗战现实政治的需要,其根本目的在于调整作家与读者的关系。由于本时期的读者层已经大为扩展,由五四时期的小资产阶级圈子扩展到一般文化水准较低的其他阶层,那么肩负着动员与教育读者任务的作家就更多地从形式上考虑如何能顺应,甚至迎合、迁就读者较低层次的审美趣味与习惯。关于"民族形式"问题的讨论,实际上也就是为了从形式大众化通俗化入手,让作家适应或服务于社会基层的广大读者,调整与读者的关系。

然而上述这些力求创造新型文艺的意见,这种在适应时代变化方面显示出进步性的重视传统的文学倾向,在理论上又是有相当的片面性的。这种表面性不光表现在将民族化简单地还原为形式的大众化与通俗化,更表现在不能正确评价五四文学以及对外国文学所持的褊狭态度上。这就引起了胡风的激烈批评。

胡风没有直接参加这场讨论,他是在讨论接近尾声、上述观点逐渐趋向一致并日益成为主导性意见的情况下,才写了《论民族形式问题》这本小册子,来表明自己的主张。胡风的论点与上述主导性意见相对立。后来胡风解释说,他写这本书批评的中心对象是向林冰,但同时也提到了和他对立的,或和他的理论有联系的一些人的论点。[①] 然而胡风所持观点的针对性并不限于这场论争,他的批评和主张在许多方面都是对 30 年代以来左翼文学经验得失的总结,或者可以说,他是从这场论争中发现革命文学运动长期以来一直没有很好克服的一些缺失,主要是他所认为的那些脱离五四新文学传统的、带有倒退性质的缺失。胡风的意见显得很孤立,与多数人的主导性意见相违背,然而胡风确实是在认真地独立思考,以"民族形式"问题作为又一个重要的基点,建树起他的理论体系。

与讨论中多数论者的意见不同,胡风不把"民族形式"单纯看作是"形式"问题。他认为"民族形式"这一口号,只着眼于形式的要求,是不完善的,甚至是本末倒置的。他宁可把"民族形式"解释为对形式、内容和创作方法的综合的要求,"本质上是五四现实主义传统在新的情势下面主动地争取的道路"。[②] 他认为"'民族形式',不能是独立发展的形式,而是反映了民族现实的新民主主义的内容所要求的、所包含的形式"。并且指出,"既然是内容

① 《胡风评论集后记》,《胡风评论集》下册,第 404 页。
② 以下几段关于"民族形式"论争的引文,见《论民族形式问题》,《胡风评论集》中册。

所要求、所包含的，对于形式的把握就不能不从对于内容的把握出发”。胡风这样强调内容决定形式，反对把“民族形式”单纯当作是“形式”问题，是因为他意识到当时文坛上存在一种否定现实主义的危险倾向，“一般创作上的形象大多数(绝对大多数)还显得贫枯”，作家普遍未能发挥主观精神而将丰富的现实转化为“自己底血肉”，这时候如果脱离内容的前提，而“疲乏地彳亍在反刍式的‘旧形式’里面”，就根本不可能发展文学创作。

胡风的担心并非没有根据。在抗战初期，由于特定的历史条件制约，30年代“左”倾机械论的文学观再一次以激进的面目出现，在“文艺即宣传”的主张之下，那种廉价地发泄情感或传达政治任务的公式化、概念化倾向很突出。在这种情势下，如果单纯强调大众化、通俗化的“民族形式”，很容易会把“形式”当成附加的、外延的载体，只为图解、宣传内容(往往是某种观念)而存在的工具，这样，不可能摆脱公式化、概念化的泥淖。胡风的说法也是有缺陷的，他否认了形式本身相对的独立性，但他这时候强调以现实主义为前提，从内容、方法和形式几方面全面地理解和把握“民族形式”，其用意还是反“左”，是他30年代开始的反对“左”倾机械论的继续。

在探讨“民族形式”时，胡风不同于其他论者的第二点，是他更偏重于从文学现代化的角度考虑问题。他敏感地觉察到“民族形式”的口号被倒退的农民意识所利用，变成“民粹主义”复活的契机，而这正是对五四文学革命传统的反动。胡风在文章中多次使用“文艺上的农民主义”或“民粹主义”这些概念，来指责盲目地将农民理想化，并在文学的形式与内容上迎合、迁就农民欣赏力的做法。他反对只看见农民占人口绝大多数，就无条件地采纳“自然生长的民间形式”，认为这种降格的做法，只能是被落后的习惯所拖住。这种观点与前述胡风认为农民有“精神奴役创伤”的观点是互相联系的。在胡风这里，所谓“农民主义”或“民粹主义”，都是民主革命的对立物，也是文学现代化的对立物。虽然胡风没有用过文学“现代化”的说法，但他显然是充分理解并力图坚持五四文学革命所开创的文学“现代化”的方向的。他强调“我们应有民族形式甚至民族内容，但决不应有固步自封的狭义的民族的思维体系。‘中国化’底战斗的意义应该在这里”。胡风所担心的是对“民族形式”作肤浅的甚至是错误的理解，一味往传统的、民间的形式方面引导，他认为这是一种倒退。胡风竭力从现代的意义上去解释“民族形式”的含义，将文学的民族化与现代化统一起来，这种探索应该说是很有见地的。

由此出发，必然牵涉到对五四新文学传统的评价。在这方面，胡风自有其理论概括，并形成他理论体系的第三个重要命题，即前所引述过的“支流”说。胡风认为创造为了反映“新民主主义内容”的“民族的形式”，只有采取现代的开阔的胸怀，“以现实主义的五四传统为基础，一方面在对象上更深刻地通过活的面貌把握民族的现实（包括对民间文艺和传统文艺的汲取），一方面在方法上加强地接受国际革命文艺底经验（包括对于新文艺底缺点的克服）”。在这里，胡风更看重的是“国际革命文艺底经验”。他认为五四新文学主要不是传统文学的延伸，而是受外国文学影响的产物，是基于“民主革命的实践要求”而接受了“世界进步文艺”的“思想、方法、形式”，从而“获得了和封建文艺截然异质的、崭新的姿态”的。胡风是在这个意义上把五四新文学看作是世界进步文艺的“新拓的支流”的。这是符合历史实际的结论。五四新文学运动从根本上看并非传统文学内部演变与调整的结果，而是在社会变革的外部条件促使下，主动接受与传统文学异质的外国文学的影响，并对传统文学进行彻底变革的产物。新文学区别于传统文学的特质之一，正在于它面向世界的现代性。胡风重新强调五四新文学与世界文学的本质联系，突出五四新文学的“世界感”，是针对那种以为“新质产生于旧质的胎内”的所谓“民间形式中心源泉论”。

胡风的这些观点也有偏激之处，主要表现在过于轻视甚至否定民族传统形式有利用的可能性和必要性。他把那种为了调整作者与读者关系，以适应时代变化要求的做法称之为“民粹主义”或“农民主义”，也欠妥当。他在反“左”的时候也不时受到“左”的理论影响。胡风根据弗理契关于“特定文艺形式底力学是特定社会层底力学……底反映”的说法，断定旧形式的特征“正是封建意识的内容所要求的、能够和它适应的表现手段”，甚至认为这种阶级烙印是不能改变的。这种看法就带有庸俗社会学的味道。胡风没有看到形式一经形成，也有相对的独立性。

不过胡风在“民族形式”的论争中的理论贡献毕竟大于理论失误。他的“支流”说表现了一种面向世界文学的现代眼光。这方面他比主张拒绝外来影响，而力图背弃五四新文学方向回归传统的论者，胸襟和视野要开阔得多。他充分肯定五四现实主义传统，并以此作为支撑其理论体系的一个重要支点，显示了他的理论见地。“支流”说后来遭到批判，是不公正的。不过这里需要指出的是，胡风在考察新文学与世界文学的联系时，指出五四文学革命运动是世界进步文艺传统的一个新拓的“支流”，并非讲得不对，而是讲得不够，因为胡风只看到“世界进步文艺”，仅仅肯定进步的现实主义（最多加上浪漫主义)，而忽视其他流派方法，这多少也显示出另一种褊狭。

这种褊狭不属于胡风个人，就像胡风所反对的那种拒绝外国文学影响的褊狭也不属于个别论者一样，都反映了当时理论和创作界的一种状况:对世界现代文学的隔膜。说到底，这里还是有 30 年代遗留下来的“左”的影响。

四　批评中渗透诗人的真诚与理论家的执拗

胡风是三四十年代少有的热情专注而又个性显明的批评家。文学批评对他主要不是一门职业，而是吸引他全副身心投入的严肃的事业，是他生命升华的一种方式。胡风的批评有时有些偏激，从来不爱客客气气捧场，谈缺点往往不留“面子”，加上他理论发挥的用词和语态有些生涩，作家和读者都不一定很爱读。然而如果真正读进去了，是可以真切感受到某种诗人的真诚与理论家的执拗的。他的文章时常渗透着耿直的人格气质，不掩饰棱角血性，这实在也很难得。

作为一位信仰马克思主义的批评家，胡风的评论也有这一派的共性;他的批评注重“在文艺作品底世界和现实人生底世界中间跋涉、探寻，从实际的生活来理解具体作品，解明一个作家、一篇作品，或一种文艺现象对于现世人生斗争所能给予的意义”。[①] 他通常都坚持结合具体的历史要求与趋向，去解释文学现象的根因，说明作为精神产品的文学如何决定于特定的政治经济关系。他在分析文学现象或作家作品时，大都有设定的时代社会的坐标，以考察文学的外部关系作为价值判断的重要准绳。胡风许多评论的基本框架都属于社会—历史的批评。

然而与某些偏重于社会反映论的批评的实践者不同，胡风在评论作家作品时，从不轻意运用“通过什么—反映什么”这种思考模式，他不乐于将复杂的文学现象简单地还原为政治经济现象，尽管他并不怀疑存在决定意识的真理。胡风格外关注的是作家创作过程中主体与客体的联结状况，也就是“主观精神”如何选择、把握和熔铸题材，又如何通过彼此的“相生相克”而“化合”为作品。这个复杂的过程有时是很难分析清楚的。胡风习惯于将批评的切入点落在作家的体验上，包括对生活、题材以及作品形成过程的具体

---

① 《文艺笔谈·序》，《胡风评论集》上册，第 3 页。

体验，从这些体验中发现作家的人生态度、人格素质、生活欲求，特别是对人生现实的独特感受、独特视景，等等。这样，“主观精神”就在胡风的批评中呈现比较清晰可感的形态。

胡风这种批评的“操作”过程也必然是重“体验”的，即通过批评家的“体验”去重新品鉴、体味作家创作过程可能发生过的“体验”。胡风提出过对批评的要求，要批评家“透过法则底世界去游历精神底世界”，[①] 也是重体验。然而又和印象主义批评体味作品时的那种沉迷鉴赏的、处于随性自在状态的“体验”有所不同，胡风的“体验”较多理性的牵制和引导，不完全顺其自然。他总是有意识追寻作家与创作对象融合的大致方向，然后尽量考察和体会作家在其所选定的方向上所投入的“主观精神”的性质与强度，以此作为判定一部作品艺术特色的主要根据。

三四十年代常见的那种社会—历史方法批评，往往从作品具体描写中寻找诸如“现实性”、“规律”、“本质”、“主题”等等比较抽象的意蕴。用的常是典型归纳法，批评家一般不很注意作家创作过程主体性发挥的状况，而比较重视作品描写的典型性如何，估计可以产生的社会教育、认识功效如何，等等。胡风的批评虽然也朝着社会—历史批评的方向，但却在作为现实与作品“中介”的创作过程中下最多的批评功夫。他较少用诸如“概括性”、“规律性”一类概念，更喜欢使用另一类带有他理论个性的概念，例如“主观力”、“思想力”、“搏战”、“融合”、“受难”，……等等。

胡风评论田间、东平和路翎的创作，[②] 就很能体现其批评的上述特点。

当田间刚刚走上诗坛时，技巧与格式都较稚拙，并不为读者所注意，胡风也认为田间诗有一些明显的不足，并未取得“大的成功”。他还特别指出田间的诗留着“摸索的痕迹”，“不能圆满地充分平易地表现出他底意欲底呼吸，他所能拥抱了的境地”。但胡风却还是热情地向读者推荐田间。因为胡风从读田间的诗时所引起的艺术体验中，领略到一些特殊的新异的印象：许多诗句“像是一些闪光的金属片子搅在一起”，遣词造句有一种“野生”的“简直”。胡风并不认为这都是优点，弄不好还可能是缺点，如形成不了饱满的意象，字词生涩，等等。然而胡风就从自己读诗所获得的这些感觉体验入

---

① 《人生·文艺·文艺批评》，《胡风评论集》下册，第29页。

② 胡风对田间的评论见《田间底诗》、《关于诗和田间的诗》；对东平的评论见《东平著〈第七连〉小引》、《忆东平》、《东平短篇小说集题记》；对路翎的评论见《青春底诗》。

手，发现幼稚的田间有锐利的感觉力和奔放的想像力，往往能以其“感觉力”直接搅起具体生活事象的波纹，又来不及作丰润的艺术处理，结果诗中的感觉、意象、场景的色彩和情绪就搅在一起跳动。胡风肯定田间的诗没有“革命诗歌”常见的那种概念化、标语口号化弊病，而充满生活气息和“感觉力”，这是难能可贵的。而田间的诗的缺点在于诗人的“诗心”并没有和“对象的完全融合”，就是说，诗人的主观精神未能从“感觉、意象、场景的色彩和情绪底跳动”更深入一步，去获得“把握生活的思想性和拥抱世界的力量”。胡风由此评断田间是一位既有天才和创造性，却又“没有完成自己”的诗人。

所谓“完成自己”，也是胡风常用的批评概念，有时他还有“完成度”的说法，意思是诗人作家在自己所选定的创作路向中，到底有没有充分将主观精神与创作对象融合以及融合得是否丰润完整。这是很高的评论标准，即使对于胡风认为成功的诗人作家，在“完成度”的衡定上也很严格，因为胡风始终相信发挥“主观精神”达到“与对象的充分融合”，是一种“受难”的结晶，很不容易的。

在评论路翎的长篇小说《财主底儿女们》时，胡风就格外注意作家在写作过程的“受难”状态。当然这是从作品中读出来的。胡风称这部作品为史诗，写出了以青年知识分子为辐射中心的现代中国历史动态，不只是事变的记录，更重要的是历史事变下面的“精神世界底汹涌的波澜和它们底来根去向”。这是高度的评价。那么这部作品成功的关键在哪里？胡风认为在于作者充沛的“生活感受力”和“燃烧的热情”，加上“深邃的思想力量”，这些因素浑然凝成了“向人生搏斗的精神力”。胡风在其评论中重新体验并分析了这种“搏斗的精神力”对于创作过程所发生的作用，也就是所谓与对象的融合、“相生相克”的“搏战”，或者说是“受难”。胡风称赞路翎说：

> 时代的Passion（按，即受难）产生了作者的Passion和他底人物底Passion。……作为他底对象们底综合性人物的那个蒋纯祖，是举起了他底整个生命在呼唤着，然而，人不难感到，作者自己更是举起了他底整个的生命向他底人物们和读者们在呼唤着。

胡风在他的实际批评中经常都很注重分析构成“主观精神”的三方面因素在创作过程所发挥的作用。他考察“生活的感受力”是否已经促使作家“突出人生”，以现实主义为“起点”；具体讲是否正视并勇于揭示生活现实的矛盾；继而考察作家是否具有“燃烧似的热情”，也即是说，作家是否为创作的欲望所强烈促动，以“主动冲激的精神”，投入写作，不至于拘泥生活；还要考察在创作过程中作家所具有的“思想力量”是否对创作起理性的方向引导作用。胡风认为这三者在创作过程中浑然一体，才形成向人生向艺术“搏战”的坚强的创造力，这是作品的生命与动力。在胡风的批评视野中，像路翎小说那样三方面都“达标”的作品是很少的。所以他评论路翎时就格外提醒读者注意到路翎“主观精神”的强健，肯定路翎创作中将主观因素几方面凝结得比较好，也比较充沛。胡风从这些角度切入批评，的确捉住了作品某些本质的东西和最鲜明的特点。对于类似路翎这样“主观精神”发挥较充沛的作家作品，特别是长于表现“灵魂交战”的、风格粗犷或冷艳的作品，胡风的批评侧重于创作“受难”及主客观“融合”过程，是比较能切入境界，品出韵味来的。例如东平的小说（如《第七连》，也可当报告文学看）艺术上比较粗糙，但作品中奔涌着作者的热情，有一种自然的、无雕饰的冲激力，胡风就很欣赏，他的评论也确实能把握这类作品风格情愫的特色及其成因，发人所未发。

胡风注重创作中作家主观与创作对象的“联结”过程，常带着热情、坦诚的态度去体验作品，从切身感应和有所共鸣的地方入手，了解和探究作家创作过程的精神状态，这是一种与作家平等对话的挚诚的批评。这种批评不会居高临下，指手画脚，也不做捧场、打棍子一类事情。其对作品艺术素质与成因的评析可能是比较深入的。但也不是没有短处。由于注重体验，讲求批评家对作品的投入，他碰上与自己的审美倾向相近的作品，很容易表现出理论亢奋的状态，所写的评论感性色彩也很浓；有时遇到比较客观冷峻的作品，或与批评家的气质不那么投合的作品，就可能难于进入“体验”的状态，所做的评析也就不一定准确，甚至还会因主观渗入过多而产生误读。例如胡风对沙汀、张天翼的批评，就不能说都符合实际。

胡风批评另一显著特点，是重感兴的概括，而较少依仗逻辑推理归纳。

三四十年代流行的社会—历史的批评一般都很注重主题思想内容的归纳，而且这种归纳往往都是结合作品的分析，将结论与现实生活或某种思想观念对照“定位”，其所依仗的思维与表达方式主要是逻辑推理。胡风虽然也归依社会—历史的批评，发掘作品的社会意义或时代价值，但却是从自己的阅读体验出发，并始终围绕对作家创作过程精神活动的“体验”进行分析，不那么重视逻辑推理和归纳。就他的“重感兴”而言，有点接近印象主义批评。胡风也习惯于根据自己的阅读体验引发整体审美感受，对作品的风格、气势或基调作总体把握。不过胡风并不像印象主义者那样满足于印象或感受的获取，他总是还要提高一步，将印象或感受“收拢”，与创作过程的考察相联系，从作家“与对象的融合”状态中寻找之所以形成特定印象与感受的原因。胡风这种批评操作也是“理性收缩”，但比印象主义批评更自觉也有更明确的目的性，不只是将印象“形成条例”就行了，最终还要尽可能落实到对作家创作过程所体现的艺术个性的理解上。

在评艾青初期的诗集《大堰河》时，[①] 胡风对《大堰河——我的褓姆》有简明而高度的评价，肯定其“对于这‘不公道的世界’的诅咒”，这和当时评论界的普遍看法是一致的。胡风不愿重复众多评者的共识。他批评的视野就不局限于这首诗，而扩展到艾青几乎所有的初作；他所认识的艾青显然比一般论者要全面。胡风很注重从整体审美感受中把握诗的情愫基调，而不只是题材的意义，他从《芦笛》中读出了诗人作为一个败颓的“浪客”的“飘泊”感；从《那边》中读出了人世“永劫的灾难”和“永远挣扎”的不安音容；从《画者的行吟》中读出了“流浪者”的“震颤的行吟”；从《透明的夜》中读出了“新鲜的力量”和“野生的人生”……而从艾青诗的各种“心神”与“情欲去向”中，胡风体验到一种基本情愫，即“飘泊”感。如果简单地评断这种“飘泊”感的阶级属性或社会内涵，那是不能完全理解和体会艾青的，于是胡风深入一步，尽力感受诗人的悲欢，走进了诗人所接触的所想象的世界，探究诗人的气质、心态如何形成他创作时独特的精神活动状态，终于理解了艾青那忧郁、孤独的飘泊感后面不失一颗“健旺的心”。胡风对艾青早期诗作的评论主要不是靠逻辑推理归纳，而是感兴的概括。其路数大致是先根据自己的阅读印象把握作品中所流动的情愫基调，然后尽可能追溯和探究诗人在创作中是如何以这些情愫去温暖他所表现的生活面影，如何在情愫的波颤中形成“我的姿态”。如果按照艾布拉姆斯的艺术批评“四要素说”[②] 加以区辨，在以作品为中心所构成的作家、世界、读者的三角形框架上，胡风的批评开始时一般倾向于读者—作品这一方面，即注重阅读体验与感受的形成；第二阶段则倾向于作家—作品这一方面，即通过创作过程作家的精神活动的特点去解释作品特色。他将注重“接受”与注重“创作过程”这两种倾向的批评路数结合起来了。

---

① 见《吹芦笛的诗人》，《胡风评论集》上册，第 416 页。

② 参见 M.H. 艾布拉姆斯《镜与灯》的《导论》，北京大学出版社 1989 年版。

胡风的批评语言也是别具特色的。他写理论性的文章虽然也常进入理论亢奋状态，但还是讲求逻辑推理分析，富于论战性。如《论民族形式问题》、《论现实主义的路》以及《关于几个理论性问题的说明材料》，等等，引经据典，立论推导，反驳申辩，洋洋洒洒，都是重逻辑推理的。但对于作家作品的具体评论则大都写得简短而富感性色彩，能把鲜活的阅读体验形象准确地传达出来，多用的是有"雕塑感"的警辟的语言，在阅读中能给读者留下某种类似"定格"的突出印象。如评说萧红《生死场》的笔触是"用钢戟向晴空一挥似的"，"发着颤响，飘着光带"；称艾青为"吹芦笛的诗人"，田间为"战斗的小伙伴"；称赞《财主底儿女们》是"一首青春的诗"，写的是一代青年"那些火辣辣的心灵在历史命运这个无情的审判者前面的搏斗的经验"；指出《北京人》写了"三种人"，即"多余的人"(像曾浩、曾文清、曾思懿、江泰等)、"托梦的人"(袁博士父女、北京人)和"走向生路的人"(瑞贞、愫芳)……等等。这些对作品分析的结论，都尽可能用比较感兴而又概括性很强的语言来表述。胡风的评论中常常跳跃着精到而又灵动的诗句，不一定很细密明晰，但发人深思，留有思考余地。

也许为了摆脱平庸俗套的批评语言所造设的阅读惰性，显示自己独异的理论品格，胡风的批评语言有时又追求奥涩。前面引用过他的许多用语，如"搏战"、"突进"、"相生相克"、"自我扩张"、"奴从现实"、"痉挛性的热情"、"精神奴役创伤"、"原始强力"、"安命精神"、"实践的生活意志"……等等，都是胡风所特殊使用的语言。这种奥涩常常会引起阅读的困难甚至吓跑一些读者：人们一般总是更喜欢可读性较高的文字的。但如果了解胡风的理论个性，也可能会格外关注他的文章的用词奥涩会在阅读时产生的一种陌生感，迫使读者去反复深入体味这些语词的特殊内涵。胡风语言的奥涩恐怕跟他的执拗的个性也有些关系，他在这一方面也是力求冲破人云亦云的教条气息，而显露自己的桀骜不驯的个性的。

最后值得提到的是，胡风的批评有对于文坛"生人气息"的敏感以及对扶掖"新秀"的热诚。三四十年代有一大批文学新人，都是由于胡风批评的推举而引起文坛重视，而许多"新秀"也由于胡风的批评而走向成熟。可以列出一长串的名单来说明这一事实：如张天翼、欧阳山、艾芜、端木蕻良、罗淑、东平、耶林、曹白、曹藜、SM、艾青、田间、路翎、贺敬之……等等，都曾受益于胡风的批评，而且大都是由于胡风的批评而闻名，胡风创办《七月》，一个重要的目的就是培植文学新人。这个刊物很乐于发现有"生人气息"的

“初来者”的作品,《七月》上出现过39位诗人,80%都是“初来者”。胡风努力打破论资排辈的陋习,注重按照作品的艺术成绩来提拔“新秀”。胡风对文学新人并不是一味赞扬吹捧,在批评推举时,既充分肯定其在艺术上的创新,特别是在艺术个性上的发挥,同时也注意实事求是地指出缺失以及努力方向。如评论田间的诗时,既赞扬田间有新鲜的感觉和独创的风格,又指出其没有控制好“完整的情绪世界”,形式上也带摸索的痕迹,是“没有完成自己的诗人”。胡风在培植新人方面有宽博的胸怀,又有功德无量的努力,现代文学史上著名的“七月派”在很大程度上就是由胡风所培养和带动而形成的。

在结束对胡风的评述时,我想再引用他1948年在《论现实主义的路》一书扉页上写下的题词,那是但丁《净界》中的两句诗:

> 谁知道哪一方面有较平坦的山坡,可以不用双翼而攀登上去么?我跑到一个沼泽里面,芦苇和污泥绊住我,我跌倒了,我看见我的血在地上流成一个湖。

这大概是能代表胡风的人格心态的。作为一个独立支持而又命运多蹇的批评家,胡风自感有些悲凉,但又还是那样执著,那样热情,始终朝着生命的目标追求。胡风所渴求的是摆脱30年代以来革命文学中的教条主义与“左”的错误,建构他认为符合真正马克思主义的文学理论体系。他的理论坚持现实主义,又重体验,特别是注重创作过程中作家的体验,即所谓“体验现实主义”。胡风的理论体系是在对五四以来新文学(特别是革命文学)历史经验的反思中形成的。但又是不够成熟的反思,有其偏执和缺失。胡风的批评有诗人的敏感,总的是体现其文学理论观点的,在培植文学新人方面做出了贡献。

第十章
朱光潜：直觉论美学间架中的批评理论

20年代末，朱光潜在巴黎、伦敦和斯特拉斯堡几个大学辗转求学，对哲学、美学、心理学和文学发生广泛的兴趣，并终于决定要写一部文艺心理学和一部悲剧心理学，可以说，这时他的批评理论的研究思路就基本形成了。几年后，朱光潜在《文艺心理学》“作者自白”中谈到过他的思路，这对于我们了解他整个美学和批评学的体系是重要的提示。

朱光潜说，他所研究的文艺心理学其实也可以叫作“美学”，而对象则是“文艺的创造和欣赏”。其中自然也包括文学批评，他以为批评的基础是欣赏和创造。朱光潜的用意是把文学批评的理论上升到实用美学的高度来研究，这成了美学的重要分支。在方法上朱光潜就不能不另辟蹊径。他不愿像以往的许多美学家(包括他所赞佩并取法的克罗齐(Benedetto Croce))那样，“心中先存在一种哲学系统，以它为根据，演绎出一些美学原理来”。他采用的是另一种带科学实验性的方法，即“丢开一切哲学的成见，把文艺的创造和欣赏当作心理的事实去研究，从事实中归纳得一些可适用于文艺批评的原理”。[①]

这种研究思路和方法在二三十年代是有些异乎寻常的。当时很少有人像朱光潜这样认真地把批评原理的研究提升为一种实用美学，也少有人用科学的方法分析文艺创造和欣赏心理的事实，并以此探讨批评的本质。自五四以来多数批评家同时是作家，他们往往都只根据自己的创作经验或时势的需要，而有选择地依傍某一既定的批评理论与方法，再将之付诸实际批评与文学论争，对批评原理的解释一般都停留于对某种哲学观念的抽象演绎。到20年代末苏联的文学理论大量传入之后，这种抽象演绎的方式更是

① 《文艺心理学·作者自白》，《朱光潜美学文集》第1卷，第3页，上海文艺出版社1982年版。

普遍。当时在文坛起主导作用的批评理论都强调以哲学反映论为指导,以文学与社会生活的关系为中心,以文学的阶级性与社会性为评判标准,而苏联和国际无产阶级文学运动的理论则成为公认的讨论问题的出发点。在这种大趋势下,朱光潜注重以“心理的事实”作为研究“文艺批评的原理”的路数,就显得过于清高和学究气。加上他所综合采纳的从康德到克罗齐一线下来的美学理论,是和主流派批评家的理论大相径庭的,也就很难逃脱诸如“资产阶级的”、“唯心的”,甚至“反动的”一类政治评判。

平心而论,朱光潜不旁迁他涉地研究美学和批评学,所承述的又主要是西方现代的美学理论,这在其所处的动荡的时代背景下确实有些脱离现实、不合时宜,而且其理论本身也存在一些矛盾与困惑;然而从学理这一层面来看,朱光潜把批评原理申发为一种实用美学,并偏重于当时被普遍忽视了的美感经验的心理分析,又不无独特的贡献。他的诗歌美学也是极重要的理论馈赠。朱光潜主要是一位美学家,他的淹博的学识修养使批评理论包括新诗的理论具有学术的视界与规范,尽管他的论著多是学院派的讨论而较少实际批评,但现代批评史也不会忘记对这位美学批评家作出应有的高度评价。

需要说明的是,朱光潜的美学思想与相关的文艺观是发展变化的,特别是在五六十年代及 80 年代,他力图用马克思主义来调整甚至克服自己早年的观点,他对马克思主义意识形态理论的理解远比众多同时代的理论家要清醒。本章限于题旨,只能重点评述他 30 年代的理论。事实上对于批评史来说,朱光潜的卓有建树也主要在这一时期。

一　美感经验分析与“创造的批评”观

朱光潜偏重从心理学的角度探究文学原理,并视之为美学研究的重要途径,原因不难理解:他的文艺观一直倾向于“表现论”。他在《文艺心理学》、《谈美》、《近代美学与文学批评》等著作中曾一再界说文艺的本质,诸如“艺术是表现的”、“艺术是抒情的”、“艺术是创造的”、“艺术是想象的”,等等,几乎都是从作家主体表现方面去考虑问题。在朱光潜看来,文艺当然不是现实世界的镜子,也不能强定为改造现实世界的武器,他认为用哲学的反映论去说明文艺的性质与功能,结论往往沦于浮浅。他心目中的文艺创造与欣赏,都是很个人化的精神活动,作家创作与读者鉴赏本质上就是一种自我伸张、自我慰藉、自我肯定的心理现象。朱光潜这种“表现论”的观点倒是比较接近五四时期创造社一派有关自我表现的主张。不过到20年代末创造社一些人倡导“革命文学”时,已经将早先所信服的“表现论”斥为反动的“唯心论”而转向鼓吹文学的“反映论”了。朱光潜则似乎不怕被讥为“落伍”,而承袭了创造社已经抛弃了的“表现论”这条线。和那些充满现实感的急进的文艺家比起来,朱光潜确实可以说是躲到“倾斜的塔”中去了。[①] 然而朱光潜并非从前期创造社那里接受了“表现论”,他的直接的理论源头包括康德、叔本华、尼采,一直到克罗齐的所谓形式派美学。

为了全面概览朱光潜的美学和批评的架构,有必要追溯一下其理论源头。以前有些论者已经考察过这一问题,普遍都注意朱光潜与克罗齐美学的关系。但有一点是不能忽视的,作为朱光潜美学理论的起点是叔本华。可以说,比起其他外国的哲学美学家来,叔本华给予朱光潜的影响更是根本性的。朱光潜几乎同他所赞赏的美学前驱者王国维一样,在人生观上也倾心过叔本华,从而一开始就以叔本华的文艺“解脱说”作为自己美学观与文艺观的第一块基石。这一点,以往论者似乎注意不够。

在《文艺心理学》第一章,朱光潜开宗明义直接引用了叔本华《意志世界与意志表象》的一段话来说明“文艺对于人生是一种解脱”。叔本华说,如果一个人能在某时“不让抽象的思考和理智的概念去盘踞意识,把全副精神专注在所觉物上面”,把自己“失落”在对某些“目前事物的恬静观照”中,“成为该事物的明镜”,“全部意识和一个具体的图画(即意象)恰相叠合”,此时“沉没在这所觉物之中的人”就成为一个“无意志,无痛苦,无时间的纯粹的知识主宰(pure subject of knowledge)”。

朱光潜把叔本华所说的“沉没”解释为“凝神的境界”,即是美感经验,“在凝神的境界中,我们不但忘去欣赏对象以外的世界,而且忘记我们自己的存在”。这也就是朱光潜所理解的文艺创造与欣赏过程中的直觉的心理状态,即他用以建构其整个美学大厦的基石:美感经验就是形象的直觉。

朱光潜既然赞成把文艺的本质看作直觉的表现,那么“文艺的功用”也就不能解释为一般的社会实用,如果说文艺有功用,那也只是在创造或欣赏文艺时可以暂时忘却自我,摆脱意志的束缚,由意志世界移到意象世界。说

---

① 美国学者邦尼·麦克杜哥(B.S.Mcdougall)曾把她评述朱光潜30年代美学的论文题为《从倾斜的塔上瞭望》,译文载《新文学史料》1981年第3期。

到底,因为人生大患在"有我","我的主宰有意志",所以人人都有追求挣扎,有悲苦烦恼。只有在文艺的创造与欣赏中可以暂且得到一种人生的"解脱"。叔本华这种倾向于悲观主义的人生哲学就这样成为朱光潜解释文艺本质与功能的理论起点。

朱光潜从叔本华的文艺"解脱"说出发,但他的美学理论视野是靠克罗齐打开的。借助克罗齐的"直觉—表现"理论,朱光潜才树立起自己的一套美学理论框架。这一框架在《文艺心理学》中已经成型。如果对照一下朱光潜的这本书与克罗齐的《美学原理》,能发现两者基本论点的近似,朱光潜显然觉察到克罗齐比叔本华更有美学理论的系统性和自足性。他一开始几乎是抱着难于抑制的兴奋从这位意大利人这里搬运了许多东西。例如克罗齐对直觉与表现的关系的论定,对直觉在艺术中地位的说明,对鉴赏力与艺术创造的分析以及对美学中历史主义、理智主义的评说,等等,其中许多基本观点朱光潜都毫不犹豫地拿来就用,并作为《文艺心理学》的主要理论支点。所不同的是克罗齐用概念分析和推演来提出美学命题。而朱光潜则用近乎实验科学的心理学观点去解说美学与批评原理,他在写作《文艺心理学》的同时,撰写了《变态心理学》,他的兴趣在于将美学与心理学综合起来,所以讨论问题的角度与克罗齐有所不同。然而又可以说两者是殊途同归,都"归"到"表现论"上面。1932年朱自清旅欧途经伦敦时,读《文艺心理学》初稿并为之作序,称"这是一部介绍西洋近代美学的书。作者虽时下断语,大概是比较各家学说的同异短长,加以折衷或引申。他不想在这里建立自己的系统,只简截了当地分析重要的纲领,公公道道地指出一些比较平坦的大路"。这评说是符合实际的。朱光潜主要在做理论综合的工作,但其所指出的一些"大路"也有理论的自足性。如果不限于朱光潜这本《文艺心理学》,而将其相关的其他早期论作一起加以考察,朱光潜由比较综合而引发的理论系统性就更其清晰。全面概览朱光潜的审美理论观点,有这么五点是最主要的:

一、审美是一种凝神观照,在这种观照中没有意志牵绊,没有功利追求,也不用逻辑抽象思考,完全是一种"自我"与对象物互相占有和融合的状态,只是聚精会神地观赏一个孤立绝缘的意象,不问它和其他事物的关系如何。

二、这种"物我两忘"的境界的形成,须在观赏的对象和实际人生之间辟出一种适当的距离。创造与欣赏的成功与否,就看能否把"距离"安排妥当。"距离"太远了,结果是不可了解;"距离"太近了,结果又可能让实用的欲念压倒美感。不即不离是艺术的一个最好的理想。

三、在凝神观赏的审美境界中,常由物我两忘达到物我同一,再达到物我交往,即所谓“移情”,以观赏者的情趣移注于物,又以物的姿态移注于观赏者。这种移情作用虽常伴着美感经验,却非美感经验的必要条件。有些艺术趣味高的人常愈冷静愈见出形象的美。

四、在审美中观赏者常模仿想象中所见到的动作姿态,并发出适应动作,使知觉愈加明了,在这过程中筋肉和其他器官随之起特殊的生理变化,这种身体变化可能返照意识,并影响审美经验。这就是所谓“内模仿”理论。以此说明美感经验的取得主要来自人的心理活动,而心理活动又需要一定的生理基础。这就将美学与生理学联系起来。

五、审美的过程即是创造的过程,每个人所能领略的境界都是他自己所创造的境界,是他性格经验的返照。直觉就是凭着自己的情趣性格忽然间在事物中见出形象,这就是创造。形象的直觉就是艺术创造,欣赏也是创造。欣赏一首诗就是再造一首诗,每次所创造的是一首新鲜的诗,创造和欣赏永远不会复演。

如前所述,这些基本论点不完全是朱光潜的理论发现,更多的是他对西方现代美学的借用、吸收与消化。如以“直觉论”解释审美本质,这一核心命题是借用了叔本华,特别是克罗齐的观点,“距离说”借用了布洛(Bullough)的观点,“移情说”借用了立普斯(Lipps)的有关观点,“内模仿”说借用了谷鲁斯(K.Groos)的有关观点,朱光潜把诸种学说加以辨析综合,虽然他不一定想要独创体系,然而一种理论体系的架构在事实上已经搭起来了。

以往的研究一般都比较注重从哲学的层面考察朱光潜体系,并基本上判定其为唯心主义的美学理论。这种判定虽嫌过于简单,但也大致能说明其理论来源的性质。他所追崇借用的从康德到克罗齐的形式派美学,都属于主观唯心主义的范畴,在探讨与强调艺术形象思维方面有突出的贡献,并不等于不存在偏颇。拿克罗齐来讲,他把单纯感觉式的直觉与艺术形象思维式的直觉混同,过分强调直觉为心灵活动,把直觉与抽象思维分别加以绝对化,把艺术的表现媒介传达技巧与艺术本身割裂开来,等等,都是明显的偏误。[1] 朱光潜在搬用克罗齐美学的框架时,也看到这些缺陷,并采取了补

① 朱光潜在克罗齐的《美学原理》修正版译者序中曾简扼地指出过克罗齐美学“突出的错误”,可参考。

救措施，即做所谓“补苴罅漏”[1] 的工作。在《文艺心理学》中就专列有一章《克罗齐派美学的批评》，集中评判克罗齐派美学的“三个大毛病”，即“机械观”、关于“传达”的解释及价值论。但对这些“补苴罅漏”不必过分看重，甚至还不及克罗齐晚年在《美学纲要》中对自己“直觉论”的修正来得彻底。朱光潜的理论框架是从克罗齐那里来的，他对“直觉论”的核心——单纯的非理性的想象活动这一内涵是始终心悦诚服的，而他的批评理论则由此派生。

对于本论题来说，最值得注意的，还是朱光潜在借用与评判克罗齐派美学时所引发的对于文学批评的思考。当朱光潜不纯粹谈美学或心理学，而转到思索文学批评时，倒似乎更有理论创造力。这时他就有更多的“综合”。他解释了“美感态度”与“批评态度”的区别，指出美感观照只是一种极单纯的“直觉活动”，对于所观照的对象不作判断。而批评是“名理的活动”，即以理智去判别是非美丑，这与直觉是不同的。直觉的审美是一种忘我的沉迷心态，而批评作品的态度则要冷静，不能沉醉于作品之中。从逻辑上讲，批评与审美是很难同一的。然而朱光潜认为批评家还是可以而且必须把两者统一起来，这只是有“程序”问题。他提出“理想的批评有欣赏作基础”，既然欣赏是一种创造，那么也就可以有“欣赏的批评”或“创造的批评”。他指出：

> 创造是造成一个美的境界，欣赏是领略这种美的境界，批评则是领略之后加以反省。领略时美而不觉其美，批评时则觉美之所以为美。不能领略美的人谈不到批评，不能创造美的人也谈不到领略。批评有创造欣赏做基础，才不悬空；欣赏创造有批评做终结，才底于完成。[2]

朱光潜力图把“美感态度”与“批评态度”加以区别又在批评的操作程序上使彼此联系统一起来。照他的看法，批评的第一步必须尽量以直感去体味感受作品的独特艺术世界，批评家要尊重自己的感觉印象，“沉入”作品并“创造”出有自己独特感受的艺术境界。这有点接近近时常见的“接受美学”见解。朱光潜以此作为“创造的批评”的核心，也即是“审美的把握”。但光有体验感受是不可能完成批评的。朱光潜指出，在美感经验之前和之后，都还需要有名理的思考。美感之前的名理思考就是“了解”。如刚接触作品时，多是要先弄清作者的创作动机、背景、传记材料以及创作过程的某些情

① 《文艺心理学·作者自白》，《朱光潜美学文集》第 1 卷，第 4 页。

② 《文艺心理学》第五章《关于美感经验的几种误解》，《朱光潜美学论文集》第 1 卷，第 80—81 页。

况，等等。历史派的传记批评和心理派心理分析批评就常做这种“了解”工作。而“了解”是为欣赏作准备。经过欣赏获得美感经验之后，还要有名理的思考，即所谓对作品的反省。朱光潜在理论表述上已经将“美感态度”的阶段与“批评态度”的阶段分开，他所说的“批评”主要指“名理反省”，这似乎又缩小了批评的含义。其实，按他的思路逻辑，批评应包括“了解”、“欣赏”和“反省”这一连贯的过程。朱光潜反复强调“直觉的美感经验”的获得与实际人生无涉，但认为进入批评却又不能不了解作品与人生的关联，不能不运用理性批判。朱光潜的论述力图使批评有基本的规律可循，有可操作性。其精到之处在于指出了直观审美是不确定的，但这是基础，由名理思考达至理性的统摄，不确定的状态才凝为确定。看来，朱光潜确实不愿意一味追随克罗齐美学的纯粹美感经验分析，在考虑批评原理时他不能不做许多“补充”。

朱光潜以直觉与反省去区别解说审美态度与批评态度，并提出“欣赏和创造的批评”使彼此互相补充，这种批评理论的指向是比较接近印象主义的。在朱光潜看来，有三类常见的批评都不入“正道”，不能领略艺术的美。第一类是以“导师”自居的批评，总是拿一些既定的教条或创作理想去期望别人，要求作家依法炮制作品。第二类是以“法官”自居的批评，相信作品的美丑成败有普遍的固定的标准，可依照技巧性的或一般批评成见行事，对作品作出裁决。第三类是以“舌人”自居的批评，功用在阐说作品，可帮助人了解作品，如传记批评和考据批评都属此类。对这三类批评朱光潜都持否定态度，不过第三类批评多少还有存在价值，可以部分地吸收其方法，并与他所赞赏的第四类批评结合起来。第四类就是印象主义批评，朱光潜又称之为“饕餮者”的批评，其意是只知道欣赏作品，并把自己欣赏所得的印象表达出来，如同法郎士所说是“灵魂在杰作中的奇遇”。朱光潜认为印象派的批评可以说是“欣赏的批评”，并表示他个人是倾向于这一派批评的。他说：“总而言之，考据不是欣赏，批评也不是欣赏，但是欣赏却不可无考据与批评。”看来他倾向印象派批评，却又不等于固守印象派的批评路数。他的所谓“欣赏的创造的批评”，是综合了几种批评的长处的。

朱光潜提出他这一套批评理论有一预定目标，那就是要解决历史派批评与形式派批评之间长久存在的争端。朱光潜认为这两派的分歧源于把批评标准定得过于绝对和固定。在他看来，文艺作品有的偏于本身的艺术价值，例如某些山水杂记之类纯粹的想象的或状物的作品都属于这一类；有的则较多道德、人生观等方面的思想价值,作品中有意无意渗透作者的人生态度或道德信仰。因此批评要从作品实际出发,标准不可一概而论,有的可着重从文艺本身定价值,有的则可以偏重从道德信仰等方面去定价值。朱光潜给人的印象是偏重形式派美学的,可是在谈论批评时,他并不否认文艺能发生思想道德方面的深广的影响,他认为文艺的美能助于伸展同情,扩充想象,增加对于人情物理的认识,这都是健全道德的基础。对于"为文艺而文艺"的倡和者反对以道德标准去评定文艺的价值,他认为还是有斟酌的余地。

将朱光潜提出"创造的批评"放到批评史上考察,会发现其纯学理的论证却又包含某些现实的针砭:他似乎有意在作批评视点的调整。在他看来,当时居于主流的历史派的批评往往偏重"内容",而居末流的形式派的批评则偏重形式,两者之"偏"都不能真正把握文艺创作的美的本质,内容与形式的纷争也就不能解决。朱光潜认为"内容"与"形式"两个概念如果分开来界定,其内涵都应当从审美经验的整一性来理解重新界定这两个概念。他提出内容可理解为情趣,形式是意象:"前者为'被表现者',后者为'表现媒介','未表现的'情趣和'无所表现的'意象都不是艺术,都不能算是美。"朱光潜认为"创造的批评"不应像其他批评派别那样片面而机械地争论到底美在内容抑在形式,而应注目于它们的关系——审美表现——上面。这实际上还是回到"艺术即意象的表现"这一观点上来了。朱光潜从文艺创造与欣赏中审美的"整一性"考虑内容与形式的统一,是很有见地的。他提出批评不仅要评定意象本身(内容)的价值,尤其要评定该意象传达或表现(形式)是否恰到好处。这也是富于建设性的意见,可以说是一种新的"批评的自觉"。

如果说在偏重从心理学角度思考美学命题时,朱光潜还比较倾心于形式派美学,那么在探讨批评的原理与方法时,朱光潜就又从形式派美学中超越出来;他在强调批评的欣赏前提即对作品的直觉审美把握时,不排除名理的反省与价值判断。直觉审美的理论引导和辅助他去纠正机械反映论的偏颇,使他坚决地与庸俗社会学批评(排除审美成分的历史派批评也常沦于此类)划清界限,但又不完全沉迷于印象主义的批评。朱光潜批评理论的这种"折衷"是很特异,但又是很有学理价值的。

然而从总的倾向看,朱光潜批评理论的精到之处仍在于重视直观审美的作用。他从美学的层面论证并强调了这种作用,他也在这一点上形成了令人难忘的特色。

在作家——作品——读者这三者构成的三角关系中，朱光潜批评理论的探究着重在于读者方面。他强调“美感经验”、“直觉”、“欣赏”、“创造”，都是注重读者（批评家）在阅读批评过程中的主体融入，强调审美整体把握的再创造。批评家是主动的创造者，而绝不是被动的解说人。尽管在30年代还未有人提出接受美学的概念，然而朱光潜关于美学与批评的思考，有许多精彩的命题已经论涉接受美学的范围。他确实是一位有理论个性的美学家和批评家，如果进一步评析他的诗歌美学理论，就更有理由对他做这样评价。

二　诗美学与新诗理论辨正

在评述了朱光潜“直觉论”所支配的批评观后，有必要集中谈谈他的《诗论》：这一直是朱光潜的“心中主题”，[①] 是他的美学理论的一种专门运用，里边含有很多对新诗实际批评的意见。将《文艺心理学》与《诗论》对照起来读，就能全面了解朱光潜的美学思想与批评的原理。

从批评史角度看，朱光潜的《诗论》是一部具有开拓意义的重要著作：它第一次以有严密系统的专著的形式，从美学的层面深入探讨了诗的本质及其创作欣赏的规律，并且在中西诗学比较的前提下，系统阐释了中国诗歌形式的基本特征，力图为新诗的发展提供切实有用的理论借鉴。

朱光潜在欧洲留学时，一边写《文艺心理学》，一边酝酿形成了《诗学》的提纲。1933年秋返国后，先后在北京大学、武汉大学等校讲授《诗论》，边讲边修改，到1942年才正式出版。这里特别提到这本书的写作时间，是因为考虑到这样的背景：这期间，中国新诗的发展尤其是形式的探讨上正面临理论的困扰，核心问题之一，是新诗形式的创造是否仍需有格律可循，诗质与节奏、音韵等到底有无规律性的联系。自从白话诗运动冲决了传统诗歌旧格律旧形式的束缚之后，新诗多以绝端的自由散漫发展，虽然也出现有像《女神》这样天才的神功之作，但整个新诗过分信任自然流露，缺少形式感，往往因无节制的散文化而丧失了诗味。所以到20年代末就有新月诗派的闻一多等人出来倡导“理性节制感情”的美学原则与诗的形式格律化的主

---

① 《作者自传》，《朱光潜美学文集》第1卷，第9页。

张。闻一多鼓吹诗的音乐美、绘画美与建筑美，要求将诗的情感收纳在和谐、均齐的格律形式之中。[①] 这种可贵的探索实质上已经上升到美学的层次，对新诗理论的拓展极富激发力。可惜到30年代初，因新月诗派的风流云散，这种诗美学的探讨就终止了。

朱光潜的诗论研究在逻辑上可以看作是闻一多和新月诗派诗美学探讨的继续，虽然具体的诗歌主张不尽相同。事实上，到30年代中期，诗坛又在热切呼唤诗美学的理论建设，对新诗形式的讨论又吸引了众多忠于感受忠于艺术的诗人。有这样一种背景材料是值得在这里记述的。大约在1936年至1937年，以朱光潜等人为核心，集合过一批当时诗坛的精华，经常以“读诗会”的形式研讨新诗艺术理论。沈从文曾回忆说：

> 北方《诗刊》结束十余年，……北平地方又有了一群新诗人和几个好事者，产生了一个读诗会。这个集会在北平后门慈慧殿三号朱光潜先生家中按时举行，参加的人实在不少。北大有梁宗岱、冯至、孙大雨、罗念生、周作人、叶公超、废名、卞之琳、何其芳诸先生，清华有朱自清、俞平怕、王了一、李健吾、林庚、曹葆华诸先生，此外尚有林徽因女士，周煦良先生等等。[②]

这个难得的“读诗会”旨重诗的诵读，由诵读的实验，探讨新诗的音节、韵律、节奏等问题，乃至新诗的出路问题。朱光潜当时正在北大讲授和修改《诗论》，显然“读诗会”的艺术气氛及所讨论的某些有关问题直接引发他对诗美学的思考，《诗论》的批评性质与此密切相关。

从30年代中期开始到40年代，探讨诗歌理论的著作屡有出现，如梁宗岱的《诗与真》（1935年）、《诗与真二集》（1937年），戴望舒的《论诗零札》（1937年），艾青的《诗论》（1941年），李广田的《诗的艺术》（1943年），冯文炳的《谈新诗》（1944年），朱自清的《新诗杂话》（1947年），阿垅的《人和诗》（1949年），唐湜的《意度集》（1950年），等等，都各有创获。这些著作多数为诗人论诗，渗透了诗人鲜活的创作经验，而且几乎都紧扣着新诗创作的实际而发，并不在学理方面下功夫。相比之下，朱光潜的《诗论》更注重学术的周密系统，把实际批评与一般创作经验的探讨引申归纳到其美学研究的构架

---

① 参考闻一多：《诗的格律》，载1926年5月13日《晨报·诗刊》。

② 沈从文：《谈朗诵诗》，《沈从文文集》第11卷，第251页，花城出版社与三联书店香港分店1984年版。

之内。比起其他诗论来,朱光潜的这本《诗论》有更多的理论自觉,他是自王国维以来最热诚也最认真地把诗歌理论作为一门专门学科来研究的学者。这种理论的真诚在《诗论》的《抗战版序》中表达得很清楚,而且从中还可以看出他构建诗学的目的与方法。朱光潜说:

> 在目前中国,研究诗学似尤刻不容缓。第一,一切价值都由比较得来,不比较无由看长短优劣。现在西方诗作品与诗理论开始流传到中国来,我们的比较材料比从前丰富得多,我们应该利用这个机会,研究以往在诗创作与理论两方面的长短究竟何在,西方人的成功究竟可否借鉴。其次,我们的新诗运动正在开始,这运动的成功或失败对中国文学的前途必有极大影响,我们必须郑重谨慎,不能让它流产。当前有两大问题须特别研究,一是固有的传统究竟有几分可以沿袭,一是外来影响有几分可以接收。这都是诗学者所应虚心探讨的。

按照这一思路,朱光潜首先做基础性的研究,而不急于卷入实践问题的争执。他认为诸如"诗是什么"、"诗应该如何做"诸问题,众说纷纭,争来争去,很难说清楚,不如先弄清"诗的起源",然后看诗的本质特征。这种溯源的研究发挥了朱光潜淹博宏阔的学识优势。他在《诗论》的开头两章论述了"诗的起源"和"诗与谐隐",从文艺心理学角度说明诗的本质。诗歌与音乐、舞蹈是同源的,最初是三位一体的混合艺术,以自然地宣泄人的情感为因由。后来三种艺术分化,音乐尽量向"和谐"的方面发展,舞蹈尽量往姿态方面发展,诗歌则尽量向文字意义方面发展。但诗歌独立发展为一门艺术后,在形式方面仍保存若干与音乐、舞蹈共有的"命脉",如重叠、和声、衬字、韵,特别是一般所谓格律,究其源仍与人类情感抒发的节奏相关联。朱光潜认为诗歌后来形成的某些固定的形式,也都可以从诗、乐、舞同源的痕迹中找到解释。

除了情感的表现,文字游戏的美感追求也从另一方面决定着诗的本质。朱光潜同样以心理学的观点论述了诗与谐的关系,认为谐趣是人类一种原始普遍的美感活动,凡是游戏都带有谐趣。从民歌看,人对文字游戏的嗜好是天然的、普遍的,传统诗歌中也带有谐趣性的追求,如隐语即描写诗的雏形,咏物诗中的比喻、寄托也都带有隐语的意味。诗歌在起源时就已经与文字游戏发生密切联系,而从学理上讲,巧妙的文字游戏以及技巧的娴熟的运用,可以引起美感。每种艺术都用某种媒介,也都有一定的规范,如果在驾驭媒介与迁就规范这种征服困难之外还有余裕，还能带几分游戏态度任意纵横挥扫，使作品显得逸趣横生，那就更能由限制中争得美感。这样，朱光潜在考察诗歌的文艺心理学"本源"特点时，就提出了一个重要的命题：对诗的格律重要性的重新认识。

接下来从第三章到第七章，朱光潜把诗从其他艺术形式（主要是音乐、图画）和文学体裁中分擘出来，以进一步从文体上辨识诗的特质。其中在第三章他用"直觉论"解释诗的境界，提出诗的境界是"意象与情趣的契合"，无论是欣赏还是创造，都必须"见"到一种诗的境界。这里他基本上是在重申《文艺心理学》中的有关论点，并结合诗的本质探求阐发了他从王国维那里承袭过来的"意境"说。他从文艺心理学的角度对王国维"意境"说所涉及的几个命题，作了独特的解说。这些解说是直接关系到诗的批评标准的。如关于"隔"与"不隔"的分别，《人间词话》提出一些例证去引发感悟，却未能说清理由，朱光潜则明确地以意象与情趣的契合程度及其在读者心中引起的反应这一综合效果，来区分"隔"与"不隔"。此外，对王国维讲的"有我之境"与"无我之境"，朱光潜也重新界说并提出不同意见。他认为严格地说，诗在任何境界中都必须有我，必须有自我性格、经验、情趣的返照。与其说"有我"与"无我"，不如说"超我"与"同物"。这不同境界以"移情作用"的深浅而定，各有妙处，不能简单地品定高下。对朱光潜这一看法，学术界是有异议的，[①] 但朱光潜所强调的是对那种由情趣与意象契合形成的诗的艺术世界，作整体审美把握。这对于诗的批评是有价值的意见。当时批评界常有人习惯将"主观"与"客观"的哲学概念拉到文学上来，僵硬地认为文学无非两种，"主观"的偏重情感"表现"，"客观"的偏重人生的"再现"。如果按朱光潜的这种意见，这两种标准虽各有偏向，却没有严格的逻辑的分别，因为诗的艺术世界（境界）不可能是纯"主观"或纯"客观"的。同样，针对当时诗歌评论中常见的以"显""隐"为评判的标准，朱光潜的观点也不无启示，因为"显"或"隐"各自有不同的艺术效果。应当说，朱光潜试图从意象与情趣契合的角度去探讨诗的本质，对于改变批评标准的单一和机械的状况，是很有理论意义的。

新诗的文体概念的确立，也是从新文学诞生以来就一直讨论不休的问

---

① 可参考吴文祺《近百年来的文艺思潮》之四"王国维的文学批评"、张世禄的《评朱光潜的〈诗论〉》（载《国文月刊》第58期）和叶嘉莹《王国维及其文学批评》，他们对朱光潜的论点都有诘辩。

题。新诗冲破了旧格律诗的体制后,特别是在自由体诗兴起之后,诗的散文化成为一种大趋势,诗与散文以及其他艺术形式的界限模糊了,这也带来理论与创作上的困扰。新诗形式的过度散漫势必丧失诗的本质。朱光潜试图重新认真追寻与探讨诗的本质规定性,除了上述角度,他不能不首先注意到诗与散文的文体区别。他提出要同时在实质与形式两方面去考察,并由此给诗下了定义:"诗是具有音律的纯文学。"这个定义试图把有音律而无文学价值的陈腐作品以及有文学价值而不具音律的散文作品,都排除在诗之外。虽然"纯文学"的概念仍较笼统,但朱光潜这样区分诗与散文的性质,是有意纠正当时那种很普遍的因提倡"散文化"而忽视诗歌自身特点的看法。[1]

在区分了诗与散文界限之外,朱光潜进一步论说诗与乐以及诗与画的关系。其中他所格外关注的是节奏问题。这对新诗又是有直接参考意义的。朱光潜显然不赞同当时某些诗人反对诗歌借重音乐的主张。朱光潜担心这会助长那种完全轻视格律的散文化风气。他从文艺心理学角度提出节奏跟生理节律、情绪有直接关系,诗因为表达情感而不能不具有节奏。问题是诗的节奏与音乐节奏有所不同,音乐只有纯形式的节奏,没有语言节奏,诗则兼而有之。音乐节奏有其规律,是回旋的,倾向整齐,语音节奏则是自然的、无规律的、变化的。既然诗源于歌,必然保存有音乐的节奏;又因为诗是语言艺术,所以又含有语言节奏。就音节而论,诗是"相反者之同一",自然之中有人为,束缚之中有自由,整齐之中有变化,沿袭之中有创新,"从心所欲"而又能"不逾矩"。这当然是一种很难平衡兼顾的要求,但朱光潜认为诗艺的创造即在此。不懂欣赏诗的音乐者对诗艺的精微恐终隔膜,而想把诗变为音乐的附赘者也终究背离诗作为语言艺术的基本要求。

在作了以上关于诗的本质的科学界说之后,朱光潜更加具体地用三章详论了中国诗的节奏与声韵,包括声、顿、韵三个方面,然后又用两章研究中国诗何以走上"律"的路。这五章对中国诗(不只是旧体诗歌)格律机理的微观研究,引进了现代科学实证分析和中外文学比较的方法,是一种极有创见的试验性研究,对中国诗歌艺术探讨很有启迪意义。

朱光潜借鉴西方音律学的方法来分析中国诗的节奏和声韵。依一般传统的看法,四声是中国语言的特殊现象,诗的节奏声韵取决于四声所造成的

---

① 如戴望舒和废名都发表过反对诗歌借重音乐的主张。戴在《论诗零札》中明确表示:"诗不能借重音乐。"

平仄音的调和安排。但朱光潜认为汉语的四声其实对中国诗的节奏影响甚微，而对“调质”却有明显的影响。调质表现为字音本身的和谐及音与义的协调，在诗中最普遍的应用就是双声叠韵。朱光潜通过中西不同语言比较发现，汉语字中的谐声特别丰富，谐声字多，可以暗示意义的字声也多，音义协调就容易，这对于做诗是一大便利。传统诗歌的音律技巧，多在于选择富于暗示性或象征性的调质，达到音义调和。比如形容跑马时宜多用铿锵急促的字音，形容流水，宜多用圆滑轻快的字音，表示哀戚时宜多用阴暗低沉的字音，表示乐感时宜用响亮清脆的字音，等等。除了双声、叠韵之外，押韵和调平仄同是选配调质的技巧。这些关于调质的研究经验，对于新诗节奏感形成的机理有直接的参考意义。五四以来不少新诗人主张“自然流露”和“自然的节奏”，“不拘格律，不拘平仄”，固然原是为了冲破旧体诗形式的束缚。然而新诗既然是诗，总离不了音节方面的要求，如胡适讲“新诗大多数的趋势……便是‘自然的音节’”。[①] 所谓“自然的音节”总不该是大白话，而应是既摆脱旧格律又较适于现代人自由表达的有一定艺术调和的音节。朱光潜以现代科学手段重新审察了传统的声律说，剖析了中国诗包括新诗的声韵形成规律，从而肯定了声韵的艺术追求也是新诗达到成功的一方面条件。

在考察中国诗的节奏规律时，朱光潜还特别关注了“顿”。他指出说话和读诗都有声音停顿，然而说话的“顿”完全用自然的语言节奏，读诗须多少搀杂形式化的音乐节奏。新诗不同于旧体诗词那样完全依赖形式的外在的“顿”，而且“顿”的安排又与意义常相乖讹；新诗力求做到“顿”的安排所形成的节奏能与自然的语言节奏接近，是一种更有弹性又比较自然的顿挫段落。朱光潜显然认为新诗也要注重“顿”的艺术。但如果一味追求自然节奏，使音义的“顿”同一，这样就可能完全失去诗所要求的音乐节奏，与一般说话没有区别。

五四以来，有些新诗人模仿西文的自由体诗，以为西文诗不注重“顿”，也可以达到“自由的音节”。结果许多模仿的自由体诗散漫无章。朱光潜指出英美自由诗虽然不强调“顿”，其节奏效果却可以由“音步”的安排中得补偿。西文自由体诗讲究“上下关连格”，单位是行，每行不一定是完整的句，上行文的意义可以流注到下行，有时可能几行才形成一句，这样，每一行最

---

① 胡适：《谈新诗》，《中国新文学大系·建设理论集》。

后一字均不能停顿，通常要连着下行一气读。分行的原则主要依音步的数量，一般每行五个音步，上行音步够数，即转移下行，这种安排形成五音步的节奏感。可见西文自由体诗也还是有音步的约束。

朱光潜这些研究是在提醒新诗作者仿效西方自由体诗时，不能盲目抛弃音律上的起码要求，他没有具体指出到底该怎么安排“顿”，这仍需在实践中探索，但有一点是明确的，旧诗词中的“顿”对于诗的节奏功能，仍值得新诗借鉴。

朱光潜还论述了韵与节奏的关系。韵包括句内押韵和句尾押韵，朱光潜认为其主要功用在造成音节的前后呼应与和谐，也是歌、乐、舞同源的一种痕迹。汉语的特点是轻重音不分明，做起诗来音节容易散，必须借韵的回声来点明、呼应和串连，这就决定了中国诗的节奏有赖于韵。朱光潜认为新诗如讲求节奏，也不能不考虑用韵，不过不必像旧诗那样拘泥僵死的韵书，而应当比较自然地以现代语音来用韵。新诗多数都是注重用韵的，在30年代也有些诗人有意试验无韵诗。如果废除押韵而在别的方面去照顾诗的节奏，这未始不是一种摸索。但依朱光潜的意见，新诗的大方向还是要注意用韵。他从对诗的节奏机理的研究中所提出的种种意见，包括不能盲目模仿西方自由体诗以及适当继承传统诗调的某些节奏技巧，等等，其理论指向都是主张新诗适当用韵。提出类似主张的当然不止朱光潜一人，但在朱光潜之前还没有谁对此课题做过如此细密的学术研究。

无论新诗旧诗都是用汉语写作的中国诗，因此在节奏音韵的处理上都有共同的规律，新诗冲破旧体诗词的形式束缚，不等于要完全另起炉灶，对传统诗词某些艺术手法技巧包括格律的继承借鉴，仍是新诗发展的重要条件。为了给新诗艺术探索提供更具体的历史经验，在对中国诗的节奏声韵的机理做科学的分析之后，朱光潜在《诗论》的十一、十二两章又认真讨论了中国传统古体诗向近体诗的演化史，主要是近体诗即律诗形成的渊源来委，这是博大而又复杂的课题。朱光潜借助他在美学与比较文学方面的富赡学养，对这一课题作了大胆的富于创见的研讨。如前所述，朱光潜对诗的本质的相对界定，是“有音律的纯文学”，因此“音”和“义”的关系是他考察诗歌艺术流变的主要视点。他提出这样一个普遍的进化公式，认为中外诗歌发展概莫能外。这公式以音义关系为中轴，认为诗歌进化史可以分为四个时期：(一)有音无义时期，这是诗的原始阶段，原始民歌大半如此；(二)音重于义时期，如较进化的民俗歌谣为此阶段产品；(三)音义分化时期，即“民间诗”

演化为“艺术诗”或“文人诗”的阶段;(四)音义合一时期,诗人有意在文字本身见出音乐,欧美诗这种技巧的成熟在19世纪,如象征派所产生的“纯诗运动”。

朱光潜认为中国诗也大致经过这四个时期进化的轨迹,其中第一时期已无史迹可考,但从少数现行儿歌中可以推想;《诗经》时代和乐府初期大抵属于第二时期;乐府递化为古诗,即标明第三时期的到来;齐梁后律诗出现,是第四时期的开始。朱光潜着重评析了第四时期的诗体的演化状况,他的参照系即是西方19世纪的“纯诗运动”,他力求通过中外比较来发现中国民族诗歌独特的艺术形态。

朱光潜认为律诗的形式因素有多种,但最关键的因素,或最大特色,一是意义的排偶,一是声音的对仗。这特色的形成有其物质基础。从中外比较可看到,中文字尽单音,词句易于整齐划一。“我去君来”,“桃红柳绿”,稍有比较,即成排偶。西文单音字与复音字相错杂,意象尽管对称而词句却参差不齐,不易对称。此外,西文文法严密,不如中文的文法可以自由伸缩颠倒,句子可以尽量做得工整。汉语文字特点能影响文学思维,中国诗人求排偶的心理习惯也就成了律诗形成的基础。朱光潜更全面追探了律诗形成的历史轨迹后,得出简赅的结论。他认为声音的对仗起于意义的排偶,这两个特征先见于赋,律诗是受赋的影响;东汉以后,因为佛经的翻译与梵音的输入,音韵的研究极发达,这是律诗形成的强烈刺激因素;到齐梁时代,乐府最终递化为文人诗,诗有词而无调,外在的音乐消失,文字本身的音乐起而替之。永明声律运动就是这种演化的自然结果。

朱光潜对律诗特点及其形成原委的研究,其中某些具体结论也许还有待更深入地辨析论证,后来也引起过一些商榷,然而朱光潜对自己这一研究成果是格外珍视的。[①] 朱光潜是第一个把律诗的成因及演化提升到理论高度的人。他的策略是从学理上探究文学的原理,包括诗学批评的通则。像他这种注重中外比较,又采取多学科结合的视野开阔的研究,确是一种批评的大家风范。他做的是一种理论沟通工作,中西沟通,古今沟通,在沟通中博采众长,以多元的视点并从美学的高度重新阐释批评原理。在某种程度上也可以说,其方法论的启示意义甚至超过具体的学术识见。可惜因为时

---

① 朱光潜曾说过:“《诗论》对中国诗的音律,为什么后来走上律的道路,作了一些科学的分析。”参见张洪明《汉语近体诗声律模式的物质基础》,《中国社会科学》1987年第4期。

代的限制,学术界文学界对朱光潜的批评理论及诗美学理论没有足够的关注。似乎只有到80年代以后,人们才越来越发现美学家的朱光潜,在文学批评理论的建构上也有他特异的价值。他的《文艺心理学》与《诗论》等著作至今仍是含义丰富的卓尔不群的文学批评典籍。

第十一章
其他几位特色批评家

一　沈从文的《沫沫集》

从梁实秋、新月派，到“京派”，文学观和批评理论有前后连贯的流脉，就是倾向自由主义，主张文学的相对独立性，与现实拉开距离，推崇古典式的审美标准。沈从文作为“京派”的代表作家，在文学理论批评方面虽然谈不上系统的建树，但上述倾向是明显的。30年代前期，沈从文的小说创作正处于巅峰状态，他的批评也多集中于此时期。他不赞成当时支配文坛的那种过于贴近现实和服从政治的创作趋向，当他旧日的文友（如丁玲、胡也频等）纷纷转而以文学宣传革命之时，沈从文却显得清高和落寞，躲到潮流之外去默默地营造自己文学的“希腊式小庙”。这种选择与其说出于政治信仰，不如说出于他孤独的性格及其对文学价值的理解。

在《烛虚》这组文学随想录中可以看到，寂寞的沈从文是那样强烈渴求精神世界的自由、和谐与充实，渴求人性的健全发展。“乡下人”的自卑情结使他对城市文明有本能的反感，他惊讶地发现自己的生命已被现代文明“淘剩一个空壳”，几乎成了不毛的荒原。[①] 他指望以文学的幻想与创造给精神的荒原带来某些春的活气。有时他视文学为“白日梦”（他的许多以湘西原始的农村为背景的小说往往是故土的梦忆），他希望在“梦”中慢慢地翻动人生这本大书，在“梦”中发现人性之美，以“梦”的陶冶来恢复现实中破损了的灵魂。有时沈从文又视文学为对“人”的诠释。他反复讲过要以文学表现各

---

① 这一段引述的沈从文论点见《烛虚》，《沈从文文集》第11卷，第258—281页，花城出版社1984年版。本章凡引述沈从文的言论均见该版本，不另注明版本。

种人生的形态(他常将湘西原始性的人生形态与城市人生形态对立起来,肯定前者而贬抑后者),发现“爱”与“死”可能具有的若干新形式,而这种创作本身便被当成是扩大自我,发现与充实自我。他企图以此对抗和逃脱他所不愿合作的现实。沈从文一再讲到表现抽象美丽的印象,最适用音乐,有些境界只有音乐才能达至。这使人联想到爱伦坡(E. Allan Poe)所讲过的:“只有在音乐中,人的灵魂才最接近于……创造至高的美。”[①] 同时这也使人们更为了解,沈从文那些充满幻想色调的小说,何以总流淌着某种生活的律动,潜隐有音乐节奏美。沈从文的创作比起同时代的众多作家来,是更耽于幻想,也更富于浪漫气质的。不过由于他个性的孤独和安静,在审美追求上却趋向古典。他不习惯于热烈、新异与变动,而总是贪恋清静和谐。他渴望“到一个绝对孤独环境里去消化生命中具体与抽象”,有时他“必须同外物完全隔绝,方能同‘自己’重新接近”。咀嚼孤独是无奈的,却又是沈从文最好的创作状态。看来,《烛虚》中的自白很能显露沈从文的创作追求,要了解他的创作或批评,不妨体味一下《烛虚》的心境。

然而从批评史角度看,沈从文最重要又最有影响的评论是《沫沫集》。这本出版于1934年的论集收有十余篇文章,以专论形式论及的作家有冯文炳、落华生、施蛰存与罗黑芷、朱湘、焦菊隐、刘半农、郁达夫与张资平、闻一多、汪静之、徐志摩、穆时英、曹禺、冰心、鲁迅,等等,另还有一篇综概性的长文《论中国创作小说》,论及自五四以来的四十多位作家。[②]《沫沫集》中的论文多写于1930年11月至1931年4月,原是沈从文在武汉大学讲授现代文学课时的讲稿,所选论的大都是20年代成名的作家,同时期活跃的作家选得不多。这是出于讲课的需要,现代文学课多少带史的性质,要经过一些沉淀。更主要的,当时正是“革命的浪漫谛克”和左翼文学兴盛之时,主张文学独立性的沈从文对过于政治化的文学潮流不感兴趣,政治化与商品化在他看来都是歧路,不能把文学导向健全。沈从文重点选评五四时期的作家,意在总结历史经验,发扬传统,纠正他所认为的不良的创作风气。

写《沫沫集》时的沈从文,和《烛虚》中那个自我剖白的沈从文不全一样。《沫沫集》有更多的现实感与道德感,目标是引导读者怎样去认识、理解和赏

---

① 参见布鲁克斯等著:《西洋文学批评史》第546页,台湾志文出版社中文版。

② 后收入《沈从文文集》的《沫沫集》,其篇目对原版本略有增删。

鉴现代文学作品，纠正“恶化一时的流行趣味”。[①] 沈从文并不苛求所有作家都来像他那样以静美的文字表现人生形态，他所理解的五四文学传统是阔大的、能容纳种种健全风格的。唯有在影响读者的“趣味”上，沈从文有严峻的态度。他毫不留情地否定张资平小说“转入低级趣味的培养”，使读者容易得到官能的满足与本能发泄的兴味。他认为这种不健康的文学兴味与“礼拜六派”一样，只追逐“商品意义”，虽然“懂大众”很有市场，但在艺术上是一种堕落。沈从文很腻味“海派文学”，主要指的是商品化的文学。他认为张资平的小说就是“新海派”的代表之一。[②]

沈从文把“革命的浪漫谛克”文学也纳入他所抨击的“新海派”之列。他指责这种急进的文学“是筑于一个华丽与夸张的局面下，文体的与情绪的，皆仍然不缺少那‘英雄的向上’与‘名士的放纵’相纠结”。他认为五四的浪漫主义潮流到后一阶段因“缺少约束”而朝不健康方向发展，“挂了尼采式的英雄主义，或波特莱尔的放荡颓废自弃的喊叫，成了到第二次就接受了最‘左’倾的思想的劳动文学的作者集团，且取了进步的姿态，作高速度的跃进”。[③] 沈从文反感文学上的急进，认为那只是以文学作“旗帜”，依赖作品以外的手段去获得读者。他注重的还是独立的艺术价值。不排除沈从文也有其政治偏见，但他对“革命浪漫谛克”的批评也有中肯的一面。鲁迅当年也曾批评“革命文学”家“左”而不作，只忙于“挂招牌”，不注意内容的充实和技巧的上达，拿不出真货色。[④] 沈从文对初期“革命文学”的看法在某些方面与鲁迅不谋而合，他们都比较注重文学自身规律，但两者出发点不同，鲁迅毕竟支持并倾向左翼文学，沈从文则始终很清高地站在一边否定左翼文学。不过，《沫沫集》能存留给批评史的最大特色，在于它的风格批评。

几乎在对每一位作家进行评论时，沈从文都着眼其总体风格，风格的勾勒和体味，往往成为他批评中最精到的部分。沈从文对自己把捉风格的能力非常自信，常在论文的一开头就提纲挈领地将批评对象的风格特征加以提示，而且用的常是作“历史定位”的语气。下面试举几篇文章开头的风格

① 《论中国创作小说》，《沈从文文集》第 11 卷，第 162 页。

② 《郁达夫张资平及其影响》，《沈从文文集》第 11 卷，第 143 页。

③ 同上，第 144—145 页。

④ 参见鲁迅：《〈现代新兴文学的诸问题〉小引》和《文艺与革命》，分别收《鲁迅全集》第 10 卷，第 292 页和第 4 卷，第 83—84 页。

总评，几乎都可以说是不移之论，由此也可见他对风格批评是多么重视。①

从五四以来，以清淡朴纳文字，原始的单纯，素描的美支配了一时代一些人的文学趣味，直到现在还有不可动摇的势力，且俨然成为一特殊风格的提倡者与拥护者，是周作人先生(《论冯文炳》)。

在中国，以异教特殊民族生活作为创作基本，以佛经中邃智明辨笔墨，显示散文的美与光，色香中不缺少诗，落华生为最本质的使散文发展到一个和谐的境界的作者之一。这和谐，所指的是把基督教的爱欲，佛教的明慧，近代文明与古代情愫糅合在一处，毫不牵强的融成一片。作者的风格是由此显示特异而存在的。最散文的诗质是这人的文章(《论落华生》)。

使诗的风度，显着平湖的微波那种小小的皱纹，然而却因这微皱，更见出寂静，是朱湘的诗歌(《论朱湘的诗》)。

以清明的眼，对一切人生景物凝眸，不为爱欲所眩目，不为污秽所恶心，同时，也不为尘俗卑猥的一片生活厌烦而有所逃遁，永远是那么看，那么透明地看，细小处，幽僻处，在诗人的眼中，皆闪耀一种光明。作品上，以一个"老成懂事"的风度，为人所注意，是闻一多先生的《死水》(《论闻一多的〈死水〉》)。

还有许多篇都是这样，开门见山就作风格评定，以此作为他批评的立足点。大概当初沈从文也是考虑到课堂教学的需要，力求为所评的作家找到简明扼要的历史位置，这定位紧扣着风格特征，不旁迁他涉，可以一开始就给读者一个非常鲜明的印象。

沈从文风格批评注重的是对作品整体审美的把握，他在论文的开头(或在开始评论某一作家之前)造成一个总印象(同时也是基本结论)后，就用主要篇幅引导读者去体味、理解与反思这印象(结论)。这不只是批评的操作程序问题，更是一种有特色的批评思维方式。沈从文显然不乐于使用那些很流行、方便但又可能生硬、笼统的批评概念，诸如内容、形式、主题、思想，等等，他不愿意把完整的艺术世界硬是机械地分拆开来说明。按照沈从文的逻辑，既然认为文学创作是一种人生体验的寄植，是对各种人生形态的探寻与感受，既然认为作家在"白日梦"的状态中构设艺术世界也有自足性，那么读者或批评家以浑然感悟的方式去把握，当然比纯粹理知的分析更可能

---

① 以下四段引文，分别见《沈从文文集》第11卷，第96、103、113和146页。

接近艺术真谛。

沈从文的风格批评显然继承和借鉴了古典批评中感悟印象的方式，当他要把捉和传达某一部作品或某一作家的总体风格时，所依赖的主要是直观感性的印象，并常用鲜活的意象或色调，去造成带通感性质的评析，重在焕发读者的体味与感知。例如，评说许地山的小说散文，他就以音乐的通感来喻指其风格，说许地山用的是“中国的乐器”，“奏出了异国的调子”，“那声音，那永远是东方的，静的，微带厌世倾向的，柔软忧郁的调子，使我们读到它时，不知不觉发生悲哀了”。[①] 这种评析是以感悟印象的焕发为前提的，但又比传统的“点悟”式批评更明晰一些，约略渗入了某些理性的评判。沈从文明白对于现代读者，光靠点悟是难于充分沟通的，现代读者的普遍思维习惯也已经适应了分析性的评判，何况对一部作品的价值判断，总要有所分析归纳。因此在对作品风格获取印象和感悟的基础上，沈从文又总是结合某些必要的分析，考察风格的成因，探讨风格的得失，并尽可能在新文学历史发展坐标上确定其价值与位置。例如他适当结合作家传记材料，说明许地山那“柔软忧郁的”风格形成，跟其生活阅历、教育及宗教思想有怎样的关系，并且考察许地山的创作风格到底在哪些侧面满足与适应了五四时期的阅读心理需求。这种分析评断常给沈从文感悟式的风格批评带上某些历史感。

沈从文风格批评的标准之一，是作品的艺术表现能否适合作家的情性，并充分发挥作家的才华禀赋。沈从文认为“创作原是自己的事，在一切形式上要求自由，在作者方面是应当缺少拘束的”。但一个好的风格，会使读者“倾心神往机会较多”，风格的好坏不全取决于新旧，更决定于“是否适宜于作者”。[②] 沈从文很注意作家的人格情性是否自然地贯注于创作并形成独特的韵味。他最赞赏能充分体现作者人格情性并且是自然形成的风格，排拒那种一味求新逐奇，只模仿别人而不合自己情性的风格。如评析冯文炳时，[③] 沈从文指出他较早写的《竹林的故事》和《桃园》的风格是独具的、成功的，“作者所显示的神奇，是静中的动，与平凡的人性的美。用淡淡文字，画出一切风物姿态轮廓”。他用感情的口气怡然赞评说，读冯文炳的作品，

① 《论落华生》，《沈从文文集》第 11 卷，第 104 页。

② 《论冯文炳》，《沈从文文集》第 11 卷，第 99 页。

③ 同上书，第 98—101 页。

仿佛可嗅到“牛粪气味与略带稻草气味的乡村空气”,甚至从那“悭吝文字的习气”中也可以感到作者的性情习惯。他认为这种随性自在发展的风格才可能是圆熟的。但他很遗憾冯文炳稍后所作《莫须有先生传》在模仿追求周作人式的趣味,“把文字发展到不庄重的放肆的情形下”,失去了自己的人格情性,虽然是“崭新倾向”的风格转换,却不见得成功。

风格与人格的关系,是沈从文经常谈论的话题。这本是比较宽泛的难于捉摸的问题,但沈从文的风格批评还是比较实在的,因为他在考察艺术表现是否适性自在时,常常紧扣着文体评析。在沈从文看来,文体是不能有意为之的,只能用其得当;技巧作为文体的重要因素,也须适合作者情性的发挥,不能过分与勉强。风格的形成需符合自然,适度,和谐,关键是随性自在,不做作,不矫情。例如,沈从文指出施蛰存初期的小说如《上元灯》等,自有一种比较适于作者才情发展的文体,那是“略近于纤细”,“清白而优美”,线条柔和,气氛安详,技巧圆熟不露。这种文体所达至的风格,正好能体现施蛰存那“自然诗人”的禀赋,适于对“过去一时代虹光与星光作低徊的回忆”。但随着“意识转换”,施蛰存在他稍后所作的一些小说(如《追》)中改变了宜于自己的那种纤细而从容的文体,勉强自己去写不熟悉的“概念,叫喊,流血”,纵然有技巧翻新,终究还是“失败”。[①] 可以看出沈从文的评论标准带有古典主义的要求,他所欣赏的作品大都是有匀称和谐风格的。他对施蛰存后期创作的评价是否确当,仍可探讨。但无可否认,沈从文格外注重文体与作者艺术个性的适合程度,并由此评判其风格的成就缺失,这种批评的角度自有独到的地方。

风格批评的整体审美把握既要有感受性的点悟诱发,又要有一定的明晰性,有适切的判断,这就难度很大。沈从文批评的功力也常见于此。为了加深读者的风格批评的认同与理解,他常用比较法,将风格接近或相异的作家放到一块来比,同中见异,异中显同,互相辉映衬托,这很能诱导读者发挥各自品鉴力,参与品评。例如,郁达夫和张资平都是因写男女情爱而有过“轰动效应”的作家,沈从文将两者并评,指出彼此相似处,更追究不同点。他认为郁达夫的小说写“性的忧郁”,能“引起人同情”,让人“理解”人生的苦闷;而张资平永远写“三角或四角”的恋爱局面,却只能“给人趣味”或“挑

---

① 本段有关引述见《论施蛰存与罗黑芷》,《沈从文文集》第11卷,第108—109页。

逗”,“不会令人感动”。[①] “理解”和“挑逗”是不同的两种效果,沈从文通过比较,很准确地点透了两者艺术品格的高下。

关于同中显异的比较,最精彩的算是沈从文将冯文炳的《桃园》与自己的《雨后》比较。[②] 他指出两者的文体同是单纯,都喜欢用“素描风景画一样”的笔触,“同是不讲文法”,力求自然,而且同是关注描写“被人疏忽遗忘的世界”。但细加考究,彼此毕竟又有“分歧”。他指出冯文炳的作品只按照自己的“兴味”去写“平静”的某“一片”农村,“有一点忧郁,一点自知与未知的欲望”,“一切与自然和谐”,“缺少冲突”,“人物性格皆柔和具母性”;而沈从文《雨后》的“兴味”却是“用矜慎的笔,作深入的解剖”,“表现出农村及其他去我们都市生活较远的人物姿态与言语,粗糙的灵魂,单纯的情欲,以及在一切由生产关系下形成的苦乐”。沈从文不避嫌地拿自己作品与批评对象相比,是一种坦诚的气度。这种同中显异的比较,能深细地区别品味风格类型接近的作家有各自成就和局限,使读者加深对艺术个性的理解。

在风格的比较鉴识中,沈从文充分发挥其敏锐的艺术感悟力,而且善于用精警的概括将这种感悟转达给读者,这使得《沫沫集》有一种机智的品貌。他的这些文章都不长,从不用高头讲章式,要言不烦,没有批评的架势,却又在亲切的气氛中领略到智慧,特别是那种能同时唤起你艺术冲动的智慧。例如在评汪静之《蕙的风》时,沈从文一口气联类比较了同时代一批著名诗人的各种不同风格:

> 到一九二八年为至,以诗篇在爱情上作一切诠注,所提出的较高标准,热情的光色交错,同时不缺少音乐的和谐,如徐志摩的《翡冷翠的一夜》。想象的恣肆,如胡也频的《也频诗选》。微带女性的羞涩和忧郁,如冯至的《昨日之歌》。使感觉由西洋诗取法,使情绪仍保留到东方的,静观的,寂寞的意味,如戴望舒的《我的回忆》。肉感的、颓废的,如邵洵美的《花一般罪恶》。[③]

这种风格评析所讲求的仍然是整体审美的把握,不过要一语中的,用非常简洁的语句将所感悟的印象浓缩呈现,妙在画龙点睛。

沈从文《沫沫集》的批评重在风格的品评,基本路数比较接近李健吾(刘

---

① 《郁达夫张资平及其影响》,《沈从文文集》第 11 卷,第 139—143 页。

② 《论冯文炳》,《沈从文文集》第 11 卷,第 96 页。

③ 《论汪静之的〈蕙的风〉》,《沈从文文集》第 11 卷,第 160 页。

西滑)的印象主义批评;而所依持的理论,如主张和谐、匀称、静穆的古典标准,强调直觉审美与“距离”说,突出文学的独立的地位与价值,等等,又和朱光潜的诗学美学比较一致。他们都属于“京派”批评家,在30年代默默地耕耘而多有收获。随着历史的距离适当拉开,他们这份批评的收获就愈加为读者所珍视。

二　梁宗岱的“纯诗”理论

几乎每一个讨论过梁宗岱批评的人,都把他看作是象征主义理论的当然代表,并且很自然会联想到他与法国后期象征派诗人保尔·瓦雷里(Paul Valery)的密切关系,会提到他那篇《象征主义》的专论。这种评判不错,却又不是全面的。梁宗岱倾心于象征主义,他对欧洲象征主义的了解比同时代的其他人更深入,也更有理论发挥,但他的目标并不限于介绍和推行象征主义,而在于从根本上探讨中国新诗整体艺术质量低下的原因,并试图通过中西诗学比较,寻求新诗艺术发展的理论依据。象征主义不足以概括梁宗岱的批评。贯穿于他的代表性批评论集《诗与真》和《诗与真二集》[①] 的,是“纯诗”理论,这是更能体现梁宗岱的理论批评特色的。从批评史上考察,与其把梁宗岱视为象征主义诗论的译介者,不如说他是“纯诗”理论的探求者。

梁宗岱的《诗与真》和《诗与真二集》一共15篇评论(另有瓦雷里的3篇论文中译),大都是评说外国文学(主要是法、德文学及其代表作家,如瓦雷里、歌德、罗曼罗兰、波特莱尔、韩波、马拉美,等等),或者作中西文论比较的,而且偏重学术性。这些文章常被划入外国文学研究范围。然而不容忽视的是,梁宗岱在对外国文学进行学术探讨时,或隐或显地总是连带作中国新诗的批评;他孜孜以求讨论的“纯诗”理论,也是从外国文学中袭取,以针对中国新诗的状况,再作出独特的理论阐发。因此有必要联系新诗的历史发展,来重新审视梁宗岱“纯诗”理论的价值。

新诗曾经充当文学革命的急先锋。以历史主义的角度来评价,二三十年代新诗的发展充分适应了时代的需求,收获是很大的。新诗坛还出现过郭沫若、闻一多、徐志摩等一批杰出的诗人。这些成绩,梁宗岱即使眼光再

---

① 《诗与真》,1933年商务印书馆出版,《诗与真二集》,1935年商务印书馆出版。1984年北京外国文学出版社将二书合成一册出版。本书所引梁宗岱的文字,皆引自该版本。

峻严，也还是不能否认的。梁宗岱反感那些随意散漫的自由体诗，但对于五四时期的某些大致采用自由体的诗，如郭沫若的《湘累》、刘延陵的《水手》、冰心的《繁星》、《春水》，等等，他仍然甚表赞赏。[①] 但就整体而言，二三十年代的新诗艺术仍处在探索阶段，用梁宗岱的话来说，是走到了“纷岐路口”。[②] 梁宗岱曾经表示过他对新诗艺术水准的基本看法。他认为品评诗歌，可分三等。最低一等只见“匠心”，能让人叹其“艺术手腕”，此为“纸花”；再上一等则具“生命”，令人感到其“有作为诗而存在的必要”，此为“瓶花”；最上一等却是一株元气浑全的“生花”，只见其鲜丽活脱的颜色姿容，却不寻作者的“心机和手迹”。以这三等标准去衡量30年代初期的新诗，包括那些比较讲求艺术形式的诗，梁宗岱的结论是很沮丧的，他认为多数“好诗”仍不过是“纸花”之类，尚未发现有称得上“生花”的第一流的诗品。[③]

这评定未免苛严。梁宗岱有点像目光坚执的古典主义者，时时拿经典作品当作批评的“试金石”，要求的确太高。但不能不承认梁宗岱的艺术感觉是敏锐的，他的看法也是有根据的。你即使不能接受他对新诗状况的具体评判，也不能不赞同梁宗岱对新诗的总体“感觉”。

当梁宗岱拿中国古典诗的高度艺术水平作为“探海灯”，来比照现代新诗时，对新诗深感失望。在人们的印象中，梁宗岱的艺术“口味”是很“洋化”的，其实对本土艺术传统，更有深蕴的恋情。他说自己接触欧洲文化艺术多年，可是每一读到中国古诗，总无异于回到风光明媚的故乡，如同发现芳草鲜美的桃园一般，感到惊喜和销魂。在评新诗时，很自然就以中国古典诗所曾达至的艺术高度作为潜在的标准，去比短量长。梁宗岱说他读了一首古诗后，再来读新诗，就往往觉得新诗是那样“肤浅，生涩和味同嚼蜡”，总感到新诗的现有的“工具”还是那样“贫乏，粗糙，未经洗练”。这种感觉和看法，恐怕不止是梁宗岱的，许多人都会有。即使到当代，新诗的总体艺术水准也难于和古典诗曾经有过的艺术水准比配。梁宗岱较早也较清醒地提出这个问题。他虽然用大力气译介外国诗和诗理论，但始终关心的不是在中国建造一种外国诗的支流，而是新诗如何承继古诗“无尽藏的宝库”，同时吸收外

---

① 参见梁宗岱:《论诗》,《诗与真》,第31—33页。

② 梁宗岱1935年冬为《大公报》文艺栏“诗特刊”创刊号所作发刊辞，就题为《新诗底纷岐路口》。

③ 参见《论诗》,《诗与真》,第26—27页。梁宗岱主要是在评说《晨报副刊》、《诗刊》上的作品时，向徐志摩提出这些看法的。

国诗的方法经验，创造出完全新颖，又可以和古典诗“同样和谐，同样不朽”的艺术天地。这当然是相当艰难的过程。梁宗岱提出“纯诗”理论，正是他探寻新诗“和谐”、“不朽”境界的一个途径。

“纯诗”本是1920年瓦雷里在为柳西恩·法布尔的诗集《认识女神》作序时提出的一个概念，后来又阐发为一种理论。在1928年所作的题为《纯诗》的讲演中，瓦雷里提出：“纯诗”只抒写“诗情的感受”，这种“诗情感受”产生于某种“幻觉”或对宇宙人生的“幻想”，即所谓类似梦境的“纯诗世界”。这个“世界”封闭在人们的内心深处，与现实世界绝缘，“纯诗”的创作是发掘这一世界，并以纯粹化的音乐的整体性呈现出来，因此“纯诗”又可能成为脱离真实存在而进入玄想之域的方式，成为对抗或逃避现实世界的精神绿洲。[①]瓦雷里的“纯诗”理论极其重视创作过程精神活动的“纯粹性”，甚至认为诗的功用只在作为纯粹创造活动的一种练习而已。这种“纯粹性”的渴望主要表现为梦幻、玄想、原始语言及音乐的交织并呈，自成和谐独立的境界。瓦雷里将象征主义的音乐性、玄秘感与理想化都推向了极至。在“纯诗”理论引导下，他确实也创作出一些具有隽永哲理和玄妙境界的美丽诗篇，如《年轻的命运女神》、《幻美》、《水仙辞》，等等，梁宗岱曾译介给中国读者。

梁宗岱在《保罗梵乐希先生》、《论诗》、《象征主义》诸文中都阐说过瓦雷里“纯诗”的观念，但最明晰的表述是在《谈诗》中。他说：

> 所谓纯诗，便是摒除一切客观的写景，叙事，说理以至感伤的情调，而纯粹凭借那构成它底形体的原素——音乐和色彩——产生一种符咒似的暗示力，以唤起我们感官与想象底感应，而超度我们底灵魂到一种神游物表的光明极乐的境域。像音乐一样，它自己成为一个绝对独立，绝对自由，比现世更纯粹，更不朽的宇宙；它本身底音韵和色彩密切混合便是它底固有的存在理由。[②]

梁宗岱袭用了瓦雷里的“纯诗”理论，但又有所发挥，表述得更有针对性，即针对二三十年代中国新诗的某些流弊。例如在诗中作纯客观的“写景”、“叙事”、“说理”，在新诗中是很常见的，梁宗岱认为这本属散文表达的任务，硬让诗来担负是不宜的，那样，诗就失去了自己的本质与文体特征，没

---

① 参考瓦雷里：《纯诗》，《法国作家谈文学》（现代外国文艺译丛）。

② 《谈诗》，《诗与真二集》，第95页。

有存在的理由了。至于“感伤的情调”，更是五四以来新诗的普遍追求。可是如果情感没有过滤晶结而一味宣泄，也和散文没有两样，或者说这只是“还未完成的诗”。梁宗岱在提出“纯诗”理论时，深感到中国新诗的整体艺术水平低下原因之一，是没有形成自觉的关于诗的文体观念，划不清诗与散文的界限。做诗如同谈话、演讲、做论文，甚至如同宣传口号的制作，那么诗还有什么特别存在的必要呢？梁宗岱试图通过提倡“纯诗”，以明确强调诗的艺术本质和诗的文体特征，强调诗只有依仗本身适切擅长的“原素”与体式，才能有生命力和艺术魅力。梁宗岱指出，近代以来，中国诗坛不外囿于传统的“诗言志”说，或追随欧洲浪漫主义文学盛行的“感伤主义”，这都限制了诗人的思路和眼界，只盯着现实地面，急功近利，不能体会诗的“绝对独立的世界”，即“纯诗”的存在。“纯诗”概念是从欧洲来的，但“纯诗”作品不限于外国，也不限于象征主义，中国古典诗歌中也有不少不甘让美的“纯诗”。梁宗岱认为，如屈原、陶潜、李白、姜白石……等等，就是懂得真正把诗当作“纯诗”来写的；可惜，类似他们所造设的那些独立的艺术境界，在现代新诗中已无迹可寻。梁宗岱“纯诗”理论的提出，看起来有形式主义之嫌，但其核心是重建诗的文体意识，并且让新诗作者从太实际、太浮浅、太滥情的平庸风气中超拔出来。

对平庸诗风的超拔，首先体现在“宇宙意识”的渴盼上。梁宗岱把“宇宙意识”看作是达至“纯诗”境界的必备条件之一，“纯诗”的效果也要能“超度”读者灵魂到一种神游物表的境域，让读者在“无名的美底颤栗”中，去参悟宇宙和人生的奥义。[1] 梁宗岱认为最伟大的诗必然具有深沉而强烈的宇宙意识。他比较研究歌德与李白这两位伟大诗人，得出的结论是，他们的共通点就在“宇宙意识”的丰蕴，在于他们“对于大自然的感觉和诠译”。[2] 他指出歌德“以极准确的观察扶助极敏锐的直觉，极冷静的理智控制极热烈的情感”，“对于自然界上至日月星辰，下至一草一叶，无不殚精竭力，体察入微”，而且“能够从破碎中看出完整，从缺陷中看出圆满，从矛盾中看出和谐，换言之，纷纷万象对于他只是一体，‘一切消逝的’只是永恒的象征”。至于李白，则独能以凌迈的天才、豪放的胸怀和飞扬的想象吞吐大荒，认造化之壮功，

---

① 《谈诗》，《诗与真二集》，第 95 页。

② 《李白与歌德》，《诗与真二集》，第 109—115 页。本段所引关于李白与歌德比较的引文，均见该文。

识宇宙的幽寂。两位诗人作风迥异，但他们的诗都能像一勺水反映整个星空的天光之影一样，为读者展示旷邈深宏而又单纯亲切的华严宇宙。梁宗岱当然知道，要达至歌德、李白的精神境界，谈何容易？但他显然又在思考，我们新诗的作者为什么不能把眼界提得高一点呢？为什么不能超越日常生活的情绪物事，胸襟开阔一点呢？新诗为什么大都那么急功近利，不能有更永久深沉的意蕴呢？那种可以穿越不同时代、具有永久性艺术魅力的作品难道不也是现代新诗的目标吗？如果承认诗的本质和效能之一在于"超度"灵魂到另一更纯粹的境域，那么诗人就应当力求与气机浩荡的宇宙沟通对话，写出自己与大自然脉搏的共振以及对大自然的感觉和颖悟。因此"宇宙意识"的确立，在梁宗岱这里便成为"纯诗"创作的最高要求，同时又是诗歌批评的重要标准。梁宗岱指出，一首诗的伟大与永久，和它所蕴含或启示的精神活动的高深、精微与茂密成正比例，而"宇宙意识"当然是这些精神活动的重要内涵。"批评家的任务便是在作品里分辨，提取，和阐发这种种原素。"[1]

那么，如何才能获取"宇宙意识"，使诗作超越庸常呢？梁宗岱从中外大诗人的诗作推测最佳的创作心态，即暂时摆脱世俗法则缠绕，而在类似梦境中的灵魂融合自然的状态，梁宗岱称之为"冥想出神"[2]，他理解这就是"纯诗"的创作状态，也是最可能感悟宇宙之脉搏，万物之玄机和灵魂之隐秘的状态。梁宗岱在《谈诗》中说到，他癖爱陈子昂的《登幽州台歌》和歌德的《流浪者之夜歌》，都是有丰蕴的宇宙意识的杰作。而他真正深入理解和体味到这两首诗，从而产生"陶醉"和"顿悟"，是在南瑞士的阿尔帕山中避暑，孤守一个意大利式旧堡的晚上。每当夜深人静，爬上堡顶，灭了烛，凭栏独立，俯视脚下群松众峰，或仰察头上灿烂星斗，谛听松风、瀑布与天上流云的合奏，便往往"冥想出神"，恍如隔世，一缕光明的凄意在心头回荡，此时深切感到陈子昂和歌德那蕴涵"宇宙意识"的诗，有一种"最深微最隽永的震荡与回响"。这也就是瓦雷里所说的"宇宙的觉识"。所谓"纯诗"的创作，要求诗人完全投入，在一种静谧的感觉中忽然悟察一个新的世界，在如梦非梦的恬适里获得一个"觉识"，一个类似宗教情绪寄托的和谐的生命启示。

---

① 《谈诗》,《诗与真二集》,第96页。梁宗岱这一批评观点吸收参照了英国批评家沛德(Pater)的意见。

② 同上,第105页。

这里谈的是欣赏诗时的那种“冥想出神”精神活动。梁宗岱认为“纯诗”的创作也依赖类似的状态，有时他又用“形神两忘”来说明这种境界。[①] 他在《象征主义》一文中探讨象征的特性，也关涉到这种创作和欣赏的状态，解释为“契合”或“象征的灵境”。在这种特殊的精神活动中，诗人(或读者)“放弃了动作，放弃了认识，而渐渐沉入一种恍惚非意识，近于空虚的境界，在那里我们底心灵是这般宁静……忘记了自身底存在而获得更真实的存在”。在这难得的“真寂顷间”，就与宇宙沟通了，“一种超越了灵与肉，梦与醒，生与死，过去与未来的同情韵律在中间充沛流动着”。只有到这种情形下，诗人“内在的真与外界的真协调了，混合了”，诗人自感与“万化冥合”，宇宙和自我合成一体，才能“反映着同一的荫影和反应着同一的回声”。诗人让自己，同时也通过诗引导读者同浸在一个寥廓的静的宇宙中。梁宗岱曾在几篇论文中一再探讨这种“冥想出神”的创作(和欣赏)的状态，他显然受到波特莱尔“契合(Correspondance)”[②] 说的影响，他在解说象征主义时就曾引用波特莱尔《人工的乐园》中的有关诗人“凝视”外物而忘我的描述，说明“契合”可以达到“形骸俱释的陶醉”和“一念常惺的澈悟”。这些探讨因为触及微妙的创作心理，而论证又不够充分，显得有些神秘，但其核心是强调诗歌创作中的充分投入，全人格都陶融于当境，让“感觉、经验、想象灌入物体”，让“宇宙大气”透过心灵，达到物我交流、默契，同时玩赏自然与灵府无尽藏的玄机与奇景。梁宗岱旨在提醒新诗作者去“悟”这种“纯诗”的创作状态，了解独有情感宣泄或理知论说都不可能获此胜景，也不可能拥有“宇宙意识”。

值得提出的是，梁宗岱是以非常严肃庄重的态度来谈论“纯诗”的创作的。他认为“冥想出神”也好，“宇宙意识”也好，都不能等同于浪漫主义者所乐道的“灵感”。他强调那种“纯诗”写作状态的形成是有前提的，那就是完善的人格素养，丰厚的人生经验，加上锐敏的艺术感悟力。所以他以为新诗作者的当务之急，“一方面要注意艺术底修养，一方面还要热烈地生活”，还要从各方面完善自己的人格，健全人生观。梁宗岱这些观点也是针对新诗创作中存在的某些流弊：如过分依持灵感，放纵情感，不加节制地发泄个人的感伤、抑郁乃至声色肉欲的颓废情绪，或过于说教宣传，等等。梁宗岱提

---

① 《象征主义》，《诗与真》，第 62 页。

② Correspondance，梁宗岱在《诗与真》中译为“契合”，也可以译为“感应”或“通感”。

出诗的境界要以“宇宙意识”的生发为目标，而这境界的形成最终还要依靠完善的人格修养。他向往的是那种经过诗人全人格熔铸的丰厚的诗作，让人读后能够在那顷间的颤栗中，感受到诗人丰盈充溢的整个人生历程，那诗中展现的已经不见“偶然或刹那的灵境”，而是整个诗人的“痛苦的灵魂带着对于永恒的迫切呼唤，而飞升到那万籁澄净清和的创造的宇宙”。

梁宗岱意识到使新诗超越平庸，还必须健全审美心理，端正审美观念。为此他专门探讨了“崇高”这一美学范畴，并显然认为这是“纯诗”所向往的美学目标。他的《论崇高》一文所涉及的问题，其实也包含了对新诗的批评意识。30年代是革命的变动的年代，社会审美心态比较倾向于刚烈的、粗犷的风格，因而“崇高”这一概念在美学界、批评界很常使用，但普遍的认识是流于肤浅的。例如，当时文艺创作包括诗作中往往推崇“力之美”，认为只有题材宏大，线条活跃，色彩强烈及章法横肆，才能体现“力度”，也才能达到“崇高”的美学效果。梁宗岱对此很不以为然。他要重新探讨“崇高”的美学含义。在他看来，“崇高”的特征与其说是雄伟、刚性、强大、粗犷，等等，不如说在其所唤起的“不可企及”的感受。“纯诗”中所引发的对宇宙和人生奥义的感悟浩叹，就跟“不可企及”、“不可思议”等感觉有关，他认为这就是“崇高”之源。而新诗中那种太实、太情绪化的写法，即使用了“大题材”，也断不能引发对宇宙人生的宏阔的想象，也不会“崇高”起来。至于艺术形式风格上的“力”的追求，梁宗岱认为也不能单纯理解为物质、体力或道德上的“力”，更要着重心智的“力”。真正的“力”之美是在“智慧深处”，要依靠博大的襟怀与清明的理性，依靠完善的人格素养。而且“力”之美主要并不表现为浮泛的夸张、粗放、强烈、横肆之类，更应体现为“一种内在的自由与选择”，[①] 通过心智调控达到“抑扬高低皆得其宜”，体现在形神之间的均衡、集中与和谐。梁宗岱还从中外名诗的创作经验分析去进一步论析，认为艺术处理上的“波动”并非达至“崇高”的唯一的和最佳的途径，但显然不赞同当时的新诗作者普遍追求创作风格上的“波动”感，他认为这不过是一种浮躁。梁宗岱宁可回归古典美，有意推崇宁静、内倾、和谐、清明的创作风格，主张由宁静和谐走向崇高。为此梁宗岱试图作出一种有趣的解释：人们日常生活和思虑因太专注于外物，意志太散漫，因而距离深藏在灵魂里的“崇高”的源泉太远了；只有在冥想出神的宁静的状态中，精力才得以凝聚，也才

① 参见《论画》，《诗与真》，第50页。

有可能实现精神的自由与超升，并在对“不可企及”的宇宙精神的感悟中，达至崇高的境界。梁宗岱很欣赏法国19世纪的诗人格连(Maurice de Guerin)的一句名言：“我的灵魂爱宁静比波动多。”他用这种美学追求来为“纯诗”创作的境界作注解。[①]

梁宗岱比较受批评史学者注意的，除了象征主义理论，大概就是他的格律诗理论。他自己在五四时期的诗作也大都是自由体诗，这是当时最流行的诗体，在冲破旧体诗词格律限制方面起过革命性的作用。但当新诗特别是自由体诗被普遍理解为可以完全不拘形式，随意抒情，“有什么话说什么话”，或只求“明了通俗”，就走向了反面，取消了诗本身。对这种状况，梁宗岱在《新诗底纷岐路口》中作过这样精辟的评析：

> 新诗对于旧诗的可能的优越也便是我们不得不应付的困难：如果我们不受严格的单调的诗律底束缚，我们也失掉了一切可以帮助我们把捉和搏造我们底情调和意境的凭借；虽然新诗底工具，和旧诗底正相反，极富于新鲜和活力，它底贫乏和粗糙之不宜于表达精微委婉的诗思却不亚于后者底腐滥和空洞。于是许多不易解决的问题便接踵而来了。

这在当时不失为一种冷静而精到的观察。和闻一多等新月诗派的诗人一样，梁宗岱是主张重建新诗格律的。闻一多曾提倡诗的音乐美、绘画美、建筑美，讲求“和谐”与“均齐”，以“理性节制感情”；并且认为“越有魄力的作家，越是要戴着脚镣跳舞才跳得痛快，跳得好”。[②] 梁宗岱在这点上视闻一多为同道，他也赞同重新探索建立新诗格律。他的贡献不在于指出什么具体的试验性的方法，而在于进一步从理论上强调新诗作者要有高度的形式感，认识到“形式是一切文艺品永生的原理，只有形式能够保存精神底经营，因为只有形式能够抵抗时间的侵蚀”。[③] 他指出，像节奏、韵律、意象、词藻等等形式原素，固然是束缚心灵和思想的镣铐，但同时又是“增加那松散文字底坚固和弹力的方法”，对真正的艺术家来说，这是“一个磨练自己的好身手的机会，一个激发我们最内在的精力和最高贵的权能，强逼我们去出奇制胜的对象”。

---

① 本段引文及论点，除单独注明者外，均引见《论崇高》，《诗与真二集》，第125—131页。

② 闻一多：《诗的格律》，《晨报副刊》《诗刊》第7号(1926年5月13日)。

③ 这一段梁宗岱引文见《新诗底纷岐路口》，《诗与真二集》，第167—171页。

梁宗岱认为五四以来的多数新诗人一味追求自由体诗,已经走到一条"无展望的绝径",自由体诗在西洋诗的许多体式中"只是聊备一体而已",而且自由体诗很难达到和"有规律的诗"那样,以其形式效果直接而强烈地施诸读者的视觉和听觉。这种看法未免又有点偏,自由体诗如果强调内在节奏,也可以从一方面达至纯熟的诗美,不一定就比格律诗逊色。然而梁宗岱反对自由体诗,主张创建新格律诗,本质上是提倡"纯诗",并且强调诗与散文的区别。

在这一点上,梁宗岱也直接受到其宗师瓦雷里的启发。瓦雷里曾经极为赞赏法国古典主义批评家的说法:散文是走路,诗歌是跳舞。走路的意义在于其目标,不在过程,达到目标后,走路的意义也就消失了。而跳舞的意义却在过程,在其所有动作所呈现的旋律与情绪,舞跳完了,这种旋律和情绪仍可能悠然持续。[①] 梁宗岱和闻一多都曾发挥过类似的说法:认为诗歌创作就应该如同带着镣铐跳舞。[②]

在新诗格律的探索中,梁宗岱不像闻一多、朱光潜等人有完整的理论,但也提出过一些独到的思路。例如,他认为诗的建筑美和音乐美其目的都应是促进欣赏中的官能交错,但不该以目代耳或以耳代目;[③] 新诗律创造可以重新考虑平仄,而汉语的轻重音不一定可作为新音律的根据;[④] 以"字组"来分节拍倒可以试作新诗节奏的原则,一首诗里每一行不一定限于同一节拍,节拍整齐的诗体其字数也不一定划一,等等,[⑤]这些观点和闻、朱等人的理论不全相同,正可互相砥砺补充。由于梁宗岱深谙欧洲的一些重要诗派诗律,他常常在中外比较中寻求中国新诗建立格律的可能性,他的有些观点是很有参考价值的,可惜都没有做更深入的讨论。也许梁宗岱的确太理想化了,他以为达至最高境界的诗歌,都不一定有意识去寻求形式功效的,其中诗语言的音义关系,甚至诗体式的形成,可能直接源于诗人对外界音容的锐感,"无意中的凑合",所谓"妙手拈来",遂成绝世的妙文。[⑥] 梁宗岱终究没有在新诗格律方面提供更为具体的可行的意见。

---

① 参考曹葆华译《现代诗论》。

② 梁宗岱在《论诗》中说过:"我从前是极端反对打破了旧镣铐又自制新镣铐的,现在却两样了,我想,镣铐也是一桩好事,……尤其是你情愿带上,只要你能在镣铐内自由活动。"

③ 参见《论诗》,《诗与真》,第 39—40 页。

④ ⑤ 参见《论诗》,《诗与真》第 42 页;《按语和跋·关于音节》,《诗与真二集》,第 175—178 页。

⑥ 《论诗》,《诗与真》,第 42 页。

"纯诗"即使对梁宗岱本人来说,也只是一个虹色的梦。在30年代那样风沙扑面的现实中,做这种美丽的梦似乎是一种奢侈。梁宗岱不是属于他所处时代的那种有现实使命感的诗人和批评家,他的创作以及他的理论批评都表现出贵族化的倾向。然而他在艺术的探索中力图为自己树立跨越时代的高远的目标,他这探索作为一种过程,还是很有魅力的。

三　李长之的传记批评

1935年李长之在天津《益世报》和《国闻周报》上陆续发表长篇系列评论《鲁迅批判》,一举奠定了他作为传记批评家的地位。在其后十多年的时间里,李长之出版了十多本论著,包括有关西方哲学及中国古代文学的研究专著,功力最深的还是那些带批评性质的传论,如《道教徒的诗人李白及其痛苦》、《司马迁之人格与风格》,等等,也许还可以加上一本论文集《苦雾集》。

将李长之的批评标示为传记批评,是因为他擅长为作家写传,而那传记又有很浓重的文学批评与文学史研究的特点。李长之的传记批评并不满足于一般地描绘介绍作家的创作生活道路,也从不沉潜于史料的搜罗考证,其功夫是探寻把握作家的人格精神与创作风貌,阐释人格与风格的统一,领略作家独特的精神魅力及其在创作中的体现。

李长之写《鲁迅批判》时,评论界正流行偏重政治分析和阶级剖析的批评,激进的批评家大都离开文学的特性去评判作家与作品,许多文学评论都在追求政治、经济学论文那种严肃权威的架势。李长之并不否认社会环境包括政治、经济等因素对作家创作的影响,他在评析鲁迅的创作发展时也处处兼顾时代、社会的因素对于作家的实际影响。但他显然认为这种影响经过作家"精神"和"人格"中介,再折射到创作。因此批评家的任务不是简单地将文学现象还原为政治或经济原因,更主要的是考察作家在一定的历史条件下所形成的人格精神,并且将人格与创作风格互相阐释。李长之在《鲁迅批判》的后记中就说到,他有点厌弃当时流行的那种"像政治、经济论文似的"评论,认为这"太枯燥","批评的文章也得是文章",要体现对文学特点的关注。[①] 李长之批评的角度很受汉保尔特(Wihelm Von Humboldt)的启发,当他读了这位德国批评家的论著《论席勒及其精神进展之过程》后,就认准了

① 李长之:《鲁迅批判》后记,北新书局1936年版。

成功的批评“对一个作家当抓住他的本质,并且须看出他的进展过程来”。在1933年和1934年,李长之仿照汉保尔特的方法,先后写过关于老舍和茅盾的两篇批评,都是从作家的创作中“注意本质和进展,力避政治、经济论文式的枯燥”。而在《鲁迅批判》中,李长之更是自觉地运用这种注重“本质和进展”的传记批评方法。

在李长之的《鲁迅批判》之前,关于鲁迅的评论已经有七十多篇,数量之多超过对其他任何作家的评论。[①] 但这些批评绝大多数都是印象式、即兴式的,很少有人对鲁迅的文学世界及其人格基础作过系统的富于学术眼光的考察。因此,这部长达18万字的鲁迅研究专著,被认为“在鲁迅研究学术史上还是第一本,是带有首创性和开拓性的”。后来的鲁迅研究史学者还特别赞扬这部著作的如下几方面贡献,即认为李长之“主要是从研究鲁迅著作的实际体味出发提出见解、进行论述的,很少像后来有些鲁迅研究文章那样从理论概念出发,用主观的框框去套鲁迅的作品”,这部书所提出的“不少见解都是具体和有活力的”;认为其“对鲁迅作品的艺术考察较前深入、细致”;“第一个从艺术上去分析鲁迅的杂文,的确是难能可贵的”,而且其对鲁迅早期论文和译著的分析也是开拓性的。[②]

当然,对《鲁迅批判》的某些具体的论点,学术界一直有争论。例如,有许多论者断然不会同意李长之所提出的关于“鲁迅不是思想家”的看法。也许这些论点是值得更深入地讨论的。这里所关心的主要不在其具体论点是否正确,而在李长之这本专著的批评视角与方法。李长之反对将鲁迅视作“思想家”,也许原因之一,是看到历来对鲁迅的批评太注重“思想意义”,视角太单一了,所以他在否认鲁迅为“思想家”的同时,一再坚持称鲁迅为“诗人”和“战士”。他说:“鲁迅在许多机会是被称为一个思想家了,其实他不够一个思想家,因为他没有一个思想家所应有的清晰以及理论上建设的能力。”“倘若诗人的意义,是指在从事文艺者之性格上偏于主观的,情绪的,而离庸常人的实生活相远的话,则无疑地,鲁迅在文艺上乃是一个诗人;至于在思想上,他却止于是一个战士。”如果并不简单地认为“思想家”与“诗人”或“战士”有高下之分,而注意到这主要是对性格、气质及其贡献所长的分

---

① 据《鲁迅研究学术论著资料汇编》第一册的统计,中国文联出版公司,1985年版。

② 以上关于对李长之《鲁迅批判》的评价,见张梦阳:《鲁迅研究学术史概述》,《鲁迅研究学术论著资料汇编》第一册,第25、23页。

析，那么李长之的看法是有其道理的。他评论鲁迅并不满足于从其作品中抽离出某些思想，而是首先“被吸引于审美的方面”，在对艺术个性作重点探究时，时时留意与之相关的人格气质，留意精神的进展与折射。

李长之所重视的是人格与风格互相辉映阐发，感同身受地进入作家的文学世界中吟咏，把创作看作是作家生命的流露，从而深入把握作家的“独特生命”，把生动的“人格形相”写下来。李长之说鲁迅是“诗人和战士”，也是突出一种“人格形相”。他的有些体认很深到，发人所未发，不能不承认那确是鲁迅的精神特质。

例如，他指出鲁迅作为诗人，却绝非“吟风弄月的雅士”，其“灵魂深处，是没有那么消闲，没有那么优美，也没有那么从容；他所有的，乃是一种强烈的情感，和一种粗暴的力”。通常人们也注意到鲁迅创作中“力的表现”，并归结为时代的审美需求，这自然是重要的一方面。然而李长之从人格与心理气质上解释，又将认识深入一步。李长之认为“鲁迅在性格上是内倾的，他不善于如通常人之处理生活。他宁愿孤独，而不欢喜群”；李长之试图以这“内倾”的气质来解释鲁迅创作何以偏向“主观与抒情”，又何以善写早年印象中的农村，而不适于按实生活里的体验去写都市题材，不适于写那种需客观构思的长篇小说。这种看法是有助于理解鲁迅小说的取材与风格的。

又如当时许多人都以为鲁迅世故，甚而称之为“世故的老人”，而李长之却认为诗人气质的鲁迅是“最不世故”的，鲁迅常在其文章中谈世故，恰好“在说明鲁迅和世故处于并不厮熟，也还没有用巧的地步”，因为“善易者不言易”，鲁迅之“言”，却正说明他还没有“善”。李长之这种看法也许能帮助读者领悟鲁迅的创作，特别是杂文中所包含的诗的品性。李长之并不将对鲁迅人格、气质的品评简化为某种价值判断，他的许多似乎不够“恭敬”的评论，可能又是最能深入鲁迅的文学世界的。李长之认为鲁迅过于“内倾”和“过度发挥其情感”的结果，是在“某一方面颇有病态”。例如鲁迅“太敏锐”，“多疑”，“脆弱”，“善怒”，“深文周纳”，过于寂寞和悲哀使他“把事情看得过于坏”，“抱有一颗荒凉而枯燥的灵魂”，等等。然而李长之认为鲁迅情感上虽然“病态”，理智上却是健康的，人格上是“全然无缺的”。更主要的是，以一个作家论，“病态”不一定是坏事。作家可能因为有些“病态”才比普通人更敏感、冲动，更突出个性，这才“给通常人在实生活里以一种警醒、鼓舞、推动和鞭策”。鲁迅灵魂深处的“病态”无碍于他成为“一个永久的诗人，和一个时代的战士”。李长之对鲁迅的品评，常常是从小地方看诗人的生命流露，这种品评其实又是深入于诗人世界中的吟咏，所注重的独特的人格性情与独特的艺术品貌，而不是一般的“共性”，如时代意义、社会主题之类，这样，在重视现实价值评判的批评家看来，李长之对鲁迅的许多评论就是过于“小处着眼”了。其实只是批评的层面不同。李长之的特色不在说明价值与意义，而在突出作家的人格与风格，在于引导对某种生命状态的体验。

后来李长之为李白与司马迁作传时，更是将这种批评的特色发挥到极致。在《道教徒的诗人李白及其痛苦》中，李长之竭力探寻的是李白浪漫奔放的形象下面的那种“超人的痛苦”。李长之在对李白的生平与创作的评述中常有超越共识的逆向思维，他惊讶地发现李白诗的人间味之浓乃在杜甫之上。杜甫只是客观地、被动地反映生命上的一切，而李白的一切就是“生命与生活本身”。李长之认为李白“生活上的满足是功名富贵”，“生命上的满足是长生不老”，对他来说，“现世实在太好了，要求呢，又非大量不能满足”，这种“太人间”的欲求，也就使之难摆脱“人间的永久的痛苦”。在李长之心目中的李白，其人格形象是非常人间味的。普通人只知道欣赏李白诗的清真和飘逸，无烟火气，然而李长之从李白的人格形象分析，进而阐说李白诗的风格主要在体现生命与生活欲求的“豪气”，因为其生命力充溢之故，李白的诗“往往上下古今，令人读了，把精神扩张到极处”。这样，李长之就从他所理解的李白的精神气质导入李白独有的艺术境界。李长之称，他写李白时，心目中自有李白“一个活泼的清楚的影子在那里的”，他的传记无非是“把这一个活泼泼的影子写下来”。这当然是李长之自己所理解的李白，他的传记的精神魅力，往往就来自这种深入的独到的人格理解。

李长之最圆熟的批评论作当推《司马迁之人格与风格》。比之《鲁迅批判》与《道教徒的诗人李白及其痛苦》，这本研究司马迁的传论更注重将人格与风格的评析上升到美学的层面，而且大大加强了文学传统的整体意识以及比较的观点。在论评司马迁的风格时，除了对其生活遭际与情性分析，李长之又从文学史的角度考察其风格的来龙去脉，指出其风格形成离不开楚辞与汉代通俗文学的影响，并探讨总结作为《史记》风格基因的一些艺术形式规律，如统一律、内外谐和律、对称律、上升律、奇兵律、减轻律，等等，并对《史记》的结构、韵律、句调、语汇等方面也做了深入分析，最终将司马迁的文学风格归结为不柔弱不枯燥不单调的“逸品”。李长之肯定司马迁的《史记》发挥了史诗性的特征，并对后世文学发生长久影响。李长之这本书的目标仍然是突出人格与风格的关系，他塑造了浸润楚文化精神的浪漫世纪的伟大的雕像。

对作品风格与作家人格形象的深切关注以及对作家的风格构成在文学史上所处地位的评估,使李长之的传记批评显得那样切实有味,能够见到一个人的底蕴(包括好坏得失),并可由一个人看一个时代,理解一种文化精神。这种传记批评讲求的是沟通,与传主的精神沟通,同时又与读者沟通。李长之从不堆垛材料,他重视的是对历史文化以及对人性的理解之深,而不是一味求广,他总是带着浓烈的情感去评说传主,情感与识力并行不悖。大概李长之写司马迁、李白、鲁迅等“伟大心灵”的传记是要完成文学史画廊的英雄图像,也许他不总是成功(如他的《韩愈》和《陶渊明评传》就不足称道),但成功了那几幅伟大的作家图像,已经给人们留下特别深刻的印象。

四 唐湜的《意度集》

1945 年夏天,还在上大学的唐湜迷上了西班牙散文家阿佐林(Azorin)的散文,他的第一个念头就是要用阿佐林那种优美的笔调来写批评。这个契机促使敏锐、多思的唐湜闯入了批评界。他左手写诗,右手写批评,双管齐下,都很有成就。唐湜在 40 年代写的批评论作收在《意度集》[①] 中,这些文章大都是诗论或诗人论,特别是被称为“九叶”派的诗,后来研究者把他看作是“九叶”诗派最具代表性的理论探求者,也是 40 年代“新生代”批评家中的佼佼者。

唐湜的批评引人注目之处首先在文体,他自称要创造一种“抒情方式”的评论。[②] 他对那种堂堂正正的批评架势和“头巾气”的文章不感兴趣,而总是力求以亲切的导游者或谈论者姿态,来展开细致入微的艺术分析,引导读者进入诗的王国去欣赏奇异而鲜妍的景色。收在《意度集》中的文字,是那样潇洒优美,文采斐然。唐湜企慕刘西渭含英咀华的美文式赏析和亲切精当的文风;唐湜的批评也力求沉潜于作品的精神风格之中,能动地展开自己的思想与感情生活,并作跳跃式的偏于印象感悟的欣赏解说。在批评文体的追求上,唐湜属于刘西渭的传人。据说钱钟书曾称唐湜“能继刘西渭的

① 《意度集》,平原社 1950 年出版,收唐湜 1945 年至 1949 年所写的评论。1989 年三联书店又出版唐湜的《新意度集》,增收了 50 年代以后所写的评论文字。

② 《我的诗艺探索》,《新意度集》,第 201 页。

《咀华》而起，有‘青出于蓝’之慨”。[1]

然而唐湜并不停留于模仿，他的批评视角和相应的批评方法都显示出独具的创造性。特别对于诗歌评论来说，唐湜的批评富于启迪意义。

唐湜说，“我把阅读与批评当作一种感情的旅行，一种沉思的试验，一种生活的‘操练’，觉得文学批评如果远离了生活中‘人’的意义，只作些烦琐的解释，当然不能不流于机械论和公式主义。”[2] 这是唐湜对批评的基本认识，同时又是很高的要求，他希望超越当时平庸的批评风气。唐湜在批评中的感情投入也好，人生思索也好，都落脚于“人”的意义，他对诗歌（也包括其他文学样式）评论所提出的重要标尺之一，是写出“个人的人性光彩”。[3] 唐湜认为艺术不同于历史，它不应当满足于叙述浮薄的事实，表现表象的生活，它要求在更高的本质上表现一时代的精神风格。历史的阳光只有通过人性的三棱镜而映现、凝定时，艺术才有了真实的跃动的生命。因此唐湜评估一首诗或一篇小说是否有艺术力量，就先检察有没有写出“个人特殊的真挚气质”与“个人特殊的风格”，这些都是“人性光彩”的具体表现。唐湜用“三棱镜”来比喻诗歌创作的“人性”要求，是有深意的。“三棱镜”与一般平面镜是不同的，平面镜只能直接地映照外界，“三棱镜”则折射外界，不同角度可以形成变化无穷的色彩。唐湜要求批评关注“人性的三棱镜”，即是强调将批评的焦点落到诗人独特的气质、风格与人生姿态上，以此透视历史与时代。唐湜评论时几乎从不直接归纳作品写了什么题材，或表现了什么主题、意义之类，他总是盯着“人性的三棱镜”，体味诗人的精神风格。他肯定唐祈、陈敬容、杭约赫、莫洛等诗人的艺术成就，主要也是看他们如何通过各自特殊的思想感情风格和生命的姿态去感应时代历史的风雨，表现为“特殊的深沉或凸出，悲剧性或喜剧性的光彩”。

唐湜的批评力求突破平庸。他发现当时大部分中国诗人都“还在自然而单纯的抒情里歌唱日常生活，没有一种自觉的精神与一份超越的或深沉的思想力，许多人为抽象的意识与外在的单调的现象所吸引，忽略了诗人自己所需要的自我发展与自我完成”，[4] 所以很难有诗人自己的精神风格，没

---

① 转引自《我的诗艺探索》，《新意度集》，第 196 页。

② 《意度集·前记》，《新意度集》，第 2 页。

③ 《严肃的星辰们》，《新意度集》，第 190 页，本段所引文均出自这篇评论。

④ 《搏求者穆旦》，《新意度集》，第 90—91 页。本段所引文均出自这篇评论。

有“自我完成”,写出来的诗至多只是无生命的塑像、僵死的教条,当然也就谈不上形成“人性的三棱镜”去折射时代。这和胡风所强调的“主观战斗精神”或创作中的“人格力量”等命题有些接近,不能说是回避现实,而是要超越现实,尊重作家的人格与创作个性。不过,唐湜主要是从诗歌艺术的层面提问题,很少从理论上谈论“人性三棱镜”的内涵。

“九叶”派诗人和40年代一些“新生代”作家(如路翎、汪曾祺,等等)都比较看重艺术上的“自我完成”,各各以自己的精神风格去表现激荡的人生和世界。对此,唐湜极表赞赏,常有深刻、中肯而新鲜的评论。例如,他指出郑敏“仿佛是朵开放在暴风雨前历史性宁静里的时间之花,时时在微笑里倾听那在她心头流过的思想的音乐,时时任自己的生命化入一幅画面,一个雕像,或一个意象,让思想之流里涌现出一个图案,一种默思的象征,一种观念的辩证法,丰富、跳荡,却又显现了一种玄秘凝静”。[①] 认为女诗人陈敬容“常有男性急促的调子从她的诗里透出”,那“繁促的哀弦,蜀山碧水间的乱离之音与蜀人的敏感气质,还有她身历的青春的悲剧常常糅合在一起”,使她的诗有一种艺术家与历史学者的超越和嘲讽,而且“常将思索的钓钩抛到深情的潜意识的湖里,钓上一些智慧的火花来,不很从容地在湖面爆裂”。[②] 又说路翎有“轻灵如雪莱的气质”,其最初的作品(如《饥饿的郭素娥》)会给人“一种烫手的灼热的感觉,一种近于生硬的表现里却有一种绝大的生命的冲击力,一种绝望的斗争里有着浓重的悲剧意味”;[③] 而认为汪曾祺的小说(如《戴车匠》)“却给人一种沉静的印象,如漫步于一些北方的小城,在漫天的风尘里拨弄一些人性的音弦”。[④]……类似的评法不胜枚举。看来,唐湜是特别乐于在作品中作“感情的行旅”,然后将透过各个诗人、作家“人性的三棱镜”所折射的艺术世界的风格精神,转达给读者,让读者也一同体味。然而,最重要的还是唐湜的批评将诗人“人性光彩”中体现的智性与精神,用感觉性或直觉的方式加以阐发。

唐湜的批评总是很投入,努力去感触批评对象的人生姿态与血脉的搏动,照他的说法,是要“带了肌肉官能的感觉与欲望”来批评写作。[⑤] 这也是

---

① 《郑敏静夜里的祈祷》,《新意度集》,第143页。

② 《严肃的星辰们》,《新意度集》,第178页。

③ ④ 《虔诚的纳蕤思》,《新意度集》,第125页。

⑤ 《意度集·前记》,《新意度集》,第2页。

他的批评的特别。他不只是叙说自己的阅读印象,而且要竭力调动与表露自己在鉴赏批评时的种种官能感受,用肉感与思想的感性(Sensibility)[①] 去发现诗的独特的生命色彩和韵律。他一般不直接使用逻辑分析的语言去谈自己的印象、感受,而总是用官能交错的方式,即运用音乐或绘画的感觉去表达诗(或小说)的文字效应。例如,他指出杜运燮的《诗四十首》文句流利有"透明的感悟",意象的跳跃"像一个个键子叮当地响过去,急速如旋风,有一种重甸甸的力量"。[②] 他说读穆旦的诗就像仇虎[③] 那样在幻想与观念的森林里兜圈子,是一种"苦难的洗礼",而且文字也"得不到快感",你会从那"色彩感的陌生而有的滞重"中经历一种思想、感觉的"发火的磨擦",从而"感到一些燃烧的力量与体质的重量"。[④] 他从唐祈的某些诗中看到米勒式的画风,瑰丽、清晰,静谧中有阳光跳跃的姿影。[⑤] 他读汪曾祺的小说,会忽然联想到黄永玉那种童话风的木刻,有一种"流云似的生动亲切的印象"。[⑥] 而从莫洛的《渡运河》中却感触到了一切全是"向上的跃进",偶有低凹的坡谷,也还有"一段向上的线条抛起,在高空中闪烁"。[⑦] ……唐湜在把握体味作品的精神气度时,调动了自己的种种官能感应,运用的是"通感"的方法。有时他用得太繁复,让人目不暇接,读起来如同朦胧诗,反而有累赘感,但在许多情形下,他这种"通感"的批评极富暗示力,很能启发读诗的悟性。

唐湜的批评注重调动"肌肉官能的感觉与欲望",在叙写批评印象时又常用"通感"的语言,这跟他的诗歌创作观念是相联系的。同多数"九叶"派诗人一样,唐湜力主诗歌脱离浪漫主义的直抒胸臆与现实主义的客观摹写现实,而从现代主义(同时从中国古典诗)那里借鉴"意象凝定"[⑧] 的方法,增加诗的知性、悟性与想像力,而且使几方面互相融会,转成意象。毫无疑问,读者要把握和鉴赏那种饱和知性、悟性和感性的意象,也不能只靠理知,更重要的是靠官能感受。对这问题,唐湜作过一些理论探讨。

---

① 《搏求者穆旦》,《新意度集》,第 91 页。

② 《杜运燮的〈诗四十首〉》,《新意度集》,第 51 页。

③ 曹禺话剧《原野》中的男主角。

④ 《搏求者穆旦》,《新意度集》,第 103 页。

⑤ 《严肃的星辰们》,《新意度集》,第 167 页。

⑥ 《虔诚的纳蕤思》,《新意度集》,第 140 页。

⑦ 《严肃的星辰们》,《新意度集》,第 172 页。

⑧ 《论意象的凝定》,《新意度集》,第 16 页。

在《论意象》中，唐湜提出不应把意象仅视作传达的手段或装饰、点缀，意象与诗质应是一种“内在精神的感应与融合”，两者“平行又凝合”，点燃诗的艺术生命。他认为成熟至美的意象是“凝静人格的映现”，所表现的是“一种间接的抒情，沉潜的深入，客观的暗示”，“一方面有质上的充实，质上的凝定，另一方面又必须有量上的广阔伸展，意义的无限引申。”[①] 唐湜特别欣赏奥地利诗人里尔克(R.M.Rilik)的《天鹅》等诗作，认为其中的天鹅是生命神秘的象征，化入了诗人作为思想者的灵魂；以塑像似的凝定的意象，使人感到人生意义的“哲学的焦虑”。[②] 可见唐湜所说的“意象的凝定”，就是让意象富于真挚的沉思，仿佛有无数思想与生命的触手伸向前前后后，在一刹那间凝固了广大的时间与空间。这凝定了的有丰富内涵的意象当然不是光靠逻辑分析可以穷尽的，诗歌批评的功能与魅力就是去感悟、发掘、引申这些意象，因此非得动用官能交错的体悟法去批评。

还有一个考虑也很重要，那就是关于意象的生成：在诗歌批评中，唐湜是很重视说明意象生成的过程的。他在《意度集》中一再提到里尔克的一个观点，即写诗要靠人生经验的成熟，靠原始的潜意识生活的跃动。里尔克是这样说的：

> ……诗不如人们所想象的只是感情，……它是经验。为了写一行诗，人应该去看许多城市、人民与别的东西；他应懂得野兽与鸟在空中的生活与小花如何开放在早晨，……人必须忘去他们，能有大坚忍等待它们再现……而当它们变成了在我们内部的血肉与光耀、姿态，……于是在一个稀有的时辰，一首诗的第一个字会跃起而且跨上前去……。[③]

这里说的是“经验”的积累而又遗忘之后，会忽然无意中从意识和情感的深渊跃出某些“经验”的光和影，这种“遗忘”可说是“再组织”，一种经过潜意识过滤或变形的、有深藏内涵的意象也就形成，给人以陌生的惊异感。唐湜有时又借用S.史班德的说法来强化他对里尔克这种意象理论的认识：“写诗正如钓鱼，从潜意识的深渊里用感兴钓上鱼——意象，原来是一种用自觉来把握自然的潜能的过程。”[④]

---

① 《论意象》，《新意度集》，第8—14页。

② 《论意象的凝定》，《新意度集》，第16页。

③ 转引自《沉思者冯至》，《新意度集》，第115—116页。

④ 《论意象》，《新意度集》，第10页。

因此,唐湜在批评时就特别注意考察诗人"生活经验"转成"文学经验"的过程。在他看来,浮浅的"生活经验"只有没入潜意识的底层,受了潜移默化的"风化"作用,去芜存精,而以"自然的意象"浮现于意识流中时,才能变为有深厚暗示力的"文学经验"。唐湜的思考已经涉及到诗歌创作与批评中的创造性直觉这一复杂问题。他所讲的"文学经验",也可以理解为"诗性经验",有赖于智性照耀潜意识深层而引发生命隐秘处的创作冲动。唐湜并没有从理论上完满地解释这一问题,他大概也只是从切身创作经验中体会到意象创造需要处在直觉状态,并引申到诗歌批评中也必须运用某些直觉的方式。所以他很注重意象在"文学经验(或诗性经验)"形成中的关键作用。他评辛笛的《手掌集》,就认为其"凡假托意象而抒情时,总那么伸缩自如;而凡直接欲有所呼唤或有所叫喊时,却总显得有点局促不安"。他认为关键在于辛笛有时急于表现,没有将其"思想流"蜕化为"意象流",因此,其"生活经验"也未能充分转化为"文学经验"。①

唐湜显然认为,浮肤的属于常识的"生活经验"是可以用日常的思考方式或情感方式去把握和表达的,然而非常识的经由潜意识所过滤铸型的"文学经验(意象)"是生命途中的"陌生的惊异",就不能依赖惯常的认知或抒情的方式去把握,而需要用官能感受,并尽可能激活潜意识的活动。这也就是唐湜诗评中总乐于运用"通感"暗示诗质的缘故。

唐湜对西方意象派理论的借鉴及其在批评中的运用,为"九叶"派及 40 年代"新生代"作家的创作提供了有力的支持。虽然他的运用仍带实验性,难免有时片面甚至夹绕不清(例如,他时而过分强调创作中潜意识的作用,时而却又主张加强理性支配,未能真正从理论上将两者统一起来),但这种实验意义的批评又的确为当时沉闷的诗歌评坛带来生机。甚至在《意度集》已被文学史家遗忘半个世纪之后,又重新增加篇什出版,新一代诗人和读者仍然对这本优美而又锐利的评论表示极大的兴味。所以,与其苛求唐湜理论的系统与精当,不如肯定其对当时那些平庸批评的突破与超越。

---

① 《辛笛的〈手掌集〉》,《新意度集》,第 54 页。

附录
主要参考书志

王永生主编:《中国现代文学理论批评史》,贵州人民出版社出版。

朱寨主编:《中国当代文学思潮史》,人民文学出版社 1987 年版。

刘若愚:《中国文学理论》,台湾联经出版事业公司 1985 年版。

柯庆明:《中国现代文学批评述论》,台湾大安出版社 1987 年版。

雷纳·韦勒克:《近代文学批评史》(中译本一、二、三卷),上海译文出版社。

雷纳·韦勒克:《现代文学批评史》(中译本五卷),中国人民大学出版社出版。

布鲁克斯等:《西洋文学批评史》(中译),台湾志文出版社出版。

艾布拉姆斯:《镜与灯》(中译),北京大学出版社 1989 年版。

佛克马、蚁布思:《二十世纪文学理论》(中译),香港中文大学出版社 1985 年版。

特雷·伊格尔顿:《二十世纪西方文学理论》(中译),陕西师大出版社 1986 年版。

Bonnie S McDougall, *The Introduction of Western Literary Theories In to Modern China*, Tokyo, 1970.

Marian Cálik, *The Genesis of Modern Chinese Literary Criticism*, London, 1980.

温儒敏:《新文学现实主义的流变》,北京大学出版社 1988 年版。

陈思和:《中国新文学整体观》,上海文艺出版社 1987 年版。

艾晓明:《中国左翼文学思潮探源》,湖南文艺出版社 1990 年版。

刘勰著、范文澜注:《文心雕龙注》,人民文学出版社 1978 年版。

罗根泽:《中国文学批评史》(一至三卷),上海古籍出版社出版。

李泽厚:《中国现代思想史论》,东方出版社 1987 年版。

叶嘉莹:《王国维及其文学批评》,广东人民出版社 1982 年版。

佛雏:《王国维诗学研究》,北京大学出版社 1987 年版。

David E. Pollard, *A Chinese Look at Literature*, Berkeley: University of California Press, 1973.

钱理群:《周作人传》,十月文艺出版社 1990 年版。

罗纲:《梁实秋与新人文主义》,载《文学评论》1988 年 2 期。

侯健:《梁实秋先生的人文思想来源》,载台湾《联合文学》1987 年第 5 期。

阿敏古(温儒敏):《梁实秋年谱简编》,《文教资料》1989 年第 2 辑。

乐黛云:《茅盾早期思想研究》,载《中国现代文学研究丛刊》1979 年第 1 辑。

丁亚平:《一个批评家的心路历程》,上海文艺出版社 1990 年版。

丁亚平:《论李健吾文学批评的审美个性》,载《中国现代文学研究丛刊》1987 年第 2 辑。

李俊国:《三十年代"京派"文学批评观》,载《中国现代文学研究丛刊》1987 年第 2 辑。

王晓明:《潜流与漩涡》,中国社会科学出版社 1991 年版。

人民文学出版社编:《冯雪峰与中国现代文学》,人民文学出版社 1986 年版。

文振庭等编:《胡风论集》,中国社会科学出版社 1991 年版。

严家炎:《教训:学术领域应该"费厄泼赖"》,载《文学评论》1988 年第 5 期。

许道明:《朱光潜:从迷途到通径》,复旦大学出版社 1991 年版。

蓝华增:《艾青、朱光潜〈诗论〉比较论》,载《中国现代文学研究丛刊》1987 年第 2 辑。

潘颂德:《中国现代诗论四十家》,重庆出版社 1991 年版。

旷新年:《新人文主义与中国现代文学》,北大中文系硕士学位论文(打印稿)。

本书志不包括作为第一手研究资料的各批评家著述,凡有关这方面材料可见各章的注解;为节省篇幅,这里只列出最主要的参考书志。